환국의 루 1

초판 1쇄 찍은 날 | 2013년 3월 15일
초판 1쇄 펴낸 날 | 2013년 3월 22일

지은이 | 하루가
펴낸이 | 서경석

편집장 | 권태완
편집 | 장미연
디자인 | 이혜정

펴낸곳 | 도서출판 청어람
등록번호 | 제1081-1-89호
등록일자 | 1999. 5. 31
어람번호 | 제5-0330호

주소 | 경기도 부천시 원미구 심곡2동 163-2 서경B/D 3F (우) 420-822
전화 | 032-656-4452 팩스 | 032-656-4453
http://www.chungeoram.com
E-mail | chungeorambook@daum.net

ⓒ 하루가, 2013

ISBN 978-89-251-3208-2 04810
ISBN 978-89-251-3207-5 (SET)

※ 파본은 구입하신 서점에서 교환하여 드립니다.
※ 저자와 협의하여 인지를 붙이지 않습니다.
※ 이 책은 도서출판 청어람과 저작자의 계약에 의해 출판된 것이므로,
   무단 전재 및 유포·공유를 금합니다.

하루가 장편 소설

환국의 루
1

마지막이라 하여 두려워하거나 노여워 말기를.
끝이 있어 시작도 있으니 끝은 끝이 아니라 새로운 시작이어라.

Chungeoram romance novel

1장 서문 · 7

2장 봉황의 꿈 · 12

3장 붉은 바퀴 · 53

4장 사냥대회 · 110

5장 예언의 시작 · 168

6장 역풍 · 215

7장 동행 · 265

8장 흔적 · 315

9장 시간을 넘어 · 360

1장
서문

　태초에 사방이 어둡고 캄캄하여 보이지 않았다. 뒤에 빛이 생기고 땅을 나누어 물이 생기니 하늘과 땅의 높낮이가 보였다. 하늘은 새로운 문명을 맞이하기 위하여 지상에 얼음 꽃을 피우니, 선천(先天)이라 하여 43,200년간 빙하가 세상을 덮었다.
　기나긴 선천시대가 끝나고 중천(中天)이 열렸으니, 이에 어머니 마고는 인류의 고향 파미르고원 가장 높은 곳에 성을 세워 후세에 마고성이라 불렸다.
　마고에게는 궁희와 소희라는 두 딸이 있었는데, 궁희는 황궁 씨와 청궁 씨, 소희는 백소 씨와 흑소 씨를 낳아 네 개의 씨족을 이루었다. 마고성의 중앙에 하늘의 제를 지내는 천부단(天符檀)을 중심으로 동서남북에 각 보단을 설치하여 북보는 황궁 씨, 동보는 청궁 씨, 남보는 흑소 씨, 서보는 백소 씨가 나누어 살다가 이들 네 개의 씨족이 각각 3남 3녀를 낳아 12부족을 이루었다.

성내에 유천이 있어 지유(地乳)가 나와 이것을 마시며 살았으나, 백소 씨족의 후손인 지소가 금지된 과일을 먹음으로써 오미의 난을 일으켰다. 인하여 마고의 자손은 이빨이 생기고 침은 독이 되어 피가 탁해졌다. 심기가 혹독해져 천성을 잃어버렸다. 태정(胎精)이 불순하여 짐승 같은 사람을 많이 낳게 되었고, 생명이 줄어들어 빨리 죽게 되었으니 오미의 난으로 마고성은 실낙원(失樂園)이 되었다.

어머니 마고가 하늘을 덮어 성을 보호하던 물구름을 거두자 사시사철을 만드는 빛이 한쪽에만 생겨 차고 어둡게 되었다. 이에 마고의 장손인 황궁 씨가 마고에게 제를 올려 사죄하고 복락원(復樂園)을 맹세하고서 천인들을 사방으로 분거하기로 의논하여 결정하였다.

황궁 씨는 곧 천부(天符) [1]를 나누어 주고 칡을 캐서 식량을 만드는 법을 가르쳐 각 씨족에게 사방으로 분거할 것을 명하였다.

43,200년간의 낙원시대를 끝으로 네 명의 천인이 12부족을 이끌고 각지로 퍼져 나가니, 어머니 마고를 잇는 고대 문명이 발상하여 후천(後天)을 열었다.

청궁 씨는 무리를 이끌고 동쪽 성문을 나가 운해주(雲海洲) [2]로

---

[1] 근본이 하나임을 나타내는 징표
[2] 파미르고원의 동쪽. 중원 지역

갔다. 정착하여 후손을 낳으니, 피부색은 붉은 구릿빛이며 황이와 비슷하며, 남이의 머리색은 짙은 갈색이며 곱슬머리의 외형을 갖추었다.

백소 씨는 권속을 이끌고 서쪽 성문을 나가 월식주(月息洲)[3]로 갔다. 정착하여 후손을 낳으니, 피부색은 희며 코가 높고 머리색은 회색이고 눈은 깊고 동자는 푸르다.

흑소 씨는 권속을 이끌고 남쪽 성문을 나가 성생주(星生洲)[4]로 갔다. 정착하여 후손을 낳으니, 피부색은 검고 입술이 나와 있고 코는 낮고 짧으며 이마는 넓고 뒤로 비스듬하고 곱슬머리다.

마고의 장손 황궁 씨는 권속을 이끌고 북쪽 사이의 문을 나가 천산주(天山洲)[5]로 가니 천산주는 매우 춥고 매우 위험한 땅이었다. 이는 황궁 씨가 스스로 떠나 복본(復本)의 고통을 이겨내고자 하는 맹세였다. 정착하여 후손을 낳으니, 피부색은 황색이고 머리는 검으며 코는 높지 않고 평평하고 눈동자가 검다.

마고성을 떠나 분거한 모든 종족이 각 주(洲)에 이르니 어느덧 천 년이 지났다. 옛날에 오미의 난을 일으켜 먼저 성을 나간 백소 씨 후손인 지소 씨 자손이 각지에 섞여 살아 그 세력이 자못 강성하였다. 그러나 거의가 그 근본을 잃고 성질이 사나워져서 새로 온 분거 족을 무리를 지어 추격하여 해하였다.

---

3) 달이 지는 곳. 파미르고원의 서쪽. 수메르 지역
4) 별이 뜨는 곳. 파미르고원의 남쪽. 인도 지역
5) 파미르고원의 북동쪽. 천산 산맥 지역

이에 마고가 궁희, 소희와 더불어 대성을 보수하여 천수를 부어 성내를 청소하고 마고성을 하늘 위 허달성(虛達城)으로 옮겨 버렸다. 이때 청소를 한 물이 동과 서에 크게 넘쳐 났다. 홍수는 운해주의 땅을 크게 부수고 월식주의 사람을 많이 죽게 하였다. 이로부터 지계의 중심이 변하여 역수(曆數)6)의 차이가 생겼다.

마고의 장손인 황궁 씨는 북방으로 이동해 천산에 정착했는데, 그의 아들 유인 씨가 장손 안파견(安巴堅)을 환인(桓仁)으로 칭하여 기원을 전으로 7198년 남북이 5만 리, 동서가 2만여 리에 환국(桓國)을 열었다. 9확족과 64민의 12부족으로 이루어진 환국은 비리국, 양운국, 구막한국, 구다천국, 일군국, 우루국, 객현한국, 구모액국, 매구여국, 사납아국, 선비국, 수밀이국으로 연방을 형성하였다.

환기(桓紀)의 시작에 1대 환인 안파견은 정도로 사람을 교화하여 싸움이 없게 하고 사람들은 스스로 일을 함으로써 굶주림과 추운 일이 없었다.

후에 환인 안파견이 하늘로 올라가니 그의 장자 혁서(赫胥)가 환인이 되어 서방 만 리에 퍼진 하늘의 자손에게 환국의 법을 전했다.

3대 환인 고시리(古是利)에 이어 4대 주우양(朱于襄) 환인이 동방 삼역에 삼의법을 전하였다. 5대 환인 석제임(釋提壬)에 이르기까지 대대손손 어머니 마고의 낙원을 그리워하며 하늘을 섬기고 사람을

---

6) 천체의 운행과 기후의 변화가 철을 따라서 돌아가는 차례

귀히 여겨 백성들이 많이 늘어났다.

모두가 형제이니 전쟁도 없고 원망하거나 다투는 일도 없었다. 남녀 차별 없이 직위가 높거나 낮은 사람도 모두 다 평등하였다. 6대 환인 구을리(邱乙利)에 이르러 하늘에 제를 올리는 '소도제천'을 시작하고 삼묘산 아래에 '서자부(庶子部)'를 세웠다.

—부도지(符都誌) 중 발췌

부도지(符都誌):신라 눌지왕 때의 충신 충렬공 박제상 선생이 보문전 태학사로 재직할 당시 열람할 수 있었던 자료와 가문에서 전해져 내려오던 비서를 정리하여 저술한 책

2장
봉황의 꿈

환기(桓紀) 3072년 초가을.

파미르고원의 동북에 걸쳐 있는 천산산맥은 사방이 팔백 리요, 그중 가장 높은 봉우리가 천(仞)길 끝으로 하늘과 닿아 있어 천산이라 불렸다.

그 천산에 빽빽이 들어찬 천년목 사이로 작은 오솔길을 따라 산중턱을 오르는 이들이 있었다. 거칠어 보이는 삼베옷을 입은 노파의 뒤로 예닐곱 살 되어 보이는 계집아이 하나가 팔랑팔랑 나비 같은 걸음으로 부지런히 뒤를 쫓고 있었다. 천산은 수천 년을 이어 무성하게 자라온 천 년 고목들이 빈틈없이 잎새를 드리운 탓에 대낮에도 어둡기만 했다.

묵묵히 산길을 오르는 노파는 숨이 찰 만도 하건만 굽이굽이 주름진 얼굴에는 느긋한 미소가 가득하다. 허름한 노파와 달리 반짝이는 능사를 입은 계집아이가 뒤를 따르며 심통 맞게 입술을 쌜쭉거렸다.

"어머니, 황궁의 봉이나 청궁의 용을 타고 오면 좋았잖아요. 반나절도 안 돼 도착했을 텐데. 게다가 제천행사는 아직 한참이나 남지 않습니까."

뒤를 따르며 끊임없이 투덜거리는 계집아이의 말에도 노파는 대꾸 없이 길을 걸었다.

"어머니, 봉이나 용이 싫으시면 백소의 범이나 흑소의 현무를 타고 왔어도 됐는데."

어머니, 어머니를 불러가며 열심히 뒤를 쫓던 계집아이가 발을 구르며 심통을 부린다.

"그럼 운교(雲橋)를 놓아 갈까요?"

끝없이 이어지는 산길만큼이나 길어지는 계집아이의 투정에 노파가 걸음을 멈춰 섰다.

"참으로 산만하구나, 소희야."

노파는 늙고 머리가 하얗게 세었지만 얼굴은 붉은빛이 돌아 혈색이 좋고 두 눈은 지혜로이 반짝였다.

"그러게 천궁에 있으라니 기어이 따라와서 미조(迷鳥:길 잃은 새)처럼 울어대는구나."

혀를 차며 다시 걷자니 소희의 입에서 퉁명스러운 천언(天言)이 튀어나왔다.

"천년목이여, 길을 열어라."

말이 떨어지기가 무섭게 나무들이 잎사귀를 파르르 흔든다. 비좁은 오솔길 가득히 육중한 몸뚱이를 내밀고 있던 나무들이 몸을 떨며 뒤로 물러났다. 사람 하나 겨우 다닐 만하던 길이 장정 대여섯이 일렬로 걸을 수 있을 만큼 크고 넓어지니 따뜻한 햇살이 환하게 길을 밝힌다.

멈춰 선 노파의 온화했던 얼굴로 씁쓸한 미소가 드리운다.

"쯧쯧쯧. 어찌 천언을 이리 가벼이 뱉을까."

"어머니 마고 가시는 길이 험하여 그리 하였습니다. 어찌 나무라십니까."

어머니를 위하여 그리 하였는데 오히려 철없다 타박을 하니 소희는 억울함에 귀까지 붉게 달아올랐다.

그런 딸의 모습에 태초의 어머니이자 천지인의 삼신이라 추앙받는 마고가 한숨을 지었다.

"저런 소갈머리에서 나온 종자들이니 그 급한 성정에 근본을 잃고 아직도 헐벗고 돌이나 휘두르며 뛰어다니는 게지."

"너무하십니다. 그래서 언니 궁희의 자손에게는 대대로 복을 내리시고 제 자손들은 홍수로 쓸어내고 화산을 터뜨려 죽이시는 것입니까."

"쯧쯧. 누굴 탓할 게야, 저리 낳아놓은 어미를 탓해야지. 천궁으로 돌아가 있거라."

"어머니."

"돌아가라 하였다."

마고의 말이 떨어지기가 무섭게 소희가 오색 빛을 뿜어내며 걷

옷 벗듯이 계집아이의 몸을 벗었다. 철없이 투덜거리던 계집아이의 모습은 온데간데없고 버들가지처럼 낭창낭창 고운 천녀가 모습을 드러냈다.

"두고 보시어요. 언니가 아닌 제 자손들이 대륙을 지배할 날이 있을 터이니."

물처럼 흐르는 치맛자락을 감아 쥔 소희가 하늘을 향해 작은 목소리로 천언을 읊조렸다. 하얀 구름이 뭉실뭉실 둥그렇게 형태를 갖추며 하늘로부터 내려앉으니 소희가 그 위에 올라 허리를 숙였다.

"천궁으로 돌아가겠습니다."

순식간에 하늘로 올라 쌩하니 사라지는 딸 소희의 모습에 마고가 다시 한숨을 내쉬었다. 마고는 그 누구도 원망하지 않는다. 단지 하늘을 열고 땅을 일구었던 어머니의 마음으로 언젠가 그녀의 품으로 돌아올 날을 기리며 자손을 돌아볼 뿐이다.

"의혹을 풀고 원래대로 돌아가라. 해혹복본(解惑復本). 해혹복본. 해혹복본."

큰딸 궁희의 명으로 동행했던 작은딸이 천궁으로 돌아가자 마고는 길에 있는 흙을 한 움큼 손에 쥐어 길 위로 뿌렸다.

"새로운 천년목이 자랄지어다."

마고의 말이 떨어지기가 무섭게 바람에 날려 떨어진 미세한 흙가루에서 새싹이 머리를 내밀었다. 바르락바르락 잎새를 펴고 줄기를 올려 순식간에 나무의 형태로 자라나 길 위를 메웠다. 길은 처음의 모습 그대로 빼곡한 천년목으로 좁아졌다.

"되었다. 그만하여도 되겠구나."

자상한 목소리에 끝도 없이 머리를 내밀던 새싹들이 아쉬운 듯 다시 땅속으로 숨어들었다. 천손인지라 그들의 말 한마디에 하늘 아래 땅이 몸살을 앓는 것을 알면서도 쉽게 천언을 뱉어낸 소희의 좁은 마음이 참으로 안타까운 마고였다.

"해혹복본. 해혹복본. 해혹복본."

마고는 다시 산길을 걷기 시작했다. 스무날 뒤면 환인 구을리가 그녀를 위해 제천의식을 치를 것이다. 보통 다른 제사는 천계의 마고성에서 내려 보는 것으로 그쳤으나 궁희의 장손은 마고에게 특별한 자손이었다.

황궁과 그 자손 유인, 환인에 이르는 종손의 나라로 대를 이어 하늘의 법을 따르며 정성을 다하여 희생제를 치르고 있으니 어찌 궁휼이 여기지 않겠는가.

밝은 나라, 밝나라라 하여 환국(桓國)이라 했다. 밝음을 따르고 어두움을 경계하는 백의민족에게서 그녀가 뜻하는 바를 깨우친 현인들이 속속들이 태어나고 있으니 어머니 마고가 이들을 어여삐 여기는 것은 당연한 이치였다.

소희의 말처럼 봉이나 용을 타도 순간이요, 굳이 따지자면 마고는 눈 한 번 깜박이는 찰나에 천지(天池)에 닿을 수 있다. 하지만 이리 땅을 밟는 것에도 다 이유가 있으니 마고는 묵묵히 앞을 향해 걸을 뿐이었다.

그녀를 향해 가지를 숙이는 천년목과 노래하는 새들, 또 앞발로 작은 돌들을 고르며 길을 트는 사슴을 벗 삼아 가파른 산길을 걷고 또 걸었다.

"자, 이쯤이 좋겠구나."

커다란 나무 아래 멈춰 선 마고가 그녀를 따르던 새와 사슴, 토끼에게 속한 곳으로 돌아가라 이르고 자리에 앉았다.

잠시 전에 노파가 걷던 천산의 가파른 산길을 한 소녀가 날랜 몸짓으로 날 듯 오르고 있다. 코뿔소 가죽으로 가슴과 허벅지까지 보호대를 차고 허리에는 목검과 소의 뿔을 갈아 만든 단검으로 무장한 소녀의 등에는 작은 봇짐이 춤추듯 달랑거린다.

긴 머리는 단정하게 땋아 하나로 묶었으며 반듯한 이마에 두른 황색 띠에 땀방울이 맺혀 얼룩졌다. 흐르는 땀방울에도 아랑곳없이 새까만 눈동자가 흑요석같이 반짝였다. 산길이 험했던지 복숭아 같은 두 뺨이 발그레 달아올라 있다.

루아(淚雅)가 천산 초입에 말을 두고 산을 오른 지 엿새째였다.

열흘 전 꿈에 서쪽에서 날아든 봉황이 천지로 떨어져 내렸다. 떨어진 곳에 가보니 빛을 잃은 황금빛 봉황의 몸에서 요란한 자색의 화염이 일며 몸을 가르고 적색의 봉황이 날개를 폈다. 너무나 생생한 꿈이었기에 고민하던 루아가 환국의 신녀로 있는 언니 아사(阿斯)를 찾은 것이 여드레 전이었다. 기이한 것이 루아와 쌍둥이로 태어난 아사 또한 같은 꿈을 꾸었다며 한 달 뒤에 있을 제천행사 전에 꼭 확인을 해야 한다는 부탁을 받았다.

다른 것도 아니고 봉황의 꿈이다. 봉황은 아름답고 신비한 새로 덕(德), 의(義), 정(正), 신(信), 인(仁)을 고루 갖춘 영조(靈鳥)로 희망을 기원하며 어머니 마고의 딸인 궁희가 낳은 황궁 씨의 상징이었으니 곧 환국의 상징인 것이다. 그런 봉황이 날아오른 것이 아니라 떨어져 내렸으니 천 근 무게로 근심이 내려앉았다.

천산은 하늘과 닿을 만큼 높고 험하여 보통의 장정이 꼬박 쉬지 않고 달려도 오르는 데 열사흘, 다시 내리는 데 열하루가 걸리는 곳이다. 예사로운 꿈이 아니기에 루아는 아사를 만난 다음날 해가 뜨기도 전에 천산으로 향했다.

환국 오가(五加) 중 하나인 마가(馬加)의 차녀로 태어난 루아는 국법에 따라 일곱 살의 나이에 서자부에 입단하여 올해 열일곱 살이 되었다.

여인으로서는 처음으로 금랑이 되었으니 서자부에서는 수장을 제외한 최고의 자리였다. 훈련은 고되었으나 그만큼 몸은 단련되었다. 그 단련된 몸에서도 땀이 비 오듯 하니 과연 천산의 기세는 험하기 그지없었다. 쉬지 않고 산을 오르다 보니 어느새 그 끝이 보이는 듯하다.

잠시 쉬어 갈까 망설이는 루아의 눈에 커다란 나무 아래 쪼그리고 앉아 있는 늙은 노파의 모습이 보였다. 사람이 잘 오르지 않는 험한 산길에서 장정도 아닌 노파를 만난 것이 산군(山君:산의 왕이라는 뜻으로 호랑이)을 만난 것만큼이나 놀라웠다.

행여 다친 것은 아닌지 걱정이 되어 숨을 들이켜며 더욱 가팔라진 산길을 달렸다.

"하아, 하아, 할머니."

노파의 앞에 선 루아가 숨을 고르며 마른침을 삼켰다. 쪼그리고 앉아 아이처럼 말똥말똥 자신을 올려다보는 노파를 보니 다친 것은 아닌 듯싶다.

"할머니, 길을 잃으셨어요?"

"어른을 봤으면 인사를 해야지."

노파의 목소리가 어찌나 쩌렁쩌렁한지 잎새를 떨구는 나무들 사이로 새들이 날아올랐다. 그 기세에 주눅이 들 만도 하건만 루아는 허리에 찬 목검에 손을 올리고 공손히 허리를 숙였다.

"평안하셨습니까. 마가의 차녀 루아, 환국 서자부에 속해 있습니다."

"루아…… 맑은 눈물이라……. 청승맞구나."

인사를 하라 하여 인사를 했더니 조그마한 노파가 루아의 이름이 청승맞다 타박이다. 집에 있는 할머니 생각이 나서인지 웃음이 나오는 루아였다.

"길을 잃으셨습니까?"

"하늘 아래 모든 것이 다 내게 속한 것인데, 내가 가는 길이 내 길이지 잃어버릴 게 무어냐."

노인네가 기세 한번 좋다. 루아가 방긋이 웃으며 노파의 앞에 무릎을 꿇었다.

"어디까지 가시렵니까. 소녀가 모시겠습니다."

"되었다. 네 갈 길 가거라."

환국의 법도에 노인이나 어린아이가 가는 길은 장성한 이가 동행하도록 되어 있다. 게다가 험하기 그지없는 천산, 길동무조차 보이지 않으니 루아는 늙은 노파를 혼자 둘 수 없었다.

"험한 산길입니다. 소녀가 모시도록 해주셔요."

"되었다는데도 귀찮게 구는구나."

굳이 거부를 하는 노파에게 정말 귀찮게 구는 것은 아닌지 고민이 되었다. 하지만 루아는 도리와 진리를 따르는 환국의 자부심, 서자부의 금랑이었다.

곧 날이 어두워질 터인데 노파를 산속에 혼자 두고 간다는 것은 있을 수 없는 일이다. 고민하는 루아의 모습에도 아랑곳없이 노파가 뼈마디가 불거져 나온 작은 손으로 다리를 두드린다.

"조만간에 날이 어두워질 것이니 소녀가 안전하게 모시겠습니다."

"되었다 하지 않냐! 미조처럼 짹짹거리는 꼴이라니! 캐애액, 퉤!"

정말 귀찮은지 노파가 루아의 발치에 노릿하니 걸쭉한 침을 뱉었다. 구하는 것이 있으면 세 번을 묻는 것이 예의였고, 세 번의 거절 뒤에는 돌아서야 하는 것 또한 도리였으나 루아는 여전이 노파의 곁을 떠나지 못했다. 노파가 다시 다리를 두드리며 짜증을 부렸다.

"애고, 다리야. 망할 다리를 잘라내던지. 그거 조금 걸었다고 아파 죽겠네."

조용히 노파를 지켜보던 루아가 방긋 웃으며 노파에게 등을 내밀며 앉았다.

"업어드릴게요. 어디까지 가셔요?"

"흠흠. 갈 길이 먼데?"

방금까지도 침을 뱉던 노파가 흠흠거리며 나뭇가지 같은 손가락으로 루아의 어깨를 거머쥐었다. 루아는 행여나 노파의 마음이 바뀔까 싶어 잽싸게 노파의 다리를 잡아 몸을 일으켰다. 노파의 엉덩이를 받친 그녀의 손에 까슬까슬한 삼베옷이 닿는다. 작다고 생각은 했지만 활에 다는 깃털만큼이나 노파는 가벼웠다.
"흠흠흠. 위로 가자."
울퉁불퉁 뼈대를 드러낸 노파의 가느다란 손가락이 가리킨 곳은 천지가 있는 산의 정상이었다.
'날도 기우는데 내려가야 하는 것이 아닌가.'
하지만 내려가려 하여도 또다시 엿새가 넘는 길을 가야 한다. 망설이던 루아는 무어라 토를 달면 역정을 낼까 싶어 노파가 가리키는 곳으로 산길을 오르기 시작했다.
"왜 아무 말이 없어!"
짹짹거려 시끄럽다 할 땐 언제고 노파가 말이 없다 시비를 건다. 루아는 무어라 대답을 해야 할지 알 수 없어 대답 대신 작게 웃음소리를 내어주었다.
"왜 웃냐."
또 웃는다 시비하는 노파에게 루아가 조심스레 물었다.
"무슨 이야기 해드릴까요?"
"흠흠. 이야기는 내가 더 많이 알아."
"그럼 하나만 해주세요."
노파의 심통에 장단을 맞추기 위해 루아가 가지런히 숨을 내쉬며 힘차게 걸음을 뗐다.

"루아야."

"예."

"하늘 아래 가장 중요한 것이 무어라 생각하느냐?"

하늘 아래 가장 중요한 것이 무엇일까.

"마고 어머니 아닐까요?"

"예끼! 마고는 하늘 위에 있잖아!"

노파가 소리를 지른다. 벼락을 맞은 듯 귓속이 울려 루아는 머리를 살며시 흔들었다. 이내 귓속에서 윙윙거리던 소리가 가라앉자 조심스레 노파에게 속삭였다.

"할머니, 마고 어머니는 할머니한테도 어머니인데."

"내가 마고라 하면 마고인 거고, 삼신이라 하면 삼신인 거고, 개똥이라 하면 개똥인 거다."

노파의 말에 루아가 한숨을 내쉬었다. 아무래도 정신줄을 놓은 노파인 듯하다. 환국을 다스리는 환인조차 늘 정성을 다해 제를 올리며 마고 어머니를 기리는데 그런 마고를 개똥이라 부르겠다니, 가히 정상이라 생각할 수 없었다. 도대체 천지에는 무엇을 하러 가는 것일까.

"그러니까 마고 빼고 뭐가 중요하냐?"

"마고 어머니가 아니라면 사람인가요?"

"후후후, 그래. 하늘 아래 가장 중요한 것은 사람이다. 그럼 사람 다음에 중요한 것은 무얼까?"

물음에 재미가 들인 듯 노파의 목소리가 꽃잎에 맺힌 이슬만큼이나 가볍다.

"무얼까요?"

"에잇! 천치 같으니라고."

서자부 금랑의 자부심이 와르르 무너지는 순간이다. 노파의 막말에도 루아는 웃음 지으며 걸음을 떼었다. 험하기 짝이 없는 산길을 오르면 오를수록 노파의 몸이 점점 더 무거워졌다.

"물이다. 하늘 아래 하늘을 비추는 것이 물이며, 하늘 아래 땅 위로 삶을 주관하는 것이 물이다. 또한 만물을 정화하는 것 또한 물이다."

"예."

정중히 대답은 하였으나 허리가 끊어질 듯 아파오고 땀이 비 오듯 쏟아져 내렸다. 이상한 일이다. 마치 돌덩이를 이고 가는 것처럼 발이 땅으로 푹푹 파여 들어갔다.

힘겨운 숨을 들이켜는 루아의 등 뒤에서 들려오는 노파의 목소리는 즐겁기 그지없었다.

"하늘 아래 가장 아름다운 것은 무엇일까?"

도착할 때가 되었건만 천지는 보이지 않고 마치 제자리를 맴도는 듯 같은 나무만 자꾸 나왔다.

'길을 잃은 것인가.'

노파의 물음에 이런저런 대답을 하며 앞으로 걸어 나갔다. 이야기는 계속 이어졌고, 천 년 고목들이 빼곡히 들어찬 산길도 끝이 없었다. 어둑어둑하여 낮인지 밤인지 분간이 가지 않아 루아는 한 발자국도 걸을 수 없을 지경이 되었다.

어디선가 물이 흐르는 소리가 들려왔다. 물줄기라면 분명 천지를 뿌리로 두고 흐를 터, 물길을 따라가다 보면 천지가 나올 것이다. 루아는 마지막 남은 힘을 다하여 물소리가 들리는 곳으로 향했다.

얼마 있지 않아 작은 폭포가 모습을 드러냈다.

"봉황이 날아들 거야."

노파의 속삭임에 고개를 드니 노을 진 하늘에 붉은 빛으로 길게 꼬리를 드리운 그림이 영락없이 봉황의 모습이다.

"가장 향기로운 꽃 위로 내려앉을 게다."

노파의 목소리가 마치 주문처럼 루아의 귓가로 감겨들었다.

"후후후, 꽃밤이로구나."

노파가 알 수 없는 소리를 중얼거리는 동안 노을이 감돈 하늘에 해가 지고 있었다.

"할머니, 잠시 쉬어가시지요."

루아는 조심스레 할머니를 내려놓고 돌아섰다. 순간, 루아는 놀라 주저앉고 말았다.

"할머니!"

삼베옷을 입은 노파는 온데간데없고 생전 처음 보는 은빛 천에 둘둘 말린 돌덩이가 뻐죽하니 고개를 내밀고 있었다.

"할머니!"

정말 돌인가 싶어 감겨 있는 하얀 천을 휘휘 벗겨내니 틀림없는 돌덩이다. 루아는 당황하여 자리에서 일어나 뒤를 돌아보았다. 혹여 떨어뜨린 것은 아닌지. 할머니는 어디 가고 내내 돌을 이고 산을 오른 것인가. 그럴 리가 없다.

'그럴 리가 없는데. 분명 조금 아까까지 봉황이 날아들고 꽃에 내려앉는다는 둥…… 봉황?'

혹 봉황의 꿈과 연관이 있는 것일까? 하지만 대답해 줄 노파가 없으니 루아는 아무런 결론도 찾을 수 없었다. 아무리 생각해도 분명히 노파를 업고 왔다. 불현듯 노파가 보통 사람은 아니라는 생각이 들었다.

루아는 돌을 커다란 나무 옆에 기대어두고는 돌을 향해 절을 했다. 세 번의 절을 하고 고개를 드니 나무에 기대어놓았던 돌마저 감쪽같이 사라져 버렸다.

"세상에……!"

돌을 싸고 있던 하얀 천만이 덩그러니 놓여 있었다.

"어? 어디 갔지?"

벌떡 일어나 주위를 살펴도 다섯 살 어린아이의 몸만 하던 돌의 모습은 온데간데없었다. 귀신이 곡을 할 노릇이다. 돌을 감쌌던 천만이 허물처럼 반짝이며 놓여 있다. 참으로 이상한 일이다. 노파가 걸치고 있던 것은 거칠기 짝이 없는 삼베옷이었는데. 하얗게 반짝거리는 천은 은하수를 끊어다 만들었다는 천녀의 옷처럼 사르륵 손 안에서 미끄러져 내리는 것이 흐르는 물처럼 부드럽다. 아무리 보아도 사람의 것이 아니다. 감촉뿐이 아니다. 옷에서 나는 향기가 천산에 피어나는 천일화보다 짙고 그윽하다. 알 수 없는 일이다.

"천녀를 만난 것일까?"

나무에 기대앉아 한참이나 생각에 잠겨 있던 루아는 코끝으로 타고 오르는 시큼한 냄새에 자리를 털고 일어섰다. 손에 든 옷에서 피어오르는 향기에 묻혀 맡을 새가 없던 땀내가 솔솔 피어오르고 있었다. 땀에 찌든 가죽 보호대와 옷가지를 훌훌 벗어버리고 폭포가 있는 작은 웅덩이로 뛰어들었다.

끈적이는 열기를 차가운 물로 걷어내고 긴 머리를 풀어냈다. 알몸이 되어 하늘을 향해 느긋이 물 위에 떠 있자니 옥돌을 박아놓은 듯 화사하게 펼쳐진 밤하늘의 은하수가 쏟아져 내릴 듯 그녀의 몸 위로 반짝였다.

'도대체 어떻게 된 일이지?'

상쾌하게 몸 안으로 스며드는 물의 기운이 너무나도 유혹적이라 물 밖으로 나갈 생각이 들지 않는다. 긴 시간을 물 위를 떠다니며 헤엄을 치니 피곤이 몰려왔다.

물 밖으로 나서니 부드러운 미풍이 그녀의 몸에 남은 물의 기운을 날려 버렸다. 깨끗한 몸으로 땀에 젖은 무복을 입기가 꺼려진 루아는 노파가 남기고 간 하얀 천을 집어 들었다. 양팔을 끼워 넣으니 마치 살아 있는 양 천이 절로 몸에 감겨들어 열일곱의 탄탄한 여체를 가려 버렸다. 긴 소매와 발끝까지 내려앉은 천은 나비의 날개처럼 가볍고 꽃잎처럼 부드러웠다.

"역시 사람의 물건이 아니구나."

루아는 둔부까지 내려오는 긴 머리를 휘날리며 걸음을 떼었다. 밤이 되었지만 노파와 시간을 많이 보낸 탓에 걸음을 멈출 수가 없었다. 천지에 올라 꿈에서 보았던 봉황을 확인해야 했다. 한 걸음을 떼었을 뿐인데 나무들이 휘리릭 뒤로 물러섰다.

'어?'

신기하다. 마치 루아는 그대로인데 길과 나무들이 뒤로 빠르게 밀려나는 것 같다.

순식간에 천지가 보였다. 적어도 사나흘은 더 올라야 할 길이 삽시간에 줄어버린 것이다. 분명 땅을 내디뎠던 맨발에는 조금의 흙조차 묻어 있지 않았다.

'꿈을 꾸는 것인가.'

눈에 보이는 모든 것이 몽롱하여 선계에 든 것 같은 착각이 들었다. 천산의 정상에 자리한 천지는 하늘과 닿아 있는 신성한 호수다. 모든 나무들이 천지를 향해 고개를 숙이고 천지에서만 자생하는 천일화가 달빛 아래 보랏빛으로 반짝였다.

천지를 벗어나서는 살 수 없는 꽃, 천 일에 단 한 번 그 꽃잎을 연다는 천일화는 주먹을 쥔 듯 동그랗게 꽃잎을 말고 몽롱하게 향기를 뿜어내고 있었다.

루아는 나는 듯 천지의 주위를 돌며 꿈에 보았던 봉황의 실마리를 찾아 헤맸으나 봉황은커녕 흔한 산새의 깃털조차 보이지 않는다. 고된 산행과 돌덩이로 변해 버린 노파를 업고 산을 오른 탓에 지쳐 버린 루아는 온 천지를 뒤덮고 있는 천일화 속에 철퍼덕 앉아버렸다. 꽃들이 몸을 숙여 포근한 자리를 만들어주니 참으로 포근하여 다정하다. 루아는 슬그머니 드러누워 하늘을 올려다보았다. 새까만 하늘의 별들이 그녀가 입은 천의만큼이나 반짝이니 생각은 다시 노파에게로 향했다. 처음부터 돌이었을까?

"봉황이 날아들 거다."

천일화로 둘러싸인 루아는 꽃 중의 꽃이 되어 눈을 감았다.

"가장 향기로운 꽃 위로 내려앉을 게다."

사르륵 스며드는 달콤한 잠결에 노파의 속삭임이 꽃잎처럼 그녀의 귓가를 간질이는 듯하다.

"후후후, 꽃밤이로구나."

첨벙!
긴 여정의 흙먼지처럼 겹겹이 그의 몸에 둘러진 옷가지를 훌훌 벗어젖힌 자윤(楮輪)이 물속으로 뛰어들었다. 시원한 물을 입안 가득 담아 폭포처럼 뿜어냈다.
"푸아! 역시나 어머니의 샘이로구나."
기나긴 순행을 마치고 고향에 돌아왔다는 기쁨에 태양을 삼킨 듯 가슴이 벅차올랐다. 시원한 물속 깊이 잠수하여 사지를 움직이니 어머니의 태궁(太宮)으로 돌아온 것과 같은 자유를 느낄 수 있었다.
6대 환인 구을리의 삼남으로 태어난 자윤은 어린 나이에 죽은 둘째 형을 대신하여 열다섯 되던 해에 사해(四海)를 통하여 화합하고 세상을 하나의 법에 맞추는 선조의 유업에 따라 순행(巡行)을 떠났다.

 환국은 천산을 중심으로 북으로는 흑수[黑龍江]와 남으로는 백산[白頭山] 사이에 위치하여 동서로는 2만 리, 남북으로 5만 리의 영토에 열두 개 나라를 연방으로 두고 있었다. 5만 리면 하루에 말을 타고 100리를 가는 경우 500일로서 일 년하고도 약 150일이 걸리는 거리이니 그 너비를 짐작할 수 있다.

 천문, 지리, 역수와 박물을 전파하며 각국을 여행하는 사이 함께 떠났던 백여 명의 사람들은 반에서 반으로, 다시 또 반으로 줄어들었다. 한 나라에 들 때마다 고향으로 소식을 전하는 사신을 보냈다. 고된 순행으로 죽어 나간 사람도 수십이요, 순행을 포기하고 고향으로 돌아간 사람도 그 수가 적지 않으니, 온전하게 순행을 마치고 돌아온 수가 겨우 일곱으로 굳이 말하지 않아도 그 험한 길을 상상할 수 있으리라.

 '꼬박 12년을 채우고도 다섯 달이 찼구나.'

 천지에 몸을 띄우고 밤하늘을 가슴에 안으니 자윤은 천하를 얻은 듯 시원스레 숨을 들이켰다. 세상의 중심 환국에서 환인의 아들로 태어나 하늘 아래 두려울 것이 없던 어린 소년은 12환국을 순행하는 사이 하늘을 향해 겸허하게 고개 숙일 줄 아는 장부로 성장하여 돌아왔다.

 "순행의 시작도 이곳 천지요, 그 끝도 천지로다."

 자윤은 관례에 따라 환인에게 고하기 전에 천지에서 목욕재계를 해야 했다. 일행보다 서둘러 걸음을 하였으니 목욕을 하고 천지를 내려가면 그가 환궁하고도 하루나 이틀쯤 뒤에 일행이 도착할 것이다.

천지는 그가 떠나던 그날과 마찬가지로 고요하여 평온했다. 어머니 품속 같은 천지에 드니 벗어나고픈 마음이 없었다.

'고향에 돌아왔으니 잠시 쉬어 간들 어떠하리.'

순행을 하며 몸은 곤하여 야위었으나 머리와 가슴은 풍족해졌다. 세상이 변하고 있음을 눈으로 보고 가슴으로 느꼈음이라. 그가 전하게 될 세상의 변화에 낙담할 아버지의 모습을 떠올리니 무거운 한숨이 터져 나왔다.

"12환국의 시대는 이렇게 끝이 나는 것인가."

환인 구을리에게 순행의 보고를 하고 나면 자윤은 다시 떠날 생각이었다. 아버지의 뒤를 이을 태자가 있으니 삼남인 자윤이 굳이 환국에 머물 이유가 없었다. 12환국을 넘어 좀 더 넓은 세상이 보고 싶었다. 대륙의 끝이 아니라 세상의 끝이 궁금했다.

긴 여정만큼이나 길게 한숨을 내쉰 자윤이 팔을 뻗어 천지의 물살을 헤치며 뭍으로 걸어 나왔다.

매의 날개처럼 휘어진 숱 많은 눈썹 아래 날카로운 눈매의 새까만 눈동자가 달빛을 맞아 반짝인다. 굵은 머리카락에서 흘러내린 물방울이 단단한 가슴에 이르러 산을 타고 넘듯 아래로 향하니 갈라진 복근 사이로 굽이굽이 계곡이 되어 흐른다.

"슬슬 내려가야겠지?"

자윤은 천 년의 세월을 몸으로 새긴 나무들을 돌아보았다.

'천지는 언제 보아도 신비롭구나.'

산세가 험하여 오르는 이가 없는 천산인지라 그 적막함조차 세상의 것이 아닌 듯했다. 몽글몽글 물방울처럼 꽃잎을 말고 있는 보랏빛 천일화들이 달빛에 반사되어 몽환적이기까지 하다. 서자부에 있을 때에는 일 년에 두 번씩 훈련 삼아 오르기도 했지만, 볼 때마다 늘 신비로운 곳이 바로 이곳 천지였다.

칠흑같이 검은 자윤의 눈동자에 유난히 밝은 빛을 띠는 천일화들이 투영됐다.

타탁!

천 일에 한 번 열린다는 보랏빛 꽃잎이 터지며 살랑살랑 흩날리는 금빛의 꽃가루가 더욱 밝은 빛을 뿜어 올리고 있다.

"꽃잎을 열었구나."

마치 그의 귀환을 반겨주는 듯 한 걸음 앞에 천일화가 봉우리를 터뜨렸다. 꽃잎 사이로 금가루처럼 꽃가루가 피어올랐다.

타다 탁!

세 걸음 앞으로 또 다른 천일화가 꽃잎을 연다.

'신기한 일이로군.'

집어 들었던 옷가지들이 자윤의 손에서 떨어져 내렸다. 자윤은 무언가에 홀린 것처럼 걷기 시작했다. 마치 그의 길을 밝혀주는 양 하나씩 하나씩 거리를 두고 봉우리를 터뜨리는 천일화를 따라 천천히 걸음을 옮겼다.

천일화 군락의 중심부로 은가루가 쏟아져 내리는 듯 유독 달빛이 모여들었다. 청초한 달빛 때문인지 달큼한 술처럼 취할 듯 몽롱한 향을 뿜어내는 천일화 때문인지 가슴이 두근거렸다.

"천…… 녀……."

그가 멈춰 선 곳, 천일화로 둘러싸인 것은 뜻밖에도 여인이었다. 만개한 천일화 사이에 너무나도 편안하게 잠들어 있는 여인을 자윤은 넋을 잃은 채 바라보았다.

천 일에 단 한 번이라 꽃잎 여는 것을 보기조차 힘들다는 천일화가 유독 여인의 주변에만 활짝 벌어져 금빛 가루를 반짝이고 있었다.

밤하늘을 베어낸 듯 새까만 여인의 머리카락이 흐르는 물처럼 천일화 위로 흩어져 있다. 볕에 그을린 자윤의 피부보다 훨씬 밝은 빛을 띠는 여인은 동그스름한 이마에 머리카락만큼이나 풍성하고 짙은 속눈썹을 가지고 있었으며 코는 높지 않으나 반듯했다.

혹여 무슨 일을 당하여 쓰러져 있는 것은 아닌가 하여 자윤의 손이 여인의 코끝으로 향했다. 손끝을 간질이는 부드러운 기운이 느껴진다.

'숨을 쉬는구나.'

얌전하게 두 손이 모아진 가슴이 규칙적으로 오르내리는 것을 보니 아무래도 깊은 잠에 빠진 듯했다.

여인의 코끝에 머물던 손은 제자리로 돌아오지 않은 채로 살며시 벌어진 여인의 입술로 향했다. 자윤은 손끝을 타고 오르는 작은 숨결에 전율을 느꼈다.

"하아······."

여인이 달뜬 숨을 내뱉으며 가지런히 모여 있던 손을 머리 위로 들어 올린다. 갑작스런 움직임에 놀란 자윤은 손을 거두었다.

'내가 지금 무슨 짓을 하는 것인가.'

잠투정을 하듯 팔을 머리 위로 얹자 하얗게 여인의 몸을 감쌌던 천 조각이 벌어지며 봉긋하게 솟아오른 젖가슴이 드러났다.
  숨을 들이켜며 자윤이 물러선 사이 여인이 허리를 틀었다. 천 조각 사이로 탄탄하게 뻗어 내린 다리가 보인다.
  '어째서…… 왜 이런 곳에…….'
  마음은 물러서려 하였으나 몸은 바람을 따라 흐르는 구름처럼 여인의 위로 더욱 짙은 그림자를 드리웠다. 자윤은 꽃잎 위로 내려앉는 이슬처럼 여인에게로 몸을 숙였다. 무엇을 하는지도 의식하지 못한 채 그의 입술이 살며시 벌어진 여인의 입술에 닿았다.
  여인에게 입맞춤하자 수줍게 내려다보던 달빛이 구름 뒤로 숨어버렸다. 그렇게 달도 별도 숨어버렸다. 세상은 순식간에 어둠에 휩싸여 천지를 분간할 수 없었다. 떨리는 숨소리만 들려올 뿐이다.
  암흑 속에서 초록빛으로 떠오른 반디 하나가 여인의 머리 위쪽에서 노란색으로 떠올랐다. 팔 아래서도 하나, 다리 뒤에서도 하나, 하나둘씩 사방에서 모여든 반딧불들은 눈 깜짝할 사이에 늘어나 둥그런 원형으로 자윤과 여인을 감쌌다. 수백, 수천 개의 반딧불이 작은 빛을 발하며 보라색 천일화와 화합하여 오묘한 빛을 만들어냈다.
  "하아…… 아아……."
  달뜬 여인에게서 흘러드는 향긋함에 취해 자신이 무엇을 하는지조차 의식하지 못했다. 자윤은 부드러운 여인의 입술을 살며시 빨아들였다. 입맞춤하는 그의 모습이 밤하늘의 반짝이는 별들 사이에 떠 있는 것처럼 보였다. 여인의 붉은 입술을 훑던 혀가 달콤한 내음을 뿜어대는 여인의 입안으로 빨려 들어갔다. 더 깊게 안으로 들어서기 위해 여인의 등을 팔로 감아 들어 올리니 여인의 눈꺼풀이 사르륵 열렸다. 흐릿한 여인의 눈동자를 보는 순간 자윤은 흠칫 입술을 떼었다. 바람도 공기도 멈추어 버렸다.

'봉황……'

루아는 불꽃을 뿜어내며 화려하게 날갯짓하는 커다란 주홍색의 봉황을 보았다. 천지로 날아들어 커다란 물보라를 일으키기에 달려갔더니 더욱 화려하게 불꽃을 일으키며 물속에서 날아오른 봉황이 루아의 앞에 사뿐하게 내려앉았다.

붉은 주홍색의 불꽃을 가진 아름다운 봉황이었다. 따뜻하고 강인한 눈으로 그녀를 바라보는 봉황의 눈동자가 가슴 시리게 애달프다. 매의 발톱처럼 날카롭던 봉황의 발은 길어지고 붉은 깃털은 단단하게 갈라진 근육으로 변했다. 커다란 봉황의 날개가 루아를 감싸 안는가 싶더니 이내 그녀를 두고 멀어지려 한다. 그 상실감이 못 견디게 서러워 루아가 봉황의 날개를 잡았다.

"봉…… 황……"

"자윤이라 하오."

봉황의 따뜻한 온기가 아쉬워 거세게 움켜쥐니 새까만 눈동자 속에 혼란이 들어찬다.

"그대는……"

"루아……"

꿈이라도 좋았다. 애틋하게 그녀를 바라보는 봉황을 놓치고 싶지 않았다.

"루아."

입안으로 예쁘게 구르는 이름이다. 자윤은 달뜬 신음을 뱉어내며 더욱 짙은 향기를 뿜는 루아의 손길에 이끌려 그녀의 목에 입술을 묻었다. 잔잔한 입맞춤이 허기져 그녀의 목을 잘근잘근 깨물었다. 달다. 입안으로 그녀의 향기가 가득하게 들어찬다. 단단하고 매끄러운 루아의 살결을 따라 어깨에서 가슴으로 탄탄하게 솟아오른 젖가슴을 입안 가득 물어 더욱 힘차게 빨아들였다.

"하앗!"

고통을 동반한 쾌락은 루아가 난생처음 느껴보는 감정이었다. 사람의 모습을 갖춘 봉황이 그녀의 가슴을 베어 물고 이빨로 깨물고 혀로 희롱했다. 그러고도 성에 차지 않는지 커다란 손이 루아의 솟아오른 가슴 위로 그의 타액으로 번들거리는 젖꼭지를 간질이듯 잡아당긴다. 겹쳐진 몸과 몸이 일으키는 마찰이 미치도록 자극적이다.

"하악!"

귓가로 뜨겁게 스며드는 숨결이 뇌성처럼 자윤의 전신을 뒤흔들며 온몸의 피가 화산처럼 들끓기 시작했다. 자윤은 루아의 벗은 등을 쓰다듬었다. 긴 순행으로 거칠고 투박해진 그의 손 아래 느껴지는 루아의 살결이 뱀처럼 매끄럽다.

"하아!"

루아는 자윤이 일으키는 불꽃에 점점 더 혼미해져 갔다. 그의 입술이 닿는 곳마다 뜨거운 불길이 솟아올라 온몸을 감싼 혈관으로 빠르게 퍼져 나갔다.

"하아, 하, 아아, 아!"

처음으로 봉오리를 연 꽃잎에 내려앉은 나비는 누구에게도 허락되지 않았던 달콤함에 취해 날아오를 줄을 몰랐다. 그의 입술이 지나간 자리마다 온통 선홍색의 열꽃을 피워내는 루아의 몸이었건만 숲으로 뒤덮인 계곡은 쉽게 열리지 않았다. 터질 듯이 머리를 세우는 남성을 루아의 다리 사이에 밀어 넣으려 했으나 아직 아니다.

자윤은 머리를 숙여 계곡으로 깊숙이 혀를 밀어 넣었다. 그리곤 그녀를 핥기 시작했다. 움찔 작은 꽃잎이 위축되어 오므라든다.

"아아, 아아아!"

허벅지를 움켜쥐고 더욱 넓게 벌렸다. 혀를 꼿꼿하게 세워 꽃잎을 밀어내며 그 정점을 희롱했다. 열리지 않는 문으로 혀를 깊게 밀어 넣으니 달콤한 애액이 흘러나온다. 애틋하게 숨결을 불어 넣었다. 너무나 달콤하다.

"하악!"

루아가 허리를 휘며 탄성을 터뜨렸다. 눈을 뜨니 세상은 온통 까맣고 반짝이는 수천 개의 별이 그녀의 곁에서 떠다니고 있었다. 온몸이 알 수 없는 갈망으로 터져 버릴 것 같았다.

"아앙, 하아, 하아, 아아아!"

단물이 배어 나오기 시작하자 자윤이 루아의 허벅지를 움켜쥐며 더더욱 벌렸다. 채워지지 않는 욕구로 잔뜩 성이 난 남성을 애액으로 반짝이는 그녀의 꽃잎에 거칠게 문질렀다.

"흐응, 하아, 하아!"

루아는 다리 사이로 몰려드는 불길이 터져 나가기를 바라며 허리를 들썩였다. 몸으로 수천 개의 바늘이 박혀드는 것 같다. 저릿저릿하다. 그 하나하나가 몸을 헤집으며 잠들어 있던 욕망을 일깨우고 있었다. 아픈 것 같기도 하고 저릿저릿 온몸에 숨구멍이 트여 코와 입이 아닌 몸이 숨을 쉬는 것 같다.

"아아악!"

자윤은 처녀림으로 흐르기 시작한 물길을 뚫고 그녀의 안으로 깊이 들어섰다. 너무나 뜨겁다. 그리고 너무나 부드럽다. 숨 막히게 조여드는 루아로 인해 희열의 고통에 휩싸였다. 숨도 못 쉴 만큼 뻐근하게 그의 뿌리까지 삼켜 버린 그녀가 눈을 떴다. 고통에 가득한 눈동자를 보는 순간 자윤은 그녀를 품어 안았다.

"괜찮아. 쉬이……."

그의 허벅지 위로 걸터앉은 루아의 안에서 자윤은 고통스러웠다. 이제 막 처음으로 문을 연 그녀의 몸은 자윤을 놓아줄 생각도 않고 더욱 깊숙이 그를 빨아들이고 있었다.

"하악! 아파."

흩어지는 루아의 숨결에 자윤이 그녀의 등을 쓸어내렸다. 어찌해야 할지 알 수가 없다. 여체를 알기 전에 나라를 떠났고, 타국에서는 함부로 씨를 뿌릴 수 없어 여인을 안지 않았다. 고국에 돌아와 첫날 밤, 어머니 마고가 순행을 마친 그를 축복하여 천녀를 내려주었는데 그녀를 마냥 고통스럽게만 하고 있으니 어찌할 바를 몰라 심장마저 조여들었다.

"우우욱, 욱!"

루아의 안에 깊이 묻혀 그녀의 고통을 고스란히 느끼고 있자니 힘에 겨워 등줄기로 땀방울이 흘러내렸다. 아프지 않았으면…… 그녀가 아프지 않았으면 좋겠다.

"……그대의 고통이 괴롭다."

행여나 그녀가 아플까 숨조차 멈춰 버린 자윤의 핏줄 선 미간에서 땀방울이 떨어져 내렸다. 한껏 오므렸던 발가락을 펴며 루아가 딱딱하게 굳어버린 자윤의 등을 쓰다듬었다. 고개를 드니 흑요석처럼 빛나는 자윤의 눈동자가 보였다. 선망의 눈길을 알아차렸는지 안에서 불끈거리는 그의 일부가 여실하게 느껴졌다. 조그만 움직임에도 다리 사이로 박혀든 불기둥이 요동친다. 또 하나의 심장이 그녀의 안으로 들어와 있는 듯 내부에서 힘차게 고동친다. 아프면서도 묘하게 피어오르는 흥분을 감출 수가 없어 자꾸만 신음이 새어 나왔다. 굳게 다문 입술 아래 그의 단단한 턱 선이 씰룩인다. 살며시 턱을 베어 물었다. 이내 자윤이 입을 열어 그녀의 입술을 빨아들였다.

"후욱!"

자윤은 먼저 입맞춤해 온 그녀에게 입술을 열어 말캉한 혀를 맞이했다. 조금은 수줍게 들어서는 혀를 뿌리째 빨아들였다. 작은 파도는 이내 태풍이 되어 해일처럼 그의 몸으로 덮쳐 왔다. 자윤은 손을 내려 루아의 꽃잎을 문질렀다. 손끝으로 매끈거리는 애액이 느껴지자 살며시 허리를 틀어 남성을 조심스레 빼냈다. 빡빡하게 맞물렸던 그의 남성이 천천히 밀려 나오는가 싶더니 자윤의 등을 움켜쥔 루아의 움직임에 다시 안으로 깊숙이 박혀 버렸다.

"하악!"

아까와는 달리 한결 부드러워진 그녀의 안에서 자윤은 천천히 숨을 들이켰다. 루아의 눕힌 자윤은 양손으로 그녀의 엉덩이를 거머쥐고 허리를 들썩였다. 앙칼지게 그의 남성을 움켜쥐는 루아로 인해 정신을 차릴 수가 없었다.

거대한 물결을 일으키며 온몸으로 부딪친 바다가 보드라운 모래를 한 번에 쓸어내린다. 천천히 들어섰다 나가기를 반복하던 그의 몸이 루아의 몸으로 온전하게 흡수되기 시작했다. 점점 거세어지는 파도처럼 들이치기 시작한 자윤으로 인해 루아의 몸이 폭우로 몸살을 앓는 산하처럼 들썩였다. 더욱더 깊게 들어차는 남성은 루아의 심장까지 닿아 입으로 뜨거운 탄성을 토해내게 하였다.

"하앗, 하앗, 하아!"

거세게 몰아치던 자윤이 몸을 빼내는가 싶더니 그녀의 몸을 돌려 뒤에서 끌어안았다. 루아의 등과 그의 가슴이 빈틈없이 맞붙었다.

"후욱!"

썰물처럼 빠져나간 상실감을 알아차리기도 전에 다시 자윤이 밀려들어 왔다. 커다란 손으로 그녀의 탄탄한 배를 쓰다듬으며 아까와는 달리 부드럽게 꽃잎을 헤집는다.

"하아, 하아, 아아아!"

고른 숨결 아래 폭풍이 지나가고 부드러운 바닷물이 출렁인다. 고개를 든 천일화가 물속의 해초처럼 하늘하늘 두 연인의 몸짓을 따라 줄기를 흔들었다. 땀으로 젖어든 두 몸이 부딪치는 소리와 함께 천일화들도 물방울처럼 파락 꽃망울을 터뜨려 댄다. 타닥타닥, 여기저기에서 천일화가 꽃잎을 여는 소리가 들려왔다.

"하아응."

나른하게 터져 나오는 고양이 소리에 자윤이 그녀의 내부를 밀어 올리며 뜨거운 내벽을 부드럽게 문질러 댔다. 거칠게 부딪치는 소리와 찰박임. 엎드려 있으니 거침없이 돌진하는 불기둥이 아기집에 닿는 듯 너무나 깊게 느껴진다. 아프다. 루아가 고개를 치켜들자 가슴을 주무르고 있던 커다란 손이 그녀의 턱을 감쌌다. 고개를 돌리니 숨 막히게 뜨거운 혀가 그녀의 입안으로 들어찼다. 루아는 갓난아이처럼 그의 혀를 정신없이 빨아들였다. 고통이 짙어진다.

"으으읍!"

반딧불에 감싸여 영롱하게 반짝이던 보랏빛 천일화의 노란색 꽃가루가 불꽃처럼 하늘로 피어올랐다.

"하흡!"

끈적끈적하게 들러붙은 입술이 떨어질 줄을 모르고, 숨결은 더욱 가빠졌으며 철벅이는 소리도 더욱 빨라졌다. 루아의 숨결을 삼키며 그녀를 들쑤셔 대던 자윤은 폭발하듯 그녀의 깊숙이 파고들기 시작했다.

"헉, 하앗, 헉, 헉!"

잠시 부드러워지는가 싶던 파도가 다시 거세게 몰아치기 시작했다. 루아는 망망대해에 떠 있는 작은 배처럼 정처 없이 그의 손길을 따라 움직였다. 두 팔로 바닥을 지탱한 채로 두 다리를 더욱 넓게 벌리고 엉덩이를 치켜들었다. 깊다. 아까보다 더욱 깊숙이, 심장까지 찌르고 들어차는 자윤을 느낄 수 있다.

빠져나가고 들어차는 느낌이 그녀의 오감을 폭발시키고 있다. 더 이상 참을 수 없어 발가락까지 오그라들며 온몸이 수축되는가 싶더니 거친 포효가 루아의 귀를 내려친다. 스러져라 그녀의 몸을 붙잡고 부숴 버릴 듯 들이닥치던 자윤이 깊고 뜨거운 숨을 토해냈다. 주위로 떠다니던 반딧불들이 순식간에 흩어져 버렸다. 아름다운 봉황의 날개가 그녀를 덮는 것을 느끼며 루아는 하얗게 부서져 내리는 달빛을 보았다.

※

사백력(斯白力:시베리아) 하늘 가장 높은 곳, 예전에 마고성이라 불리던 어머니의 천궁은 태양조차 무색할 만큼 웅장하게 자리하고 있다. 오색의 구름 위로 천이백 개의 금빛 기둥은 지붕이 보이지 않을 정도로 솟아 있고, 천궁의 둘레로 끝이 보이지 않는 은하수가 순환하여 흐르고 있다. 사방이 뚫려 문이라고는 찾아볼 수 없는 천궁의 중앙에 아름다운 금과 옥으로 차곡차곡 쌓인 천부단이 보인다.

하얀 천의를 입고 긴 머리채를 구름처럼 말아 올린 아름다운 두 명의 천녀가 천부단의 수경을 내려다보고 있다. 99자(尺) 너비의 수경에 걸터앉아 있던 월천녀(月天女) 항아(姮娥)의 긴 소매가 나비 날개처럼 팔락이며 수경 위를 가로질렀다. 잠시 물결이 생겼던 수경은 이내 고요한 호수처럼 잔잔해졌다. 항아의 붉은 입술에서 한숨이 터져 나왔다.

"천부단의 수경으로도 보이질 않는군요."

온통 초록빛 잎사귀를 투영하는 수경을 바라보던 항아의 반짝이는 은빛의 비단 소매가 사르륵 수경 위로 스쳐 지나간다.

"후후후. 소용없으실 겁니다. 어머니 마고께서 결계를 치신 듯합니다."

긴 소매 사이로 곱게 두 손을 모으고 지켜보던 대천녀 궁희가 미소를 지었다. 실망한 기색이 역력한 항아는 포기할 수 없는지 긴 소맷자락을 들어 수경을 거른다. 잔잔한 물결이 일었으나 수경은 여전히 천년목의 잎사귀로 가득 들어차 있었다.

"어제는 운사(雲師)의 구름으로 제 눈을 가리시더니 오늘은 천목령으로 천지를 통째로 덮어버리셨네요."

오늘 새벽까지 일천자(日天子)가 오는 줄도 모르고, 천지에서 벌어진 뜨거운 정사를 구경하다가 오적마가 끄는 수레를 타고 나타난 오라비의 모습에 깜짝 놀라 쫓기듯 월궁으로 향했었다. 호기심이라면 대천녀 소희를 빼고는 천계에서 따를 자가 없는 월천녀 항아였다.

"후후후, 그리 궁금하십니까?"

"궁희님께서는 아니 궁금하십니까? 6대 환인의 차남이니 궁희님께는 9대손 되는 아이인데."

그저 조용히 웃음 짓는 궁희의 모습에 항아가 사르륵 미끄러지듯 다가와 긴 소매로 입가를 가리며 조용히 속삭인다.

"벌써 이틀째입니다. 천산의 천목령이 오라버니 일천자의 해마저 가렸으니 아이들은 낮인지 밤인지도 모르고 정을 나누고 있겠지요?"

"열흘 뒤면 은월제(銀月祭)가 열려 선남선녀들이 짝짓는 것을 실컷 보실 터인데."

"호호호, 그것이…… 다른 이들과 달리 아주 뜨겁다 아닙니까."

항아가 그녀답지 않게 양 소매로 붉어진 얼굴을 가린다. 늘 조용한 미소만을 드러내는 궁희의 입가에 미약한 경련이 일었다. 그나저나 조금 있으면 일천자가 일궁으로 돌아갈 터인데, 그 자리를 대신해야 할 월천녀가 천궁에서 이러고 있으니. 두 아이를 보여주지 않으면 아무래도 오늘 달을 보긴 힘들 듯하다.

"그럼 잠시만 보는 겁니다?"

모든 것이 규칙적으로 순환하는 것을 좋아하시는 어머니 마고이니, 월천녀를 보내기 위해 잠시 어머니의 결계를 여는 것을 이해해 주실 것이다.

반짝반짝 눈망울이 두 배는 커진 항아를 바라보던 궁희가 긴 소매 깃이 수경이 닿지 않게 왼손으로 붙잡으며 오른손을 뻗었다. 오른손을 살며시 거머쥔 궁희가 손목을 꺾어 뒤집으며 가볍게 가운뎃손가락을 튕겼다. 건드리지도 않았는데, 수경 위로 작은 파동이 일어나는가 싶더니 빽빽하게 가렸던 잎사귀가 사르륵 열리며 작은 틈이 생겼다.

틈으로 보이는 것이라고는 온통 반짝이는 보라색 불빛뿐이다.

"호홋! 어머니 마고께서 천일화령들로 빛을 만들어주셨네요. 호호! 하긴 너무 깜깜하면 아무래도 좀 그렇지요? 낭만적이네요. 호호호!"

빠져들 듯 수경으로 허리를 숙이는 항아의 모습에 궁희가 가볍게 수경을 건드리니 천일화령에 둘러싸인 두 아이의 모습이 더욱 가까이 보였다.

"참으로 잘난 사내입니다. 일천자보다 더 훤칠한 용모가 아닙니까."

천계의 천녀들로도 모자라 선계의 선녀들까지 상사병을 앓게 하는 일천자보다 수려하다 하니 제 자식 자랑에 흐뭇하지 않을 어미가 어디 있을까. 궁희의 얼굴로 뿌듯한 미소가 피어올랐다.

"정말 그러합니까?"

"그럼요. 순행을 하는 동안에도 각국의 여인들이 몸이 달아 자윤을 머물게 해달라 제게 기도 올렸답니다."

살포시 달아오른 항아의 목소리에 궁희의 시선이 수경으로 향했다. 서로를 보듬느라 정신없는 두 아이를 둘러싼 천일화령들이 더욱 진한 빛을 띠고 있다.

부러움이 가득한 시선으로 내려다보던 항아가 목이 마른 듯 가녀린 목을 손으로 훑어 내린다.

"하아, 짧은 삶을 살아가는 이들의 사랑이 천화(天花:불)보다 아름답습니다."

"짧은 시간인 만큼 모든 것에 치열해야 하지 않습니까."

서로에게 얽혀든 자윤과 루아의 모습은 완전하게 하나가 되어 움직이고 있었다. 원색적인 신음 소리와 정염을 터뜨리는 농후한 찰박임이 수경 안에서 울려 퍼졌다. 잠시라는 약속도 잊은 채로 궁희와 항아는 상체를 깊게 기울여 두 사람을 내려다보느라 정신이 없다.

"대천녀 소희님 드십니다."

당황한 궁희가 수경 위로 기다란 옷깃을 펼쳤다.

"우사(雨師)!"

순간 수경 위로 물방울이 튀기 시작했다. 놀란 항아가 급하게 상체를 일으키는 순간 머리에서 반짝이는 비녀 하나가 별처럼 떨어져 이제 막 먹구름에 휩싸인 천지로 사라져 버렸다. 비녀가 떨어진 줄도 모르고 항아는 치맛자락을 움켜쥐며 궁희를 향해 울상을 지었다.

"운사를 부르셔야지 우사를 부르시면 어쩝니까."

급하게 아이들을 덮으려 운사를 부른다는 것이 잘못하여 우사를 불렀나 보다. 무어라 대답할 사이도 없이 동생 소희가 아끼는 소조(小鳥:종달새)들의 지저귐이 들리는가 싶더니 서쪽 하늘에서 알록달록한 오색구름 위에 선 소희의 모습이 보였다. 조용하고 단아한 궁희와 달리 화려함을 좋아하는 소희가 구름 아래로 사뿐하게 발을 내딛는다.

"월천녀 항아, 대천녀 소희님께 인사 올립니다."

깊게 허리 숙여 예를 갖추는 항아를 본척만척 지나친 소희가 언니인 궁희의 앞에 가볍게 머리를 숙였다.

"황궁에 갔더니 아니 계시기에 이리로 왔습니다."

"어머니께서 오래 비우시는 듯하여 잠시 살피러 왔단다. 그래, 어머니는 어쩌고 혼자 돌아왔느냐?"

"수경으로 보셨을 텐데 굳이 묻고 그러십니까."

불손한 소희의 태도에도 궁희는 그저 미소 지을 뿐이다.

"어머니 마고께서 수경을 가리셨구나. 어찌 된 것이냐?"

"글쎄요. 어머니께서 환궁하라 하여 그리 했을 뿐입니다. 돌아오는 길에 지계에 들러 지소를 보고 오느라 좀 늦었습니다. 그런데……."

별로 기분이 좋지 않았던지 소희의 시선이 슬금슬금 뒤로 물러서고 있는 항아에게로 뾰족하게 꽂혔다.

"월천녀께서는 또 어머니의 천궁에 어인 걸음이신지요."

"아, 지금 가려는 참이었습니다. 그럼 평안하소서."

서둘러 내빼는 항아의 모습에 돌아보는 소희의 미간으로 주름이 진다. 싸늘하게 옷깃을 날리며 돌아선 소희가 궁희에게로 한 걸음 다가선다.

"그런데…… 무얼 하고 계셨기에……."

무언가 석연찮은 듯 소희가 주위를 둘러보며 웃는다.

"얼굴에 홍화가 피었습니다."

"흠흠. 황궁을 너무 오래 비웠구나. 나도 이만 돌아가 봐야겠다."

궁희는 동생 소희의 말에 아무런 대꾸도 하지 못한 채 깊게 숨을 들이켜며 천천히 돌아섰다.

'어쩌나. 아이들이 비를 맞고 있을 터인데.'

*

 갑작스레 떨어진 빗줄기로 인해 은은하게 어둠을 밝혔던 보랏빛 불꽃들이 천일화 속으로 순식간에 사라졌다. 몸을 열어 환하게 피어 있던 천일화들이 때 아닌 비를 피하기 위해 꽃잎을 닫아 봉오리로 숨어들었다. 불빛들이 사라져 버리자 세상은 다시 어둠에 묻혀 버렸다.
 "하아."
 봉황이라 생각했던 사내, 자윤이라 하였던가. 그의 품에 안겨 뜨거운 숨결을 토해내던 루아가 차가운 빗줄기에 화들짝 놀라 자윤을 밀어냈다.
 "비……."
 꿈이라 생각하였는데 비라니, 꿈에서도 비가 내린단 말인가. 차갑다. 단꿈에서 깨어난 듯 몸을 일으켰다. 허벅지 사이로 미지근하게 무언가 흘러내린다.
 "비가 옵니다."
 자윤은 그의 품에서 벗어난 루아가 손바닥을 하늘로 향해 비를 맞고 선 모습을 조용히 바라보았다. 루아라 하였다. 천녀일지 모르는 그녀에게 빠져 달도 해도 보지 못했다. 상당한 시간이 흘렀음이 분명한데도 마치 시간이 멈춘 듯 그들은 어둠 속에 갇혀 있다.
 '역시 천녀의 꿈을 꾼 것인가.'

품 안에서 벗어난 루아의 향기가 가까이에서 느껴졌지만, 그녀의 안에서 밀려난 지금이 공허하여 견딜 수가 없다. 쉬지 않고 루아를 품었지만 너무나 아쉽고 그립다. 하늘 아래 이러한 인연이 있을 수 있을까.

 아무것도 보이지 않는 어둠 속에서 자윤은 머리맡에 희미하게 빛을 발하고 있는 천 조각을 집어 들었다. 처음 발견한 루아의 몸을 감싸고 있던 하얀 천을 두 손으로 넓게 펼쳐 들었다. 신기하다. 뱀의 비늘만큼이나 얇고 반짝이는 천은 물방울 하나 스며들지 않았다.

 "비가 내립니다."

 그녀의 목소리가 몸을 적시는 빗방울보다 더욱 선명하게 자윤의 가슴을 적셨다. 천계에는 비가 내리지 않는다고 들었다. 비를 보고 당황하는 그녀의 목소리에 정말 천녀였구나 하는 확신이 드는 자윤이다. 꿈이 아니라는 것을 증명하듯 또렷한 목소리가 들려왔다.

 "어떻게 비가 올 수 있습니까."

 한 걸음 내디딘 자윤이 하얀 천을 펼쳐 그녀의 머리 위로 비를 가렸다. 비에 젖은 루아에게서 촉촉한 살 내음이 은근하게 피어오른다.

 "인계에서는 때가 되면 비가 내린다오."

 물안개처럼 자욱하게 루아의 몸을 감싸는 저음의 목소리를 향해 돌아섰지만 어둠이 깊은지라 자윤의 얼굴이 보이지 않았다. 이마의 끝으로 그의 숨결만 느껴질 뿐. 이 사내, 정말 천인이었던가.

화려한 자색으로 날개를 펴던 봉황을 분명 보았다. 살며시 손을 들어 대보니 단단한 그의 가슴에서 따뜻한 심장의 두근거림이 들려온다.

"꿈이라 생각했는데……."

머리 위로 떨어져 내리는 빗물처럼 가슴으로 스며드는 루아의 속삭임에 자윤이 그녀를 품에 안고 입맞춤했다. 너무나 뜨겁고 격렬했으며 애틋했다. 세상을 버린다 해도 놓치고 싶지 않은 여인이다. 천녀라 하여도 하늘 끝에 닿아 어머니 마고에게 그녀를 달라 청하리라.

"내 심장은 아직도 그대가 아쉬워 이리도 가슴을 두드리고 있다오."

"하지만…… 꿈이 아니라면 왜 아침이 오지 않는 것일까요."

루아는 도대체가 꿈인지 현실인지 분간할 수가 없어 당황스러웠다. 이대로 세상이 어둠에 휩싸여 버리는 것일까. 두려움을 잠재우듯 그의 입술이 루아의 입술에 닿았다.

"하아!"

쏟아지는 빗줄기에도 아랑곳없이 뜨거운 열기가 두 연인을 감싸며 하얗게 피어오른다. 어둠 속에서 사흘째 꽃밤이 소리 없이 흐르고 있었다.

*

천지를 새카맣게 뒤덮은 먹구름 위로 장대한 사내 하나가 긴 수염을 휘날리며 왼손에 든 항아리의 물을 쏟아붓고 있었다. 사내의 덩치에 비해 크지도 않은 항아리에서 끝도 없이 물이 쏟아져 내렸다.

묵묵하게 비를 뿌리고 있으려니 서쪽에서 말간 구름이 몽글몽글 밀려왔다. 시커먼 먹구름과 달리 옅은 하늘빛을 띠는 구름 위에서 통통하니 키 작은 사내 하나가 얼굴을 내민다.

"이보게, 우사. 그만하시게."

"운사, 왔는가."

시큰둥하니 대꾸한 우사는 여전히 천지를 내려다보며 비를 쏟아붓기에 여념이 없다. 그 모습에 운사가 자라처럼 목을 길게 빼더니 우사의 먹구름 위로 폴짝 뛰어내렸다.

"이보게, 그만하라 하지 않는가."

운사의 말이 잘 들리지 않는지 우사가 천지로 들이붓던 물 항아리를 구름 위에 비스듬히 내려놓으며 귀를 후벼 팠다.

"지난번에 뇌공(雷公)과 낙수국 제사상을 두고 내기 바둑을 하여 이겼는데 망할 뇌공이 고함을 치는 바람에 계속 귀가 울리는군. 무어라 하였는가, 운사?"

"그만하라 하였네. 오는 길에 월천녀 항아가 보낸 옥토끼를 만났다네. 대천녀 궁희님이 날 부르려다 자네를 잘못 불렀다 하니 그만하여도 될 듯하이."

"이런! 그런가?"

운사의 말에 우사가 먹구름 위로 내려놓았던 물동이를 냉큼 세우니 인계로 쏟아지던 물줄기가 멈추고 비는 그쳤다.

"천지를 덮어두라 했으니 난운(亂雲:비구름)은 여기 두고 내 청운(靑雲)을 타고 가지."

"어딜 가시려는가? 그냥 여기서 바둑이나 한 판 두지."

덩치 큰 우사가 그의 허리춤에 겨우 미치는 땅딸막한 운사의 손에 붙들려 푸른빛이 도는 구름 위로 올라섰다.

"적수를 넘어 북쪽 땅에 염발(炎魃)천녀가 들어 가뭄이 극심하다네. 내가 달래보았지만 이거 영 말을 들어야 말이지."

염발이라는 말에 우사가 기겁을 하며 운사의 팔을 뿌리쳤다. 아무리 친한 지우라 하여도 그를 위해 천계에서 못생기기로 유명한 가뭄의 천녀인 염발을 마주하고픈 마음은 없었다.

"싫다네. 난 안 가겠네."

염발천녀가 우사를 사모하여 인계 여기저기에 가뭄을 일으키고 다닌다는 소문에 안 그래도 마음이 불편하던 참인데 그녀를 달래주라니.

"이보게, 내가 그이들에게 제사상 받아먹은 것이 벌써 인계의 셈으로 치면 오백 년이 넘었는데 어쩌겠나. 응? 염발이 자네를 은근하게 생각하고 있으니 가서 좀 달래주어. 응? 부탁하이."

"아, 글쎄, 싫다고 안 하나."

"자네가 염발만 잘 달래주면 내가 북두성군에게 말하여 바둑자리 함 마련하지."

북두의 일곱 별자리를 다스리는 북두성군은 바둑에서는 천계 일인자이니 그 말에 바둑 좋아하는 우사의 귀가 솔깃 일어섰다.

"그런가? 들리는 말에는 지난번 북한산에서 육두성군에게 한 수 물렸다 들었는데."

"한 수 물리나 두 수 물리나 자네보다는 한 수 위가 아니던가."

넉살 좋은 운사가 옷자락을 잡아당기니 우사가 못 이기는 척 걸음을 뗀다.

"잠깐, 물동이 가져가야지."

우사가 비가 담긴 물동이를 왼손에 움켜쥐자 그들을 태운 청운이 적수가 있는 서북쪽으로 유유히 사라졌다.

3장
붉은 바퀴

 조용히 기도문을 읊조리는 아사의 눈은 선하게 감겨 있고, 두 손을 모아 허리를 깊이 숙이는 그녀의 모습은 한 마리 학과도 같았다. 길게 풀어 가지런히 내린 머리카락은 허리 아래 엉덩이까지 내려와 동문으로 날아든 바람에 미세하게 물결처럼 흔들렸다.
 "어머니 마고의 보살핌 속에 일천자를 맞이하오니 대지에 빛을 뿌리시어 생명을 탄생시키시고, 땅으로 스미어 싹을 틔움에 기다림이 없게 하시고, 그 줄기를 강건히 하사 풍성한 열매를 기약하옵니다."
 아사는 더욱 찬란하게 밝아오는 해님을 맞아 하얗게 빛을 발하는 긴 소매를 가슴 위로 올려 동쪽을 향해 세 번 절을 했다.
 "모든 것이 어머니 마고로부터, 일천자의 빛으로 세상을 밝히

고 어둠을 물리어 천인의 자손은 부지런히 일하여 하늘에 보답고
자 오늘도 광영을 맞이하여 찬양합니다."
 기도를 마친 아사가 흰 대리석으로 올린 제단에서 내려서니 애
기신녀 노아가 작고 통통한 손을 들어 아사에게 머리를 묶는 비단
천을 내밀었다. 길게 늘어뜨렸던 머리카락을 익숙한 손길로 단숨
에 말아 올린 아사는 일천자의 제단이 있는 동신전을 나섰다.
 "대신녀님은 아직도 기도 중이시더냐?"
 제천행사가 코앞으로 다가왔음에도 불구하고 대신녀는 방에서
꼼짝 않고 있었다. 분명 방 안에서 누군가와 대화를 하고 있는 듯
한데, 소상히 알아오라 보낸 노아와 주아가 서로 다른 소리를 하
고 있었다. 노아는 대신녀가 하얀 새와 이야기를 나누고 있다 하
고, 주아는 날개가 달린 물고기와 이야기를 하고 있단다.
 "그것이……"
 "무엇이더냐? 어제와 같이 하얀 새와 이야기를 나누고 계시더
냐?"
 날카로운 아사의 물음에 강아지 같은 노아의 눈망울이 흔들린
다.
 "오늘은 새가 아니옵고 작은 염소였습니다."
 "어제는 분명 새라 하지 않았느냐?"
 제 입으로 새라 하였는데 다시 염소라 대답하려니 노아는 거짓
말을 하는 것도 아닌데 귀까지 붉게 달아올랐다.
 "염…… 소였습니다."
 새나 염소나. 아사가 웃음을 터뜨렸다. 소리 내어 웃고 있었으

나 눈빛은 사냥감을 노리는 매와 같이 날카롭다.

'도대체 무슨 일일까.'

환국은 나라를 다스리는 환인이 제사장의 역할을 함께하는 제정일치(祭政一致) 국가였다. 역대 환인들 곁에는 제사장으로서의 실무를 돕는 영험하고 지혜로운 신녀들이 있었으니, 환인 아래 선원 대신녀의 지위는 자못 강성했다. 지금의 대신녀 또한 6대 환인 구을리 전에 5대 환인 석제임(釋提壬)을 모셨으니 그 나이조차 분명하지 않다.

"이참에 제천행사를 아예 내게 미룰 셈인가."

이 대에 걸쳐 환인을 모신 대신녀임에도 그 세월 머리는 여전히 새까맣고 얼굴 또한 주름 하나 없다. 어머니 마고의 직계 자손인 환인조차 피할 수 없었던 생로병사의 틀에서 벗어난 여인이니 모두가 선녀라 여기어 머리를 조아렸다. 모든 것을 꿰뚫어 보는 대신녀의 존재가 아사에게는 껄끄럽기가 머리 위에 돌덩이를 얹고 있는 듯하여 한시도 경계를 늦출 수가 없었다.

'어찌 된 일인가.'

은밀히 지켜보라 했던 두 애기신녀가 새소리가 났다는 둥, 우박이 떨어지는 소리를 들었다는 둥 말도 안 되는 이야기만 주절거리니 슬슬 속이 타기 시작한 아사였다.

길게 이어진 복도를 걸어 어머니 마고의 석상이 있는 대신전 앞을 지나려니 사흘 뒤에 있을 제천행사 준비로 신녀들의 발걸음이 정신없다. 12환국에서 제천행사에 쓰일 제물들이 속속 도착하고 있었다. 참나무로 만든 숯을 가슴에 안아 든 애기신녀들이 선관신녀의 주도하에 일렬로 바지런한 걸음을 내딛고 있었다.

신녀들 사이를 가로질러 방으로 향하면서도 아사의 머리는 꼬리에 꼬리를 무는 생각들로 가득 차 있다.

"분명 무언가 있는데……."

방에 도착한 아사는 그녀의 뒤를 따르던 애기신녀 노아와 주아를 물리고 침상에 앉았다.

'곧 알게 되겠지.'

환국 내 아사가 모르는 것은 없었다. 동생의 꿈을 가로채 신녀가 된 아사였기에 신전에 들어와 열 살이 될 무렵부터 그녀의 눈과 귀, 때로는 손과 발이 되어줄 사람을 만들기 시작했다. 그렇게 십 년이 지난 지금 선원은 물론이요, 삼사오가 대신들과 서자부, 그리고 환궁의 침실까지 모든 일을 시시콜콜 보고하는 이들로 가득했다.

'제천행사 뒤에는 무언가 중요한 예언을 하나쯤 터뜨려야 하는데, 태자비 이야기를 해야 하나…….'

생각에 잠겨 방 안을 서성이는데 열린 창문 사이로 소조가 날아들었다. 시끄럽게 지저귀는 소리에 아사가 차가운 눈동자로 소조를 노려보았다.

〈바보 같은 신녀야. 보고 싶은 것만 보려 하니 새가 되고 물고기가 되고 염소가 되지.〉

시끄럽게 지저귀는 소리가 꼭 사람의 말과 같다. 천천히 자리에서 일어선 아사가 신녀의 위엄 서린 목소리로 차분하게 말했다.

"새에게는 어머니 마고께서 주신 소리가 따로 있는데 어이하여 사람의 소리를 내는 것이냐?"

아사의 나무람에도 소조는 눈 하나 깜짝하지 않고 나무색의 날개를 펴며 파드득 파드득 머리 깃을 세운다.

〈듣고 싶은 것만 들으려 하니 새소리가 나고 우박 소리가 나지.〉

새소리와 우박 소리. 순간 아사의 머리로 대신녀의 이야기를 전하던 애기신녀들의 말이 화살처럼 스쳐 갔다. 단순한 새가 아니라는 생각에 아사는 쓰러지듯 소조의 앞에 엎드려 절을 하였다.

〈대천녀 소희님의 사자를 알아보니 생각만큼 우둔하지 않구나.〉

바보 소리를 멈춘 소조가 그녀의 위로 날아올라 침상 옆에 떠놓은 정화수 그릇에 앉아 물을 마셨다.

〈좋아. 맛있어. 좋아. 눈을 씻고 귀를 닦아 바로 보고 바로 들으려무나.〉

작은 몸으로 정화수를 모조리 마셔 버린 소조는 순식간에 창문으로 날아가 버렸다. 급한 마음에 치맛자락을 붙잡고 일어선 아사의 눈에 닫힌 창문이 들어왔다. 이상하다. 분명 열려 있었는데, 열려 있던 문은 닫혀 있고 소조가 다 마셔 버린 정화수는 여전히 가득 차 있었다.

"꿈이었던가."

뜬눈으로 꿈을 꾸다니. 한참을 생각해 보아도 너무나 생생했다. 대천녀 소희라면 어머니 마고의 두 딸 중 차녀이며 죽은 자들의 땅인 지계 명왕의 어머니이다.

"눈을 씻고 귀를 닦아 바로 보고 바로 들어라?"

손끝으로 정안수를 묻혀 만지작거리다 맛을 보곤 코끝으로 가져다 댔다. 맛도 냄새도 별다른 것은 느껴지지 않는다.

"애기신녀 밖에 있느냐."

아사의 부름에 주아는 어디로 갔는지 노아가 혼자 방문을 열고 들어섰다. 아사는 노아를 붙잡아 세우고 정화수를 노아의 눈과 귀에 조금씩 촉촉하게 발랐다.

"선방에 가보아라. 대신녀님이 아까 보았던 염소와 아직도 담소를 나누고 계시는지 소상히 보고 무슨 이야기를 나누시는지 소상히 들어 마음에 새겨 오너라."

노아는 고개를 끄덕이고는 이내 밖으로 뛰어나갔다. 쪼르르 달려 나간 노아는 아사의 말대로 곧장 선방으로 향했다.

문 앞에 당도하니 다른 애기신녀 하나가 염소의 젖이 든 항아리를 들고 방으로 들려 한다.

"이리 줘. 내가 할게."

"아니야. 내 일인데 내가 해야지."

"아냐. 아사님이 내가 하라 그랬어."

차기 대신녀의 이름 앞에 항아리를 든 애기신녀가 망설인다. 이때다 싶어 노아가 친구의 항아리를 빼앗아 들었다.

"가봐."

"어디로?"

"어디든. 가서 쉬든지 아니면 마고 할머니한테 기도하든지."

항아리를 뺏기고 멀뚱하니 바라보던 애기신녀가 이내 돌아서서 복도를 걸어가 버렸다.

방문을 열고 들어서니 희한하게도 꽃 냄새가 가득했다. 가을볕을 은은하게 드리운 창가에 대신녀가 손짓하여 노아를 부른다. 대신녀의 맞은편에는 역시나 하얀 염소 한 마리가 앉아 있었다. 푹신한 양털 모피 위에 앉은 대신녀 앞에 무릎을 꿇은 노아가 작은 나무 상 위에 소젖을 내려놓았다.

"제천행사 준비는 잘 되어가고 있니?"

"예, 애기신녀들이 천화를 피울 숯을 옮기고 있어요."

"후후후. 그래, 나가 보렴."

똘망똘망 대답을 한 노아가 미적거리며 대신녀의 맞은편에 있는 염소에게로 고개를 돌렸다.

"나가기 싫은 게로구나."

신기하다. 염소 우는 소리가 옥구슬 구르듯 맑고 곱게 울리고 있었다.

"그냥 두어라, 어차피 알아듣지도 못할 터이니."

염소가 사람 말을 하는 것이 신기하여 두 눈을 비비고 보니 분명 조금 전까지 염소가 앉아 있던 자리에 너무나 예쁘고 고운 여인이 앉아 있었다. 겹겹이 틀어 올린 머리가 한 자 가까이 산처럼 솟아 있고, 여인을 감싸고 있는 길고 아름다운 도포는 은하수를 잘라 만든 듯 반짝였다. 얼굴은 또 얼마나 맑고 고운지 세상에 더 아름다운 이는 본 적이 없는 노아다.

순간 여인의 시선이 노아에게로 향하자 노아는 고개를 푹 숙여 버렸다. 행여 눈치챌세라 고개를 숙인 채로 조심조심 여인을 힐끔거렸다. 아주 잠시 노아에게 머물렀던 여인의 시선이 다시 대신녀에게로 향한다.

"희로애락(喜怒哀樂)으로 가슴을 끓이는 인계가 지겹지도 않더냐. 원희(元姬)야, 이제 그만 천계로 돌아오너라."

조용히 미소 지은 대신녀 원희가 작은 옥그릇에 하얀 젖을 따라 마고에게 내민다.

"마고성의 지유(地乳)와는 비할 바 못 되나 인계의 것도 가히 나쁘지는 않습니다."

마고는 큰딸 원희가 내미는 잔을 말없이 받아 들었다.

"인계가 지겹지 않으냐 물으셨습니까. 천인의 한숨에도 북풍한설을 맞은 듯 몸을 떠는 이들인지라 소녀는 애잔하여 자꾸만 마음이 갑니다."

"내가 하늘과 땅을 나누고 어둠과 빛을 나누어 세상을 열었을 때에 첫 기쁨이 되었던 나의 딸이 왜 천계를 떠났는지 안다."

후세는 궁희와 소희만을 기록하고 있지만 그들이 있기 전 마고는 으뜸이 되는 원희를 낳았었다. 하지만 원희는 아무런 감정을 갖지 않은 완벽한 존재로 음양도 하나요, 죽음도 삶도 없는 공허한 시간의 흐름을 견디지 못하여 세상으로 내려왔다. 스스로 자손을 두지 않았으며, 서로의 부족함을 메우기 위해 짝을 이루는 동식물들을 보살피며 세상을 떠돈 것이 오늘에 환국까지 흘러든 것이다.

"원희는 어머니께서 만드신 세상이 너무나 좋습니다. 풀 한 포기, 돌 한 조각까지 너무나 애틋합니다."

어머니 마고는 원희가 떠나간 후에 이성과 감성을 가진 궁희와 소희를 낳았지만, 큰아이를 그리는 마음이 천산보다 더 높고 파미르고원보다 더 넓어 결국에는 이곳까지 걸음하였다.

"서로의 부족함을 채우는 모습이 아름답고, 서로에게 의지하여 더욱 강해지는 이네들의 모습을 늘 곁에서 지켜보고 싶습니다."

"그래, 천계가 싫다 하면 선계(仙界) 또한 나쁘지 않을 터. 인계와 천계를 잇는 아름다운 다리가 아니더냐. 어느 한쪽에 치우치지 않고 두루두루 살필 수 있는 곳이지."

"어머니."

"삼신산(三神山)이라 하였다."

마고는 항아리에 담겨 있던 염소젖을 상 위로 부었다. 처음 하얗게 상 위를 덮은 젖이 마고의 손이 닿자 푸른색의 물로 변하더니 그 중앙으로 웅장한 산이 솟아났다.

"사방이 천 리요, 높이가 만 길로, 동쪽 끝의 생명의 나무는 천계와 연결되어 있다."

온통 바다로 둘러싸여 석 자 높이로 치솟은 삼신산은 산 아래 흐르는 물과 산속의 나무까지 세밀히 보였으며, 바람에 살랑대는 작은 나무들이 마치 실제를 보는 듯했다.

"동방의 바다를 건너 삼신산으로 가거라. 인계에서 선행을 쌓아 신선이 된 이들을 다스리고, 영수들을 보살피며, 생명의 나무를 가꾸며 지내거라."

이미 여러 차례 천계로 돌아오라는 말을 듣지 않았고, 그런 그녀를 위해 선계를 내어주는 어머니의 마음을 원희는 더 이상 외면할 수 없었다.
 "알겠습니다."
 "선계에는 인계에 퍼지면 아니 될 동식물이 많으나 천지를 호흡하여 심신의 자유를 얻은 선녀와 신선 또한 가득하니 그들이 너에게 도움이 될 것이다."
 "뜻대로 하소서."
 "네 앞에 모든 선인과 영수들은 존경과 선망으로 고개 숙일 것이며, 선인들의 왕이 될 원희는 명실상부한 선계의 주인이 되리라."
 자리에서 일어선 원희가 허리를 깊이 숙이며 어머니 마고에게 절을 하니 마고가 흐뭇하게 큰딸을 품에 안았다.

 '동방의 바다를 건너 삼신이라……. 그러한 산이 있었던가.'
 처음 듣는 이름이다. 아사는 노아의 말을 빠짐없이 머릿속에 새겨 넣으며 깊은 생각에 잠겼다. 태어나 한 번도 환국을 벗어나 본 적 없는 아사에게는 바다라는 것 자체도 이름만 들었을 뿐 본 적이 없었다. 진정 그리 말하더냐 되묻고 싶었지만 아사는 애써 입술을 깨물었다.
 "삼신에서, 음…… 영수?"
 일곱 살의 머리로는 생소한 단어였는지 노아가 귀엽게 땋아 올린 머리를 긁적였다. 단어가 생각나지 않는지 오히려 아사를 바라보며 두 눈을 크게 뜬다.

"음음, 그리고……."

분명 네 글자였는데 처음 듣는 말인지라 생각이 나지 않는 노아였다. 한시도 흐트러짐 없이 바라보고 있는 아사의 모습에 노아는 애가 탔다. 무슨 말이었지? 결국 노아는 알고 있는 말 중에 가장 그럴듯한 말을 꺼냈다.

"생명의 나무."

불분명하게 말끝을 흐리는 노아를 바라보며 답답함을 금할 수 없었으나 아사는 되묻지 않았다. 토막 난 단어들을 나열하는 입술을 달싹이는 노아를 답답하게 바라보면서도 아사는 단 한 마디도 내뱉지 않았다. 다시 되물음으로써 아이의 기억을 단단하게 굳히고 싶지 않았다.

어린 노아가 분명하게 기억하고 있는 것은 단 두 가지였다. 대신녀가 아름다운 여인과 이야기를 나누었고, 곧 삼신산으로 떠날 예정이라는 것. 이상한 일이다.

'누굴까. 선원에는 대신녀를 찾은 방문객이 없었는데.'

묘령의 방문객만이 아니었다. 기도를 빌미로 제천행사의 준비도 돌아보지 않고 선방에만 틀어박혀 있는 대신녀의 행동이 아무리 생각해 보아도 이해가 되지 않는다.

노아는 더 이상 생각나는 것이 없는지 눈알을 굴리며 같은 말만 되풀이 하고 있었다.

"노아야, 집에 가고 싶지 않니?"

태어난 산골 마을을 떠나 선원에 입관한 지 이제 반년밖에 되지 않은 노아가 고개를 갸웃거린다.

"아직도 집이 그리워 매일 밤 운다 하던데……."

혼이 날까 싶어 입을 꼭 다물고 있는 노아의 머리를 쓰다듬었다. 어린아이들은 소리새(정보원)로 오래 쓸 수가 없다. 어린 만큼 순진하여 다루기 쉬우나 그만큼 입과 행동이 가볍기 때문이다.

"큰일을 해내었으니 집에 보내주마."

"아사님!"

믿을 수 없다는 듯 노아의 두 눈이 얼굴의 반을 채울 만큼 커져 버렸다.

"오늘 밤 사람을 보낼 터이니 그를 따라가거라."

흐뭇하게 노아를 바라보던 아사가 작고 여린 손을 감싸 쥐었다.

"그자는 네가 있어야 할 곳으로 데려다 줄 게다."

"감사합니다, 아사님! 정말정말 감사합니다."

신이 나서 몇 번이나 엎드려 절을 하는 노아를 바라보며 아사가 인자한 미소를 지었다.

"노아는 아사님을 위해 매일 기도할 거예요."

"쉿! 오늘 우리가 한 말은 아무에게도 말하면 아니 된다. 알지?"

노아가 두 손을 가슴에 꼭 움켜쥐고는 고개를 끄덕인다.

"사람을 보낼 때까지 방에 가 있으렴."

믿을 수 없다는 듯 두 눈을 크게 뜬 노아를 지켜보던 아사의 입가에서 무지개처럼 걸려 있던 미소가 순식간에 사라졌다. 세상에 비밀이란 없다. 꼭 지켜야 할 비밀이라면 땅에 묻거나 천화에 태워 연기로 날려야 한다. 불은 사람들의 이목을 집중시킬 테니 땅에 묻어버릴까?

"자, 이제 방에 가서 짐을 꾸려야지?"

아사는 아이의 손에 옥으로 된 귀한 노리개를 쥐어주었다. 저승길 노잣돈으로 부족하지 않을 게야. 노리개를 쥐고 폴짝거리며 방을 나서는 아이를 바라보며 미소 지었다.

"결국 내게 대신녀의 자리를 넘길 셈이었군."

*

천산 어귀에 사뿐하게 내려선 루아는 끝도 없이 하늘로 닿아 있는 천산을 올려다보았다. 아무리 불러도 애틋하기만 한 사내의 이름이 루아의 입에서 한숨처럼 흘러내린다.

"자윤……."

붉은 바퀴라……. 그에게 너무나도 잘 어울리는 이름이다. 힘차게 운명을 향해 돌진하는 수레바퀴처럼 거침없이 들이치던 그 사내. 모든 것이 하룻밤 꿈만 같았다.

"봉황이 날아들 거야."

꿈이 아니었음을 증명이라도 하듯 옷자락 사이로 보이는 몸에 삼킬 듯이 그녀를 입에 물었던 자윤의 흔적이 촘촘히도 자리 잡고 있었다.

"가장 향기로운 꽃 위로 내려앉을 게다."

향기로운 꽃이라……. 그의 품 안에서 루아는 천일화처럼 봉우리를 터뜨렸다. 꽃물이 밴 듯 상흔마다 그의 숨결이 느껴진다.

"후후후, 꽃밤이로구나."

노파의 말을 떠올리니 루아의 얼굴이 화르르 달아올랐다. 마치 그들의 만남을 미리 알기라도 한 듯 뱉어냈던 말들이 그녀를 혼란스럽게 했다. 꽃밤은 꽃밤인데 낯선 사내와 꽃밤이라니……. 그와의 오랜 결합으로부터 벗어난 지금까지 낯선 흥분과 통증으로 아릿하다.

"하아……."

암흑에 싸였던 천지에서 벗어나니 해가 따사로운 볕을 내어주고 있다. 임을 보듯 돌아보니 유독 천지가 있는 천산의 정상에만 묘하게 먹구름이 끼어 있었다. 참으로 이상한 일이다. 그뿐이 아니다. 오르막이 열사흘이요, 내리막 또한 열하루를 꽉 채우는 천산을 하루 만에 내려섰다. 천녀임이 분명한 노파가 남기고 간 천의 때문인 듯하다. 사실 그마저도 루아가 걸음을 멈추고 자꾸 돌아본 탓에 하루였다.

'미쳤나 봐.'

천산 초입에는 그녀가 타고 온 키 작은 말이 풀을 뜯어 먹으며 야생마처럼 유유히 거닐고 있었다. 루아를 보고 반가운 듯 타박타박 걸어온다.

"휴우우······."

한숨이 나왔다가 다시 배시시 웃음이 나오고 또다시 한숨이 나온다. 알 수 없는 감정들이 하나같이 낯설고 어색하고 또 부끄러운가 하면 웃음이 나오니 남녀의 일이란 것이 참으로 오묘하다. 혼기가 찼으니 임을 만난 것이 부끄러운 것은 아니나 꽃밤을 보냈으니 혼인을 해야 한다. 이래저래 마음이 심란하여 루아는 자꾸만 한숨이 나왔다.

"다시 만나게 되면 확실하게 알게 되겠지."

이대로 돌아보지 않고 말을 타고 달리면 이틀 안에 환인성에 도착할 것이다. 하지만 함부로 보일 수 없는 물건인지라 루아는 천의를 벗고 처음 입산할 때 입었던 무복으로 갈아입었다. 노파를 다시 만날 기약은 없으나 제 것이 아니기에 언젠가는 주인에게 돌려줘야 할 터, 잘 보관해야 할 것이다.

천의를 고이 접던 루아는 또다시 기함했다. 접고 접으니 그녀의 몸을 감쌌던 천의가 한 줌 크기로 줄어들었다. 아무리 세상 것이 아니라지만 처음 보는 것이 마냥 신기하기만 하다. 한 줌 천의를 무복 안에 챙겨 넣고 말에 올라 서쪽으로 고삐를 당겼다.

"다시 만날 수 있겠지요?"

말을 타고 달리면서도 생각은 온통 자윤에게로 향해 있었다. 쉬지 않고 달리니 날이 어두워진다. 말에 올라 달리는 동안 별이 떠올랐다. 자윤을 생각하니 지치지도 지루하지 않다. 난생처음 보는 사내와 몸을 섞고 그마저도 모자라 정을 주었다. 달아오른 얼굴은 가라앉을 줄 모르고 은근하게 그녀를 바라보고 있는 달님에게조차 부끄러워 고개를 들 수가 없다. 하룻밤 꿈같은 천인과의 사랑이었으나 소중한 인연이다. 루아는 모든 것이 어머니 마고가 정해준 인연이라 굳게 믿었다.

월천녀 항아의 보살핌으로 대낮처럼 밝은 달빛 아래 밤길을 달리는 말발굽 소리가 경쾌하다.

그녀의 고향은 천산 아래 환인성을 중심으로 원형으로 삼천 리의 평야 지대에 자리하고 있다.

동쪽 끝으로 붉은 기가 오를 무렵, 풍요롭게 익어가는 오곡의 평야에 둘러싸인 성곽이 보였다.

환인성은 중앙 천부단을 중심으로 동서남북 사방궁이 있다. 동궁은 환인전과 왕자들의 거처가 있고, 북궁은 신녀관인 선원, 서궁은 서자부, 남궁은 삼사오가의 관청이 자리하고 있다. 그 사방궁을 둘러싸고 삼조도구 형태로 세 겹의 강이 있는데, 이를 지천, 유천, 금천이라 불렀다. 강의 좌우에는 성벽을 둘러싸고 12관문이 있다.

지천을 건너 북서문을 통과하니 해가 선명하게 모습을 갖췄다. 볏짚에 황토를 발라 만든 수백 채의 움집이 옹기종기 모여 있었다.

유천을 건너자 일터로 향하는 사람들이 남서문에서 쏟아져 나온다. 부지런히 달려 금천을 건넌 루아가 말에서 내려섰다. 붉게 칠해진 단주가 세워진 서궁 서자부의 푸른색 대문이 보였다.

반갑게 인사하며 다가선 백랑에게 말고삐를 넘기고 서자부 안으로 들어섰다. 집보다 더 오랜 시간을 보낸 탓에 익숙하여 편안한 서자부였건만, 꿀단지 숨기다 들킨 계집아이처럼 괜스레 얼굴이 달아올랐다.

대문 안 서자부 광장에 도착하니 해가 지고 있었다. 십여 흑랑의 주도하에 백여 명의 서자부원들이 제천행사에서 선보일 군무 연습에 열심이었다. 혈기 왕성한 소년, 소녀들의 목소리가 우렁차게 하늘을 찌른다.

"하나, 하늘과 둘, 땅이 셋, 사람이 너, 여자와 다섯, 다 되어 여서, 어버이 되어 일곱, 일구어 여덟, 얻어 아홉, 아이를 열, 열어 세상으로 나가게 하리라!"

적랑과 청랑, 백랑이 칼로 베어낸 듯 반듯하게 정렬하여 칠흑처럼 검게 옻칠을 한 목검으로 하늘을 가르며 땅을 내려친다. 부원들을 지켜보고 있던 흑랑 장백이 조용히 걸음을 옮기는 루아를 발견하고는 다가섰다.

"산행은 잘 하시었습니까."

그녀보다 한 살 많은 장백이었으나 금랑의 자리에 있는 루아인지라 언제나 깍듯했다.

"제천행사가 되어서야 돌아오시리라 생각하였는데, 너무 일찍 돌아오셨습니다."

너무 일찍이라……. 노파로 가장한 천녀를 만나고, 하늘에서 내려온 천인과 정을 나누고 천의를 입고 하산했다. 도대체가 며칠이 지났는지 셈을 할 수 없어져 버린 루아였다.

"제가 천산으로 떠난 지 얼마나 되었습니까?"

"이제 겨우 열흘하고 나흘 지났습니다."

천산에 다녀왔다는 것이 믿어지지 않는 듯 장백이 다시 한 번 묻는다.
"정말 천산에 다녀오신 겁니까?"
성문을 나와 천산을 향해 하루 반나절을 내리 달렸고, 산에 오른 지 엿새째 되는 날에 노파를 만났다. 노파가 남긴 천의를 얻어 천지에 오르기까지 겨우 이레?
'그이를 만나 보낸 밤이 사흘이구나.'
또다시 얼굴이 달아오른다. 무언가를 먹은 기억도, 잠을 잔 기억도 없는데 사흘을 떨어질 줄 모르고 정을 나누었단 말인가. 그것도 처녀가.
"어디가 불편하십니까?"
"아닙니다."
새빨개진 그녀의 안색을 살피는 장백의 걱정스런 물음에 루아가 고개를 절레절레 흔들었다.
장백과 헤어져 방으로 들어선 루아는 가슴에 품었던 천의를 벽장 깊숙이 숨겨 넣었다. 옷을 벗어 든 루아는 귀까지 빨갛게 달아올랐다. 눈을 어디에 두어야 할지 알 수가 없다. 내 것이다, 선포라도 하듯이 온몸에 그의 흔적을 새겨졌다. 서둘러 깨끗하게 빨아놓은 새 옷으로 갈아입었다. 행여나 누가 볼까 가죽 보호대로 흔적들을 꼼꼼하게 가리고도 한참을 서서 재차 확인했다. 방을 나선 루아는 서자부를 나와 북궁 선원(璿源)으로 향했다.

선원의 대신전은 서른세 자 높이의 돌을 깎아 천장에 닿은 어머니 마고 신상 좌우로 각각 대천녀 궁희와 소희 신상이 있고, 그 앞으로 사각의 제단 좌우로 어둠을 밝히는 천화가 타오르고 있다.

"그래, 천지에서 무엇을 보았니?"

흰색의 비단옷에 붉은 복대를 한 아사가 선원으로 들어서는 루아의 손을 반갑게 잡는다.

"평안하셨습니까. 서자부 금랑 루아, 환국의 신녀 아사님께 인사 올립니다."

"호호호, 되었다는데도 고집은."

굳이 예를 갖추려는 동생의 인사를 부드럽게 잘라낸 아사가 루아의 손을 잡아당겨 어머니 마고의 석상 아래 있는 돌계단에 앉았다.

마주 앉은 두 자매는 커다란 눈과 곧은 코, 작고 도톰한 입술까지 너무나 꼭 닮아 마치 물에 비친 자신을 돌아보는 것 같다. 언니인 아사는 긴 머리를 흰 천과 엮어 말아 올리고 하얀 신녀복을 입어 서자부의 무복을 입고 긴 머리를 땋아 늘어뜨린 루아와 차이를 두었을 뿐이다.

"대신녀님은 어디에 계셔?"

"며칠째 선방에서 나오지 않으시네. 기도하시나 봐. 생각보다 일찍 돌아왔네?"

한 번도 천산에 가보지 않은 아사는 그 길이 얼마나 멀고 얼마나 험한지 관심도 없었다.

"설마 천산에 오르다 말고 돌아온 건 아니겠지?"

다급하게 쏟아지는 아사의 물음에 루아는 자윤이 떠올라 또다시 얼굴을 붉혔다.

"어찌 된 거냐니까. 네가 떠난 뒤로 대신녀님께서 순행을 떠난 삼왕자가 환국할 거라 예언하셨단 말이야."

"삼왕자?"

"12년 전에 순행 떠났던 왕자가 있다네. 내가 입관하기도 전의 일이니 누가 알아. 왕자가 한둘도 아니고. 또 그 먼 길에서 살아 돌아올 줄 누가 알았겠어."

서슴없이 말을 뱉어내는 아사의 말을 막으며 루아가 조용히 속삭였다.

"언니."

"길이 멀고 험한데다가 성 밖에는 육고기를 먹고사는 야인들이 득실거리는데. 게다가 전대에도 순행을 떠났다가 돌아오지 못한 왕자들이 어디 한둘이니."

루아가 아사의 손을 잡아당겼다. 풀 한 포기조차 귀히 대하여야 하는 신녀의 신분으로 하물며 왕자의 생사에 대해 너무나 거침이 없다. 근심 어린 동생의 손길에 아사가 싸늘한 눈초리로 루아를 바라본다.

"꿈에 봉황을 가르고 다른 봉황이 나왔다며?"

"그 꿈은 언니도 같이 꾸었잖아."

아사가 새치름하게 루아의 시선을 피했다.

"흠흠. 그래서 천지에서 무엇을 보았니? 정말 봉황이라도 날아든 거야?"

아사의 물음에도 루아는 입을 꼭 다문 채 대답이 없다. 발갛게 달아오른 동생의 얼굴을 살피던 아사가 한껏 치켜세웠던 눈꼬리를 사르륵 내리며 루아의 손을 다독였다.

"루아, 우리는 하나였던 몸이 둘로 나뉘어 태어난 쌍둥이야. 모든 것을 나누게 되어 있지. 네가 그 꿈을 꾸었을 때 난 기도를 하느라 깨어 있었고. 그래서 그냥 같은 꿈을 꾸었다고 말한 것뿐이야. 내가 잠들어 있었다면 분명 꾸었을 테니까."

차분하게 설명을 하는 아사를 바라보며 루아는 가슴이 무겁게 내려앉았다. 천지에서의 일을 말해야 할까. 시기가 나쁘다. 대신 녀의 예언은 빗나간 적이 없으니 루아의 꿈이 알려진다면 삼왕자의 귀환과 맞물려 분명 문제가 될 것이다.

루아는 자윤이 예언 속의 왕자라고는 생각지도 못한 채 뜬금없는 삼왕자의 출현이 불길하기만 했다. 게다가 봉황으로 분한 천인과 사흘 밤낮으로 몸을 섞었다는 말은 도저히 할 수가 없었다. 가슴에 불덩이를 삼킨 듯 먹먹하니 답답해져 온다.

"아무것도 없었어."

이래저래 입을 다물어야겠다는 결론에 도달한 루아가 고개를 저었다.

"그냥 천일화만 잔뜩 피어 있더라."

"무어라? 꽃?"

대답도 없이 고개를 끄덕이는 루아를 보니 분명 무언가 있는데, 입을 꼭 다문다?

"때 아닌 꽃놀이하느라 우리 아우님 눈이 즐거우셨겠어?"

미심쩍은 듯 바라보던 아사가 옅은 한숨을 내쉬었다. 물러설 때를 아는 것 또한 원하는 것을 얻는 방법 중 하나다.

"그래, 태자님이 저리 장성하시어 늠름하신데 다른 봉황이라니 있을 수 없는 일이야."

아사의 말에 루아가 언니의 손을 붙잡는다.

"그래, 그러니까 이번 일은 아무에게도 말하지 않는 것이 좋겠어. 잘못하면 집에까지 큰 화를 미칠 거야."

"흠. 그래. 그렇게 하자꾸나."

"약속해. 절대 말하면 안 돼, 응?"

"알았어. 알았다니까."

루아는 총기가 밝아 어릴 때부터 선몽을 자주 꾸었다. 자매가 일곱 살 되던 해, 태자의 몸에 이유를 알 수 없는 열꽃이 피었는데 비슷한 시기에 루아는 봉황이 만개한 천일화를 삼키는 꿈을 꾸었다. 꿈 이야기를 들은 아사는 제가 꾼 듯 아버지에게 고했다. 천일에 단 한 번 피어나 그 시기를 예측할 수 없는 천일화의 개화 시기를 예언한 것이다.

그 일을 계기로 아사는 천기 잘 읽는 총아로 주목받으며 선원에 들어 화려하게 입관식을 치렀다. 마가의 둘째인 아사가 신녀가 되었으니 루아가 언니를 대신하여 서자부에 입단했다.

환국에서 아이를 낳으면 장자는 대를 잇게 하고 그 아래로 남녀 구분 없이 둘째는 출가하여 서자부에 입단한다. 심신을 단련하며 매일같이 고된 훈련을 해야 하는 동생이었으나 아사는 조금의 미안함도 느끼지 않았다. 어차피 제 운명, 제가 열어가는 것이 아니던가.

"그만 가봐야겠어. 서자부를 너무 오래 비웠거든."

"무예를 연마하느라 고생이 많구나."

서자부의 젊은 소년, 소녀들은 매일같이 땀이 범벅되어 먼지를 날리며 목검을 휘두르고 활을 쏜다. 곱고 아름다운 것만 좋아하는 아사에게는 생각만 해도 끔찍한 일이었다.

"그래, 가보렴. 환국의 자부심이 서자부에 있으니 게을리하지 말아야 한다."

일어서는 루아를 배웅하며 아사가 찌푸렸던 얼굴을 펴고 신녀답게 온화한 미소를 지었다.

깜깜한 밤하늘, 별들이 총총히 박혀 있다. 서자부가 있는 서궁으로 향하는 루아의 뒷모습을 지켜보던 아사가 멀리 천산을 바라보았다.

"천지에 봉황이 날아들었다."

시기가 좋지 않으나 간과할 수 없는 문제다.

"삼왕자의 귀환이라……."

대신녀의 예언은 한 번도 빗나간 적이 없었다. 물론 동생인 루아의 선몽도 마찬가지다.

"루아, 네 분명 천지에서 무언가를 보았을 듯한데 말이 없구나."

봉황은 분명 차기 환인, 환국에는 장성한 태자가 있고 자식이 없다 하나 아직 젊다. 또 다른 봉황이 날아들다니 일어나서는 아니 되는 일이었다.

"그래, 아우가 비밀을 갖고 싶다면 언니 된 도리로 지켜주어야

붉은 바퀴 75

겠지. 아우야, 그 꿈은 이루어지지 않을 터이니 그냥 가슴에 묻거라. 그래야 이 언니의 미래가 밝아질 테니. 후후후."

비록 천기를 읽는 동생의 꿈을 빌려 신녀가 되었지만, 평생을 늙어빠진 삼신 마고를 섬기며 보낼 생각은 없었다.

"마가의 장녀 아사는 환국 최고의 여인이 될 거야."

천기를 읽는 재주는 없으나 세상 이치에 밝고 사람의 본성을 꿰뚫는 재주를 지녔으니, 그 작은 재주로나마 남은 삶을 화려하게 펼칠 꿈을 꾸는 아사였다.

*

천산을 내려오는 데 꼭 아흐레가 걸렸다. 보통 장정이었다면 열하루가 걸리는 하산길이나 오랜 시간 산천을 넘나든 자윤이 보통의 장정들과 같을 리 없었다. 천산의 어귀에 도착한 자윤이 충직하게 그를 기다리고 있던 애마 적운(赤雲)의 목덜미를 두들겨 주고는 그녀와 다시 만나기로 한 고목 앞에 섰다. 순행을 떠나기 전에는 하나였던 나무다. 몇 해 전에 뇌우를 맞았다는 천년목은 기이한 모양새를 하고 있었다.

뿌리는 하나요, 몸뚱이는 반으로 쪼개졌으나 죽지 않고 살아 있다. 다른 나무들 못지않게 아름다운 가지를 드리우고 있는데다가 그 윗부분은 다시 하나로 얽혀들어 초록색 잎사귀를 가득 피웠다. 가운데 부분만이 원형으로 비어 있을 뿐이다.

다시 하나가 되기 위해 얼마나 긴 시간 동안 힘겹게 몸을 틀어야 했을까. 사무치는 그리움이 느껴졌다. 죽음 앞에서도 절대 헤어지지 않으려는 연인의 의지를 나타내는 것 같아 바라보는 자윤의 마음까지 애잔하다.

"그대도 나와 같은 마음이기에 이곳에서 만나자 약조한 것인가."

애틋하게 서로 얽혀 있는 나무의 가장 높은 가지에 올라 머리에 둘렀던 붉은 띠를 풀었다. 가장 잘 보이는 곳에 그의 여인이 보아주기를 바라는 마음으로 이름이 새겨진 붉은 천을 정성스레 묶었다. 행여 늦게 되면 기다려 달라는 마음을 담았다.

나뭇가지에 정표를 묶어두고 내려서니 새까맣게 먹구름이 끼었던 천산은 거짓말처럼 밝은 달이 빛을 내리고 있었다. 적운에 올라 천산을 등지고 걷기 시작하여 얼마 지나지 않았음에도 자윤은 자꾸만 뒤를 돌아본다.

"머리에 금충7)이 들었나, 그녀도 없는데 왜 자꾸 돌아보는가."

천지에서 그녀와 보낸 시간이 얼마인지 알 수가 없다. 하나로 태어나 둘로 나뉘었던 짝을 만난 듯 주저 없이 결합하여 서로에게 공명(共鳴)했다. 샘을 부리듯 하늘에서 비를 뿌렸지만 그도 잠시였다. 빗물처럼 맑은 눈물이 가슴을 적시며 뜨거운 자윤의 핏속에 녹아들어 혈관을 타고 그의 심장까지 점령해 버렸다.

"루아."

맑은 눈물이라……. 이름 또한 얼마나 어여쁜지. 자윤은 입안으

---

7) 기억을 먹고사는 기생충

로 매끄럽게 구르는 그녀의 이름을 주문처럼 되뇌었다. 이름만큼이나 맑고 투명하던 루아의 눈망울이 떠올라 가슴이 조여든다. 보통 여인네들은 조바심치며 안달하는 사내의 모습에 흥을 느낀다고 들었는데 그녀는 달랐다. 너무나 서슴없이 아쉬움을 드러내던 루아를 떠올리며 흐뭇하게 미소 지었다.

"제천행사의 뒤로 은월제가 있습니다. 천산 초입에 몇해 전 뇌우를 맞아 반으로 갈라진 천년목 아래서 기다리겠습니다."

얼마나 담백하고 똑 부러지게 약조를 하는지 자윤은 루아를 다시 한 번 끌어안았다. 놓고 싶지 않았다. 함께 하산하여 부모를 찾아뵙자 하였건만 아무것도 묻지 않은 채 은월제를 고집하는 루아의 마음이 새삼 풋풋했다. 순행을 하느라 혼기 놓친 환인 구을리의 셋째 아들이 드디어 혼사를 이루는구나.
정인이 빠져나간 가슴이 아까의 나무와 같이 구멍이 난 듯 허전하고 적막하여 견딜 수 없을 것 같으나 다시 만나면 평생을 붙어 살 터이니 그저 스스로 마음 달래며 헛헛한 가슴 쓸어내리는 자윤이었다.
침울한 마음도 잠시, 다시 만날 생각을 하니 피식 웃음이 나온다. 참으로 바보 같은 사내가 아닌가. 여인 하나로 이리 짧은 시간에 희비가 엇갈리니. 에라, 반푼이라 하여도 좋다. 어머니 마고께서 서로 어여뻬 아끼고 제 살처럼 보듬으라 사내와 여인을 갈라 만든 것이 아닌가.

히죽히죽 흐뭇하여 걷다 보니 날이 밝아오고 있었다. 다시 해가 지고 꼬박 하루를 달렸다.

  어느새 하얀 돌로 빈틈없이 쌓아 올린 성곽이 나타났다. 지천을 건너 북서문을 지나 다시 두 개의 강과 두 개의 문을 통과하니 동궁의 모습이 보였다.

  적운에서 내려 시종에게 고삐를 넘기고 계단을 뛰어올랐다.

  "형님!!"

  널찍한 복도에 들어서니 막내 왕자 서윤이 입을 함지박만큼 벌리고 달려왔다.

  "형님! 형님!"

  왕자의 체면 따위 안중에도 없다. 자윤에게 팔을 둘러 가슴에 얼굴을 묻은 막내아우는 그간 사무쳤던 그리움을 그대로 드러냈다.

  "형님 오신다는 소식 듣고 밤새 잠도 안 자고 기다렸습니다."

  분명 그리 했을 것이다. 올해 열일곱인 구왕자 서윤은 자윤이 환국을 떠날 때에 나이가 다섯 살이었다. 그의 옷자락을 놓지 않고 서럽게 울던 막내를 자윤은 아직도 기억한다.

  "그간 평안하셨습니까, 형님!"

  "떼쟁이가 어른이 다 되었구나."

  "떼쟁이라뇨. 이제 조금 있으면 아버지가 된다구요."

  어릴 때부터 유난히 자윤을 따르던 서윤인지라 그 또한 유난히도 예뻐했다. 세월은 흘렀으나 형제의 우애만큼은 세월을 몸에 새겨가는 나무처럼 단단하기만 하다. 다섯 살배기 어린아이처럼 그를 붙잡고 놓을 생각이 없는 서윤의 뒤로 낮은 기침 소리가 들려왔다.

"흠, 흠……."

서윤의 뒤로 백의백관에 각기 색이 다른 복대를 두른 삼사오가(三師五加) 여덟 대신의 모습이 보였다. 마치 그가 나타나기를 기다리고 있었던 양 일렬로 서 있는 것을 보니 대신녀의 신망이 여전히 두터운가 보다.

환국의 중책을 맡아보는 삼사 풍백, 우사, 운사가 공손히 머리를 숙인다. 그 뒤로 반갑게 앞으로 나선 우가(牛加)가 울금으로 색을 들인 노란색 복대에 손을 포개고 허리를 숙였다.

"환궁을 감축 드립니다."

"어르신들, 평안하셨습니까. 어찌 알고 걸음하셨습니까."

넉살스레 묻는 자윤을 향해 마가가 두 손을 포개며 웃는다.

"오늘로 일천자가 하늘에 오르면 궁을 떠난 천손이 환궁하리라는 대신녀님의 예언이 있었습니다."

"무사히 순행 마치시고 이리 건강한 모습으로 뵈오니 어머니 마고님께 감사할 따름입니다."

환국 삼왕자를 반기며 고개를 숙이는 대신들과 마주하여 자윤도 허리를 숙였다.

"오랜만에 뵙니다."

"무사 귀환을 감축드립니다. 환인께서 기다리고 계십니다."

"다른 이들은 나흘 전에 모두 도착하였는데 왕자께서 보이지 않으시니 걱정하였답니다."

순행을 떠났던 다른 이들이 먼저 도착하였다는 말에 일자를 따져 보니 사흘이 빈다. 하룻밤이라 생각하였는데 오늘까지 하여 이레가 눈 깜짝할 사이에 지나가 버린 것을 깨우친 자윤은 난감하기 짝이 없었다.

"맞아요. 형님 오실 때가 지났는데 오지 않아서 이 아우의 심장이 까맣게 타버렸답니다. 다들 인사는 나중에 마저 하시지요. 여기 더 서 있다가는 아버지께서 나오실 참입니다."

새삼 옷매무새를 가다듬은 서윤이 자윤의 손을 잡아당긴다.

"환인께서 기다리실 터이니 인사는 다음에 하겠습니다."

오가 어른들에게 정중하게 고개를 숙인 자윤이 삼사 대신들을 따라 환인전으로 향했다.

"순행을 하시는 사이 훤칠하게 장성하셨습니다그려."

조용히 뒤로 물러서 있던 저가(豬加)의 말에 곁에 선 우가가 자윤과 서윤이 사라진 곳을 바라보며 흐뭇하게 미소 지었다.

"환인께서 아침 일찍 우리를 부르신 데에는 다 이유가 있다 아닙니까."

"하하하, 그러게 말입니다. 구왕자 서윤님까지 모두 혼례를 치르셨으니 삼왕자님을 위해 빨리 좋은 여인을 찾아보아야겠습니다."

태평성대에 노인들의 흥거리란 제사와 결혼, 그리고 아이의 탄생이었다. 왕자의 혼사 이야기에 열을 올리는 다섯 노인은 환국의 태평성대를 유지하는 제도의 수장들이었다.

환국은 이미 그 처음에서부터 입법과 행정, 사법이 삼사로 분리

되어 있고, 삼사 아래 오가를 두어 다시 업무를 나누어 관할하게 하였다. 나라의 기둥을 이루고 있는 중책이었건만 다섯 대신은 왕자의 혼사 이야기로 연신 웃음을 터뜨리며 아이들처럼 신이 났다.

"하하하하, 환국 최고의 여인을 어디서 구할 수 있을까."

남궁에 있는 오가 관청으로 발걸음을 옮기면서도 혼사 이야기는 끝이 없었다.

"이번 은월제는 이백육십여 선남과 이백사십여 선녀가 모일 예정이니 그전에 알아보아야 하지 않겠습니까."

멈춰 선 채로 삼왕자의 혼례 이야기에 빠져든 대신들 중에 저가가 마가를 바라보며 묻는다.

"마가께서도 어여쁜 여식이 있지 않습니까."

서자부 수장인 차남 우서한(于西翰)의 짝으로 루아를 탐내고 있던 터라 내내 말이 없던 구가가 헛기침을 한다.

"흠흠. 그 예쁜 호랑이가 이리 오고 있습니다."

구가의 말에 마가가 고개를 드니 서자부에서 오는 길인지 서궁 쪽에서 딸아이가 걸어오고 있었다.

"오가 어르신들, 밤사이 평안하셨습니까."

다섯 대신을 향해 예를 갖추는 루아의 모습에 마가의 얼굴로 뿌듯함이 피어오른다. 여인으로서는 처음으로 서자부 차기 수장이 될 금랑에 오른 루아이니 그 자랑스러움을 어찌 감추어야 할지 알 수가 없다.

"아침 해가 유난히 밝더니만 서자부 금랑을 만나는구나. 후후후."

저마다 덕담 한마디씩을 건넨 대신들은 마가를 향해 은근한 웃음을 지으며 자리를 떴다.
"후후후, 서자부에서 오는 길이냐?"
"예."
"그래, 선원에 가는 길이더냐?"
"예."
"신녀님 만나러 가는 길인데 눈치 없이 붙잡았구나. 어서 가보거라."
어릴 적부터 유난히 말수가 적은 딸아이가 정중히 예를 갖추고는 북궁의 선원으로 향한다. 딸아이의 모습을 바라보며 마가는 흐뭇하게 미소 지었다.
천인의 자손을 먹이는 농사를 근간으로 하는 환국인지라 농사를 주관하는 우가의 세력이 자못 강성했다. 하나, 세상에 가장 중한 것이 사람이요, 사람을 키우는 것도 농사라 농사 중에도 자식 농사가 으뜸이 아니던가.
장녀는 장차 대신녀에 오를 환국의 신녀 아사요, 그녀와 쌍둥이로 태어난 차녀 루아는 환국 서자부의 금랑이니 오가 대신들의 부러움을 한 몸에 받는 마가는 세상에 더 바랄 것이 없는 사내라.

환인성에서 가장 먼저 해를 맞이하는 동쪽 동궁에 위치한 환인전은 정교하게 깬 돌을 차곡차곡 반원형으로 쌓아 원개(圓蓋)형을 이루고 있다. 그 웅장함이 천장 높이가 33자(尺)요, 마고성에서 환국에 이르기까지의 역사를 벽화로 그려 넣어 오색의 화려함이 극에 달했다. 옥좌 아래 세 개의 계단이 있고, 좌우로 꺼지지 않는 천화가 타오르는 커다란 석재 향로와 같은 크기의 물 항아리가 각각 자리하고 있었다.

안으로 들어서자마자 아우들이 우르르 자윤을 둘러싸고 저마다 손을 잡았다. 못 본 사이 장난기 많던 아우들은 모두가 어른이 되어 있었다. 금슬 좋기로 유명한 환인 구을리와 환부인 융은 어릴 때 죽은 둘째 왕자를 제외하고 왕자만 여덟을 두었다. 여기저기서 평안하셨느냐는 환국의 인사가 들려왔다.

"자자, 그만들 하거라. 문안도 여쭙기 전에 무슨 소란이란 말이냐."

맏이답게 태자 두율이 아우들을 진정시키며 조용히 나무라니 왕자들이 제각기 제자리를 찾아 앉았다.

호피가 둘러진 옥좌에 환부인 융과 나란히 앉은 6대 환인 구을리가 하얀 눈썹을 휘며 웃었다. 한걸음에 옥좌에서 내려와 자윤의 손을 잡은 환부인 융의 눈에는 벌써 눈물이 가득하다.

"살아 돌아와 주니 너무나도 고맙구나."

환부인 융은 자윤의 손을 놓지 못하고 손수건으로 눈가를 찍어냈다. 자식을 떠나보낸 어미의 마음이 오죽했을까.

"어머니······."

어머니 융의 손을 맞잡은 자윤 또한 울컥해 뜨거운 기운이 솟구쳐 올랐다. 정확하게 12년하고도 다섯 달 만이다. 서쪽으로 말을 타고 매구여국을 지나 사납아국(인도)과 수밀이국(수메르제국)에서 서북으로 오만 리가 되는 일군국(북유럽), 다시 남으로 우루국(메소

포타미아)과 구모액국까지 육년의 세월이 훌쩍 가버렸다.

일산일수(一山一水)의 국경을 넘어 선비국(몽골), 다시 동으로 객현한국, 구막한국, 매구여국, 구다천국을 지나는 동안 2년이 걸렸고, 흑수를 건너 동북쪽으로 있는 비리국(러시아)에서 일 년, 고향을 향해 있는 양운국까지 12환국을 모두 돌아온 자윤이다.

"고생이 많았겠구나. 그래, 세상은 어떠하더냐?"

아들을 다시 만난 반가움도 잠시, 환인 구을리가 근심 어린 표정으로 자윤을 내려다본다.

"서쪽과 남쪽으로 왕래가 끊어진 사이 전쟁의 풍조가 만연하여 제족이 환국의 이름을 버리고 각각의 나라를 칭하고 있습니다."

둥그렇게 펼쳐진 털코끼리 모피 위에 앉아 있던 자윤이 침통한 표정으로 말을 이었다.

"또 오랜 세월에 다툼이 반복되어 씨족들이 종횡으로 나뉘니 말 또한 잡다하게 변하여 가지각색이라 천부를 망각하기에 이르러, 어머니 마고를 일컫는 말조차 서로가 달라 누가 누구를 칭하는 것인지 알 수 없었습니다."

"그래, 그러할 것이라 짐작은 하였다."

짐작은 하였건만 환인 구을리는 실제로 전해 듣자니 가슴이 무너져 내리듯 침통하였다.

"태초에 어머니 마고께서 만든 세상은 무궁무진한 태극이며 구슬과 같이 둥글어 그 끝과 시작의 구분이 없다 하였는데, 이리 갈라지고 싸우니 이 일을 어찌할까."

사계(四界)로 이루어진 세상은 그 핵이 되는 지계(地界)에 죽은 이의 영혼이 머물며 인계(人界)에는 사람들이 산다. 인계를 둘러싼 선계(仙界)는 도를 닦아 선녀나 신선이 되거나 죽어서 선한 이들이 머무는 곳으로, 그 위 가장 높은 곳에 천지만물을 관리하는 천녀와 천자, 즉 천인들이 사는 어머니 마고의 천계(天界)가 존재하는 것이다.

"어머니 마고는 이미 전설이 되어버린 게냐."

"뿌리가 분명치는 않으나 호랑이나 곰, 새와 같은 여러 모습으로 변형되어 추앙받고 있었습니다."

자윤의 대답에 환인 구을리의 곁에 침묵을 지키던 환부인 융이 조용히 입을 열었다.

"야인들의 나라 사람들은 어찌 지내고 있더이까?"

"환국과 같이 문명화된 나라와 부족이 있는 반면에 남쪽 끝으로는 땅에 씨를 뿌리는 것은 물론이요, 아직 불을 모르는 이들도 있었습니다. 헐벗고 굶주리니 맹수와 다를 바 없었습니다. 또 사냥을 주로 하는 북쪽의 일부 부족들은 고기를 많이 취하여서인지 성정이 난폭하여 주변 부족을 습격하여 노예로 삼고 영역을 넓히고 있습니다."

끊임없이 한숨을 토해내는 아버지의 모습에도 자윤은 그가 보아온 것을 숨길 수 없었다. 순행을 하며 겪었던 지난 일들이 눈앞에 생생하게 떠오른다. 점점 더 씁쓸해지는 자윤의 목소리에 환인 구을리가 애써 미소를 짓는다.

"무릇 사람이 하나일 때는 그 외로움이 짙어 둘을 원하고, 둘이 되면 어깨를 나란히 하여 정이 깊으나, 셋일 때에는 위아래를 다

투고, 넷일 때에는 패를 나누어 싸우니 중재자가 나서 다섯이 되어서 정치가 시작이 되는 것이다."

"아직 시간이 더 필요한 게지요. 하늘의 자손으로 자윤은 그들에게 무엇을 전하였습니까?"

인자한 어머니 융의 말에 자윤이 차분하게 숨을 내쉬며 말했다.

"굶주리는 이들에게는 씨 뿌리는 법을, 추위에 떠는 이들에게는 불과 옷을 만드는 법을, 또 사냥만을 하는 이들에게는 짐승 잡아 기르는 법을 알려주니 그들이 저를 동방에서 온 신으로 받들더이다."

아들을 바라보는 구을리의 얼굴에 흐뭇한 미소가 피어오른다.

"그래, 다른 이들은 인간의 옷을 벗고서야 신이 되는데 너는 살아서 신으로 추앙되었으니 기분이 어떠하더냐?"

환인 구을리를 올려다본 자윤이 얼굴을 붉히며 이내 머리를 숙였다.

"하늘을 보고 배움이 있던바 그것을 세상에 전하게 되어 기쁠 뿐입니다. 그 배움으로 인하여 어린 소녀들을 제물로 삼는 것을 막아 귀한 생명을 구하였으니 그로 족합니다."

"어린 소녀로 하여 희생제를 치르는 부족이 있었더냐?"

놀란 듯 묻는 환인 구을리의 말에 자윤이 사 년 전 지나온 한 부족을 떠올렸다.

"갈대와 나무를 엮어 만든 배로 물고기를 잡는 기술이 뛰어난 부족이었습니다. 풍랑을 가라앉히기 위해 남해 용왕에게 희생제를 치르고 있었는데, 제가 도착하기 전에 그해에만 바다에 빠뜨려 죽인 소녀가 다섯이나 되었습니다."

"풍랑이 멈출 때까지 계속하여 소녀들을 바다에 빠뜨렸단 말입니까?"

놀라움을 감추지 못한 환부인 융의 목소리가 가늘게 떨리고 있다. 자윤이 조용히 고개를 끄덕였다.

순행을 하면서도 가장 어려웠던 부분이 역법(曆法)을 알리는 것이었다. 환국에서는 이미 북두칠성이 하루에 한 바퀴씩 도는 이치를 파악하고, 해와 달과 별의 움직임을 관찰하여 1일 4시(四時), 1주(週) 7일(日), 1기(期) 4요(曜) 28일(日), 1년(年) 4계(季) 13기(期) 52주(週) 365일(日)의 역법을 사용하고 있었으나 많은 나라들이 이를 알지 못하니 그에 따른 재해에 속수무책이었다.

"천문을 따져 별의 흐름을 읽으니 사나흘 안에 비바람이 멎을 듯하여 시기를 맞춰 남해 용왕에게 제를 올렸습니다."

"그래, 풍랑이 멈추었더냐?"

"예, 다행히 멈추었습니다. 남해 용왕을 달래는 데에 소녀의 몸은 필요로 하지 않는다 말하여 주었습니다."

환인 구을리의 물음에 답을 하고 나니 환부인 융이 다시 물었다.

"희생제를 이어온 세월이 있을 터인데, 그들이 자윤의 말을 받아들이더이까?"

"후후후, 소녀를 제물로 바치기를 종용하던 부족의 제사장과 칼부림을 하였습니다."

"세상에!"

놀라는 환부인 융의 모습에 자윤이 서둘러 말했다.

"어머니, 소자 서자부의 수장이었습니다."

"하지만 야인들과 칼부림을 하였다니."

"그들이 사용하는 돌검은 털코끼리의 이빨로 만든 제 상아검을 이기지 못했습니다. 저는 원하는 바와 달리 신의 아들이 되었고, 그들에게 희생제를 금했습니다."

"잘하시었습니다."

환부인 융의 칭찬에 이어 환인 구을리가 자리에서 일어서며 안타까움에 혀를 찬다.

"쯧쯧쯧, 인간의 상상력은 참으로 기이하도다. 남해 용왕이 소녀를 원한다는 생각은 도대체 어디에 근거한 것인가."

"인간이란 환경에 영향을 많이 받지 않습니까. 부족 내에 여인의 수가 사내의 수보다 적어 일처다부제를 하고 있었습니다. 자신들에게 여인이 귀하다 보니 남해 용왕도 여인이 귀할 것이라 생각한 듯합니다."

"음양의 조화가 깨진 게로군. 들은 바로 남해 바다에서 멀지 않은 산간에 여인국이 있는 것으로 아는데."

"예. 육고기를 많이 취하여 사내 못지않게 드센 기질을 자랑하는 여인들이 모여 사는 나라가 있었습니다. 하여 돌아오는 길에 여인국에 들러 물물교환을 청하였습니다."

"하하하, 하하, 과연 그들이 육고기와 물고기만 교환하려나."

"다리를 놓아주었으니 그 길을 걷는 것도, 또 서로의 손을 잡는 것도 그들의 의지가 아니겠습니까."

현명한 자윤이 겸손하기까지 하니 환인 구을리는 절로 손뼉을 쳤다. 환국의 아들로 세상에 나가 천지를 밝혔으니 환인 구을리는 삼남 자윤이 자못 자랑스러워 입가에 웃음을 지울 수 없었다. 흐뭇하기는 환부인 융도 마찬가지였다. 그저 아들이 살아 돌아온 것만으로도 가슴이 벅찬데 이리 지혜롭고 용맹하게 성장하였으니 긴 순행을 돌봐주었을 어머니 마고에게 가슴 깊이 감사를 올렸다.

"자윤이 곤하여 보입니다. 장장 12년의 이야기 아닙니까. 석 달 열흘을 들어도 끝이 없을 듯하오니 오늘은 이만 하시지요."

"그래, 그럽시다. 하지만 이 말은 꼭 해야겠소."

자윤은 그의 앞으로 내려선 환인 구을리를 향해 엎드려 절을 하였다. 아들의 손을 붙잡아 세운 환인 구을리가 환하게 웃으며 긴 순행으로 거칠어진 손등을 두드린다.

"막내인 서윤이 작년에 혼인을 하였다. 너의 혼인은 제천행사 뒤에 바로 준비할 것이니 그리 알거라."

갑작스런 혼인 이야기에 자윤이 당황하여 숨을 들이켰다.

"허허허, 또다시 어딘가로 떠날 요량이더냐?"

답을 하지 못하는 자윤을 유심히 살피던 환인 구을리가 걸걸하게 웃음을 터뜨린다.

"허허, 네가 태어났을 때 대신녀가 너의 방랑벽을 일러주더구나. 나이 서른 너머까지 온 세상을 헤집고 다닌다 하였으나 올해가 스물일곱 아니더냐. 12년이면 충분하다."

"아버지."

"이참에 혼인을 올려 네게 집을 줄 것이다. 사내에게 어버이는 고향이요, 여인은 집과 같으니 심신의 편안을 가져다줄 좋은 집을 구하여 아이들로 가득 채우도록 하여라."

자윤은 루아를 떠올렸다. 하늘 아래 고향만큼 푸근한 것이 없고 내 집만큼 정겨운 것이 없다. 내 여인, 당황하여 붉어진 얼굴이 차분하게 가라앉기는커녕 날갯짓하는 봉황처럼 더욱 요란하게 달아오른다.

"그만하시지요. 아이의 얼굴이 터질 것 같습니다."

"좋은 게냐, 싫은 게냐?"

웃음 짓는 환부인 융의 만류에도 환인 구을리는 자윤의 손을 부여잡고 장난기 어린 다그침을 그칠 줄 모른다. 그런 아버지를 물끄러미 바라보던 자윤이 담대하게 대답했다.

"이미 마음에 담은 집이 있습니다."

"그래?"

"아름답고 강건하기가 환궁 못지않습니다."

어떤 여인이기에 환궁에 비유를 할까. 환인 구을리는 못 본 사이 몰라볼 정도로 강성해진 자윤에게서 뿜어져 나오는 화려한 진홍빛의 진기를 바라보았다.

✱

동남궁 태자전.

문밖에서 나는 소리에 침전에 앉아 있던 태자비 연완(燕婉)이 창백한 얼굴로 문가를 바라봤다.

답을 구하는 듯 시녀의 목소리가 조금 더 크게 들려온다.
"선원 신녀 아사님이 찾아 계시옵니다."
"뫼시어라."
반가운 마음에 침상에서 일어선 연완이 구겨진 침의를 다듬는다.
"평안하셨습니까. 바쁘실 터인데 어인 일로 걸음하셨습니까."
피곤한 듯 눈 밑에 검은 그림자를 드리운 연완의 물음에 아사가 빙그레 웃었다. 전 태자비가 아이를 낳다 죽자 팔 년을 홀로 지내던 태자 두율과 혼인한 연완은 마고에 대한 신앙심이 깊어 신전 출입이 잦았다.
"신관 신녀 아사, 새삼스레 태자비께 문안 여쭈오리까."
"훗, 됐습니다. 아사는 어찌 그리 변함이 없을까."
마음 둘 곳 없는 환궁에서 동갑내기 아사를 만난 것에 늘 감사하는 연완은 격식을 차린다 비꼬는 친우의 목소리에 해맑은 웃음을 터뜨렸다.
"정말 어쩐 일로 온 거야, 바깥출입 없는 네가?"
"그건 태자비도 마찬가지지."
"요즘 몸이 너무 안 좋아서."
말꼬리를 흐리는 연완을 물끄러미 바라보던 아사가 제집인 양 손짓하여 시종들을 물렸다. 탁자 위에 놓인 찻잔을 드니 국화 향이 그윽하다.
"하나밖에 없는 벗의 얼굴이 가을 낙엽처럼 스러져 가는데 기도문만 읊고 있을 순 없어서."

"그리 말하면 안 되지, 장차 선원의 대신녀가 될 네가."
"대신녀라……. 흐음, 그래."
입술을 달싹이며 국화차를 음미하는 아사를 바라보던 연완이 의아한 듯 침상에서 일어나 탁자로 다가와 앉았다.
"정말 무슨 일 있는 거니? 선몽이라도 꾼 거야?"
손안에 든 작은 새처럼 연완은 처음 봤을 때나 지금이나 연약하여 근심걱정이 많다.
"선몽이라……. 너를 위해 태몽을 가져다주어야 하는데, 미안하네."
"무슨 일인데……."
"흠……."
금세 걱정으로 더욱 파리해진 연완을 바라보며 아사는 손에 든 찻잔을 살며시 돌렸다. 미래를 보여주는 듯 국화잎이 소용돌이쳤다. 태자 두율에게 시집와 오 년이 지났지만 연완은 아직 아이를 갖지 못했다. 태자 두율은 어린 아내를 변함없이 귀애했으니 부러울 것 없는 연완이 바라는 것은 아이와 낭군의 평안뿐이었다.
"너무나 많은 일이 일어나고 있어."
"아사."
가까이로 다가앉은 연완이 아사의 손을 꼭 움켜쥐었다. 차가운 연완의 손에서 서늘한 기운이 흘러드는 것 같아 아사는 슬며시 그녀의 손을 밀어냈다.
"봉황이 날아들었어."
"무슨 말이야, 아사? 두율님이 계신데 봉황이라니?"

"태평성대에 태자께서도 강건하신데 새로운 봉황이라니, 나도 그 뜻을 알 수 없어 알아보는 중이야."

장성한 태자 두율에게 무슨 안 좋은 일이라도 생기는 것은 아닌지 마음 여린 연완은 덜컥 겁부터 났다.

"대신녀님은 아무런 말씀 없으셨는데……."

자리에서 일어선 아사가 천천히 걸음을 뗐다.

"대신녀님은 곧 환국을 떠날 거야."

"대신녀님이? 환국을 떠나신다 하셨어?"

아사의 말을 되풀이하는 연완을 보며 아사는 답답한 마음을 누르고 온화하게 미소 지었다. 늘 그렇듯이.

"대신녀님은 환국을 떠날 거고, 날아든 봉황은 너의 봉황을 위협하게 될 거야. 그리고 넌……."

기도하듯 두 손을 움켜쥐고 있는 연완의 등 뒤로 다가선 아사가 그녀의 긴 머리카락을 살며시 움켜쥔다. 하얗고 작은 귀 뒤로 부드러이 넘겨주며 속삭였다.

"아무리 기도를 열심히 해도…… 너의 별이 자꾸만 빛을 잃어가. 어쩌지?"

아사는 떨고 있는 친구를 따뜻하게 감싸 안았다. 제 운명을 아는 걸까? 뒤에서 둘러진 아사의 팔에 얼굴을 묻고 연완의 볼을 타고 눈물이 떨어져 내린다.

"방법은 없는 거니?"

"운명을 읽는 것처럼 바꿀 수도 있다면 좋겠어."

그랬다면 넌 태자가 아닌 좋은 남자 만나 아이 낳고 행복하게 제명을 다하며 살았을 테니까.

"마음이 아파."

눈물을 삼키느라 말을 잇지 못하는 연완을 위로하듯 아사는 더욱 꼭 감싸 안았다.

제천행사를 이틀 남기고 뒤늦게 도착한 제물들이 성의 사방으로 나 있는 열두 개의 문을 통해 꼬리에 꼬리를 물며 성안으로 들어서고 있었다.

한참이나 바쁜 수확의 계절이었기에 서자부원들이 제물을 나르는 데 동원되었다. 형벌을 주관하는 구가의 차남이며 서자부의 수장인 우서한은 연령대가 어린 서자부의 백랑을 제외하고 청랑과 적랑을 양가 부족의 사람들과 남동문과 남서문에 배치했다.

선원으로 연결되어 있는 북동문은 가장 많은 행렬이 줄을 잇고 있었다. 행렬을 바라보는 우서한의 곁으로 루아가 다가섰다.

"남동문과 남서문은 대부분의 행렬이 들어섰다 합니다."

루아가 다른 문들의 상황을 전하자 우서한이 고개를 끄덕인다.

"이곳도 조만간 끝이 보일 듯하니 태자전에 가서 서자부의 훈련 보고를 하도록 하여라."

"예."

정중하게 예를 갖추고 돌아서는 루아를 우서한이 다시 불러 세웠다. 우서한이 허리춤에 차고 있던 작은 자루를 내밀었다.

"태자전으로 가는 길에 선원에 들러 아사님께 전하여라."

주먹 크기의 자루를 말없이 받아 들자 우서한이 괜스레 헛기침을 한다. 서자부 지붕이 무너져도 얼굴색 하나 변하지 않을 서자부 수장의 얼굴에 붉은 노을이 진다.
 루아는 우서한에게 받아 든 자루를 가슴 보호대 안으로 밀어 넣었다. 가죽으로 된 그녀의 가슴 보호대 안에도 같은 자루가 들어 있었다. 우서한의 주머니까지 넣으니 더욱 볼록해지는 것이 고소한 육포 냄새가 솔솔 피어오른다.
 '괜찮겠지?'
 루아는 선원을 향해 부지런히 발걸음을 옮겼다. 환국의 사람들은 채식을 기본으로 하여 고기를 취하지 않았으나 서자부는 예외였다. 훈련 자체가 고되기도 하고 종종 열흘이 넘는 사냥과 산행 훈련이 있기 때문에 사슴이나 소고기를 말려 육포를 만드는데, 아사는 유난히 육포를 좋아하여 가끔 루아가 따로 챙겨두었던 제 몫을 선원으로 가져다주고 있었다.
 물론 신녀의 신분인 아사였기에 육포를 취하는 것은 비밀이었다. 아사가 육포를 좋아하는 것을 어찌 알았는지 알 수 없으나 십여 년간 지켜봐 온 우서한은 워낙에 말이 없는 인물인지라 루아는 망설이지 않고 선원으로 향했다.
 선원에 들러 아사에게 육포를 건네니 아사 또한 아무 말 없이 받아 든다. 역시나 이상했지만 루아는 묻지 않고 선원을 나섰다.
 서자부의 수장은 해가 중천에 걸리면 동궁 남쪽에 있는 태자전에 들어 서자부의 일과를 보고하게 되어 있었다. 오늘은 제천행사의 제물을 각 보관소로 옮기는 중요한 일을 처리하느라 수장 대신 금랑인 루아가 태자전으로 향했다.

하루하루가 고된 훈련의 연속이었지만, 루아의 얼굴은 생기가 충만하여 발그레 달아올라 있었다. 몸에 새겨진 그의 흔적은 사라져 버렸으나 자윤을 향한 루아의 마음은 더욱 애틋해지기만 했다.

'자윤님은 무얼 하고 계실까.'

혈기 충만한 젊은 선남선녀들로 가득한 서자부는 은월제 때문에 봄날의 개나리만큼이나 요란스레 들떠 있었다. 평소 은월제에 관심조차 없던 루아였지만, 이번 은월제를 기다리는 그녀의 하루는 수십 년처럼 길기만 했다.

'자윤님도 나와 같은 마음이면 좋으련만…….'

천지를 떠난 이후로 한시도 자윤을 잊어본 적이 없었다. 누군가를 기다린다는 것이 이렇게도 달콤하고 애가 탈 줄이야. 사흘의 짧은 시간, 해도 달도 숨어버릴 만큼 긴 정을 나누었던 자윤을 떠올리며 루아의 입가에 봄날의 아지랑이 같은 미소가 피어오르고 있었다.

하얀 대리석 아흔아홉 개로 쌓아 올린 계단을 올라 원형의 동궁에 들어서니 오가는 신료들과 시종들의 모습이 보였다. 누구나 그러하듯 환인전이 있는 동쪽을 향해 공손하게 절을 올린 루아가 고개를 드니 문안을 하고 나오는 길인지 왕자의 무리가 보였다.

'기다렸다가 예를 올리고 가야 하나.'

멈춰 선 왕자들이 이야기를 나누느라 움직일 기미를 보이지 않자 망설이던 루아는 몸을 돌려 동남궁에 있는 태자전으로 향했다.

붉은 바퀴

"형님!"
 아우들에게 둘러싸인 자윤은 태자전이 있는 동쪽으로 빠르게 사라지는 루아의 뒷모습을 뚫어져라 바라보았다.
 '루아?'
 어제와 같이 환인 구을리와 환부인 융에게 문안을 하고 순행의 이야기를 전했다. 짧지 않은 시간이었건만 문안 자리에 함께 했던 아우들은 환인전을 나서면서도 아쉬운 듯 이것저것 묻기 바쁘다.
 "그래서 형님은 단칼에 그 괴수를 베어버린 것입니까?"
 특히 막내 왕자 서윤은 비리국과 일운국의 경계에 있는 구오산(鉤吳山)의 괴수 포효(抱鴞) 이야기에 열을 올리며 자윤을 다그쳤다.
 "정말 양의 몸에 사람의 얼굴을 하고 호랑이 이빨을 가졌습니까? 어린아이의 울음소리로 사람을 홀려 잡아먹는다던데 소리도 들어보셨어요?"
 자윤이 환궁한 이후로 떡처럼 붙어서 떨어질 줄 몰랐다.
 "형님?"
 멍하니 한곳을 응시하는 자윤의 시선을 따라 고개를 돌린 여섯 왕자 중 바로 아래 동생인 넷째 호윤이 의아한 듯 묻는다.
 "무얼 보고 계십니까?"
 루아와 헤어진 지 벌써 보름. 그립다 못해 여인만 보면 혹여 그녀가 아닌가 한참을 돌아보는 자윤이었다.
 "서자부의 금랑 아닌가?"
 "그런 것 같은데?"

아우들의 말에 자윤이 한숨을 내어 쉬며 말했다.

"너희들이 이리 앞길을 막아서니 대신녀님께서 많이 기다리실 게다."

"형님들은 일보십시오. 저는 자윤 형님과 같이 가렵니다."

"서윤아."

"예, 형님."

해맑게 웃는 막내를 보며 자윤이 한숨을 내쉬었다.

"어제도 제수가 찾으러 왔었는데, 오후에는 제수와 좀 시간을 보내는 것이 좋겠구나."

"하지만……."

"네 아이를 가진 아내를 그리 홀대하여 되겠느냐."

"형님과 떨어져 지낸 시간이 12년입니다. 아내도 이해하고 있습니다. 참을성이 많은 여인이거든요."

고집을 부리며 따라 걷는 서윤의 모습에 자윤이 웃음을 터뜨렸다. 서윤보다 네 살이나 많은 그의 아내는 벌써 두 번이나 자윤의 처소를 방문했다. 백산처럼 부른 배로 그를 찾은 모습이 그다지 참을성이 많아 보이지는 않았다.

"가서 뱃속의 아이에게 포효 이야기나 해주지 그러니. 아이가 너를 닮아 그런 이야기를 좋아할 듯한데."

"아! 그렇군요. 형님 닮은 씩씩한 아들을 낳으려면 미리미리 무용담을 많이 들려주어야겠습니다."

역시나 단순한 서윤이 바로 돌아선다. 그렇게 서윤을 어르고 달래 보내고 동궁 환인전을 나섰다.

붉은 바퀴

"금랑이라……."

홀로 걷다 보니 아우들의 말이 떠오른다. 서자부의 금랑이라면 사내일 텐데. 이제는 남녀를 가리지 않고 모두가 루아로 보이니 정말 일각이 천 일과도 같아 그리움이 태산처럼 그의 심장을 짓눌렀다.

정오가 되기 전에 찾아뵙겠노라 대신녀에게 약조하였는데, 선원에 도착하니 시간은 이미 정오를 넘어서고 있었다. 선원의 입구에 커다란 두 개의 기둥 좌우로 선 문장신녀 둘이 자윤을 향해 절을 한다.

"대신녀님 어디 계시느냐?"

선원의 문 앞을 지키고 서 있던 문장신녀에게 물으니 오른쪽에 선 신녀가 주머니에서 작은 대나무를 꺼내어 따각따각 두드린다. 이내 안쪽에서 애기신녀가 쪼르르 달려 나와 자윤에게 허리 숙여 절을 했다.

"아이가 대신녀님께 안내하여 드릴 겁니다."

애기신녀를 따라 널찍한 복도를 걷기 시작한 자윤은 마고 여신상이 있는 대신전을 가로질러 동쪽으로 난 복도 끝에 있는 선방으로 안내되었다.

"어서 오십시오. 참으로 오랜만에 뵙습니다."

대신녀 원희가 자윤을 향해 절을 하자 그 또한 마주하여 깊이 허리를 숙였다.

"떠날 때와 하나 변함이 없으십니다. 평안하셨습니까."

인자한 미소를 짓는 원희의 모습에 자윤은 겸허한 마음을 담아 인사를 나누었다.

"약조한 시간보다 늦어 송구합니다."

"후후후, 삶 자체가 기다림인걸요. 하물며 보고 싶은 이를 기다리는 것인데 어찌 즐겁지 않겠습니까."

대신녀의 모습은 그가 열다섯의 나이로 환국을 떠날 때와 하나도 변함이 없었다. 머리카락은 여전히 새카만 밤하늘 같고 피부 또한 하얗고 투명하여 갓 태어난 아이와도 같다.

"이리 앉으시지요."

창가에 볕이 잘 드는 자리로 자윤을 인도한 원희가 따뜻한 차를 우려내어 작은 그릇에 담았다. 향기로운 죽 향이 그윽하게 피어올랐다.

"세상 사람들은 어찌 살고 있습니까?"

원희의 물음에 자윤은 아버지 환인에게 했던 이야기를 들려주었다. 환인 구을리와 달리 원희는 그저 조용히 미소 지을 뿐이었다.

"새가 됐든 하얀 소가 되었든 그들이 섬기는 것이 어머니 마고 임은 다르지 않습니다. 사람이란 그들이 원하는 것만을 기억하니까요."

이야기는 끝이 없이 이어졌다. 이런저런 이야기를 나누다 보니 중천에 떠올랐던 해가 어느새 누그러지고 있다.

"후후후, 새로운 시작임을 알면서도 아쉽습니다."

"무엇이 말입니까?"

마치 지켜보기라도 한 듯 이야기하는 원희의 조용한 목소리에 자윤의 눈동자가 서글서글하게 웃는다.

"환궁하신 지 얼마 되지 않으셨는데 곧 다시 떠나셔야 하니 말입니다."

"예언을 하시는 겁니까?"

"아닙니다. 그저 자유로운 영혼을 가진 자윤님의 이야기를 하고 있는 것이지요. 사람에게 미래란 얼마나 역동적으로 움직이느냐에 따라 얼마든지 바뀔 수 있는 것이니 굳이 예언이라 말하지 않으렵니다."

원희의 말에 자윤은 행여 아름다운 정인에게 무슨 일이 생길까 싶어 나지막이 물었다.

"어디로 떠난다는 말씀이십니까? 혹 제 운명의 상대를 찾아 떠나게 되는 겁니까?"

"글쎄요. 많은 산과 강을 넘는 자윤님의 모습이 보입니다. 강하고 아름다운 동반자와 함께이니 순행과는 사뭇 다른 여행이 될 겁니다."

"하하하, 대신녀님, 순행을 떠날 때에도 좋은 친우들과 함께였습니다. 비록 일곱밖에는 돌아오지 못했지만 모두가 좋은 동행이었답니다."

호탕한 웃음소리가 방 안으로 울려 퍼지니 조용히 찻잔을 든 원희가 빙그레 미소 짓는다.

"후후후, 백 명의 친우와도 바꿀 수 없는 단 한 사람이 될 겁니다. 두고 보시지요."

해가 지고 있다. 자리에서 일어선 자윤은 그를 따라 배웅을 하는 원희를 향해 돌아섰다.

"배웅은 되었습니다. 곤하여 보이는데 쉬시지요."

"알겠습니다."

원희는 고개를 끄덕이며 그를 배웅할 애기신녀를 불러들였다. 애기신녀를 따라 방을 나서는 자윤의 뒷모습을 바라보던 원희가 걸음을 돌려 창가로 향했다.

"기나긴 어둠의 시간을 가르게 될 그대에게 어머니 마고의 축복이……. 세상의 끝에서 환국의 아들은 새로운 역사를 쓰게 될 것입니다."

성큼성큼 내딛는 자윤의 걸음을 맞추느라 그의 허리춤에도 못 미치는 애기신녀의 귀 끝으로 매달린 머리채가 딸랑딸랑 방울처럼 흔들린다. 그 모습이 너무나 귀여워 자윤은 걸음을 늦출 수가 없었다.

송골송골 땀방울을 닦아내며 종종걸음 뛰는 애기신녀를 따라 어머니 마고의 석상이 있는 대신전을 지나던 자윤은 그대로 걸음을 멈춰 섰다.

"루…… 아."

단아하게 머리채를 늘어뜨린 여인의 모습에 자윤의 가슴으로 파도처럼 격한 그리움이 쏟아져 들어왔다. 그런 그의 모습을 올려다보는 아기신녀의 눈망울이 마고의 석상 아래 조용히 무릎 꿇고 있는 여인에게로 향했다.

하얀 비단 신복을 입은 여인의 단아한 모습이 어둠이 내려앉은 조용한 신전 앞에 좌우로 피어오른 천화로 인해 아름다운 화영을 만들고 있었다.

"아사님입니다."

애기신녀의 말을 들었는지 못 들었는지 쏜살같이 달려간 자윤이 뒤에서 여인을 끌어안았다. 쓰러질 듯 휘청이는 그녀가 자윤의 가슴으로 녹녹하게 들어찬다.

"루아!"

갑작스레 뒤에서 덮친 단단한 팔에 갇혀 버린 아사는 거칠게 몸부림치며 낯선 이의 손을 털어냈다.

"근엄한 대신전에서 무엇을 하시는 겁니까."

놀랄 만도 하건만 아사의 목소리는 차갑게 가라앉아 있었다. 삼왕자의 방문 소식은 이미 들어 알고 있었다. 그와 마주치기 위해 서둘러 대신전으로 나왔으나 이리 격한 만남은 예상치 못한 아사였다.

"자윤이라오."

설마 나를 잊었는가. 매정하게 그의 팔을 뿌리치는 아사의 모습에 자윤은 가슴에 손을 얹었다.

"잊은 게요."

아사는 그리움을 가득 담은 자윤의 눈동자를 마주했다. 팔 척 장신의 자윤은 아사가 한참이나 올려다보아야 할 정도로 기골이 장대하여 사내답고 늠름했다. 매의 날개처럼 휘어진 눈썹 아래 검은 눈동자 속에서 굽히지 않을 사내의 불같은 기질과 담대함이 엿보였다.

"루아."

애틋하게 다가서는 자윤의 입에서 흘러내린 동생의 이름에 아사는 찬물을 뒤집어쓴 것 같은 충격을 받았다.

"신녀님, 저……."

"물러가라."

두 사람을 올려다보는 애기신녀의 말을 매섭게 잘라냈던 아사가 당황한 듯 금세 표정을 바꾸며 미소 지었다.

"왕자님의 배웅은 내가 할 터이니 가보렴."

우물쭈물 두 눈을 굴리던 애기신녀가 돌아서자 자윤이 다시 한 번 아사를 품에 안았다. 아까와 달리 아사는 가만히 서 있었다.

'루아라 하셨습니까.'

머릿속으로 수십 가지의 물음이 먹구름처럼 몰아친다. 분명 루아의 이름을 불렀다. 하지만 환국의 삼왕자는 돌아온 지 얼마 되지 않았다.

'도대체 어디서 만난 것일까. 어찌 이리 애틋하게 루아의 이름을 부른단 말인가.'

혼란스러운 자윤의 시선과 묵묵히 그를 올려다보는 아사의 시선이 조심스레 얽혀들었다.

한참이나 아사를 내려다보던 자윤이 도끼로 나무를 쪼개어 내듯 순식간에 그녀를 놓아버렸다. 아니, 너무나 분명하게 밀어냈다.

"루아?"

자윤은 눈앞에 선 아사를 믿을 수 없다는 듯 바라보았다. 분명 그녀와 꼭 닮아 있는데 다르다. 가슴에 닿는 느낌이 낯설다. 루아가 단단하며 부드러웠다면 이 여인은 부드럽기는 매한가지이나 너무나 무르다. 단감과 홍시처럼.

"당신."

은은하게 물안개처럼 피어올라 봄비처럼 젖어드는 루아의 은근한 향기가 아닌 천리향만큼이나 짙은 향기가 자윤의 후각을 예민하게 긁고 있었다. 찬란하게 반짝이는 가을 햇살 같았던 루아의 눈빛이 아니다. 앞에 선 여인은 초목을 태우는 여름날의 볕과 같은 눈동자를 가지고 있었다.

"그대는…… 누구인가?"

너는 누구지? 예전에도 같은 질문을 받은 적이 있었다. 루아를 대신하여 신녀가 된 일곱 살의 아사에게 대신녀도 그리 물었다. 모든 것을 꿰뚫어 버릴 것 같은 시선이 싫다. 애써 기억을 떨쳐 내며 아사가 조용히 물었다.

"당신은 누구십니까?"

"환국의 삼왕자 자윤이다. 그대는 누구인가?"

왕자의 대답에 아사는 침묵했다. 생각지도 못하게 왕자가 쌍둥이인 아사와 루아를 갈라냈다. 대신전에서 생활하며 하루 종일 기도가 전부인 아사가 거친 훈련을 받으며 근육으로 다져진 루아의 몸과 같을 리 없지만 작은 차이일 뿐, 대신녀를 제외하고 이리 단호히 구분한 이는 없었다. 그 하나만으로도 경계해야 할 대상이 된다. 아사는 가뭄의 논바닥처럼 말라가는 입술을 달싹였다.

"착각을…… 하셨나 봅니다."

"그대는 누구인가?"

눈이 어떻게 된 것인가. 어찌하여 살을 섞고 마음 주었던 내 여인조차 구분 못한단 말인가. 자윤은 그리도 애틋하게 품었던 여인을 다른 여인과 착각하였다는 자괴감에 혼란스러웠다.

"선원 신녀 아사, 삼왕자 자윤님께 인사 올립니다. 평안하셨습니까."

공손하게 두 손을 모은 아사가 허리를 깊이 숙였다. 고개를 드니 씁쓸함을 참을 수 없었던지 깊은 숨을 터뜨리는 자윤의 모습이 보인다. 아사는 범상한 기운을 전신으로 뿜어내는 그의 모습에서 눈을 뗄 수가 없었다. 루아와 아사를 가려내다니, 영특한 자이다.

"초면에 무례를 범하였군."

사과를 하여야 하는데 허탈한 마음을 감출 길 없어 자윤은 맥이 풀려 버렸다. 그리움이 깊었던지라 서운함과 장대비처럼 쏟아져 버린 허탈함을 가눌 길이 없어 입을 뗄 수가 없다.

그런 자윤을 조용히 응시하던 아사가 긴 소매를 뻗어 선원의 대문을 가리켰다.

"배웅하겠습니다."

자윤은 말없이 그녀의 뒤를 따라 문으로 향했다.

"소녀를 닮은 이를 보셨습니까?"

"닮지 않았다."

달을 반으로 쪼개어놓은 듯 꼭 같은 쌍둥이인데 닮지 않았다? 아사는 성큼성큼 앞서 가는 자윤의 널찍한 등을 바라보며 애써 미소 지었다.

"어머니 마고에게 몸담은 신녀를 안으셨으니 덕분에 목욕재계하고 백일기도를 해야 합니다. 제천행사가 코앞인데 어찌하오리까. 이리 곤란케 하셨으니 연유는 이야기해 주셔야 하지 않겠습니까."

생각지도 못한 대담한 추궁에 자윤이 걸음을 멈춰 섰다. 신녀를 안았다?

"후후후, 하늘의 이치를 알되 음양의 교합은 알지 못하는 신녀의 입에서 나올 법한 소리구나."

신녀이기에 사내를 모를 것이라 장담하는 그의 모습에 아사는 조용히 자윤을 응시했다. 음양의 교합이라……. 내 아우와 합이라도 들었다는 말인가.

"어머니 마고를 모시는 신녀입니다. 환국의 왕자라고는 하나 무례가 지나치십니다."

"그대에게 아무것도 해줄 말이 없다."

루아를 떠올리는 듯 입술 끝을 말아 올리며 돌아서는 자윤을 바라보던 아사는 순간 숨이 멎어버렸다. 혹시…….

"천지에서 만나셨습니까?"

계단을 내려서던 자윤이 멈춰 선 아사를 향해 돌아섰다. 햇살 같은 미소를 선사하며 호탕하게 웃는다.

"하하하! 아름다운 신녀님이 궁금한 것도 많군. 기도의 값은 후에 다른 것으로 치르리라."

자윤은 아무런 답도 주지 않고 떠나갔으나 아사는 두 팔로 스스로를 꼭 감싸 안았다. 전신으로 찾아든 떨림을 감출 수가 없다. 그의 눈에 담겼던 애틋함은 단순한 우연으로 만들어진 것이 아니었다.

"아우야……."

피가 밸 정도로 깨물고 있는 아사의 입술 사이로 깊은 탄성이 새어 나왔다.

"네가…… 봉황을 품었구나."

4장
사냥대회

  시월 상달이 되면 환국에서는 국중대회(國中大會)를 열어 어머니 마고에게 제사를 드리니 사람들은 이를 제천(祭天)이라 불렀다. 온 나라 백성이 모두 모여 며칠을 두고 먹고 마시며 춤추니, 낮밤을 가리지 않고 길목에는 사람이 가득 차 있으며 늙은이, 어린이 할 것 없이 모두가 노래를 부르니 그 소리가 날마다 그치지 않는다.

  성 중앙으로 천부단이 있는 광장까지 길목마다 늙은이, 어린이 할 것 없이 백의를 입은 사람들이 빼곡하게 들어차니 온 세상이 눈 내린 것처럼 하얗다.

  백석을 다듬어 쌓은 천부단은 아래는 하늘을 나타내는 원 모양이고 위는 땅을 나타내는 네모난 모양으로 일 장 육 척의 제단이 삼 층으로 쌓여 있다. 제단에는 그해에 거두어들인 오곡과 과일, 그리고 적옥(赤玉:붉은 옥)과 미주(美珠:아름다운 구슬), 돈피(豚皮:동물 모피) 등 12환국에서 진상된 특산물이 산처럼 쌓여 있으니 풍요로움이 눈 안으로 가득 들어찼다.

제단 좌우로 두 개의 커다란 북과 사방으로 네 개의 커다란 화로 속에 천화가 피어올랐다. 제단을 둘러싸고 높이 솟은 장대들 끝으로 기다란 백색의 천이 부드러운 바람결에 휘날리며 장관을 이룬다. 환인 구을리가 제사장으로 정중앙 제일 높은 곳에 환부인 융이 나란히 앉아 있다. 오른편에는 태자 내외, 왼편에는 대신녀가 자리하고 그 아래로 아홉 명의 왕자, 삼사오가 대신 및 12환국에서 파견된 사신단이 층층이 자리하고 있다.

두둥! 둥! 둥둥둥!

북소리와 함께 하얀 천이 연기처럼 하늘로 솟아오르며 신녀들의 춤사위가 시작되었다. 피고 지는 것이 끝이 없이 무궁하다 하여 이름 붙여진 환국의 꽃 무궁화(無窮花)를 손에 든 신녀들이 아침마다 새로이 피는 꽃 모양으로 둘러서서는 날마다 새로운 마음을 가지라는 것을 상징하듯 개화하는 꽃처럼 몸을 굽혔다 일으키기를 반복했다.

이내 다시 흩어져 제단을 둘러싸고 뱅뱅 돌던 삼십여 신녀들의 춤사위에 백의의 백성들 시선이 하나로 모여들었다. 그 중앙에 하얀 신복에 붉은 복대를 하고 긴 머리를 풀어 내린 아사가 있었다. 역시나 대신녀의 후계자로 정해진 아사의 고혹적인 미모는 신녀들 사이에 으뜸이다.

'도대체 어디 있는 거니.'

자윤에게 머물던 아사의 눈이 수많은 사람들에게로 향했다. 너무나 많은 인파 속에 동생의 모습은 보이지 않는다.

춤을 추는 내내 행여나 루아가 자윤과 마주치면 어쩌나 하는 근심이 구름처럼 그녀를 덮쳤다. 두 사람이 천지에서 만난 것이라 확신하면서도 루아가 환국으로 돌아온 날과 왕자의 귀환 날자가 맞지 않아 시간의 공백이 많다. 루아가 천산에서 얻은 천의의 존재를 모르는 아사에게는 시간의 틈을 메워줄 마땅한 논리가 없다.

그럼에도 아사와 자윤의 첫 대면은 그녀로 하여금 두 사람의 만남을 확신하게 했다. 자리에 앉아 태자와 담소를 나누는 자윤을 보니 두 마리의 봉황이 날개를 펴는 듯 착각이 인다.

'봉황이 둘. 이를 어쩐다.'

한 번도 어긋남이 없던 루아의 꿈이 사실이라면……. 꼬리에 꼬리를 무는 생각을 잘라내듯 북소리가 울려 퍼졌다.

둥! 둥! 둥둥! 둥둥 두둥!

짧지 않은 시간이었으나 찰나의 순간만큼이나 짧게 느껴지는 춤사위의 끝으로 자리에서 일어선 대신녀가 제단 앞에 섰다. 태양을 끌어안듯 하늘을 향해 두 팔을 벌려 다시 손을 모아 절을 하니 환인 구을리와 환부인 융을 비롯하여 모든 이들이 경건하게 절을 했다.

"어머니 마고여!"

환국의 경전인 천부경을 낭독하는 대신녀의 청아한 목소리가 공기 중으로 소복이 내려앉았다.

"모든 시작은 하나로 시작되고 이루어진 것은 없는 것과 같아 시작처럼 하나라. 돌고 도는 인계의 삼태 극은 무궁무진하여 마르지 않는다. 하늘의 수는 일일(一一)이요, 땅의 수는 일이(一二)요, 사람의 수는 일삼(一三)이다. 시작이 쌓여서 가득하여 사람으로 변한다. 정기가 쌓이고 이루어져서 사람으로 변한다. 하늘이 모습을 인간으로 화한 것이니 무릇 인간이란 하늘을 담은 그릇[櫃]이라."

한 소절이 끝날 때마다 인산인해를 이루며 그 수를 헤아릴 수 없는 이들이 굽이굽이 절을 하니 파도가 치듯 장관이 따로 없다.

"하늘은 땅이면서 사람이다. 땅은 땅이면서 사람이다. 사람은 사람이요, 땅은 사람이라, 천지인삼합(天地人三合)이 이루어진 것이다. 사는 것은 육(六)이라, 생(生)은 칠팔구(七八九) 식이 알 수 없다. 모든 것은 바뀌어지고 변화하여 돌고 돌아 이루어진다. 하늘은 묘하고도 묘하여라. 삼라만상이 가고 오는 도다. 진리(眞理)도 오면 가야 한다. 쓰임이 다 달라도 하늘과 땅, 인간의 뿌리는 바뀌지 않는다. 마음의 뿌리는 태양처럼 거리낄 것이 없는 것이 그 뿌리이다."

성문까지 빼곡하게 들어찬 인파의 끝자락에 선 루아는 선 채로 조용히 천부경을 읊조렸다.

"밝은 사람이 사람 중의 으뜸이라, 하늘과 땅, 천지 중의 으뜸이 사람이다. 세상의 끝은 끝이 아니라 새로운 하늘이라, 시작이 없듯이 끝남도 없다."

루아는 서자부 금랑으로서 맡은바 책임을 다하여 행사가 무리없이 치러질 수 있도록 곳곳을 둘러보고 있었다. 하얀 물결 넘어로 보이는 천부단은 누가 누구인지 알아볼 수 없을 만큼 까마득히 멀었다.

　노래처럼 음률을 이어가던 천부경을 끝으로 하늘을 울리는 북소리와 함께 환인이 제단 앞으로 나아갔다. 대신녀가 준비해 놓은 제단 위에 선 환인 구을리는 제사장으로서 어머니 마고에게 낙원을 파괴한 것을 사죄하면서 원시복본을 맹세하고, 그해 태어난 하얀 소의 머리를 단칼에 베어내며 희생제를 마쳤다.

　두둥! 둥! 둥! 둥!

　환인 구을리가 율법을 낭독하고 죄인 삼백 명의 사면이 이루어지면서 곳곳에서 함성이 터져 나왔다. 어느새 사람들은 곳곳에 무리 지어 환무(環舞:원형으로 춤추며 노래함)하며 줄지어 경배하고 환호 소리 넘쳐흐르니 온 천하가 흥겨움에 들썩이는 듯했다.

　"루아님!"

　부르는 소리에 돌아보니 장이 서는 것을 마무리하라 보냈던 흑랑 장백이 다섯 청랑을 데리고 인파를 헤치며 그녀에게로 다가오고 있었다.

　"장백님께서 무슨 일이십니까?"

　"선원 서관의 축대가 내려앉았답니다."

　서관은 대신전이 있는 서고이다. 루아가 천산으로 떠난 뒤 비가 많이 왔다 하더니 부드러워진 지반으로 인해 축대가 내려앉은 모양이다. 하필이면 행사의 시작에서 이런 일이 생기다니. 루아가 발 빠르게 움직이며 장백에게 말했다.

"장터 쪽은 어떻습니까?"

"올해는 일찍 성문을 개방한 터라 자리는 이미 정리되었습니다. 다만 소상인이나 개인적인 물건을 들고 온 이들이 예상보다 많아 자리다툼이 있었습니다."

올해는 풍년인지라 각자의 수확물을 들고 나온 사람들이 많을 터였다.

"우선 노약자 순으로 자리를 만들어주고 그다음에는 멀리서 온 사람들 순으로 섭섭지 않도록 조치하고 있지만 정리가 덜되었습니다."

장백의 넉넉한 마음에 루아가 환하게 웃는다.

"하시던 일 마무리 지어주세요. 저는 북궁 선원으로 가보겠습니다."

"축대 보수를 하시려 합니까? 행사가 한창인데 미루심이 어떠하신지요."

"아닙니다. 환국의 가장 큰 축제입니다. 작은 일이라도 미흡함이 없어야 할 것인데, 하물며 대신전이 있는 선원의 일입니다."

문제가 생기면 주저 없이 해결하고야 마는 루아의 성격을 아는지라 그녀를 따라 걷던 장백이 망설인다.

"대회에 참여하지 않으십니까. 서자부 금랑을 기다리는 이들이 많을 텐데요."

"새로운 우승자가 나오겠지요. 그럼 가보겠습니다."

제사가 끝나면 오후에는 각종 대회가 시작된다. 활쏘기, 씨름,

말타기 등 주요 세 경기 외에도 글짓기와 그림 그리기는 물론이요, 옷 만들기와 윷놀이까지 어린아이부터 노인까지 환국의 모두가 참여하는 국중대회다.

모든 대회는 그 우승자에게 환국에서 제물로 보내온 특산품들이 포상으로 주어진다. 어머니 마고의 축제에 모든 것을 함께 나누는 온 백성의 환호가 환국 하늘을 뒤덮을 것이다.

루아는 삼 년 연속 국궁과 여성부 씨름 우승자였다. 서자부의 고된 훈련을 생각해 볼 때에 당연한 결과라 할 수 있으나 슬슬 후배들에게 자리를 내줘야 할 시기가 왔다.

내일은 사냥대회가 진행되는 동안 환인전에서 12환국 사신단의 보고를 듣고 삼사오가 대신들과 함께하는 환국회의가 있다. 그리고 은월제. 자운을 만날 생각에 벌써부터 심장이 터질 듯 두근거린다. 은월제에 맞춰 약속 장소에 도착하려면 적어도 내일 밤에는 출발해야 했다.

루아는 깊게 숨을 들이켜고는 뒤를 따르던 적랑들에게 말했다.

"제소는 가서 경기에 참여하지 않는 서자부원 일곱을 모아 오고, 현아는 양가 대목수를 불러오너라. 그리고 다른 적랑들은 내가 없어도 순찰을 돌되 축제를 즐기는 사람들의 불편함이 없도록 움직여라."

이제 곧 서자부의 군무가 이어질 차례였다. 형제처럼 지내온 동료와 후배들의 춤사위를 보고 싶은 마음을 애써 누르며 루아는 선원으로 발걸음을 서둘렀다.

내려앉은 축대 앞에 선 대신녀 원희가 곁에 선 작은 애기신녀를 내려다본다.

"집에 데려다 준다 하는데 그러는구나."

아이는 대답이 없다.

"혹여 같은 일을 당할까 염려하느냐?"

원희의 물음에도 아이는 대답 대신 얼굴이 빨개질 때까지 고개를 젓는다. 아이는 아사의 약속을 철석같이 믿고 늦은 밤 낯선 사내를 따라나섰던 노아이다. 노아는 성을 벗어나지도 못한 채 성을 둘러싸고 있는 유천에 던져졌다. 악몽이 되살아나는 듯 가슴이 벌렁거리니 두 손을 가슴에 얹어 꼬옥 내리눌렀다.

곧 떠나게 될 환국을 둘러보던 원희가 어두운 밤 강가에서 우연처럼 이 아이를 발견했다. 물 위를 걸어 아이에게 다가갔다. 작은 몸으로 살기 위해 얼마나 발버둥 쳤을까.

"어머니가 정하신 생명줄을 다하지 않았으니 살아야겠지 않느냐."

원희는 어둠 속으로 가라앉는 아이의 손을 잡아주었다. 깜깜하고 얼음장 같은 물속에서 원희의 손은 한줄기 빛과 같아 어린 노아의 마음에 각인되어 버렸다.

"그래, 세상의 미련은 이곳에 놓고 나와 함께 가자."

마치 스스로에게 말하듯 원희가 아이의 손을 다시 한 번 꼭 잡았다. 사고로 인해 목소리를 잃어버린 노아는 물속에서처럼 원희의 손을 꼬옥 움켜쥐었다.

"내 너의 남은 삶에 평안을 주리라."

긴 시간 몸담았던 모든 것을 두고 가지만 이 아이 하나 데려간다 하여 누가 탓할 것인가. 오늘 환국을 떠나면 사람들의 기억 속에 가장 뛰어났던 대신녀 원희는 잊힐 것이다.

"기다리던 사람이 오는구나."

바쁜 걸음으로 서문을 들어서는 루아의 모습이 보였다.

"대신녀님!"

다른 이들보다 먼저 서관에 도착한 루아가 뜻하지 않은 만남에 인사도 잊은 채 원희에게 묻는다.

"행사가 한창인데 이곳에는 어인 일이십니까?"

원희는 아무 말 없이 빙그레 웃는다. 루아의 시선이 원희의 손을 잡고 선 노아에게로 향했다. 선원의 심부름을 맡아보는 애기신녀들 중에서도 아사가 유난히 예뻐하던 노아를 루아가 모를 리 없었다.

"너는 노아가 아니더냐?"

아사와 꼭 같은 얼굴. 루아와 눈이 마주친 노아가 겁먹은 얼굴로 대신녀의 치맛자락에 얼굴을 묻으며 뒤로 숨어버렸다.

"축대 때문에 이리 급히 달려오신 겝니까?"

더더욱 친근해진 원희의 음색에 루아가 생각난 듯 축대 앞으로 다가섰다. 서관 지붕을 받치고 있는 나무 기둥 아래 돌로 쌓은 축대 귀퉁이가 무너져 내려 있었다. 나무 기둥이 조금 내려앉았으나 지붕까지 무너질 만큼 심각하지 않아 다행이었다.

"보수를 위해 사람들을 불렀습니다."

"해야 할 일에 미룸이 없는 금랑이시니 그리 하시리라 생각하였습니다. 후후후."

"아, 예."

별을 보고 천기를 읽어 예언을 하는 것이 대신녀의 일이다. 세상만사 모르는 것이 없으리라 사람들은 생각한다. 그럼에도 마치 그녀를 기다린 듯한 말투에 루아는 머쓱해졌다.

"사람이 아무리 견고하게 돌을 쌓고 단단하게 지주목을 세운다 하여도 애초에 어머니 마고가 그들에게 주신 뿌리만 못한 법입니다."

루아의 곁을 지나 내려앉은 축대 위로 올라선 원희가 부드럽게 나무 기둥을 쓰다듬었다. 나무야, 이곳에서의 오십 년이 네가 속한 곳에서의 오백 년보다 더 고달팠나 보구나.

"아무리 좋은 것이라 해도 본래의 제 것을 버리고 얻었다면 그것은 순리에 어긋난 것. 하늘이 정한 제 수명 다하기를 어찌 기대하겠습니까."

무너져 내린 돌 틈으로 보이던 나무 기둥 밑동으로 스멀스멀 뱀처럼 뿌리가 생겨 땅속으로 파고들고 위로는 빠른 속도로 가지가 뻗어 나가더니 속속히 잎사귀를 드리우기 시작했다.

"이것이 곧 어머니 마고가 세상을 순환하는 방법이랍니다."

기둥은 사람의 손이 닿기 전의 모습으로 돌아가 온전한 나무가 되어 지붕을 받치고 섰다. 이 놀라운 광경에 루아는 믿을 수 없다는 듯 축대 위로 훌쩍 뛰어올라 새로이 잎을 펼친 나뭇가지를 만져 보았다.

"참으로 신기한 일입니다."

원희는 그녀의 앞에 내려선 루아를 조용히 바라보았다. 맑은 눈을 가진 이 소녀의 앞날에 축복이.

　"마지막이라 하여 두려워하거나 노여워 말기를. 끝이 있어 시작도 있으니 끝은 끝이 아니라 새로운 시작이어라."

　예언을 하듯 알 수 없는 이야기를 하는 원희를 마주한 루아가 조심스레 묻는다.

　"혹 환국을 떠나시려 합니까?"

　"후후후, 그리될 것 같습니다. 곧 먼 길 떠나게 되실 금랑에게도 새로운 시작을 위한 작은 선물을 하나 준비하였습니다."

　원희가 반달 모양의 옥돌이 달린 목걸이를 꺼내어 루아의 목에 걸어주었다.

　"제게 주시는 겁니까?"

　"달님이 숨어버린 밤길에도 어둠을 밝혀줄 것입니다."

　곧 먼 길을 떠나게 되리라는 대신녀의 예언에 불현듯 자윤이 떠올라 루아는 가슴이 먹먹해져 왔다. 그를 만나지도 못한 채 떠나게 되는 것일까? 하지만 왜…….

　"어디로…… 떠난다는 말씀입니까?"

　"잊지 마세요, 이 모든 고통도 지나고 보면 그 또한 결국 찰나의 순간과 같음을."

　"대신녀님……."

　"눈에 보이는 것이 전부는 아니랍니다. 마음을 따라 걷다 보면 그 길의 끝에 원하는 것을 얻게 될 겁니다."

　근심의 빛을 드리우는 루아의 모습에도 원희는 더 이상 말하기를 멈추고 침묵했다. 더 이상 그녀에게 해줄 수 있는 것이 없다.

무리 지어 나타난 서자부원들의 모습에 원희가 루아를 바라보며 조용히 입술을 뗐다.

"축대의 보수는 이미 끝난 듯합니다."

*

서릿발처럼 귓가를 긁어내리는 음산한 울음소리.

'내 낭군의 피를 덮어쓴 자…….'

비명도 지르지 못한 채 아사가 눈을 떴다.

"죽음보다 더한 상실을 가슴에 새기리라."

달싹이는 입술로 저도 모르게 뱉어진 말 한마디 한마디가 너무나 처절하고 오싹하여 아사는 몸을 떨었다.

주위를 둘러보니 그녀의 침실이다. 사냥대회가 있는 날인데 아직 동이 틀 기미도 보이지 않는다. 조금 일찍 방을 나선 아사는 동신전으로 걸음을 옮겼다.

'분명 피를 뒤집어쓴 사내를 보았는데, 누굴까. 혹 태자가 아닌가.'

루아의 꿈에 빛을 잃은 봉황의 몸을 가르고 또 다른 봉황이 일어나 날개를 폈다. 빛을 잃은 봉황은 태자요, 새로운 봉황은 자윤이니 피투성이의 사내는 태자일 가능성이 높다.

"선몽을 꾼 걸까?"

아직도 꿈인지 아닌지 구분이 안 가는 소조 이후 두 번째. 혼란스러웠다. 휘청거리는 걸음으로 동신전의 문을 여니 자리를 지켜야 할 애기신녀는 보이지 않고 낯선 여인이 창가에 서 있었다.

"이곳은 출입이 금지된 곳입니다."

또렷한 목소리로 말했지만 여인은 미동이 없다. 이상하다. 곧 동이 틀 시간이었건만 빛을 잃어야 할 달이 여인을 감싸듯 둥그렇게 원형을 그리고 있었다. 제천행사로 모두가 비슷하게 입은 백의였건만 머리를 길게 늘어뜨린 여인의 전신이 반짝이며 스스로 빛을 뿜어내는 듯한 착각이 일었다.

"누구십니까?"

아사의 도전적인 물음에 여인이 천천히 돌아섰다. 처음 보는 여인인데 낯설지가 않다.

"아사."

부드러운 음성이 아사에게 닿는 순간 봄날의 미풍처럼 머리카락이 살며시 흔들린다.

"대신녀님?"

대신녀가 아사에게로 다가섰다. 빛은 여전히 그녀를 따라 움직인다. 어두운 동신전이 은은한 빛으로 밝혀졌다.

"떠나신 것이 아니었습니까?"

"후후후."

말없이 웃는 대신녀의 모습에 아사는 숨을 들이켰다. 혹 떠난 것이 아니었나? 낭패다. 그녀가 떠날 것이라 말한 아사의 예언이 틀려 버리는 것이다. 잘못된 예언은 신녀에게 돌이킬 수 없는 타격이 된다. 노아가 잘못된 사실을 알려준 것일까? 아사의 머릿속을 헤집는 수많은 물음 중 그 어떠한 것도 입 밖으로 뱉을 수가 없었다.
"생각이 너무 많구나."
대신녀는 조용히 미소 지었다.
"선몽을 꾸었구나."
"예?"
"처음부터 네 것이었으며 네 자리였다."
"무슨 말씀을 하시는 건가요?"
"환국의 대신녀 아사를 이야기하는 것이다."
의중을 알 수 없는 목소리가 아사의 가슴으로 가시처럼 파고들었다. 분명 어제 이후로 대신녀의 모습을 본 이가 없어 떠난 것이라 생각하였는데.
"원하는 것을 얻게 될 것이다."
"무엇을 말입니까?"
"하늘의 뜻을 읽고자 하지 않았느냐."
"하늘은 그 뜻을 제가 아닌 동생에게 일러주었습니다. 이미 알고 계신 줄 알았는데요."
고개를 저으며 대신녀가 품 안에서 작은 돌을 꺼내 들었다. 자체적으로 빛을 뿜어내는 것이 심히 기특하고 아름다워 보인다.
"야광주라 한다."
손안의 야광주를 바라보는 아사의 모습을 지켜보던 대신녀가 야광주를 가볍게 움켜쥐었다가 천천히 폈다. 손바닥 위의 야광주가 반쪽이 나 있다.

"어느 것이 진짜 야광주인지 분간할 수 있겠느냐?"

하나를 두 개로 쪼개놓고 어느 것이 진짜냐니. 물음의 뜻을 헤아릴 수 없어 아사가 답을 찾지 못한 채 대신녀의 시선을 마주했다.

"둘 중에 어느 것이 진짜인지 물었다."

"원래 하나였던 것을 두 개로 가른다 하여 둘 중 하나가 가짜가 되겠습니까."

"그렇구나. 원래 하나였던 것이니 둘 다 야광주가 맞다."

"아이들 장난은 그만하시지요."

검을 쥐고 사는 루아보다 오히려 더 대범하고 공격적인 아사였다. 조용하고 차분한 루아는 검을 쥐었고 가슴에 불꽃을 품어 안은 아사는 기도문을 손에 쥐었다. 그 둘이 바뀌었다면 어찌 됐을까.

"무슨 말씀을 하시고자 합니까?"

"어머니의 하늘 아래 루아와 네가 다르지 않음을 말하는 것이다. 같은 것을 보고 같은 것을 듣지만 다른 것을 느끼고 다른 것을 말하게 될 너희들의 운명이다."

"대신녀님."

"아사, 너는 더 많은 것을 예언하게 될 것이다. 잊지 말거라. 네게 보이는 것들을 바로 보아야 할 것이며 그것을 전함에 있어 올곧아야 함을."

아사는 이해할 수 없었다. 선몽은 주로 동생인 루아에게 주어진 축복이었으며 아사는 그저 소리새들을 통해 들은 자료들을 조합

하여 예언을 만드는 것이 전부였다. 그녀의 생각을 읽은 것일까.

"소리새는 더 이상 필요치 않겠구나."

"소녀는 선몽 같은 것을 꿔본 적이 없습니다."

"같은 것을 보았으나 기억하는 이가 하나일 뿐."

어쩌면 아사는 정말 선몽을 꾸었을지 모른다. 하지만 무엇을 해야 계획한 미래에 더 가까이 다가설지 생각하고 고민하는 것이 늘 우선이고 최선이었다. 더 높은 곳으로 올라서고자 하는 아사의 집념과 욕심 때문에 하늘이 보여주는 앞날을 기억하지 못했던 것일까. 귓가에 경종이 울리는 것 같다. 아사는 안개가 낀 듯 자욱했던 머릿속이 맑아지는 느낌이 들었다.

"탐욕이 너를 파멸의 길로 인도할 것이니 네 것이 아닌 것을 탐하지 말거라."

대신녀는 반쪽짜리 야광주를 아사의 손에 쥐어주었다. 그리곤 그녀의 머리에 손을 얹어 축복하였다.

"환국의 대신녀 아사에게 어머니 마고의 축복이 함께하기를……."

햇살처럼 내려앉는 따뜻한 기운이 아사의 전신으로 퍼져 간다. 그 기운이 사그라지는 것을 느끼며 눈을 뜨니 아사는 방 안 침상에 누워 있었다. 아까와 같다. 방은 아직도 어둡기만 했다. 또 꿈인가? 대답은 손안에 있었다.

"야광주."

두 개로 나뉘어졌던 야광주 반쪽이 끈에 달려 있었다. 이불을 젖히고 벌떡 일어선 아사가 방문을 열고 내달리기 시작했다. 동신전을 향해 쉬지 않고 달려간 아사는 신전이 비어 있는 것을 확인하고는 다시 대신녀의 방을 향해 달렸다.

뛰어다니는 애기신녀들을 천박하다 늘 나무라던 아사이다. 한 번도 격하게 뛰어본 적이 없어 그녀의 심장이 터질 듯 가슴을 두드려 댄다.

"하아…… 하아, 하아."

방문 앞에서 들썩이는 가슴에 손을 얹었다. 떨리는 손으로 커다란 나무문을 힘껏 밀었다.

쾅당!

한기가 스미드는 방 안은 동신전과 마찬가지로 비어 있었다. 평평하게 정리된 침상으로 다가선 아사는 확인이라도 하듯 이불을 젖혔다. 전대 환인에 걸쳐 긴 시간 이곳에 머물렀을 그녀의 흔적은 남아 있지 않았다.

"밖에 아무도 없느냐! 선제신녀!"

신관의 밤을 지키는 선제신녀가 달려오는 소리가 들리고, 이내 숨이 턱까지 차오른 신녀 하나가 모습을 드러냈다.

"아사님, 밤중에 어인 일로……."

천천히 돌아선 아사가 선제신녀를 노려보며 물었다.

"……은 어디 계시냐?"

"예?"

"대신녀님이 어디 계시는지 묻지 않느냐!"

그녀답지 않게 언성을 높였다. 일천자에게 기도하기에도 이른 시간에 머리는 풀어 헤치고 맨발로 선 아사의 모습에 선제신녀가 어쩔 줄 몰라 하며 고개를 숙인다.

"천부단에서의 제례 이후 모습을 본 이가 없습니다."

"떠났구나."

그래야 했다. 그리될 것이라 예언했으니 떠나야 한다.

"물러가라."

이불을 움켜쥐고 숨을 삼키는 아사의 모습에 눈망울을 굴리던 선제신녀가 걱정스레 자리를 뜨지 못한다.

"어제 행사를 치르시고 많이 지치셨나 봅니다. 내내 주무셨는데, 어디가 불편하신 것은 아닌지……."

말없이 나가라 손짓하는 아사를 말없이 바라보던 선제신녀가 예를 갖추고는 조용히 방을 나갔다.

'떠났구나…… 결국.'

이미 알고 있었음에도 이상하게 허전한 마음이 찾아들었다. 떠나는 마당에 굳이 아사의 앞에 나타난 이유가 뭘까.

'탐욕이 너를 파멸의 길로 인도할 것이니 네 것이 아닌 것을 탐하지 말거라.'

무엇을 경고하는 것일까. 걱정스러운 듯, 아니, 그것은 걱정보다 더 짙고 씁쓸한 안타까움이었다. 아사는 대신녀의 눈빛을 또렷하게 기억했다.

"그대는 무엇을 보았는가?"

가슴속으로 뜨끈한 것이 밀려오는가 싶더니 이내 아사의 볼을 타고 또르르 눈물방울이 떨어져 내린다. 신관에서 자라난 아사. 긴 시간 그녀를 보살펴 주었던 대신녀에게 정이라도 든 것일까?

아니다.

"나는 무엇을 본 것인가."

꿈을 훔쳐 신녀가 된 아사였기에 모든 것을 꿰뚫는 대신녀의 시선이 늘 불편하고 싫었다. 제일 조심해야 할 이가 사라졌으니 앓던 이가 빠진 것만큼 속이 후련하다.

'그래, 잘된 거야.'

빈 방에서 맨발의 아사는 이불을 움켜쥔 채로 한참 동안 자리를 뜰 수 없었다.

사냥대회의 아침이 열렸다. 일천자가 모습을 드러내기도 전에 삼삼오오 장정들이 천부단으로 모여들었다. 사흘 밤낮을 쉬지 않는 제천행사의 하루하루가 중요하지 않은 날이 없다. 말이 사냥대회이지 환국의 청년들이 그간 갈고닦은 활과 검, 그리고 전쟁을 불사하는 지략을 뽐낼 수 있는 종합경기였다. 부상품은 물론이요, 사냥한 동물의 뼈와 모피는 은월제에서 만날 미지의 여인에게 선물할 것이라 최고의 사냥꾼이 되어야 하는 날이다.

와~! 아아~! 아아아!

아침 해를 깨우듯 장정들의 함성이 터져 나왔다.

둥! 두둥! 둥! 두두둥!

그에 답하듯 천부단에 설치된 북들이 들썩이는 장정들의 어깨에 맞춰 울린다. 청년들이 제각기 진열을 가다듬으니 가지런히 심어놓은 곡식처럼 흐트러짐이 없다.

늠름한 장정들 중에 단연 눈에 띄는 이가 있으니 환국의 삼왕자 자윤이다.

"장가들도 다 갔는데 굳이 사냥대회에 나서야겠느냐?"

"이게 다 형님을 위한 것 아닙니까. 마음에 둔 여인이 있다 하니 명색이 왕자인데 그에 상응하는 선물을 주어야지요."

구왕자 서윤의 말에 자윤은 뒤늦은 기지개를 켰다. 어제 아우들과 밤을 새워 술을 마신 것이 아직도 온몸이 무거웠다. 애초에 사냥대회에 참가할 생각이 없었으나 밤새 술을 마시다 보니 아우들의 농에 낚여 은월제의 약속을 이야기하고 말았다. 은월제의 밤에 만나기로 했다니 꽃밤을 보내고 부부의 연을 맺으면 환국의 관습대로 여인에게 선물을 주어야 한다며 아우성이었다.

함께 술을 마신 다른 왕자들은 모두 곯아떨어졌고 꾸역꾸역 자리에서 일어선 육왕자 우윤과 막내인 서윤이 활을 두드린다.

"최고 좋은 놈은 형님 하시고 남은 것은 아내의 겨울 신발이나 만들어주렵니다."

지난해 혼례를 올린 서윤은 동갑내기 아내가 만삭이 되어 그 사랑이 더욱 극진하다.

술 냄새를 폴폴 풍기며 아우들과 이야기를 하고 있자니 웅성이던 장정들이 조용해졌다. 돌아선 자윤의 눈에 사냥 복장을 한 태자의 모습이 보였다.

천부단으로 향하던 두율이 아우들을 발견하고는 빙그레 웃으며 다가섰다.

"아우님들도 사냥대회 참가하시려고?"

"예, 형님."

서윤의 대답에 두율이 코를 부여잡으며 고개를 살래살래 흔든다.

"밤새 환궁의 술동이가 바닥이 났다던데, 사슴이 너를 잡겠구나."

"하하하, 그저 토끼 두어 마리면 족하겠습니다."

열일곱 살의 터울이 어려울 만도 하건만, 서윤이 서글서글하게 대꾸한다.

"그래, 기왕 나간 것, 어머니 것도 좋은 놈으로 잡아오너라."

맏이답게 두율이 어머니 환부인을 챙기며 천부단의 계단으로 올라섰다.

"들뜬 환국 장정들의 심장 소리에 내 귀가 따가우니 북은 그만."

북채를 든 장정들에게 손사래 치는 태자 두율의 너스레에 여기저기에서 웃음이 터진다.

"어머니 마고의 은혜로 풍요로운 제천을 맞이하여 태자 두율이 사냥대회의 개회를 선포한다. 사냥은 내일 정오까지 이어질 것이며 대회는 환국의 율령에 따라 진행될 것이다."

두율의 근엄한 목소리를 따라 팔백여 명이 넘는 참가자들이 하나의 목소리로 사냥대회의 율령을 외쳤다.

"우리는 하늘을 섬기고 자연과 생명을 존중한다! 그 첫 번째로 어리거나 늙거나 완전하지 않은 것은 잡지 않는다!"

율령은 생명 존중을 원칙으로 하여 짝이 있거나 새끼가 있는 동물은 사냥에서 제외하며, 그 수 또한 세 마리를 넘지 않고 고통 없이 죽여야 하는 것까지 세세히 정하여 무분별한 살생을 금하였다.

형제나 마음 맞는 친우끼리 작게는 셋에서 많게는 열 명씩 무리 지어 성문을 향해 움직이기 시작했다. 환호하며 사냥대를 배웅하는 사람들이 좌우로 성문까지 늘어서 손을 흔들었다.

사냥터는 특별히 정해져 있지 않았다. 다만 내일 정오까지 천부단에 도착할 수 있는 거리로 걸어서 이동해야 했다. 사냥터를 멀리 정한 이들은 성문을 나서는 걸음이 벌써부터 조급하다.

"자, 그럼 슬슬 달려볼까요?"

"뭐? 막내야."

술기운을 털어내기도 전에 서윤이 등의 활 자루와 이어진 가죽끈을 부여잡고 달음박질치기 시작했다. 끄응. 자윤은 어이없다는 듯 곁에 선 우윤을 바라보았다.

"사냥터를 어디로 잡았기에 시작부터 뛴단 말이냐?"

"글쎄요. 우선 막내를 잡아야 어디로 가는지 알 수 있겠습니다."

짧은 대화였으나 뒤도 안 돌아보고 내달리는 서윤의 모습이 손톱만큼이나 작아져 있었다. 곰 같은 아우 우윤 또한 성큼성큼 내달리기 시작했다.

어쩔 수 없다. 이놈들. 자윤은 가죽신의 끈을 발목에 둘러 단단히 조여 매고는 힘차게 달리기 시작했다.

시원한 가을바람을 맞으며 아우들과 달리는 기분이 가히 나쁘지 않다. 노란색에서 귤색과 붉은빛으로 층층이 물든 가을 단풍이 자윤의 폐부로 붉게 스며드는 것 같았다.
"하악! 하악! 하아……!"
이내 자윤은 서윤을 넘어 달리기 시작했다. 신혼 초의 불타는 사랑도 순행으로 다져진 체력을 이기지 못하나 보다. 한 시진이 조금 넘으니 서윤이 오뉴월 개처럼 혀를 빼물었다.
"아이 만드느라 몸이 많이 상했나 보구나. 다 늙은 형만도 못하니 말이다."
"헤엑! 헤엑! 형님 말이 맞습니다. 형수님 얻으신 뒤에 보시지요."
"하, 하하하!"
지지 않고 대꾸하는 서윤의 모습에 자윤은 웃음을 터뜨렸다. 그렇게 달리고 달려서 온몸의 술기운이 전부 빠져나올 즈음 하여 서윤이 지목한 백산(白山:백두산)이 보였다.
천산이 환인성의 서쪽으로 꼬박 하루 반나절을 말을 타고 달리는 거리라면 백산은 그 반대 방향으로 반나절을 달려야 하는 거리였다. 천산보다는 가까웠으나 말을 타는 것과 두 발로 달리는 거리는 천지차이다. 거리가 거리인지라 다른 사냥꾼들의 모습은 보이지 않았다.
'정해진 시간까지 돌아갈 수 있으려나. 뭐, 상관없지.'
오랜만에 돌아온 고향에서 형제들과 사냥을 할 수 있다는 것이 행복한 자윤이었다.
"자아! 힘들 내거라!"

누구보다 빠르게 자윤은 길도 나지 않은 산세를 헤치며 늑대처럼 산길을 오르기 시작했고, 그 뒤를 우윤과 서윤이 뒤따랐다. 한숨도 자지 못하고 술을 들이부었건만 어느새 나무와 풀 내음은 그의 몸과 마음을 정화시키고 있었다. 가뿐하게 날 듯 산을 오르는 자윤은 얼굴을 긁고 지나가는 나뭇가지조차 느낄 수 없을 만큼 흥분되었다.

끼르륵!

큼직한 새 한 마리가 파드득 날아오르자 우윤의 화살이 꿩의 목을 관통했다. 산을 오르는 동안 우윤과 서윤은 각자 꿩 한 마리와 토끼 두 마리를 허리에 꿰어 찼다.

산중턱을 넘어 정상에 가까운 거리. 얼마나 달렸는지 흐르는 땀이 산바람에 식으며 몸에서 연기처럼 김이 피어올랐다. 자윤은 우측에서 빠르게 이동하는 움직임을 포착했다. 발굽 소리를 들으니 꽤나 큰 짐승이다. 움직임을 쫓아 달리기 시작한 자윤은 두 아우와 멀어지는 것도 의식하지 못한 채 더 빨리 달렸다.

산등성이에 서 있는 커다란 수사슴이 보인다. 자윤이 몸을 낮추며 활을 빼 들었다. 얼굴을 타고 내린 땀방울이 떨어지는 순간 활시위를 튕겼다.

피융!

잘생긴 뿔을 왕관처럼 쓴 사슴의 눈동자가 불안하게 흔들리는가 싶더니 이내 발을 높게 치켜들고 땅을 박찼다. 사슴의 목을 겨냥한 자윤의 화살이 과녁을 비켜 목 아래쪽에 박혔다. 움찔 비틀거리던 사슴이 붉은 깃털이 달린 자윤의 화살을 몸에 박은 채 달리기 시작했다.

"망할!"

욕설을 내뱉으며 자윤이 다시 사슴을 쫓기 시작했다. 미흡했던 그의 화살에 사슴은 고통스럽게 피를 토하며 숨이 끊어질 때까지 달리게 될 것이다. 활을 겨냥하며 달리는 자윤의 시야에 사슴을 사이에 두고 달리는 하얀 물체가 보였다.

피융!

동시에 하얀 물체가 사슴을 향해 뛰어올랐다. 범이다. 자윤은 돌처럼 굳어 제자리에 멈춰 섰다.

크르르!

거대한 하얀색 호랑이 한 마리가 그가 쫓던 사슴을 입에 물고 멈춰 선 채로 자윤을 노려본다. 눈처럼 새하얀 털에 검은 줄무늬, 빛을 뿜어내는 샛노란 눈동자가 한 치의 빈틈도 없이 자윤을 쏘아보고 있다.

크르릉!

얼마나 오래 서로를 노려보고 있었을까. 이미 숨이 끊어진 사슴을 내려놓은 백호가 피로 물든 붉은 혀를 날름거리며 입맛을 다셨다. 바닥에 놓인 사슴의 목에는 자윤의 두 번째 화살이 정확하게 꽂혀 있었다.

바스락.

나뭇잎 밟는 소리에 백호가 송곳니를 드러내며 포효했다. 백호의 눈길을 붙잡은 채 자윤이 손을 들어 주먹을 쥐었다. 멈추라는 수신호에 우윤이 조심스레 모습을 드러냈다.

"형님."

크르르르!

시끄럽다 소리치듯 백호가 위협적인 소리를 낸다. 자윤은 두 눈을 부릅뜨고 백호의 시선을 붙잡은 채 속삭였다.

"물러서라."

대낮에 호랑이라니? 호랑이는 낮에 사냥하지 않는다. 백호의 뒤로 병풍처럼 둘러진 바위들이 눈에 들어왔다.

'낭패로구나.'

가까이에 호랑이가 사는 굴이 있을 것이다. 자신의 영역을 침범한 이들의 피를 보기 전에는 절대 물러서지 않을 이 거대한 호랑이와의 싸움을 피해야 했다.

땀방울 떨어지는 소리마저 또렷하게 들려온다. 시공간이 정지한 듯 새소리마저 들리지 않는 침묵 속에 백호와 자윤, 그리고 우윤은 멈춰 서 있었다.

팽팽한 긴장감은 뜻하지 않은 곳에서 깨져 버렸다. 백호에게서 조금 떨어진 풀숲에서 서윤이 불쑥 고개를 내밀며 털 뭉치를 높이 치켜들었다.

"형님! 내가 여우를……!"

자윤이 붙잡아두었던 백호의 시선을 놓쳤다. 백호가 서윤에게 몸을 트는 동시에 자윤은 달리기 시작했다.

피융!

우윤이 쏜 화살이 백호를 빗나가고 서윤이 비명을 지르는 순간, 자윤이 어깨로 백호의 옆구리를 들이받았다. 우지끈! 어깨뼈가 부서지는 듯 예리한 통증이 자윤의 몸을 갈랐다. 그의 두 배에 달하는 백호가 튕겨 올라 바위에 부딪쳐 내렸다.

크르르르!

거세게 바위에 부딪친 백호가 정신을 차리려 고개를 흔드는 사이 자윤이 주저앉은 서윤의 앞을 막아섰다. 자윤과 백호의 사이에 이십 보 가까운 거리가 생겼다.

"괜찮으냐?"

등 뒤에 있는 서윤은 얼이 나간 듯 대답이 없다. 자윤이 허리춤에 찬 상아검을 빼 들었다. 어깨의 통증으로 인해 검을 잡은 손이 파르르 떨린다. 재빨리 곁으로 다가선 우윤이 다시 활시위를 당겼다.

피융! 핑!

연이어 쏘아 올린 우윤의 화살은 백호의 앞발에 나뭇가지처럼 후드득 떨어져 내렸고, 숨돌릴 틈 없이 백호가 뒷발을 구르며 뛰어올랐다.

자윤은 서윤이 쥐고 있던 죽은 여우를 집어 들고 백호를 향해 달렸다. 여우를 백호의 머리 쪽으로 높게 던지며 검의 손잡이를 돌려 팔꿈치에 바짝 붙여 날을 세웠다.

본능적으로 여우를 물어버린 백호가 바닥에 착지하는 순간 그 밑으로 파고든 자윤의 팔꿈치가 백호의 턱에 닿았다. 백호의 앞발이 그의 등에 박혀 살집을 긁어내렸지만 자윤은 상아검의 손잡이를 틀어쥐고 다른 손으로 단단하게 받쳤다.

"으아아아아아!"

자윤의 입에서 기합이 터져 나왔다. 떨어져 내리는 백호의 힘에 눌린 그의 무릎이 꺾인다. 단단한 가죽이 뚫리는 느낌과 함께 손잡이를 제외한 상아검 전부가 백호의 몸으로 사라져 버렸다. 울컥. 뜨거운 피가 자윤의 코와 입으로 사정없이 쏟아져 들어왔다. 숨이 막혔다. 무게를 감당하지 못한 자윤이 백호와 함께 무너져 내렸다.

크르르르!

피로 물든 그의 몸을 두드리던 백호의 심장 소리가 점점 느려진다. 전신을 뒤덮은 백호의 고통을 고스란히 느끼며 자윤은 죽은 듯 누워 있었다. 더 이상 아무런 소리도 들리지 않자 자윤은 있는 힘껏 몸을 뒤집어 땅을 짚고 몸을 일으켰다. 천 근 무게로 내리누르던 백호의 몸이 들리는가 싶더니 아우들이 죽은 백호를 밀어냈다.

"컥! 커억!"

백호에게서 벗어난 자윤의 코와 입으로 흘러들었던 피가 역류했다. 놀란 우윤과 서윤의 목소리가 귓가를 때린다.

"형님! 형님!"

"형님, 괜찮으십니까? 피가……."

억지로 삼켜진 백호의 피를 토해내는 그의 모습에 걱정스러워하는 아우들을 위해 자윤이 애써 몸을 일으켰다.

"내 것이 아니다."

짧았지만 생사를 오가는 치열한 싸움이었다. 순행을 하며 포효 같은 괴물들과 싸워야 했던 자윤과 달리 태평성대를 이룬 환국에서 자라난 아우들은 거대한 백호와 단신으로 맞서 이긴 그의 모습에 충격을 금치 못했다.
 "정말 괜찮으신 겁니까?"
 우윤이 근심 어린 눈으로 자윤의 오른쪽 어깨에 손을 얹자 타는 듯한 고통에 그는 신음을 삼키며 허리를 더욱 곧게 폈다. 아무래도 어깨뼈가 골절된 것 같다.
 "세상에! 형님이 백호를 잡았습니다."
 "잡고자 한 것이 아니다. 피할 수 없었을 뿐."
 "정말 대단하십니다. 포효와 대적하였다는 형님의 모습을 눈앞에서 본 것 같습니다."
 두려움이 가시자 새삼 신이 나는지 서윤이 감동 어린 두 눈으로 자윤을 우러러봤다. 전혀 기쁘지 않다. 어린 아우의 돌발 행동으로 애꿎은 목숨 하나를 끊어내야 했다. 제 영역을 지키려 했을 뿐인 백호에게 미안했다.
 "사냥은 여기에서 끝낸다. 돌아가자."
 "예, 백호를 잡았으니 차고 넘칩니다. 우윤 형님, 뭐 하십니까. 도와주십시오."
 백호의 앞다리를 들고 낑낑거리는 서윤은 안중에도 없이 우윤이 어두운 표정의 자윤을 살피며 조심스레 물었다.
 "들고 가기에는 너무 큽니다. 환궁하여 사람을 보내셔야 할 것 같은데."
 "백호와 사슴은 두고 간다."
 "형님, 무슨 소립니까? 두고 가다니요. 잠시만 기다리세요. 가죽이라도……."

"두고 간다 하였다."

붉으락푸르락 얼굴을 오색으로 물들이는 서윤의 말을 단칼에 잘라냈다.

"평생 이런 하얀 호랑이는 처음 봅니다. 왜 버리고 간단 말입니까, 형님!"

백호에게 다가선 자윤이 턱에서 머리 위로 관통한 상아검을 뽑아 검집에 끼워 넣었다.

"산군(山君)이다. 예사 호랑이가 아니야."

가라앉은 자윤의 목소리에 조용해진 아우들 뒤로 산세를 둘러보았다.

"하산한다."

까마득히 치솟은 바위 꼭대기로 검은 그림자 하나가 보였다. 바위인지 동물인지 분간이 되지 않는 그림자가 해를 등지고 그들을 내려다보고 있었다.

"그럼 사슴이라도, 아니, 내 여우라도 가져갑시다."

미련을 버리지 못하는 아우의 목덜미를 움켜쥔 우윤이 자윤의 명에 따라 묵묵히 걸음을 옮겼다.

"호랑이의 체취가 묻은 모든 것을."

낮 사냥을 하지 않는 호랑이가 움직였을 때에는 필시 연유가 있을 것이다.

"버리고 간다."

세 사람이 걸음을 뗀 지 얼마 되지 않아 빗방울이 떨어지기 시작했다. 사냥감들을 놓고 가기 아쉬워 자꾸만 돌아보던 서윤도 포기했는지 축 처진 어깨로 앞서 걷고 있었다.

빗줄기는 점점 거세졌다. 오른쪽 어깨를 움켜쥔 자윤의 걸음걸음마다 빗물에 씻겨 내린 핏물이 웅덩이를 만든다. 흔적이 지워지기를 바라며 묵묵히 걷고 또 걸었다.

"형님."

우직한 부름에도 자윤은 걸음을 멈추지 않았다.

"빗줄기가 거세집니다. 부상이 심한데 잠시 비를 피해 가야 하지 않겠습니까."

백호의 발톱이 할퀸 자윤의 등줄기가 어찌 운신을 할 수 없을 만큼 통증이 심했다.

"어두워지기 전에 산을 내려가야 한다."

"예."

대답하는 우윤의 뒷모습을 바라보던 자윤의 시선이 조용히 그들이 내려온 산길로 향했다. 아우들은 눈치채지 못했지만 산을 내려가기 시작하면서부터 줄곧 그들을 따르는 그림자 하나가 있었다. 까마득히 높은 바위 위에서서 내려다보던 그 그림자.

또 다른 호랑이였다. 빠르지도 느리지도 않게 거리를 두고 자윤과 아우들을 따라 걷는 것을 느낄 수 있었다. 죽은 백호와 연관이 있음이 분명했다.

'너로구나, 대낮에 사냥을 하지 않는 호랑이가 움직여야 했던 이유가.'

해가 빠른 속도로 기울고 있었다. 내리는 비를 맞으며 걷는 질척한 산길은 음산하기 짝이 없다. 호랑이가 그들을 쫓는 이유는 분명한데 공격을 하지 않으니 자윤의 온 신경이 등줄기를 타고 흐른다. 산을 내려가는 세 사람과 호랑이 한 마리, 이상한 동행은 산을 다 내려갈 때까지 이어졌다.

부상으로 오감이 더욱 예민해진 자윤은 호랑이가 백호보다 작고 다리를 저는 듯 일정하게 한쪽으로 기우는 것을 눈치챘다. 그보다 우월했던 백호를 죽인 자윤이니 쉬이 덤비지 못하는 것이다.

짧은 가을 해처럼 빗줄기가 잦아들 무렵 산길의 끝이 보였다. 서윤이 먼저 입을 열었다.

"형님, 다 내려온 듯합니다."

"가까운 인가에서 말을 빌려 올 터이니 서윤은 형님과 여기서 잠시 기다리거라."

언제 덮칠지 모르는 호랑이와 함께 어찌 기다린단 말인가.

"멈추면 안 돼. 인가가 나올 때까지 계속 걸어야 한다."

단호한 자윤의 말에 우윤이 이해할 수 없다는 듯 돌아섰다. 굳어버린 우윤이 그의 등 뒤로 무엇을 보았는지 자윤은 돌아보지 않아도 알 수 있었다.

"혀, 형님."

"아무 일도 일어나지 않아."

활을 움켜쥐는 우윤을 향해 자윤이 고개를 저었다.

"우윤아, 천천히 돌아서."

"형님."

"인가가 나올 때까지 계속 걷거라."

천천히 돌아서는 우윤과 서윤의 뒤로 조금은 넓어진 길이 보인다.

"돌아보지 말고 앞만 보고 걸어야 한다."

무거운 발걸음을 떼는 동생들을 지켜보던 자윤의 왼손이 허리춤에 찬 상아검의 손잡이를 살며시 감싸 쥐었다. 오른쪽 어깨 부상이 심해 오른손을 전혀 쓸 수 없는 상태에서 얼마나 버틸 수 있을까. 느릿하게 돌아선 자윤이 사십 보가량 떨어진 곳에 선 호랑이를 응시했다.

"동행은 여기까지다."

또 다른 백호일 거라는 짐작과 달리 호랑이는 노란빛에 검은 얼룩을 가지고 있었다. 죽은 백호보다는 다소 덩치가 작았으나 충분히 위협적이다.

크르르르!

"네 짝을 죽인 것은 미안하나 내 형제를 내어줄 수는 없다."

또한 기다리는 정인이 있기에 여기서 죽을 수도 없다.

"저도 형님을 포기할 수 없습니다."

검을 뽑아 든 우윤이 자윤의 오른편에 섰다.

"형님과 마지막을 함께할 것입니다."

결의에 찬 목소리에 자윤은 이상하게도 웃음이 나왔다. 마지막이라니? 아직 그녀를 만나지 못했는데, 아직 장가도 가지 못했는데 마지막이라니? 그녀가 낳아줄 내 아이들도 보지 못했는데 마지막이라니? 용납할 수 없다.

"사람들을 부르러 서윤을 보냈습니다. 멀지 않은 곳에 인가가 있으니 조금만 버티지요."

우윤은 안중에도 없는 듯 자윤에게 박혀든 호랑이의 눈동자에는 흔들림이 없다.

크르르르! 크르!

호랑이가 금세라도 덮칠 것처럼 날카로운 이빨을 드러냈다. 자윤의 생각대로 왼쪽 앞발이 조금 짧은 듯 걸음이 한쪽으로 기울었지만, 유연한 움직임이 호랑이의 단단한 어깨 근육을 고스란히 드러내며 검은 줄무늬가 물결친다.

까악까악! 까악, 깍! 까악!

갑작스레 날아오른 까마귀 떼로 인해 호랑이의 시선이 산 정상 쪽으로 향했다. 시커멓게 몰려 제자리를 맴도는 까마귀 떼를 바라보던 호랑이가 심장을 터뜨리듯 큰 소리로 울부짖었다.

'하늘이 도왔구나.'

까마귀 떼가 죽은 백호의 시신을 발견했을 터, 호랑이는 백호의 시신과 자윤을 두고 망설이고 있었다. 자윤을 쏘아보던 호랑이가 돌아서는가 싶더니 이내 산속으로 사라져 버렸다.

*

피융!

활이 떠나는 순간, 활시위도 끊어져 버렸다.

"루아."

온통 피투성이가 된 자윤이 서 있다. 너무나 슬픈 표정으로 루아의 이름을 부른다. 그의 입에서 울컥거리며 선혈이 쏟아졌다. 자윤을 앞에 두고도 루아는 사슬에 옭매인 듯 손가락 하나 까닥일 수가 없었다. 피투성이가 된 정인의 모습에 루아의 두 눈에 눈물이 차올랐다. 그의 뒤로 시뻘겋게 입을 벌린 거대한 백호의 모습이 보이는가 싶더니 루아의 앞에 선 것은 자윤이 아닌 작은 여인이다. 누구……?

"살려주세요, 제발."

낯이 익은 여인이다. 언젠가 신전에서 마주쳤던 태자비다. 태자비 연완의 작고 하얀 목을 백호가 물어버렸다. 아니, 백호가 아니다. 누런빛의 호랑이.

"금랑!"

서자부 수장 우서한이 조심스럽게 루아를 부른다. 시위가 끊어진 활을 든 채 움직임이 없는 루아에게 다가선 우서한이 과녁을 향해 얼음처럼 굳어버린 그녀의 팔에 천천히 손을 얹었다.

"금랑."

조용히 불러보아도 루아는 대답이 없다. 깜박임조차 없는 눈동자가 무언가를 보는 듯 흔들렸다. 전에도 이런 일이 있었다.

막 서자부에 입단하여 백랑 훈련을 받던 루아가 혈이라도 가격당한 듯 마비되어 일다경 넘게 움직이지 않은 적이 있었다. 정신을 차리자마자 루아는 울면서 뛰쳐나갔다. 그 뒤를 따르게 했던 청랑에게 루아의 아버지인 마가 어르신의 다리가 부러졌다는 소식을 전해 듣는 데는 그리 오래 걸리지 않았음을 기억한다.

'그럼 어제도?'

어제 씨름대회에서 내내 잘 싸우던 금랑이 갑자기 목석처럼 상대에게 단번에 넘어가 버렸다는 소식을 전해 들은 우서한이다. 삼 년 연속 우승자였던 금랑이 한 번에 넘어갔다는 말을 믿을 수 없던 그에게 그저 연습 부족이라며 루아는 아무 일도 없는 듯 행동했다.

신녀 아사의 쌍둥이 동생. 그녀에게도 특별한 능력이 있는 것은 아닐까. 특이한 점이 없는지 세밀히 보아달라는 아사의 말을 떠올리며 우서한은 조용히 그녀를 지켜보았다.

짧은 시간 돌처럼 굳어버린 그녀의 눈에서 눈물이 떨어져 내리는가 싶더니 이내 미세한 경련을 일으키는 것이 보인다. 마치 나쁜 꿈을 꾸고 있는 것 같다. 잠들지 않고 선 채로 꿈을 꿀 수 있다면 아마도 저런 모습이 아닐까.

"헉!"

숨 쉬는 것조차 잊었던 듯 루아가 숨을 들이켰다. 너무나 선명하게 눈앞으로 펼쳐진 환영에 몸이 떨려왔다. 처음이 아니다. 어제 씨름대회에서 피투성이의 자윤을 보았는데 오늘은 그와 함께 호랑이와 태자비가 더 보였다. 피투성이의 자윤을 벌써 두 번이나 본 것이다.

드물지 않게 선몽을 꾸는 루아였으나 그 꿈이 가까워지면 눈앞의 사물처럼 또렷하게 환영으로 나타났다. 게다가 나쁜 일이라면 더욱 선명하고 처절하게 눈앞에서 펼쳐지니 미쳐 버릴 지경이었다.

"금랑."

돌아보니 우서한이 그녀를 응시하고 있었다. 무언가를 알고 있는 것처럼 움켜쥔 그녀의 팔에 힘을 준다.

"무엇을 본 거지?"

피투성이가 된 그녀의 정인? 아니면 호랑이에게 목이 물린 태자비? 루아는 답을 구하는 우서한에게 아무런 말도 할 수 없었다. 그녀가 잘못 본 것이라면 다행이겠지만, 아직 한 번도 어긋남이 없었다. 자꾸만 눈물이 났다.

"가봐야겠어요."

어느새 어둠이 내려앉은 궁터를 바라보던 루아의 손에서 활이 떨어져 내렸다.

그녀를 움켜쥔 손을 놓을 생각이 없는지 우서한이 재차 묻는다.

"금랑 루아, 무엇을 보았는지 묻고 있다."

"아무것도. 놓아주세요, 가봐야 합니다. 만나야 할 사람이 있어요."

"아사에게 가는 것이냐?"

고개를 젓는 루아를 바라보는 우서한의 가슴으로 안도의 물결이 밀려왔다. 만나야 할 이가 누구인지 말하지 않았으나 그녀가 본 것이 아사만 아니라면, 불길한 것을 보고 아사에게로 달려가는 것만 아니라면 그로 족했다. 우서한은 더 이상 아무것도 묻지 않았다.

'어떻게 된 거지……'

루아는 은월제의 밤에 천 년 고목 아래에서 만나기로 한 자윤이 나타나지 않을까 불안했다. 궁터를 떠난 루아는 침소에 도착하자마자 작은 봇짐을 쌌다. 왜 하필 천산의 초입에서 만나자 했을까. 혹 그녀를 기다리다 호랑이를 만나게 되는 것은 아닌지.

지금 떠나면 내일 해 지기 전에 약속 장소에 도착할 것이다. 조금 일찍 도착하겠지만 그보다 먼저 도착해야 했다. 그리되면 호랑이를 마주치는 것은 자윤이 아닌 루아가 될 것이다. 루아 앞에 펼쳐진 환영은 그녀의 정인이 호랑이로 인해 피투성이가 될 것이라는 확신으로 굳어 있었다. 자윤을 대신하여 호랑이를 마주할 생각을 하니 허리춤에 맨 목검으로 손이 간다.

'이길 수 있을까.'

호랑이와 싸우게 될지 모른다는 것에 생각이 미치자 루아는 벽장 속에 넣어두었던 천의를 꺼내어 봇짐 속에 챙겨 넣었다. 불안한 마음에 한시도 지체할 수가 없었다.

서둘러 방을 나서는 루아의 앞에 선원에서 보냈을 작은 애기신녀가 서 있었다.

"이 시간에 어인 일이냐?"

"아사님께서 찾으십니다."

"나중에 찾아뵙겠다 전하거라."

계단을 내려서는데 따라나선 애기신녀가 그녀의 걸음을 붙잡는다.

"피. 붉은 새. 꿈."

루아의 옷자락을 움켜쥔 애기신녀가 그녀를 올려다보며 또박또박 세 개의 단어를 뱉어냈다.

"뭐라…… 했느냐?"

무릎을 꿇어 애기신녀와 눈높이를 맞춘 루아가 다시 한 번 물었다.

"다시 말해보거라."

"피. 붉은 새. 꿈."

작은 입술이 달싹이자 루아는 애기신녀를 들쳐 안고 뛰기 시작했다. 붉은 새는 봉황을 이야기하는 것일 터. 언니 아사도 피로 물든 자윤의 꿈을 꾼 것이다.

*

같은 시각, 아사는 불빛 아래 단아하게 앉아 옛 기록들을 적어 놓은 죽간(竹簡:대나무에 글을 적은 것)을 읽고 있었다. 아무리 읽어봐도 하늘의 뜻과 예를 섬기는 환국에서 환인의 자리를 두고 다툼은 없었다.

"황궁 씨가 다스린 환국이 천백 년, 그리고 유인 씨가 다시 천백 년, 후에 안파견이 새로운 환국을 여니…… 6대에 이르러 구을리 환인……."

옛 기록이라는 것 자체가 역사와 신녀들의 예언이 뒤섞여 진짜 있었던 일인지 그저 예언으로 끝이 난 것인지 종잡을 수가 없었다. 게다가 기도문도 아니고 누가 누구의 아들인지는 왜 자꾸 반복되어 나오는지 아사는 지끈거리는 머리를 부여잡고 다시 기록을 읽기 시작했다.

"어머니 마고에게는 궁희와 소희라는 두 딸이 있다. 궁희는 황궁 씨와 청궁 씨, 소희는 백소 씨와 흑소 씨를 낳았다고 한다. 황궁 씨는 북방으로 이동해 천산 부근에 정착했는데 그의 아들이 유인 씨이고 손자가 바로 새로운 환국을 연 환인천제 안파견(安巴堅)이다."

환국을 연 환인 안파견은 천산에서 득도(得道)하여 수명이 무량하고 만물을 낳는 권능을 갖고 있었다. 환인은 몸에서 빛이 나오고 항상 기(氣)를 타고 하늘을 유유히 거닐며, 모습이 없는 것도 볼 수 있는 혜안이 있고, 함이 없어도 만들 수 있고, 말씀이 없어도 국정은 저절로 다스려졌다.

"신선이 따로 없군!"

더 이상은 도저히 읽어줄 수가 없다. 아사는 신경질적으로 죽간을 둘둘 말아 발밑에 던졌다. 미간을 문지르는 아사의 눈에 다른 죽간들 사이로 붉게 칠해진 죽간 하나가 보인다. 금서다.

―환국의 서(書).

대신녀가 있을 때에는 열어볼 엄두조차 내지 못했던 금서로 환국 초대 신녀의 예언서이다. 아무 생각 없이 들고 온 예언서지만 옛 기록들에 지쳐 버린 아사에게는 험한 산길에 마주한 옹달샘과도 같았다.

"흐음. 환인조차 열람이 불가했던 네게서 난 무얼 알 수 있을까?"

예언서를 펼치는 아사의 눈동자가 기대감으로 반짝였다. 누가 누구의 아들임을 알리는 예언서의 시작은 다른 기록과 별반 다를 것이 없었으나 유난히 눈에 띄는 구절이 있었다. 예언의 시작이다.

―대신녀가 말하기를 환국의 마지막에 천부단에 오를 단인(檀仁)은 세상의 끝에서 잃어버린 보물을 찾아 돌아올 환국의 왕자가 될 것이니.

"잃어버린 보물이라……."
역사에 의하면 오미의 난으로 마고성이 실낙원이 된 이후 원시복본을 맹세하면서 성을 떠날 때 황궁 씨는 천부(天符)를 신표로 나누어 주었다.
천부삼인의 상징물로 거울은 천성(天性)을 상징하고, 방울은 천음(天音)으로써 천법(天法)을 상징하며, 칼은 천권(天權)을 상징한다. 세상을 다스리는 세 가지 보물은 청동경, 청동령, 청동검으로 유인 씨에 이어 안파견 환인과 2대 혁서 환인이 물려받았으나 3대 고시리 환인 때에 청동검이 사라졌다.
"청동검을 말하는 것인가?"
아사는 고개를 갸우뚱하며 다시 예언서를 손에 들었다.

―마지막이라 하여 두려워하거나 노여워 말기를. 끝이 있어 시작도 있으니 끝은 끝이 아니라 새로운 시작이어라.

초대 환인 안파견의 대신녀는 어째서 환국의 시작에서부터 끝을 예언하려 했는가. 적혀진 내용들을 읽다 보니 아사는 떠나간 대신녀를 보는 듯 착각이 일었다. 삼천 년도 전에 존재했을 여인을 지금의 대신녀와 착각하다니. 아사가 설레설레 고개를 흔든다.

'말도 안 돼.'

예언서에는 황궁 씨와 유인 씨, 환인에 이어 그 아들 환웅과 단군에 이르기까지 어머니 마고의 자손들이 환국의 정통을 이어 새로운 국호 아래 나라들을 개국할 것이라 예언되어 있었다.

"밝나라 환국(桓國)······. 밝달 나라 배달국(倍達國)······. 조선(朝鮮)."

아사가 알고자 하는 것은 머지않은 미래였으나 환국의 서는 천 년, 혹은 삼천 년 뒤의 이야기를 전하고 있었다. 아사는 잃어버린 보물이 적힌 대목으로 다시 시선을 옮겼다.

"세상의 끝에서 잃어버린 보물을 찾아 돌아올 환국의 왕자가 마지막 환인이 된다."

슬슬 머리가 아파오려는 찰나 방문이 열리는 소리가 들린다.

"왔구나."

숨이 턱에 차올라 들어선 동생을 바라보며 아사는 미소 지었다. 동생의 얼굴을 보니 굳이 묻지 않아도 알 수 있을 듯하다. 아사와 달리 솔직하고 맑은 아이였다.

"앉으렴."

아사는 읽고 있던 죽간들을 둘둘 말아 덮었다. 탁자의 한쪽으로 죽간들을 밀어놓고 보니 마주 앉는 동생의 조급함이 더욱 가까이 닿는다.

"언니, 피. 붉은 새. 꿈이라니! 대체 무얼 본 거야?"

"네가 본 것과 같은 것이겠지."

"설마……."

"네가 천지에서 만난 사람."

피투성이 사내가 정말 태자인지 혹 자윤은 아닌지 답을 알 수 없어 운을 뗴었건만 순진한 동생은 답보다 더 확실한 눈물을 떨어뜨린다.

"정말 그를 본 거야?"

"도대체 천지에서 무슨 짓을 한 거니?"

부드럽지만 나무라는 음색이 가득한 언니의 목소리에 루아는 쏟아지는 눈물을 감출 수 없었다. 피투성이로 나타난 자윤의 모습이 떠올라 가슴이 에어왔다.

"천지에서 그를…… 만났어."

덤덤한 목소리로 루아는 자윤을 만난 이야기를 털어놓았다. 그에게서 붉은 화염의 봉황을 본 사실을 감춘 채로 낯선 사내를 만나 운명처럼 깊은 정을 나누었다 말했다.

"다시 만나기로 약속했어."

은월제의 달이 뜨는 밤, 천산의 초입에서 다시 만나기로 했다는 루아를 바라보던 아사는 동생이 이미 천산으로 떠날 채비를 갖추고 있음을 알 수 있었다.

"천산행은 조금 미루어야겠다."

그리고 자윤의 정체 또한 아직 모르고 있다는 사실.

"내 대신 자리를 지켜줘야겠어."

"천산은 그리 가까운 곳이 아니야. 지금 출발해도 꼬박 하루 밤과 낮을 말을 타고 달려야 해."

이러고 있는 사이 그녀의 정인은 호랑이를 만날지도 모를 일이다. 하지만 루아보다 더 많은 것을 알고 있는 것처럼 아사는 느긋하기만 했다. 혹 무언가 다른 것을 본 것은 아닐까.

"대신녀가 떠났어."

쓸쓸함이 묻어나는 아사의 목소리에 루아가 가슴 위로 손을 얹었다. 옷 속으로 심장 가까이 따뜻한 기운을 뿜어내는 야광주가 느껴진다.

"네 정인은 괜찮을 거야. 환국의 새로운 대신녀로서 나의 첫 예언은 태자비의 죽음이 될 테니까."

한층 더 선명했던 루아의 환영 속에 태자비가 있었다.

"역시나…… 호랑이에게 물려 죽는 걸까."

왜 호랑이에 물려 죽을 거라……. 아사는 입 밖으로 튀어나오는 물음을 삼키며 동생의 어깨를 감쌌다. 훗날 태자에게 위협이 될지 모르는 자윤을 루아와 재회하게 할 수는 없었다.

"루아, 늦지 않게 돌아올 테니 걱정하지 마."

걱정스레 아사를 바라보던 루아는 한숨을 내쉬었다. 언니에게는 말하지 않았지만 노파에게서 받은 천의가 있으니 어쩌면 늦지 않을지도 모른다.

결심한 듯 옷의 매듭을 풀었다. 자연스럽게 옷을 받아 든 아사가 신녀복을 벗어 루아에게 내밀었다.

서로를 구분하던 옷마저 벗어버리니 나신이 되어버린 열일곱의 두 소녀는 꼭 같은 모습을 하고 있었다. 작지만 오똑한 콧날 옆으로 자리한 쌍꺼풀 없는 커다란 눈과 활처럼 구부러진 숱 많은 눈썹, 그리고 작고 도톰한 입술마저 물 위에 비친 달처럼 꼭 같다. 폭포처럼 풀어진 새까만 머리카락은 부드러운 굴곡을 따라 허리 아래까지 찰랑였다.

"예쁜 야광주로구나."

봉긋하게 솟아오른 동생의 가슴 사이에 걸려 있는 야광주는 자신의 서랍 속에 있는 것과 같다. 원래 하나였던 야광주는 분명 잘려진 곳이 꼭 맞아떨어질 것이다. 떠나간 대신녀가 굳이 두 개의 야광주를 나누어 준 이유는 무엇일까.

"어때? 서자부 금랑처럼 보이니?"

옷을 갈아입고 능숙하게 머리를 땋아 내리는 아사의 시선이 루아와 마주쳤다. 정인에 대한 걱정으로 미소조차 짓지 못하는 동생이 고개를 끄덕인다.

"늦지 않게 돌아와야 해."

"그래. 잠이나 한숨 자두렴. 정인을 만나면 긴 밤을 수놓아야 할 테니."

금랑의 모습으로 방을 나서는 언니를 바라보며 루아는 깊은 한숨을 내쉬었다.

'누굴 만나러 가는 것일까?'

전에도 종종 아사의 신복을 입고 자리를 대신 지키며 비밀스러운 그녀의 외출을 도왔던 루아다.

시작은 이 년 전 은월제. 혼기 접어든 남녀가 짝짓기를 하는 은월제는 제천행사 마지막 날에 열리는 축제로 행사의 절정이었다. 열다섯이 되어 자격이 주어진 루아는 축제 구경이 못내 아쉬워 한숨짓는 아사에게 은월제의 첫해를 내주었다. 그다음 해 은월제도 루아는 참가하지 못했다.

'설마 정인이 있는 걸까?'

어리석은 생각을 털어내듯 루아가 고개를 저었다. 출입이 자유로운 서자부와 달리 선원은 특별한 경우를 제외하고 외부 출입 자체가 금지되어 있었다. 루아는 때가 되면 스스로의 선택에 의해 서자부를 나와 혼인을 하고 평범한 삶을 살게 될지 모른다. 하지만 아사에게는 선원에 발 디딘 그 순간부터 선택 자체가 주어지지 않았다.

평생을 선원에서 지내야 하는 언니가 안쓰러웠던 루아는 아사를 위해 이렇게나마 숨통을 트여주고 싶었다. 이제 대신녀가 되면 이마저도 여의치 않을 것이다.

자윤과 함께했던 짧은 시간을 생각하니 그 애틋한 행복을 영영 모르고 지내게 될 언니가 더더욱 가엾다.

"이번 은월제는 대신 자리를 지켜줄 수 없어 마음 쓰였는데."

루아는 자리에서 일어나 창가로 향했다. 밖은 아직도 어둠으로 가득하다. 아사가 방을 나선 지 얼마 되지 않았건만, 창가를 서성이는 루아의 눈동자는 초조함으로 더욱 짙어졌다.

"미안해요. 조금만 기다려 줘요."

※

 먼동이 터오는 천부단 광장에는 밤을 지새워 축제를 즐기는 사람들로 가득했다. 꺼지지 않는 천화를 둘러싸고 흥에 겨워 수십 명이 함께 일어나서 서로 따르며 땅을 낮게, 혹은 높게 밟되 손과 발이 서로 응하여 노래하고 절주(節奏)한다.
 "아랑~ 아랑~ 아르리 아르이고~"
 점점 더 높아지는 노랫소리에 더욱 몸을 낮추며 조용히 움직이는 그림자가 있었다.
 사람들 사이로 눈에 띄지 않게 성문을 벗어난 자윤이 그의 애마 적운에 올랐다.
 "우욱!"
 부상으로 힘을 쓰지 못하는 오른손 대신 왼손으로 고삐를 움켜쥐었건만 적운이 걸음을 떼자마자 밀려드는 고통에 자윤은 더운 숨을 들이켜야 했다. 하지만 새벽녘까지 걱정스레 그의 침상을 지키는 어머니 융 때문에 자윤은 이미 많은 시간을 지체했다.
 "후우! 루아!"
 주문을 외우듯 정인의 이름을 부르니 통증이 가시는 듯한 착각이 인다. 천천히 속도를 높이기 시작한 적운 위에서 열이 오르는 듯 온몸으로 식은땀이 배어 나왔다. 사냥에서 돌아왔을 때보다 통증이 더 심해진 듯하다.
 자윤이 부상당한 몸으로 아우들과 환궁했을 때에는 이미 해가 저물어가고 있었다. 귀환길에 내린 비로 백호의 피가 씻겨 내려 누군가를 마주쳐도 단순하게 왕자가 사냥에 실패하고 돌아왔는가 생각할 것이다.

환국회의 중인지라 환궁은 조용하기만 했고, 대부분의 사람은 축제를 즐기러 나간 터라 자윤은 큰 소란 없이 침실로 들어설 수 있었다. 부모님께 근심을 끼치고 싶지 않아 아우들의 입단속을 단단히 하였으나 의원과 함께 들어선 환부인 융은 자윤의 몸을 보는 순간부터 굳어졌다. 그의 몸에는 오랜 순행으로 새겨진 상처들이 백호에게 얻은 상처보다 더한 모습으로 몸 곳곳에 자리하고 있었다.

"어깨뼈가 부서졌으니 족히 이십여 일은 꼼짝 없이 누워 계셔야겠습니다."

자윤은 그리 오래 누워 있을 생각이 없었다. 늦은 시간까지 흐트러짐 없이 그의 침상을 지키던 환부인 융이 우윤의 걱정스러운 목소리에 힘겨운 발걸음을 돌리자마자 자리에서 일어나 적운을 데리고 성을 빠져나왔다.

"어머니, 죄송합니다."

꼭 만나야 할 여인이 있기에 한시도 지체할 수 없어 자윤은 이를 악물고 적운에게 매달렸다. 일천자가 당당한 모습을 드러내고도 한참을 달렸다.

천산 자락이 드러나고도 한참 뒤 해가 지기 시작했다. 순식간에 어두워진 길을 달빛이 비추고 있었다. 먹지도 마시지도 않고 달려온 길이다. 월천녀 항아가 그를 응원하는 듯 영영 끝날 것 같지 않던 그 길의 끝을 달빛이 환하게 비추고 있었다.

약속 장소인 천년목에 다다른 자윤은 온몸을 뒤덮은 통증으로 인해 열기가 머리끝까지 치솟았다. 정신을 잃을 지경이 되어 간신히 적운에게서 떨어져 내렸다.

"다행이야."

애써 무릎을 세우고 몸을 일으켜 천천히 심호흡을 했다. 뼈 몇 개 부러졌다고 이리 주저앉을 자윤이 아니다. 쏟아져 내리는 별빛 아래 천년목이 우뚝 서 있다. 그 끝에는 자윤의 붉은 천이 가을밤 미풍에 흔들리고 있었다.

"그녀는…… 아직이구나."

흔들리는 것은 자윤의 정표가 아닌 그 자신이었다.

"루…… 아."

무너지듯 천년목에 기대어 주저앉은 자윤은 그대로 정신을 잃고 말았다.

멀리서 그의 침상을 지키던 어머니의 한숨 소리가 들려오는 듯하다. 환부인 융의 깊은 한숨 소리에도 자윤은 눈을 뜰 수가 없었다. 몸은 젖은 솜처럼 무겁기 짝이 없고 숨을 쉴 때마다 뜨거운 기운이 치솟아 머리를 두드렸다.

가슴에서 복부까지 길게 자리한 상처를 따라 어머니의 손길이 느껴졌다. 순행 중 용왕에게 어린 소녀로 희생제를 치르는 부족장과의 싸움에서 얻은 상처다.

'어미 품을 떠나 세상을 떠도는 사이 이리도 많이 다친 게냐.'

날카로운 돌도끼에 찢긴 상처인지라 사 년이 지나도 흉한 것은 여전했다.

'그로 인해 어린 소녀가 목숨을 구했답니다.'

12년의 세월을 읽어내듯 떨리는 어머니의 손끝이 자윤의 몸 구석구석에 자리한 크고 작은 상처들을 쓰다듬는다.

'몸에 새겨진 상처만큼 많은 이의 삶을 되찾아주었습니다. 그러니 너무 슬퍼 마세요.'

절절하게 슬픔이 느껴지는 손길이 너무나 애틋하여 자윤의 가슴이 시큰거린다.

"자윤…… 님."

루아는 자윤의 상처를 쓰다듬으며 눈물을 떨어뜨렸다. 자꾸만 쏟아져 내리는 눈물이 그의 상처 위로 여과 없이 떨어져 내렸다.

동이 틀 무렵에서야 돌아온 언니 아사에게 원망 어린 말 한마디 내뱉을 새도 없이 말에 올라 숨도 쉬지 않고 달렸다. 마른침을 삼키며 달리고 달렸건만 야속한 해는 너무나 빠른 속도로 기울었다. 지쳐 버린 말이 거품을 물자 말에서 내려 죽을힘을 다해 달렸다. 무겁게 매달리는 봇짐마저 던져 버리고 내달렸지만, 해는 사라지고 하나둘 별이 반짝이기 시작했다.

루아는 천 근 무게로 내려앉는 다리를 원망하며 봇짐을 버리기 전에 가슴속에 끼워 넣었던 천의를 펼쳐 들었다. 휘리릭, 은하수처럼 길게 늘어진 천의에 팔에 끼우면서도 쉬지 않고 달렸다. 다급한 마음을 아는 것처럼 천의가 루아의 몸으로 빠르게 감겨들었다. 공기 중으로 떠오르는 듯 몸이 가벼워지는 것을 느끼며 루아는 순식간에 천년목 앞에 도착했다.

"자윤님!"

그녀를 향해 환하게 웃어주어야 할 임은 나무 아래 죽은 듯 누워 있고, 그가 타고 왔을 말 한 마리만이 자윤의 곁을 지키고 있었다. 원망스러운 그녀의 꿈이 현실이 되어 나타난 것은 아닌지 순식간에 찾아든 두려움으로 자윤의 앞에 무릎 꿇었다.

'숨을 쉰다.'

죽지 않았다. 굳게 감겨진 그의 눈 위로 흠뻑 젖어든 이마에 손을 얹으니 천화보다 더 뜨겁다. 열을 식혀야 했다. 루아는 서자부에서 배운 대로 거침없이 그의 옷을 벗겼다. 팔 척 장신인 자윤의 젖은 옷가지를 벗겨내는 것이 쉽지 않아 그녀의 이마에도 땀방울이 맺혔다.

"우우욱!"

고통스러운 신음 소리가 루아의 귓가에 아프게 박혀들었다. 그의 맨가슴이 드러나자 루아는 숨을 들이켰다. 긴긴 밤을 함께 보냈는데 왜 보지 못했을까.

구렁이처럼 그의 전신을 감싸고 있는 멍 자국들과 이미 오래전의 것으로 보이는 상처들을 바라보는 루아의 눈에서 뜨거운 눈물이 솟구쳐 오른다. 천으로 감싸인 어깨는 부러진 것인지 왼쪽의 두 배 가까이 부풀어 올라 있었다.

"이 몸으로, 이 몸으로 어찌……. 흑, 흑흑, 어찌 여기까지 오셨습니까."

상처를 쓰다듬는 루아의 애틋함이 그의 심장에 닿았는지 자윤의 눈이 파르르 움직인다.

"루아."

젖은 솜처럼 무겁다 느꼈던 몸이 가벼워진 듯한 느낌에 눈을 뜬 자윤은 사슴 같은 눈망울로 그를 내려다보는 루아를 발견했다. 그녀가 울고 있다.

어머니라 생각하였는데 어머니를 닮은 그의 정인 루아였다. 지계에 떨어진 듯 몸은 고통으로 타오르고 있는데 루아를 보니 웃음이 나오는 자윤이다.

"나의 루아."

열기로 바싹 마른 입술이 갈라졌는지 피 내음이 자윤의 입안을 감돈다.

"괜찮아."

"자윤님. 흑!"

그의 입술에 피가 맺히자 루아는 생각할 새도 없이 자윤의 아랫입술을 살며시 입에 물었다. 단순하게 그의 피를 핥아주고자 하였건만 어디서 그런 기운이 났는지 자윤이 그녀의 입술을 빨아들였다.

"하아, 아!"

있는 힘을 모두 모아 시작한 입맞춤이었건만 자윤은 입맞춤을 계속할 수 없었다. 루아의 눈물이 그의 얼굴로 선명하게 떨어졌기 때문이다. 이름처럼 맑은 눈물이라. 그의 정인이 울고 있다.

"나의 정인은 울어도 예쁘구나."

어쩌면 이런 상황에서 웃을 수 있을까. 그녀의 손 아래 닿은 자윤의 몸이 불덩이처럼 뜨겁지만 않았다면 루아는 그가 아프다는 사실을 잊어버렸을 것이다.
"죽지 말아요. 제발."
자윤은 숨을 참고 팔을 들어 그녀의 눈물을 닦아주었다. 그의 가슴에 놓인 루아의 손을 심장으로 끌어당겼다.
"이렇게 건강하게 뛰는 심장을 가지고……."
"흑흑흑."
"이리 예쁘게 울어주는 정인을 두고 어찌 눈을 감을까."
"자윤님."
"천지에서 함께 헤엄치면 좋으련만……."
천지. 자윤의 나지막한 목소리가 번개처럼 루아의 머릿속을 뚫고 지나갔다.
'그래, 물이다.'
차가운 물이 그의 열기를 식혀줄 거야. 게다가 천지에는 천일화가 있다. 원인 모를 병에 걸려 온몸에 열꽃을 피웠던 태자도 낫게 한 천일화가 정인의 고통을 덜어줄지 모른다.
'자연적으로 개화하지 않은 천일화는 효험이 없다는데.'
이런저런 생각이 머릿속을 헤집었으나 정작 그녀는 물을 떠올 수도 천일화를 꺾으러 갈 수도 없었다. 천의를 입은 지금 천지에 오르는 것도 순간이겠지만, 잠시의 시간이라도 그의 곁을 떠나는 것이 두렵다. 그녀가 없는 사이 행여 자윤이 숨을 놓을까 겁이 나 망설여졌다.

"몸을…… 일으킬 수 있겠어요?"

아이 같은 물음에 자윤이 웃음 지었다. 천지에 가려 하는 것일까. 오르는 데 열흘이 넘게 걸리는 산길을 가려 하는 것인가.

"천지에 가려 하오?"

루아는 대답이 없었지만 자윤은 더 이상 묻지 않았다. 그 대신 있는 힘을 다해 몸을 일으켰다. 무리라는 것을 알고 있다. 하지만 자윤은 보여주고 싶었다. 그녀에게 심장도 마다 않고 꺼내주리라는 그의 믿음을.

"조금만…… 참아요."

루아는 일어서는 거구의 자윤을 부축하여 그의 허리에 손을 감았다. 은하수처럼 그녀의 몸을 감쌌던 천의의 기다란 소매가 새의 날개처럼 자윤의 나신을 품어 안았다. 그의 커다란 몸을 지탱할 수 있을까.

"제발……."

기도하며 걸음을 떼니 그녀의 마음을 알아주기라도 한 듯 두 연인의 몸을 감싸 안은 천의는 눈 깜짝할 사이 그들을 보랏빛 천일화 속으로 데려다 주었다.

고요한 천산의 정상, 은빛으로 반짝이는 천지를 둘러싸고 피어난 수천, 수만의 천일화가 동그랗게 앙다문 꽃잎을 몽글몽글 흔들며 두 연인을 수줍게 맞이했다.

천천히 꽃들 위로 누운 자윤이 폭포처럼 그의 얼굴 위로 쏟아져 내린 루아의 머리카락을 부드럽게 감싸 쥐고 흔들며 아이처럼 웃는다.

"꿈을 꾸는 것인가, 아니면 나의 정인은 진정…… 천녀인가."

꿈이 아니었으면 좋겠다. 이것이 꿈이라면 루아는 천년목 아래 홀로 기다려야 할 테니까. 내려다보는 루아의 예쁜 눈망울이 뿌옇게 흐려지면서 잠이 몰려왔다.

"자윤님."

조용히 불러보았지만 자윤은 눈을 감아버렸다. 거친 호흡은 여전하였으나 루아는 이상하게도 안심이 되었다.

자리에서 일어선 루아는 서둘러 천지로 뛰어갔다.

천의를 벗어 통째로 물에 담갔다. 천지에 내렸던 굵은 빗방울에 한 치의 틈도 보이지 않던 천의가 물속에 잠기자 물을 거부하는 듯 공기 방울이 빼곡히 천을 감싸 안았으나 오래지 않아 물을 삼키기 시작했다.

루아는 천지의 기운을 흡수한 천의로 자윤의 몸을 닦아냈다. 거칠기만 하던 자윤의 호흡은 상당히 부드러워졌다. 그렇게 자윤의 몸을 닦고 또 닦아내기를 수차례, 뜨겁게 달궈졌던 그의 몸이 식어가는 것을 느낄 수 있었다. 잠든 아이처럼 평온해진 것을 확인하자 루아는 젖은 천의를 이불처럼 펼쳐 그의 나신을 덮어주었다.

새벽녘까지 꼼짝 않고 자윤을 지켜보던 루아는 깊게 잠이 든 정인을 뒤로하고 훌훌 옷을 벗고 천지로 뛰어들었다.

찰박! 찰박!

루아의 손길 아래 고요한 천지에 작은 물결이 인다. 물이 상당히 차가웠지만 그만큼 상쾌하다. 유유자적 헤엄을 치다 보니 마치 이십여 일 전 그와 깊은 정을 나누던 그때로 돌아간 듯하다. 연리지(連理枝)처럼 하나로 엉켜 애틋한 정을 나눈 뒤에는 서로를 꼭 품어 안고 비목어(比目魚)가 되어 천지를 헤엄쳤었다.

한기가 스며들던 몸이 그의 생각만으로 따뜻해진다. 물속 깊이 잠수하였다 고개를 내민 루아의 눈에 떠오르는 태양을 등지고 선 자윤의 모습이 보였다.

'언제부터 저리 서 있었던 걸까.'

천의를 걸치고 서 있는 자윤이 환하게 미소 지으며 그녀를 향해 두 팔을 벌렸다. 기다란 천의의 소매가 미풍에 흔들리니 그의 뒤로 떠오르는 해가 마치 날개를 편 봉황의 불꽃처럼 타오른다.

"자윤님."

반가운 마음에 그를 향해 천지를 가르며 힘차게 헤엄쳐 가던 루아는 발이 바닥에 닿자 움찔 멈춰 섰다. 어둠이 사라진 천지 위로 솟아오른 해가 그녀의 나신을 여지없이 비추고 있었다. 새삼 얼굴이 달아올라 몸을 돌려 주저앉아 버렸다.

'부끄러운 것인가.'

그녀의 행동 하나하나가 어찌나 그의 심장을 두드려 대는지 자윤은 웃음을 터뜨렸다. 그녀의 머리부터 발끝까지 너무나 어여뻐서 한입에 삼켜 버리고 싶으니 이 일을 어찌해야 할까.

눈을 뜨니 품에 있어야 할 루아가 없어 어찌할 바를 몰랐다. 벌떡 일어나 손에 쥔 천의를 붙잡고 두리번거리던 자윤은 천지에서 헤엄치는 어여쁜 물고기를 보았다. 찢긴 상처가 아물고 부러져 버린 뼈들이 제자리를 찾았음에도 그 사실조차 깨닫지 못하고 루아에게 눈이 멀어 한참을 물가에 서 있었다.

"그대가 아니 오면 내가 가야지."

자윤은 그의 몸을 감싸고 있는 천의를 훌훌 벗어버리고 거침없이 천지로 걸어 들어갔다. 햇살 아래 선 루아의 몸은 생각했던 것보다 그리 희지 않았다. 연하게 햇살을 머금은 피부, 단단하게 자리 잡은 근육들이 부드럽고 매끈한 굴곡을 그리고 있었다. 팔을 둘러 안으니 돌아선 루아가 그의 가슴에 얼굴을 묻었다.

"몸은…… 괜찮으신 겁니까?"

"괜찮지 않소. 심장이 터질 것 같아."

그의 가슴에 기대어 있던 루아가 웃음을 터뜨렸다. 정말 그녀의 귀를 사정없이 두들기는 그의 심장 소리를 들었기 때문이다. 아무런 말도 필요하지 않았다. 자윤의 심장이 루아에게 너무나도 열정적인 고백을 하고 있다.

"세상에서 가장 아름다운 소리입니다."

자윤은 대답 없이 그저 웃었다. 무슨 말을 더 할까. 그녀와 함께라면 이 천지에서 풀뿌리를 뜯어 먹고 살아간다 하여도 부족함이 없으리라.

두 사람은 아무런 말도 없이 함께 수영을 했다. 둘이 함께이니 추위 또한 느낄 새가 없었다. 루아는 그의 가슴에 등을 맞대고 누웠다. 유유히 물 위로 떠 있는 자윤 위에 누워 하늘을 보니 구름 한 점 없는 가을 하늘이 너무나 아름다워 눈이 시리다.

"그대와 하나 되어 비익조(比翼鳥)처럼 살리다."

속삭이는 자윤의 목소리가 지독하게도 유혹적이다. 더욱 꼿꼿하게 솟아오른 그녀의 가슴을 부드러이 움켜쥔 자윤의 커다란 손이 탄탄한 배를 지나 다시 아래로 흐른다.

"늘…… 이렇게 함께이고 싶습니다."

몽글몽글 혈관을 헤집던 작은 불꽃들이 루아의 배꼽 아래로 묵직하게 내려앉았다. 옅은 숨을 뱉어내며 루아는 그의 입술을 찾았다.

5장
예언의
시작

"하하, 하하하!"

자윤의 호탕한 웃음소리가 천산에 울려 퍼졌다.

"천일화 속에 잠든 아름다운 여인을 천녀라 착각한 것은 그럴 듯하나 루아는 어찌하여 나를 천자라 생각했을까?"

날 듯 산길을 내려와 천년목 앞에 선 자윤이 품 안의 루아를 놓아주었다.

답을 구하는 듯 지그시 내려다보는 자윤에게 무슨 말을 하여야 하나 루아는 고민이 되었다. 순행에서 돌아온 왕자가 자윤이었다는 사실을 아는 지금에 봉황의 이야기는 차마 할 수 없었다.

"아무도 없는 천지에서 눈을 뜨니 그리 바보 같은 생각을 하였나 봅니다."

어설프기 짝이 없는 대답이었으나 자윤은 그녀의 말이라면 하늘의 해가 푸른색이라 하여도 믿을 듯이 고개를 끄덕이며 천의를 벗어 루아에게 내밀었다.

"참으로 신기한 옷이로군. 상처를 낫게 하고 또 날개가 달린 듯 이리 빠르게 움직일 수 있다니."

신기하기는 루아도 마찬가지였다. 오 척이 조금 넘는 그녀 몸에 꼭 맞던 천의가 팔 척 장신 자윤에게도 꼭 맞으니 자유자재로 크기가 조절되는가 보다.

"천산에서 만난 노파에게 받은 것이라 하였소?"

자신의 옷에 팔다리를 꿰어 넣으며 자윤이 등을 돌리고 선 루아에게 물었다.

"받은 것이라기보다는 노파가 사라지고 남은 것이라 하여야 옳을 듯합니다."

"천계에 사는 이들은 인계의 사람보다 예에 더 밝다고 하는데, 노파를 힘들게 업어다 준 대가로 준 것이 아니겠소."

"작은 선행의 대가라 하기에는 너무나 귀한 것인지라…… 다시 만나면 돌려주기 위해 늘 이리 지니고 다닙니다."

"옷은 다 입었으니 이제 그만 나를 좀 보아주오."

어느새 옷을 갖추어 입은 자윤이 그에게로 돌아서는 루아를 향해 빙그레 웃는다.

"환국은 세상에서 가장 어여쁜 금랑을 두었군."

장난기 가득한 자윤의 한마디 한마디에 루아의 얼굴이 충천연색으로 물든다. 그 모습에 또다시 웃음을 터뜨리고 반복되는 이

상황들이 못내 즐겁기만 한 자윤이다.

"그대와 헤어진 뒤 이 나무 위에 정표를 묶어놨는데, 어디 서자부 금랑의 솜씨 좀 보여주려오?"

자윤의 말에 하나로 얽혀든 천년목을 바라보는 루아의 시선이 가장 높은 꼭대기에 펄럭이는 붉은색의 머리끈에 멈췄다.

'흐음, 제가 못하리라 생각하시는 겁니까?'

어찌하려나 그녀를 바라보는 자윤의 눈동자가 흑요석처럼 반짝인다. 순식간에 나무를 향해 뛰어오른 루아가 깊은 숨을 들이켜며 굵직한 나뭇가지를 밟고 튕겨 오르듯 더 높은 곳의 가지를 향해 손을 뻗었다. 가지를 움켜쥐고 허리를 유연하게 굽혀 그 반동으로 물구나무를 서듯 다리를 뻗었다. 정확하게 목적했던 나뭇가지에 갈고리처럼 다리를 걸친 루아는 다시 허리를 들어 더 높이 나무를 타고 올랐다.

'잡았다!'

붉은색 머리띠의 긴 끈을 잡아당기니 매듭이 스르륵 풀어진다. 루아는 그의 정표를 손에 쥐고는 오를 때보다 더욱 빨리 다람쥐처럼 날렵하게 나뭇가지를 밟아 내려오기 시작했다.

"가져왔습니다."

자윤은 붉은 띠를 내밀며 환하게 웃는 루아를 말없이 품어 안았다. 환국에 돌아온 뒤로 가장 멍청한 짓을 해버렸다.

"자윤님."

루아는 숨이 막히도록 잡고 놓지 않는 자윤이 그녀를 걱정했음을 느낄 수 있었다. 서자부 금랑에게 이까짓 나무타기쯤이야 별일 아닌 것을. 마치 루아가 절벽에서 뛰어내린 양 그의 심장이 걱정했노라 화를 내고 있다. 웃음이 나왔지만 정인의 진심 앞에 웃을 수가 없어 가슴이 들썩인다.

"미련하게 그대를 선동하는 일은 앞으로 없을 것이오."

스스로 미련타 고백하는 정인이라니. 루아가 위로하듯 그의 손에 붉은 띠를 쥐어주었다.

"서자부 금랑에게 그리 어려운 일이 아니었답니다."

"서자부 금랑은 곧 나와 혼인할 터이니 부군으로서 나는 내 아내에게 나무타기를 금하는 바요."

나무를 타지 말아달라는 말이 법령을 선포하듯 어찌나 무겁고 엄숙한지 루아는 결국 웃음을 터뜨려 버렸다. 자윤이 왕자라는 사실을 안 뒤로 새삼 어색하여 어려웠던 정인이 처음 천지에서 만난 그 임과 하나도 다르지 않다는 사실이 행복했다.

"순행을 떠날 때에 어머니께서 무사 귀환을 기원하며 직접 머리에 묶어주신 거라오. 소중히 간직해 주오."

"이리 귀한 것을 소녀가 가져도 되겠습니까?"

"내 아우들은 전부 아내들이 수놓아준 머리띠를 맨다오. 어머니 환부인께서도 손자들 머리띠 만드느라 장가 못 간 아들 머리띠 수놓을 여력이 없으시니 앞으로는 그대가 만들어주어야 하지 않겠소?"

혼인도 하기 전에 머리띠 타령하는 자윤의 모습에 루아는 웃음 지으며 손에 쥔 붉은 띠를 내려다보았다. 순행을 하는 동안 지니고 다녔을 띠에는 환국 삼왕자 자윤이라 또렷이 수가 놓여 있었다.

귀한 야광주를 받았을 때보다 가슴이 더욱 벅차오르는 것을 보니 서자부의 금랑 루아는 삼왕자 자윤에게 단단히 마음을 빼앗긴 것이리라.

휘익!

자윤이 입을 모아 휘파람을 부니 말발굽 소리가 들리며 붉은 갈기의 커다란 말 한 마리가 힘차게 달려온다. 애마 적운이 반가운 듯 코를 들이대자 콧등을 석석 쓰다듬는 자윤에게로 다가선 루아의 입에서 감탄이 터져 나왔다.

"세상에……!"

"적운이라 하오."

길게 찰랑이는 붉은 갈기가 아름다운 말은 체구 또한 범상치 않았다. 오던 길에 거품을 물고 쓰러져 버린 그녀의 환국마는 자윤의 말에 비하면 망아지처럼 보일 것이다.

"이리 큰 말을 어디서 얻으신 겁니까?"

"후후후, 순행 중에 수밀이국 왕에게 선물받은 적갈마(赤葛馬)라오."

루아와 함께 적운에 오른 자윤이 말 목을 두드렸다.

"천의만큼 빠르지는 않지만 내일 해 뜨기 전에는 도착할 듯하오."

루아를 품에 안고 환국으로 향하는 길, 자윤은 세상의 보물을 손에 넣은 듯 당당하게 고삐를 움켜쥐었다.

"그래, 금랑을 얻으려면 얼마나 더 기다려야 할까."

"후후후, 이제 열일곱이니 이제 삼 년 남았습니다."

서자부로 출가한 둘째는 정해진 때가 되어야 서자부를 나와 일반적인 생활을 할 수 있었다.

"열일곱이라……. 스물일곱 노총각이 어린 각시 맞으려면 삼 년이나 더 기다려야 하는군."

자윤의 입에서 긴 한숨이 새어 나왔다.

"서자부의 관리는 태자의 일인데 형님에게 청을 넣어볼까?"

"그러지 마시어요. 서자부의 여인 모두가 그런 기다림 끝에 어머니가 되는걸요."

기나긴 기다림, 그리고 운명 같은 만남은 지독하게도 질긴 인연의 시작을 예고하고 있었다.

"삼 년이라……."

자윤의 한숨 소리만큼이나 길게 꼬리를 드리우며 지는 해가 다정하게 걷는 두 사람을 따스하게 비춘다.

"참! 내가 그대와 비슷한 여인을 만난 이야기를 했던가?"

"후후후, 꼭 닮은 이가 아니더이까. 곱게 신녀복을 입은."

루아의 말에 자윤이 그녀를 내려다보며 시원스러운 두 눈을 크게 뜬다.

"아는 여인인가 보구려."

"그리 닮았는데 서로 모를 리가 있겠습니까. 제 쌍둥이 언니랍니다. 선원에 신녀로 있지요."

환궁을 떠나 있던 자윤에게나 새삼스러울 일이지 환궁 내에 마가의 쌍둥이 자매를 모르는 이는 없었다.

"그랬구나."

"언니를 먼저 만났다니 꼭 닮은 이를 보셔서 놀라셨겠습니다."

"놀랄 것까지야. 뭐, 그리 닮아 보이지는 않았소."

루아와 착각하여 덥석 안았던 기억에 자윤이 미간을 찌푸렸다. 괜스레 미안해지는 것이 얼굴까지 달아오른다. 그의 가슴에 등을 기댄 루아를 더더욱 당겨 안으며 귓가에 속삭였다.

"성실하고 믿음으로써 그대에게 거짓이 없을 것이오."

어디서 많이 들어본 말이다 싶어 루아가 웃으며 답한다.

"성실하고 믿음으로써 거짓이 없을 것입니다."

"공경과 근면함으로써 게으르지 않을 것이오."

"효도하고 순종하여 어김이 없을 것입니다."

"염치와 의리가 있어 음란치 않을 것이오."

"겸손하고 화목하여 다툼이 없을 것입니다."

환국의 율법과 같은 오훈(五訓)이 연인들의 입술에 묻어나니 달콤한 속삭임이 되어버렸다.

먼동이 터올 무렵, 경쾌한 말발굽 소리와 함께 북서평야를 가로지르는 두 남녀가 모습을 드러냈다. 무장을 한 오십여 흑랑을 대동하고 북서문을 지키고 선 서자부 수장 우서한의 날카로운 시선이 두 사람에게로 화살처럼 박혀든다.

"환국 삼왕자 자윤님을 맞을 준비를 하여라."

우서한의 목소리와 함께 북서문 앞에 정렬하여 있던 흑랑대 오십여 명이 기합 소리와 함께 좌우 일렬로 늘어선다.

'흑랑대?'

 눈앞의 미래를 알리는 듯 먹구름처럼 북서문 앞에 진을 치고 있는 서자부 흑랑대의 모습이 보였다. 루아가 잘못 본 것이 아님을 다시 한 번 확인시켜 주듯 자윤의 목소리가 들려왔다.

 "서자부 흑랑대가 마중을 나왔군."

 순행 전 서자부 수장을 지낸 자윤이다. 이른 아침 동이 트기도 전에 서자부 흑랑대를 마주치는 것은 가히 좋은 일이 아니었다. 서자부의 금랑 아래 상위 그룹인 흑랑대는 수장의 직속 부하로 국가적인 위급한 사항이나 중범죄가 아니면 움직이는 일이 없었다.

 고삐를 움켜쥔 자윤이 적운을 재촉했다.

 북서문 앞에 도착한 자윤이 적운의 속도를 늦추자 흑랑들이 두 사람을 에워쌌다. 적운은 이내 우서한의 앞에 멈춰 섰다. 루아를 향한 시선을 거두며 우서한이 자윤에게 고개를 숙였다.

 "평안하셨습니까. 서자부 수장 우서한, 삼왕자 자윤님께 인사드립니다."

 적운에서 뛰어내린 루아의 목소리가 초조하다.

 "무슨 일입니까?"

 물음에 답이 없는 우서한의 표정이 심상치 않다. 초조한 그녀와 달리 자윤이 흑랑에게 적운의 말고삐를 넘기며 침착한 목소리로 물었다.

 "이른 아침부터 흑랑대를 움직이는 연유가 무엇이더냐?"

 "태자전에서 찾으십니다."

"태자전에서?"

"예, 저희가 모시겠습니다."

"보다시피 행색이 이러하니 곧 의관을 정비하고 찾아뵙겠다 전하거라."

자윤이 손을 내밀었으나 루아는 선뜻 그의 손을 잡을 수 없었다. 흑랑들에게 둘러싸인 분위기가 너무나도 무겁다. 루아의 불안함을 느꼈는지 자윤이 그녀의 손을 부드럽게 감싸 쥐었다.

"갑시다."

아무렇지도 않게 자윤이 웃는다. 북서문을 향해 내딛는 자윤의 걸음을 우서한이 막아섰다.

"죄송합니다. 태자전으로 가셔야 합니다."

단호한 우서한의 목소리에 잠시 생각에 잠긴 듯 말이 없던 자윤이 조용히 입을 떼었다.

"무슨 일이 있었던 것이냐?"

"태자님께서 기다리십니다."

간밤에 태자전에 불이라도 났던가. 아픈 몸으로 궁을 빠져나왔다고는 하나 강제성을 띠는 서자부의 행동을 이해할 수가 없었다. 하나 태자의 명을 받아 움직이는 것일 터, 그만한 이유가 있겠지.

"태자전으로 갈 것이다. 물러서라."

"함께 가겠습니다."

자윤의 손을 놓지 않으려 루아가 한 걸음 나서니 우서한이 이마저도 막아섰다.

"혼자 가셔야 합니다."

서걱. 한기가 묻어나는 우서한의 목소리에 루아는 더 이상 발걸음을 뗄 수 없었다. 도대체 무슨 일이 생긴 걸까. 자윤은 그녀를 잡은 손을 놓지 않고 있었고, 우서한의 시선은 루아를 향해 있었다.

"금랑 루아는 서자부로 돌아가 근신하라."

근신이라니? 루아가 무어라 말할 사이도 없이 흑랑 장백이 그녀의 앞으로 바싹 다가섰다.

"가시지요."

어느 누구도 그의 여인을 위협할 수 없다. 당겨진 활시위처럼 팽팽한 긴장감 속에 자윤이 노기 어린 목소리로 뜨거운 분노를 뱉어냈다.

"물.러.서.라."

극으로 치닫는 상황은 갈라지기 시작한 살얼음판에 서 있는 것처럼 긴장감을 증폭시켰다. 우서한의 손짓에 장백이 한 걸음 물러서자 루아가 자윤을 올려다보았다.

"자윤님……."

주체할 수 없이 끓어오르던 화기가 루아의 부름에 천천히 누그러드는 것이 느껴졌다. 마주 잡은 루아의 손이 그의 마음을 느낄 수 있도록 가슴 위로 끌어당겨졌다.

"서자부로 돌아가 기다려 주겠소? 형님에게 다급한 일이 있는 듯하니 태자전에 들러 일을 마치는 대로 그대에게 가리다."

자윤의 부드러운 음색에 루아의 가슴으로 작은 안도가 찾아들었다.

"혼인은 삼 년 뒤에 하더라도 부모님은 찾아뵈어야 하지 않겠소. 가서 기다려 주오."

루아는 더 이상 고집을 부릴 수 없어 잡은 손을 놓았다. 우서한을 위시하여 자윤을 둘러싼 흑랑들이 움직이기 시작한다. 멀어져 가는 자윤의 모습에 불안감이 엄습한다.

"가시지요."

루아는 걸음을 떼는 장백의 손목을 움켜쥐었다.

"무슨 일입니까?"

"……."

"장백님."

"은월제가 열리는 밤에 태자전에 호랑이가 들었습니다."

호랑이? 설마…….

루아는 떨리는 목소리로 장백에게 물었다.

"태자비는……."

태자가 아닌 태자비의 안부를 묻는 것이 의아한 듯 장백이 말을 이었다.

"자세히 아는 것은 없습니다. 단지 호랑이가 나타나고 태자비께서 사라지셨습니다."

가슴이 울렁거리며 머리가 아파왔다. 호랑이가 나타나고 태자비가 사라졌다. 그런데 자윤은 피투성이가 되지 않았다. 운명이 비켜간 것일까, 아니면 아직 끝난 것이 아니었던가. 불길하다.

"안 돼."

곁에 선 장백을 밀어내고 루아는 북서문을 통과해 달리기 시작했다. 태자전을 향해 뛰기 시작하였으나 얼마 가지 않아 장백과 흑랑들에게 잡혀 버렸다.
"이러시면 안 됩니다, 금랑님!"
"그에게 가봐야겠습니다."
영영 다시 못 볼 것 같은 불길함에 루아는 장백의 손을 밀어내며 몸부림쳤다.
"서자부로 뫼시어라!"
장백의 호령에 흑랑들이 루아의 양팔을 잡아당기기 시작한다. 알 수 없는 두려움이 터져 나온다.
"자윤님!!"

한층 서늘해진 가을바람에 실려 그녀의 목소리를 들은 듯하다. 걸음을 멈춰 섰던 자윤은 재촉하는 우서한을 따라 동남궁 태자전으로 들어섰다.
태자와 함께 책을 읽던 서관으로 안내되리라는 예상과 달리 자윤은 긴 복도를 따라 낯선 문 앞에 서 있었다. 문이 열리자 여인의 침실인 듯 아름다운 천이 드리워진 침전의 내부가 자윤의 눈에 들어찼다. 뒤늦게야 그가 서 있는 이곳이 태자비의 침전임을 눈치챌 수 있었다. 형님은 왜 그를 누구에게도 공개되지 않은 태자비의 침전으로 불러들인 것일까.
방 안으로 들어서니 육왕자 우윤과 구왕자 서윤의 침울한 표정 뒤로 태자비의 침상에 앉아 있는 태자 두율의 모습이 보인다.
"환국 삼왕자 자윤, 태자님께 인사 올립니다. 밤사이 평안하셨습니까."

 예법에 따라 태자에게 절을 하였으나 태자도 아우들도 미동조차 없다. 태자비도 없는 태자비의 침전에 모인 왕자들, 도대체 무슨 일이 있었던 것일까.

"무슨 일이 있었던 겁니까?"

 침상에 앉아 두 손으로 얼굴을 감싸고 있는 태자가 고개를 든다.

"무슨 일인가를 물었느냐?"

 노여움과 슬픔으로 뒤엉킨 태자의 얼굴은 염왕의 것처럼 붉게 달아올라 있었다.

"형님."

 그에게로 향한 알 수 없는 노여움에 자윤은 말을 잇지 못한 채 우윤과 서윤을 바라보았다.

"네 것이더냐?"

 대답 대신 그의 발치로 던져진 화살을 내려다보았다. 붉은 피로 물든 화살 끝에는 자색의 깃털이 달려 있다.

"네 것인지 물었다."

 무릎을 굽혀 화살을 집어 든 자윤의 손끝으로 말라붙은 혈흔이 가루가 되어 부서져 내린다. 자윤의 것이 틀림없다. 화살을 잃어버린 적이 없는데 붉은 피로 물든 이 화살은 어디서 온 것인가.

"제 것입니다."

 순행하는 12년 동안 떨어져 있었으나 형제 모두가 다른 색의 화살을 쓰며 그것이 누구의 것인지 모를 만큼 가벼운 우애가 아닌데.

"아무 일 없을 것이라 그리 생각하였느냐?"

피 묻은 화살을 움켜쥔 자윤에게 향한 두율의 목소리가 서릿발처럼 매섭다. 자리에서 일어선 두율이 애써 화를 죽이는 듯 천천히 걸어왔다.

"형님, 도대체……."

"도대체 무슨 생각을 했던 것이냐? 아우들의 입을 닫는다 하여 모든 것이 덮어질 줄 알았더냐?"

두율의 두 눈동자가 분노로 타오른다.

"도대체 무슨 생각으로 짝이 있는 호랑이를 사냥하여 화를 불러들인 것이냐 묻고 있지 않느냐!"

뇌우와 같이 들이친 두율의 호통에 자윤은 아무런 말도 할 수가 없었다. 화살을 움켜쥐었다. 잃어버린 것이 아니다. 그가, 자윤이 백산의 산군에게서 거두어오지 않은 화살이다. 어째서 화살이 이곳에, 그의 손에 있는 것인가.

"어째서……."

촤악!

폭풍처럼 태자의 손등이 자윤의 뺨을 거세게 가로질렀다. 자윤의 몸이 아우들이 서 있는 곳으로 휘청거리며 밀려났다. 입술이 터져 비릿한 피 내음이 입안을 채운다.

"형님!"

부축하는 우윤과 서윤의 손을 부드럽게 밀어내며 자윤이 몸을 일으켰다. 호랑이를 사냥한 것이 아니다. 아우의 목숨을 살리기 위해 호랑이를 죽인 것이 문제가 된다면 그 대가 또한 자윤이 치러야 할 몫. 입가의 피를 닦아내고 두율의 앞에 마주 섰다.
"피할 수 없는 싸움이었습니다."
변명하지 않을 것이다. 또다시 같은 상황을 마주한다 하여도 자윤의 선택은 변함없었다. 아우를 살리기 위해 산군이 아니라 천군일지라도 베어낼 것이다.
"영수(靈獸)인 백호란 말이다! 백산의 산군!"
아우의 담담한 시선을 마주한 두율은 노여움이 극에 달하여 활화산 같은 분노를 터뜨렸다.
"그 짝을 잃은 호랑이가! 태자비를 데려갔단 말이다!"
아우를 살리고자 하였거늘, 그로 인해 태자비가 해를 입었다. 명분은 사라지고 흔들리는 자윤의 눈동자에 백산에서 초입까지 따라오던 호랑이 한 마리가 떠올랐다. 그랬구나. 네가 백호의 짝이었구나.
"형님! 고정하소서, 형님!"
멍하니 선 자윤의 멱살을 움켜쥔 두율을 우윤과 서윤이 만류한다.
"형님, 자윤 형님은 아직 몸이 성치 않습니다."
"비켜서라!"
두율의 고함 소리가 태자비의 침소에 울려 퍼졌다.
"가서 태자비를 데려오너라."
붉게 충혈된 태자의 눈동자가 촉촉하게 젖어든다.
"그녀를…… 데려오너라. 태자비만 무사히 돌아온다면 내 너에게…… 아무것도, 아무것도 묻지 않을 것이다."

두율의 고통이 자윤의 가슴을 적신다. 숨통을 조이는 두율의 손을 부드러이 감싼 자윤의 목소리가 갈라진다.

"지금 떠나겠습니다."

*

천계, 대천녀 소희의 백궁.

하얀 기둥이 즐비하게 늘어선 궁에 몽글몽글 오색구름을 배경으로 아름다운 소조들이 날아올랐다.

긴 머리를 겹겹이 말아 올려 진주로 아름답게 치장한 대천녀 소희가 새들에게 먹이를 주던 손을 들어 올리니 길고 하얀 소맷자락이 물결처럼 팔랑인다.

"호호호, 예쁜 것들. 욕심도 많아."

재주를 부리듯 날갯짓하던 소조들이 동무들과 무리 지어 날아오르는 것을 바라보는 소희의 입가에 잔잔히 미소가 피어올랐다.

"그리 먹어대다가는 더 큰 날개가 필요할 게야."

통통하게 살이 오른 소조의 부리를 톡톡 두드린 소희가 손을 들어 마지막 남은 소조를 날려보냈다. 새 모이가 든 금 쟁반을 들고서 있던 시녀들이 물러서자 소희가 중앙에 있는 수경을 향해 미끄러지듯 사뿐하게 걸음을 옮겼다. 금과 옥으로 둘러싸인 화려한 수경에 비스듬히 앉아 몸을 기울인다.

"흠, 태자비를 찾으러 가시겠다?"

맑은 수경 속으로 백산을 향해 말을 달리는 자윤과 이십여 명의 흑랑이 가득 들어찼다.

"쯧, 쯧쯧, 그러게 내 고양이를 잡지 말았어야지. 흐음."

지루한 듯 기지개를 켜던 소희의 시선이 불현듯 동쪽 하늘로 향했다.

"이런, 이런……."

뜻하지 않은 방문객의 모습이 보인다. 소희가 손짓하니 모든 것이 연기처럼 사라졌다.

하늘을 지붕 삼아 일렬로 늘어선 기둥 사이로 몽운도 없이 시종 하나 거느리지 않은 대천녀 궁희가 꽃잎에 앉는 나비처럼 사르륵 내려섰다.

"고고한 언니께서 요란하기 짝이 없는 제 궁에는 어인 걸음이신가요?"

장난치듯 놀리는 소희의 손가락 끝으로 수경에 잔물결이 일었다.

"대체 무슨 짓을 한 게냐!"

"홋, 무슨 짓이라뇨? 모든 것이 어머니의 순리대로 이루어지고 있는 것 아닙니까? 착한 이에게는 복을 주고…… 악한 이에게는 벌을 주고."

천연덕스러운 목소리에 수경 앞에 선 궁희의 옷깃이 깃발처럼 펄럭이며 수경 위를 가로질렀다. 수면 위로 백호와 싸움을 벌였던 자리에 선 자윤의 모습이 또렷이 비춰졌다.

"어머니의 규율을 깨고 또다시 인계의 법도를 어지럽히다니."

"언니는 언니의 자손만 중하고 그 자손이 해한 나의 백묘는 안중에도 없습니까?"

백묘는 천계에서 기르던 소희의 고양이로 자꾸만 소조를 잡아먹는 통에 인계로 쫓아 보낸 백색의 호랑이였다.

"백묘의 짝이 원통하여 피눈물을 흘리며 울부짖더이다."

"그리 애달팠으면 다시 궁으로 불러들이면 될 일 아니더냐."

정말로 마음이 아픈 듯 소희가 가슴에 손을 얹으며 일어섰다.

"그럼 제 소조들은 어쩌고요. 게다가 지계의 명왕이 벌써 데려가 버렸답니다."

결국 백묘의 일은 그저 핑계에 지나지 않았다. 동생 소희는 궁희에게 싸움을 걸고 있는 것이다. 궁희는 애써 노기를 다스리며 조용히 숨을 들이켰다.

"그리 하여 인계에 손을 뻗어 환국 태자비의 숨을 거두어들인 것이냐?"

"그리 말하실 것이 아닙니다. 명줄 짧은 태자비야 어차피 신녀의 약에 물들어 곧 죽을 이가 아니었습니까."

어머니 마고에게 늘 타박을 듣는 소희는 그런 어머니와 닮아 있는 궁희가 못마땅하다.

"신녀라······. 아사를 말하는 게로구나?"

"후후, 아사가 태자비에게 오 년이 넘게 약을 보내고 있다는 것을 설마 모르셨다 하시렵니까?"

"네가 삿된 욕심으로 그 아이에게 그릇된 욕망을 심어주었으니 그 악행의 뿌리 또한 너에게 있음이 아니더냐."

"후후후, 어머니의 장손으로 종주국인 환국의 사람들은 모두가 그리 착한 심성을 가지고 났다 그리 말씀하시는 겝니까?"

소희의 의중을 모르는 궁희가 아니었으나 동생의 그릇된 시기심에 또다시 인계에 피바람이 일게 생겼다.

"참으로 기이한 일입니다. 그런 환국에 나의 욕심이 물드는 아이가 있다니 말입니다. 제 욕심에 참으로 솔직한 것이 지극히도 인간답다 하겠습니다."

"마음대로 해보거라. 뿌리를 잃지 않고 선하게 사는 백의민족에게 너의 기운이 얼마나……."

더 이상 다그쳤다가는 변덕스러운 소희의 심사가 어디로 향할지 몰라 궁희는 이만 물러서기로 했다. 그러나 소희는 궁희의 말꼬리를 잡고 놓지 않는다.

"어찌하는지 보시렵니까?"

"어머니의 규율을 어길 참이더냐?"

"언니의 말이 맞는다면 더 이상 인계의 일에는 관여치 않겠습니다."

"원하는 것이 정녕 무엇이란 말이냐?"

어머니 마고의 딸로 태어나 어느 것 하나 이루지 못할 것이 없는 두 자매다. 천언 한마디로 세상을 꽃밭으로 만들고 또다시 그 한마디로 땅이 갈라지고 용암이 치솟아오른다.

"원하는 것이라……. 대천녀인 소희가 원하는 것이 무엇이 있겠습니까."

반짝이는 소희의 눈동자가 수경으로 향했다. 어두운 호랑이 굴 안에서 피로 얼룩진 태자비의 시신을 발견한 자윤의 모습이 비쳐졌다.

먹먹한 표정으로 다가선 자윤이 말없이 시신을 잡아당겨 조심스레 품에 안았다.

한참이나 말없이 죽은 태자비를 끌어안고 있던 자윤이 몸을 일으켜 굴을 나서고 있다. 밖에서 대기하고 있던 흑랑들이 그의 모습에 고개를 숙이며 침묵했다.

크르르르!

저음의 호랑이 소리가 들려오자 자윤이 천천히 몸을 돌렸다. 호랑이 굴을 지붕처럼 감싸고 있는 커다란 바위 위에 호랑이가 서 있었다. 자윤의 뒤로 이십여 명의 흑랑이 일제히 활을 겨누고 있음에도 호랑이는 서슴없이 포효했다. 호랑이를 노려보던 자윤의 시선이 그의 곁에 선 작은 움직임에 멈춰 섰다. 어설픈 걸음을 떼는 작은 백호 한 마리가 힘겹게 기어오른 바위 위에서 폴짝이며 어미의 다리에 얼굴을 문지른다.

"거두어라."

"어미든 새끼든 호랑이는 모조리 사살하라는 명이 있었습니다."

완고한 우서한의 모습에 자윤이 손을 뻗어 호랑이에게 겨누어진 활을 움켜쥐었다.

"모두 잡아 죽이면 태자비가 살아 돌아오는 것인가?"

"저는 명에 따를 뿐입니다. 활을 놓으십시오."

자윤은 움켜쥔 우서한의 화살을 주저 없이 꺾어버렸다.

"환궁한다."

호랑이와 그 새끼를 바라보던 자윤이 태자비를 안은 손에 힘을 주며 돌아섰다.
 "모든 책임은 내가 지고 갈 것이다."

 죽은 태자비를 안고 산을 내려가는 자윤의 모습이 흔들리는가 싶더니 이내 깊은 한숨 소리가 들려온다.
 "태자비를 살해한 호랑이라도 죽여 가져가면 큰 화는 면할 터인데, 쯧쯧. 착하다고 해야 하나 바보 같다고 해야 하나. 언니의 자손은 참으로 이해 불가입니다."
 궁희 또한 한숨짓기는 마찬가지였다. 소희가 아끼는 백묘의 짝과 새끼를 죽였다면 그것을 핑계로 또 다른 일을 벌였을 터인데 다행이라고 해야 하나.
 "백묘의 단 하나뿐인 새끼인데 살려준 것 또한 불만인 게냐?"
 "불만이라뇨? 그럴 리가요. 태자비를 죽인 호랑이 모자를 살려주었다는 사실에 환국의 태자는 더욱 분노할 터인데 어찌하려고 저러나."
 소희가 절레절레 고개를 흔든다. 수경에 닿을 듯 소희의 손끝이 반원을 그린다.
 "그저 궁금하여 알고 싶을 뿐입니다."
 밀물처럼 수경의 물살이 흩어지며 잔잔해지는가 싶더니 가슴을 움켜쥐고 방 안을 서성이는 루아의 모습이 보였다.
 "욕심 많은 제 언니에게 밀려 바보같이 정인을 잃고 헤매게 될 저 아이. 두 사람, 참으로 잘 어울리는 듯합니다."

더 이상 무엇을 해주어야 해일처럼 몰아치는 동생의 가슴으로 평온이 찾아올까?

"만약에…… 호랑이에게 죽은 것이 태자비가 아니라 저 아이였다면 왕자는 그래도 호랑이 모자를 살려주었으려나?"

"무슨 말을 하고자 하는 것인지…… 소희야."

"죽은 형을 대신하여 순행을 떠났던 환국의 삼왕자 자윤과 언니 대신 서자부에 입단한 마가의 차녀 루아. 일과 이의 합이 삼이요, 음양의 합이 들어 자손이 생겨나니 삼은 곧 완전함이 아니겠습니까."

소희는 자신만의 생각 속에 빠져 수경 주위를 서성였다.

"소희 또한 완전한 것을 좋아한답니다."

"소희야……."

"어머니 마고께서는 소녀의 자손을 늘 핍박하셨습니다."

"그렇지 않다. 어머니 마고께서는 모든 자손이 물과 같이 순리대로 흐르며 살아가기를 바라셨을 뿐이다."

"네, 네, 거칠고 투박한 환경에서 살아가기 위해 본능에 충실해 살아가는 것 또한 순리가 아니더이까. 아니면 나의 가여운 자손들이 천성이 흉포하고 모질다 그리 말씀하시는 겁니까."

"소희야, 너의 자손들을 탓하고자 함이 아니란다. 널리 인계를 이롭게 하여 살라는 홍익인간(弘益人間)의 교화 시기를 겪고 있을 뿐임을 알지 않느냐."

오미의 난으로 사방분거 이전에 이미 어머니의 성을 벗어난 그녀의 자손들은 충분한 대가를 치렀다. 헐벗은 몸으로 성에서 쫓겨나던 자손들의 모습이 떠올라 소희의 두 눈에서 선홍색의 불꽃이 일었다. 그녀의 자손은 천부의 상징조차 얻지 못했다.

"두고 보면 알 일이죠. 순리에 역행하는 이들과 순리대로 살아가는 이들이 만들어갈 인계의 역사가 누구의 손을 들어줄지."

어머니의 뜻대로 늘 순종하여 어긋남이 없는 언니 궁희와 소희는 다르다. 짐승처럼 하루하루를 치열하게 살아가는 그녀의 자손들이 하늘만 쳐다보고 사는 착하디착한 궁희의 자손들을 밟아 서는 날이, 하늘을 향해 함성을 울리는 날이 올 것이다.

"세 번입니다. 정말로 그 아이가 하늘이 내린 천성을 잃지 않고 정인을 위해 목숨마저 버릴 수 있을는지."

"무슨 말을 하고자 하는 것이더냐?"

"단 세 번만 꺾어놓을 것입니다."

궁희는 동생 소희의 뿌리 깊은 원망을 무턱대고 막아설 수 없는지라 자꾸만 가슴이 묵직하게 내려앉는다.

"첫 번째로 천기를 읽는 아이의 눈을 가릴 것입니다."

바둑판에 마지막 수를 던지듯 소희가 두 눈을 반짝인다.

"그 아이가 언니의 도움 없이 그 시기를 견디어낼지 소희는 참으로 궁금합니다."

✽

태자비의 침전 앞에 선 아사는 깊게 심호흡을 했다. 연완이 살아 있을 때에는 언제나 환영받던 방문이었으나 아사는 태자비의 침전에 들지 못한 채 벌써 짧지 않은 시간을 문 앞을 지키고 서 있었다.

"신녀 아사님 찾아 계시옵니다."

대답 없는 문 앞을 지키던 시녀 둘이 이러지도 저러지도 못하고 아사의 눈치를 보며 고개를 조아린다.

"아무도 들이지 말라는 명이 있으셔서……. 아사님, 선원으로 돌아가셨다가 다시 오심이……."

이미 충분히 기다렸다. 조만간 자윤 왕자가 죽은 태자비의 시신을 가지고 나타날 터, 아사는 태자 두율과의 독대를 더 이상 미룰 수 없었다.

"들어갈 것이니 물러서라."

대신녀가 떠나고 없는 지금 아사는 선원 최고의 신녀였다. 그녀의 위엄 서린 목소리에 흑랑들이 허리를 굽히며 물러선다.

방문을 열고 들어서니 깊은 슬픔이 자욱하게 내려앉은 침상 위에 태자 두율이 우두커니 앉아 있었다.

'흐음……. 이리될 줄 알았다면 굳이 약을 쓰지 않아도 되었을 것을.'

오랜 시간 연완이 후사를 보지 못하도록 비밀리에 약을 써온 아사이다. 억지로 아이를 갖지 못하게 하여 몸의 순환을 거스르는 약이 몸에 좋을 리 없다. 연완은 친우인 아사가 보내는 약을 복용하며 생명줄을 갉아내고 있었는데, 뜻하지 않게 나타난 호랑이 한 마리가 그녀의 수고를 덜어주었으니 천운이 아니고 무엇이란 말인가.

"선원의 아사입니다."

아사가 방 안으로 들어선 것도 인식하지 못한 채 두율은 깊은 숨을 내쉬며 두 손으로 얼굴을 감쌌다.

"소녀를 잊으면 아니 됩니다. 두고두고 가슴으로 기억해 주신 다 약조해 주시어요."

애달프게 그의 가슴에 안겨오던 연완의 모습이 떠올라 숨이 막혀온다.
'내 어찌하여 꽃 같은 내 여인의 말을 그리 흘려들었던가.'
눈물 많은 여인인지라 무서운 꿈일 뿐이라 일축하며 품에 안아 달래기 바빴던 스스로가 용서가 되지 않았다.

"삼왕자께서 안파견 환인을 빼어 닮았다죠. 새로운 봉황이란 소문이 있던데, 태자님께 저어될까 걱정입니다."

강인하고 용맹한 아우 자윤이 태자비를 구하러 떠난 지 반나절이 지났다. 해가 저물고 있으나 아무런 소식조차 없어 두율의 가슴은 자꾸만 타들어갔다.
"태자비는 돌아오지 않습니다."
서늘한 목소리에 두율이 고개를 들었다.
"살아서는 돌아오지 못합니다."
방 안으로 찾아드는 어둠 속에서 크지 않은 그림자 하나가 걸어 나왔다.

"신녀 아사."

두율은 쓰린 가슴을 가눌 길이 없어 아사에게로 손을 내밀었다. 선몽으로 어린 시절 그의 목숨을 구해준 은인이자 어린 아내의 친우였던 아사가 따듯하게 그의 손을 잡아주었다. 작은 위안에 더 큰 슬픔이 몰려온다. 비에게서 많은 것을 들었다. 그대는 알고 있었다지?

"호랑이에게 죽을 것이라 그리 예언했었다지?"

아사의 손을 양손으로 감싸 쥔 두율이 용서를 구하는 듯 이마에 가져다 댄다.

"내게도 말하여 주지 그랬소."

"······믿어주셨겠습니까?"

믿지 않았을 것이다. 호랑이가 세 개의 성벽을 넘어 환궁까지 침입하리라 누가 믿을 수 있을까. 환국회의가 연장에 연장을 이어가며 아내의 곁을 비운 사이 이런 일이 생기리라 꿈엔들 생각했을까.

"이 방에 피 한 방울 묻어 있지 않다. 죽이려 하였다면 굳이 데려갈 이유가 없지 않은가."

기도하듯 속삭이는 두율의 앞에 무릎 꿇은 아사가 위로하듯 그의 두 손을 꼭 잡았다.

"제게도 너무나 소중한 친우였답니다. 미천한 소녀의 눈에 보인 것이 사실이 아니기를, 이루어지지 않기를 잠도 이루지 못한 채 기도하였답니다. 소녀는······."

차마 말을 잇지 못하는 아사의 볼을 타고 흐르는 눈물을 두율의 손길이 거두어간다.

"그대를 믿지 못한 나의 무지함의 대가가 너무나 혹독하오, 신녀 아사여."

"견디어내셔야 합니다. 환국의 미래를 열어갈 태자가 아니십니까. 신녀 아사가 그 곁을 지킬 것입니다."

"어찌하여야 할까. 나는, 나는 어찌하여야 할 것인가."

"하늘의 순리대로, 환국의 법도대로 하셔야지요."

짝을 잃은 슬픔으로 빛을 잃어가는 환국의 봉황 앞에서 아사는 천천히 몸을 일으켰다. 그녀의 볼을 적셨던 눈물은 흔적조차 없다.

"살인을 한 자는 죽음으로, 이를 방관하거나 동조한 자에게도 죽음을. 살인이나 방관, 동조 또한 아니 하였는데 원인을 제공하여 살인을 불러들인 자는 어찌하여야 할까······."

문밖에서 다급한 발자국 소리가 들려온다.

"백산으로 떠났던 삼왕자님 일행이 돌아왔습니다."

거친 숨소리와 함께 들려온 목소리에 두율이 자리를 박차고 일어나 문을 열어젖혔다.

"연완은? 태자비는 무사한 것이냐?"

두율은 달리기 시작했다. 한걸음에 복도를 달려 계단을 내려서니 밤하늘 아래 횃불을 들고 좌우로 늘어선 흑랑들이 보였다.

뒤따라 방을 나섰던 아사의 시선이 자윤의 품에 안겨오는 태자비 연완에게로 향했다. 죽은 것이 분명하다.

'예언이, 나의 예언이 이루어지고 있다.'

전신으로 솜털이 일어선다. 마치 처음으로 사내와 정을 통하는 듯한 묘한 전율이 그녀의 몸을 덮친다. 아사는 터져 나오는 탄성을 삼키려 입술을 깨물었다.

"완아!"

흑랑들 사이로 태자비를 안고 걸어오던 자윤이 멈춰 서자 그의 품에서 연완의 희고 고운 팔이 툭 떨어져 내린다. 걸음을 내딛던 두율이 얼음장처럼 굳어버렸다.

"완아?"

자윤은 뜨거운 눈물을 삼키며 무릎을 꿇었다. 멍하니 선 두율의 앞에 피투성이로 싸늘하게 식어버린 태자비를 내려놓고 고개 숙여 차가운 바닥에 이마를 대며 엎드렸다.

"자윤이 돌아왔다 하였느냐?"

시종들을 대동하고 들어서던 환부인 융이 태자비의 시신을 발견하고는 고개를 돌려 버렸다.

"어째서……"

환부인 융이 차마 말을 잇지 못한 채 얼굴을 두 손에 묻으니 뒤늦게 도착한 환인 구을리가 쓰러질 듯 휘청거리는 아내를 품에 안았다.

"환부인을 침전으로 모셔라."

환인 구을리의 말에 곁에 선 시녀들이 환부인 융을 부축하여 조용히 발걸음을 옮겼다. 핏기를 잃은 환부인 융이 시녀들과 자리를 뜨자 죄인이 되어 바닥에 머리를 대고 엎드린 자윤을 둘러싼 왕자들과 흑랑, 그리고 시종들은 숨소리조차 들리지 않는 적막감에 휩싸였다.

"완아! 완아아아아!"

찢어지는 고통이 두율의 목을 타고 뿜어져 나왔다. 주저앉아 그녀를 품에 안고 피를 토하듯 포효하는 두율의 모습에 주위의 모두가 고개를 숙였으나 단 한 사람, 아사만이 차분한 시선으로 모든 것을 지켜보고 있었다.

온몸으로 슬픔을 뿜어내며 오열하던 두율이 시신을 끌어안고 일어섰다. 말없이 태자전의 계단을 오르던 두율이 천천히 돌아섰다.

"호랑이는?"

연완의 숨을 끊어놓은 호랑이는 어찌하였는가 묻는 듯 두율의 시선이 서자부의 수장 우서한에게서, 다시 자윤에게로 향했다.

"호랑이는…… 제가 놓아주었습니다."

"놓.아.주었다?"

자윤의 말을 따라 읊는 두율의 입가로 웃음이 떠오른다. 슬픔이 깊었던 탓일까. 온몸의 기운이 아래로 쏟아져 발끝으로 흘러내리는 느낌이 든다. 죽은 태자비를 꼭 부여안은 채 흔들리는 두율이 고개를 저었다. 그를 부축하려 다가섰던 흑랑들이 물러선다.

"태자비를 죽인 호랑이를 놓아주었다? 왜?"

답이 없는 자윤을 대신하여 우서한이 앞으로 나섰으나 두율의 목소리가 그를 막아섰다.

"아니. 되었다."

슬픔으로 더욱 짙어진 환국의 태자 두율의 눈동자가 아버지 환인 구을리에게로 향했다.

'아버지, 어찌하여야겠습니까? 마음이, 가슴이 너무나 아파서 숨을 쉴 수가 없습니다.'

명을 내리기 전 아버지의 동의를 구하는 듯 바라보는 두율의 모습에 구을리는 침묵했다.

두율이 지독하게 가라앉은 목소리로 말문을 열었다.

"환국의 삼왕자 자윤은 사냥대회의 법령을 어기고 짝이 있는 영수를 해하여 그 원한으로 환국의 대를 이을 태자비가 죽임을 당하였으니."

숨을 들이켠 두율이 주위를 둘러본다.

"환국의 6대 환인 구을리의 장자로 환국의 태자인 두율은 어머니 마고의 이름으로."

마고의 이름이 나오자 여섯 왕자와 모든 이들이 동시에 무릎을 꿇었다.

"왕자 자윤의 신분을 박탈하고."

숨을 들이켜는 환인 구을리의 눈동자가 흔들린다.

"그를 환국에서 추방한다."

조용하나 단호한 두율의 모습에는 작은 흔들림조차 없다. 태자의 주도하에 이루어진 사냥대회의 법령을 어김으로 발생된 일인데다가 다른 누구도 아닌 태자비의 죽음이었기에 구을리는 냉정하기 짝이 없는 두율의 명령을 묵묵히 지켜보았다. 천천히 돌아선 두율은 죽은 아내를 품에 안은 채 계단에 올라 걷기 시작했다.

추방! 차가운 바닥에 엎드린 자윤은 두 주먹을 움켜쥐며 눈을 질끈 감았다. 천둥벌거숭이가 되어 북풍한설을 맞은 듯 온몸이 떨려왔다. 산천을 떠도는 메아리처럼 그의 귓가에 두율의 목소리가 끊임없이 맴돈다.

"환국에서 추방한다."

구원을 요청하며 환인 구을리의 앞에 무릎 꿇은 왕자들이 끊임없이 아버지를 외쳤다.
"추방이라니요, 아버지!"
"아버지, 형님의 명을 거두어주십시오!"
"너무나 지나친 형벌입니다!"
"삼사오가 회의를 소집하여 주십시오, 아버지!"
왕자 서윤이 죽은 듯이 엎드린 자윤에게 달려와 그를 붙잡고 울부짖는다.
"형님, 제가 분명 말씀드렸습니다. 큰형님께 어쩔 수 없이 호랑이를 죽여야 했다 그리 말씀드렸는데, 어째서! 왜! 어흑!"
무릎을 꿇은 채로 자윤의 구원을 청하는 왕자들 사이로 환인 구을리가 걸음을 옮겼다.
"아들아, 일어나거라."
흰 눈썹 아래 온화한 눈빛의 환인 구을리가 긴 수염을 쓸어내리던 손을 가슴에 얹었다.
"태자가 어머니 마고의 이름으로 그의 명을 천계에 올렸다."
따뜻한 아버지의 목소리에도 바닥에 엎드린 채 일어서지 못하는 자윤의 눈물이 바닥으로 떨어져 내렸다.
"태자의 명을 거두어주기를 바라느냐?"
어머니 마고의 이름을 걸고 한 맹세와도 같은 것이기에 그 명을 거두려면 태자를 폐위시켜야 한다. 삼사오가 회의를 소집하여 명을 거둔다 하여도 태자의 명예는 바닥에 떨어질 터, 자윤으로 인하여 사랑하는 여인을 잃은 형님에게 더 이상의 시련을 지어줄 수는 없다.

"그렇지 않습니다. 백호를 죽인 것은 소자입니다."

애써 눈물을 삼키며 자윤은 소리를 내었다.

"짝을 잃은 암호랑이가 태자비를 죽인 것 또한 사실이며, 소자가 호랑이와 그 새끼를 놓아주었습니다. 소자, 책임에서 벗어날 수 없으니 그 대가를 치를 것입니다."

벼랑 끝에 선 자윤에게 더 이상의 선택은 없었다.

"일어나거라."

자윤은 고개를 들고 상체를 일으켜 꿇어앉은 무릎에 두 주먹을 얹었다. 가슴으로 폭풍이 일고 있었으나 숨을 들이켜며 단호하게 말했다.

"환국 삼왕자 자윤은 환국 태자의 명을 받들 것이며, 태자의 위엄은 천산과 같이 흔들림 없을 것입니다."

담대하여 강건한 아들을 바라보는 환인 구을리의 가슴으로 애잔함이 스며들었다. 태자도 자윤도 그에게는 분신이요, 혈육이니 그 어느 누구의 편에 서서 다른 하나를 내칠 수는 없다. 환인 구을리의 근엄한 목소리가 태자전 광장에 울려 퍼졌다.

"추방당한 왕자가 세상의 끝에서 잃어버린 보물, 천부삼인의 청동검을 구하여 돌아오는 날 환국의 6대 환인 구을리의 아들 자윤의 신분은 복위될 것이며 추방령으로부터 자유로워질 것이다."

세상의 끝에는 명왕이 다스리는 지계가 있다. 숨죽여 지켜보고 있던 왕자들의 가슴이 들썩인다. 죽으라 하시는 겁니까? 게다가 삼백 년도 더 된 청동검을 찾아오라니?

3대 고시리 환인 때에 사라진 청동검은 백 년을 넘게 많은 이들이 찾아 떠났으나 그 흔적조차 찾지 못했다. 눈으로 보지 못하는 것은 잊히는 법, 여러 가지 풍문이 떠돌았으나 사방분거 전에 마고성을 떠난 지소가 천부의 증표를 받지 못한 것에 한을 품어 훔쳐 갔다는 이야기가 전해지고 있을 뿐이다.

'네가 돌아올 수 있는 유일한 길이다.'

아버지로서, 환국을 다스려야 하는 환인으로서 어느 쪽으로도 치우지지 않기 위한 최선임을 알기에 지켜보는 이 누구 하나 고개 숙이지 않는 사람이 없었다.

"떠나거라, 아들아."

환인의 목소리가 굳어버린 자윤의 몸을 일으켰다. 자윤은 아버지와 시선을 마주하고 섰다. 환인 구을리가 차갑게 굳어버린 아들의 손을 강하게 움켜쥐었다.

"세상의 끝으로 가거라."

스스로에게 다짐하며 자윤은 입술을 깨물었다. 대천녀 소희의 자손인 지소가 명왕으로 있는 지계는 망자들의 땅이다. 세상의 끝인 지계에 들어 돌아온 이는 아무도 없었다.

"반드시…… 돌아올 것입니다."

장성한 아들을 품에 안은 환인 구을리는 눈시울이 뜨겁다. 12년 만에 돌아온 아들을 다시 떠나보내야 하는 것보다 언제 돌아올지 기약 없어 가슴으로 파도가 밀려온다. 이대로 영영 못 보게 되는 것은 아닌가.

'어머니! 어머니 마고여! 나의 아들을 부탁합니다!'

하룻밤 사이 늙어버린 환인 구을리는 품 안에 넘쳐 나는 자윤을 끌어안은 손을 놓지 못했다.

"어머니 마고의 축복이 함께하기를……."

환인 구을리는 아들에게서 돌아섰다. 사지에 어린 아들을 놓고 가는 것처럼 걸음이 떨어지지 않으나 돌아보지 않았다. 이 소식을 듣게 될 부인 융은 또 얼마나 피를 토하며 울 것인가. 죽은 아들이 돌아온 것처럼 그리 기뻐했는데 이렇게 아들을 내치고 그녀는 어찌 살아가려나. 수많은 생각이 환인의 주름진 얼굴에 더욱 어두운 그림자를 드리웠으나 멈춰 서지 않았다. 기도하는 마음으로 환인전을 향해 묵묵히 걸었다.

조용히 모든 것을 지켜보던 아사는 천천히 걸음을 뗐다. 가슴이 터질 듯이 두근거리고 식은땀이 등줄기를 타고 흘렀으나 조용히 태자전에서 물러나 선원을 향해 발걸음을 서둘렀다.

'세상의 끝. 잃어버린 보물.'

단인! 어지러이 그녀의 머릿속을 헤집고 다니는 글자들로 인해 속이 울렁거린다.

"우욱!"

신물이 올라오는가 싶더니 결국 아사는 걸음을 멈춘 채 나무에 기대어 토하기 시작했다. 울컥거리며 꾸역꾸역 하얀 신물이 끊임없이 식도를 타고 오른다.

"망할!"

거칠게 입술을 문지르며 다시 걸음을 옮겼다. 선원에 들어 그녀의 뒤를 따르는 애기신녀들을 파리 쫓듯 물리며 방으로 들어섰다.

탁자 위로 수북이 쌓인 죽간들을 뒤지며 붉은 죽간을 손에 잡았다.

"어째서!"

좌르륵 죽간을 펼쳐 드는 순간 아사는 그대로 주저앉아 버렸다. 아무것도 없었다, 아무것도.

"그럴 리가 없어! 분명히, 분명히 봤는데!"

죽간을 정신없이 앞뒤로 뒤집던 아사는 죽간을 팽개치고 탁자 위의 다른 기록들을 뒤지기 시작했다. 없어. 없다. 바닥에 떨어진 붉은 죽간을 집어 들고 다시 한 번 앞뒤로 샅샅이 훑었다. 붉은빛의 죽간은 분명 아사가 읽었던 환국의 서가 맞으나 빼곡히 자리했던 글자들은 모두 사라지고 없었다. 죽간을 바닥에 펼쳐 놓고 글자가 새겨졌던 자리들을 미친 듯이 소매로 문질렀다.

"어디로 사라진 거야!"

아무리 문질러 보아도 사라진 글씨들은 나타나지 않았다. 귀신에게 홀린 것인가!

"아아아아아아악!"

머리를 움켜쥔 아사의 입에서 찢어질 듯한 비명이 터져 나왔다.

*

방 안에 가득했던 그림자들이 옅어지기 시작하였으나 루아의 방문 밖에 선 그림자들은 여전히 제자리를 지키고 서 있었다. 루아가 방을 나서려 할 때마다 문 앞에선 장백이 번번이 그녀의 앞을 막아섰다.

"죄송합니다. 금랑께서는 방을 떠나실 수 없습니다."

"어찌하여 이러시는 겁니까?"

무슨 잘못을 하였던지 아무리 생각해 보아도 알 수가 없어 더욱 답답하고 가슴이 무거워진다.

"태자전 소식을 알아봐 주시겠습니까?"

"죄송합니다."

먹구름에 싸인 듯 흑랑들에게 둘러싸여 멀어져 간 자윤의 뒷모습을 본 이후로 루아는 끼니도 거르고, 앉지도 눕지도 못한 채로 긴 밤을 꼬박 새웠다.

문밖으로 따뜻한 근심이 느껴지는 목소리가 들려왔다.

"몸 상하시겠습니다. 좀 쉬시지요."

"장백님."

"예."

"선원으로 사람을 보내주세요."

방문에 기대어선 루아가 무너지듯 천천히 주저앉았다.

"언니에게 동생 루아가 찾는다 전해주세요."

"그리 하겠습니다."

기다림은 그리 길지 않았다. 아사의 방문을 알리는 장백의 목소리와 함께 방문이 열렸다. 루아만큼이나 길고 험한 밤을 보냈는지 창백한 아사의 눈동자가 붉게 충혈되어 있다.
"언니."
"그래."
피곤한 듯 대답하는 아사의 목소리가 갈라진다. 방 안으로 환하게 쏟아져 들어오는 햇볕이 거북한지 아사가 미간을 찌푸렸다. 대신녀가 떠난 뒤로 더 많은 것들이 보이는지 점점 야위어가고 있다. 한 손으로 이마를 짚으며 탁자에 앉는 언니를 바라보며 루아는 또다시 한숨을 내쉬었다. 아사에게 자윤의 소식을 물으려면 그가 왕자라는 사실부터 이야기해야 했지만 더 이상 감출 것도 미루어야 할 것도 없다.
"천지에서 만났던 그 사내를 다시 만났어."
"잊어라."
마치 모든 것을 알고 있는 양 아사는 루아의 말을 단칼에 잘라내었다.
"언니……."
"네가 몸을 섞었다는 그 사내."
앉아 있는 것조차 힘에 부쳐 아사는 두 손으로 얼굴을 감쌌다. 밤새 소리를 질러댔더니 목이 아프고 머리가 무겁다.
"12년 만에 돌아온 환국 삼왕자 자윤."
"태자전에 무슨 일이 있는 거야?"
"그를 잊어야 네가 살아."
루아는 이해할 수 없었다. 무슨 소리를 하고 있는 것인가. 서로가 같으면서도 다른 이야기를 하고 있다.

"잊지 않아. 절대! 잊지 않아!"

"루아……."

동생의 눈동자가 화기를 누르는 듯 한층 더 짙어진다. 강직한 성품의 루아다. 그녀가 선택한 길에 산이 막는다 하여 돌아서고, 강이 흐른다 하여 주저앉을 리 없다. 하물며 첫정을 준 사내인데 쉬이 포기하지 않을 것이다. 그러한 담대함과 끈기로 루아는 여인의 몸으로 서자부 최고의 금랑이 된 것이다.

"태자전…… 무슨 일이야?"

"어디서부터 이야기를 해야 할지 모르겠다. 머리가 너무 복잡해."

"들은 것부터, 그리고 눈으로 확인된 것."

혼란스러운 듯 관자놀이를 문지르는 아사에게 루아는 단호하고 간결하게 말했다.

"분명 예언과 관련된 거야. 그렇지?"

"그래, 너와 내가 본 것."

"뭐가, 우리가 본 것 중에 무엇이 문제인 거야?"

애가 탈 만도 하건만 루아의 목소리는 지극히 차분하다.

"자윤 왕자가 사냥대회에서 대회 율령을 어기고 짝이 있는 영수를 죽였어."

"영수라면 혹시 백호?"

"내 낭군의 피를 덮어쓴 자, 죽음보다 더한 상실을 가슴에 새기리라. 암호랑이의 저주였어. 자윤 왕자에게 죽게 될, 아니, 이미 그가 죽여 버린 백호의 짝."

이번에는 루아가 머리를 움켜쥐었다.

"암호랑이가 태자비를 물어가고, 태자의 명으로 태자비를 찾으러 백산에 갔던 자윤 왕자가 어젯밤에 돌아왔어. 죽은 태자비와 함께."

태자비의 죽음 앞에 루아는 고개를 숙였다. 자윤에게서 봉황의 기운을 느꼈을 암호랑이는 본능적으로 그 기운을 쫓았을 것이다. 두 사람이 만나기로 한 약속 장소는 천산 초입의 천년목이었다. 자윤에게서 흐르는 봉황의 기운은 천산의 기운에 덮였을 터. 암호랑이는 자윤과 태자를 구분하지 못한 채 본능적으로 봉황의 기운을 쫓아 그의 짝인 태자비를 데려간 것이다. 암호랑이가 느꼈을 죽음보다 더한 상실을 복수하기 위해.

"내가 죽어야 했구나."

침울한 표정으로 루아가 두 손에 얼굴을 묻었다.

"어찌 됐든 예언은 이루어졌어. 네 대신 태자비가 죽었고, 자윤 왕자는 환국에서 추방됐다."

"추방이라니? 그이가 태자비를 죽인 것도 아닌데……."

"네 정인 손에 죽은 영수의 짝이 원한을 품어 태자비를 덮쳤으니 그 책임을 피할 수는 없었을 거야. 이제 더 이상 너를 만날 수 없을 테니."

아사의 한마디 한마디가 가시처럼 심장으로 박혀든다.

"결국 암호랑이가 원했던 대로 왕자는 상실을 가슴에 새기게 됐구나. 죽음보다 더할지는 모르겠지만."

더 이상 그를 만날 수 없다는 사실이 믿을 수가 없어 루아는 자리에서 일어섰다.

"그를 만나야겠어."

"아니, 넌 그를 만날 수 없어."

그를 만날 것이다. 문 앞의 장백과 청랑 두어 명쯤 그리 문제되지 않는다. 마치 루아의 생각을 읽은 양 아사가 그녀의 손목을 붙잡았다.

"잊어! 잊어야 살아!"

"무슨 말을 하고 있는 거야?"

"봉황의 꿈 기억하니?"

지금 이 상황에서 아사는 왜 봉황의 꿈을 말하는 것일까. 단순히 그녀를 말리기 위해 하는 말이 아닌 것 같아 루아는 아사의 손을 뿌리칠 수 없었다.

"금서로 묶여 있던 예언서를 읽었어."

예언! 예언! 이제는 진절머리가 난다. 루아는 아사의 손을 뿌리치고 방문을 향해 걸음을 뗐다.

"그는 돌아오면 안 돼!"

루아의 뒤로 비명을 지르듯 아사가 소리친다.

"절대로 돌아와서는 안 되는 사람이야!"

마치 원한 서린 것처럼 서슬 퍼런 아사의 목소리에 루아가 걸음을 멈춰 섰다.

"왜, 나의 정인은 고향으로 돌아오면 안 되는데?"

"세상의 끝에서 잃어버린 보물을 찾아 돌아올 환국의 왕자가 마지막 환인이 된다. 고대 예언서에 그의 이야기가 있어."

"마치 나의 정인이 죽으러 간 것처럼 들려. 세상의 끝이라……. 더 이상은 듣지 않겠어."

"태자께서 그를 추방하고 후에 환인께서 그에게 잃어버린 보물을, 몇백 년 전에 사라진 청동검을 찾아오라 명하셨어. 루아, 모르겠니? 모든 것이 망할 예언대로 돌아가고 있다고!"

아사의 외침은 더 이상 들리지 않았다. 문을 향해 걷는 루아의 앞길을 아사가 막아섰다.

"미련한 것! 그가 돌아오면 태자를 밀어내고 환인이 되는 데서 끝나는 것이 아니란 말이야! 마지막 환인이 될 거라고! 마지막! 환국의 끝이란 말이야!"

"믿지 않아."

아사를 밀어내고 문을 열었다. 그러나 루아는 한 걸음도 앞으로 내딛을 수 없었다. 언제부터 대기하고 있었던 걸까. 아사가 오기 전보다 더 많은 흑랑들이 철벽처럼 문을 막아서 있었다.

"어째서 이렇게들 서 계신 겁니까? 서자부의 금랑이 마치, 마치……."

한 마디, 단 한 마디만 더 하면 눈물이 쏟아져 내릴 것 같다. 이대로 이렇게 주저앉아야 하는가? 루아는 차마 말을 이을 수가 없다.

뿌옇게 흐려진 눈동자였지만 루아는 알 수 있었다. 앞을 막아선 흑랑 장백의 시선이 그녀를 넘어 아사에게 향해 있음을. 그들은 서자부의 금랑인 루아가 아니라 선원의 새로운 대신녀 아사의 명을 기다리고 있는 것이다.

"그를 만날 수 없을 거야."

천천히 돌아선 루아가 아사를 마주했다.

"언니, 보내줘."

"이미 떠났어, 세상의 끝으로."

굳어버린 동생의 곁에 선 아사가 한숨처럼 속삭인다.

"잊어라. 너를 위해, 그리고 환국을 위해."

루아는 아무런 대꾸도 하지 않았다. 어디까지 갔을까. 그리 애틋하게 정을 나누었던 자윤이 그녀를 보지 않고 떠난 것조차 섭섭하지 않다.

"잘 지키셔야 할 겁니다."

아사의 목소리도 문이 닫히는 소리도 들리지 않는다. 루아는 무너지는 가슴으로 적운에 올랐을 정인에 대한 안타까움으로 가슴이 미어질 뿐이었다.

새벽녘, 루아는 목검을 손에 쥔 채 문 앞에 섰다. 목검을 쥔 오른손에는 그의 이름이 새겨진 붉은 천이 묶여 있다.

'이 문을 열면 또 다른 벽, 그 벽을 넘는다 하여도 그에게 향한 길에는 수많은 장벽이 있을 것이다. 어찌하여야 하는가.'

스스로에게 물었다. 그녀가 선택한 길 앞에서 한 번도 주저하거나 돌아선 적이 없었다. 깊게 심호흡을 했다. 이틀을 굶었더니 빈 통으로 물이 흐르듯 뱃속까지 서늘한 공기가 밀려든다. 숨을 참고 문을 열었다.

"방을 떠나실 수 없습니다."

역시나 앞을 막아선 장백의 시선이 대련용 장목을 쥔 루아의 손으로 향한다. 전쟁이 없는 환국에서 서자부는 보통 단목이라 불리는 짧은 목검을 몸에 지녔다. 그러나 그녀의 손에 쥐어진 것은 단목이 아닌 대련용 장목. 목검에 살(殺)이 더해지면 그 파괴력은 늑골을 가르고 척추를 끊어낸다.

"금랑."

안타까움이 가득한 장백의 부름에도 그녀는 답이 없다. 담대하고 정당했으며 예를 지킴에 어긋남이 없어 모두에게 공평했던 루아였기에 금랑의 선발에서 밀려난 장백은 기꺼이 머리를 숙였다. 그런 금랑의 앞을 막아서게 될 줄이야.

"나가실 수 없습니다. 죄송합니다."

단단히 지켜야 할 것이라는 신녀 아사의 당부가 있었으나 루아가 형제와도 같은 흑랑들과 싸움을 불사하리라고는 생각지 않았다.

'서자부와 싸우려 하십니까? 금랑께서?'

흔들림 없는 그녀의 눈동자를 마주한 지금 장백은 그의 판단이 잘못되었음을 알았다.

'안 됩니다.'

장백이 허리에 찬 목검을 움켜쥐었다. 작은 움직임을 신호탄으로 뒤에 선 흑랑들도 일제히 허리춤으로 손을 가져다 댄다.

루아는 눈을 질끈 감았다. 더 이상 망설이지 않아. 눈을 뜬 순간 루아는 그에게로 향하는 첫걸음을 내디뎠다.

"금랑!"

뛰어오른 루아의 장목이 허공을 가르며 장백의 목검을 내려쳤다. 그녀의 공격을 받아낸 장백이 목검의 끝을 땅으로 향하니 루아의 기다란 목검이 미끄러져 내렸다. 다시 반원을 그리며 바람처럼 장백의 허리를 베어 들어갔다.

장백은 물러서지도 공격하지도 않고 방어만을 하며 숨 가쁘게 루아의 목검을 쳐냈다. 넓지 않은 복도에서 루아는 한 걸음도 앞으로 나아가지 못한 채로 숨이 가빠오기 시작했다.

'이 상태로는 오래 버티지 못한다.'

시간을 벌며 그녀가 지치기를 기다리는 장백의 의중을 간파한 지금 더 이상 다른 방법은 없었다. 목검을 고쳐 들고 온몸의 기를 끌어올렸다.

움직임 없이 두 사람을 지켜보고 있던 흑랑들 속에서 짧은 외침이 터졌다.

"살(殺)이닷!"

순간 루아가 내려친 목검이 장백의 목검을 끊어내고 그의 허리를 가로질렀다. 우두둑, 뼈가 부러지는 소리와 함께 장백이 오른팔을 움켜쥐며 복도에 나뒹굴었다. 루아의 공격에 부러져 버린 목검 대신 팔로 막아낸 것이다.

'살기!'

고개를 든 루아가 뼈를 가르고도 복도의 기둥에 박혀 빠지지 않는 목검을 단 일 합에 부러뜨렸다. 짧아진 목검을 들어 술렁이는 흑랑들에게로 향했다.

"물러서라."

정녕 이렇게까지 하셔야 합니까. 주저앉아 부러진 팔을 움켜쥔 장백이 안타까운 듯 루아를 올려다본다. 여전히 그녀의 눈동자는 한 치의 흔들림이 없고 오히려 피어오르는 천화처럼 핏빛 살기를 뿜어내고 있었다.

"격검!"

장백의 외침과 함께 순식간에 진열을 갖춘 흑랑들의 목검이 일제히 루아에게로 향했다. 망설임 없이 가장 가까이 선 흑랑에게 달려들어 부러진 목검을 내려쳤다. 춤을 추듯 쏟아지는 목검들을 걷어 올리며 형제들의 팔목을 하나둘씩 꺾어냈다.

"으아아아앗!"

휘익, 휘익, 바람을 가르는 소리와 기합 소리, 비명이 난무하는 복도를 루아는 쉴 새 없이 목검을 휘두르며 한 보 앞으로, 쓰러진 흑랑을 넘어 또다시 한 보 앞으로 전진했다. 쉴 새 없이 날아드는 목검에는 거센 살이 실려 있다. 한 번이다. 단 한 번의 타격으로 루아는 주저앉게 될 것이다.

휘익!

어깨로 내려앉는 한기에 필사적으로 목검을 걷어 올렸으나 또다시 부러져 버린 목검은 이제 한 자(尺)밖에 남지 않았다. 부러진 목검을 버리고 바닥에 떨어진 다른 목검을 손에 들었다.

파박! 퍽! 퍼벅!

어느새 복도를 벗어나 서자부 광장에 섰다. 넓은 곳으로 나오니 흑랑들이 루아를 둘러싸고 구렁이처럼 조여든다. 끝날 것 같지 않은 싸움. 숨통을 조였던 흑랑들은 일시에 물러섰다가 한꺼번에 목검을 휘두르며 다가섰다. 땀으로 젖어든 옷이 허물처럼 들러붙어 답답했다. 움켜쥔 목검이 천근같이 무거워 그 끝이 자꾸만 땅으로 향한다. 손이 떨려왔다.

"하아, 하아, 하아!"

거친 숨을 몰아쉬며 목검을 들어 올렸으나 그녀를 둘러싼 흑랑들 중 어느 누구 하나 움직임이 없다. 알고 있다. 그녀를 둘러싼 흑랑들은 그들의 금랑을 다치게 하고 싶지 않은 것이다.

팽팽한 긴장감 속에 휴식이 깨지는 듯 결계처럼 단단하게 그녀를 둘러싸고 있던 흑랑들이 좌우로 갈라졌다. 그 끝으로 우서한이 모습을 드러냈다. 목검이 가슴에 닿을 때까지 우서한은 그녀의 앞으로 성큼성큼 주저 없이 걸어왔다. 아무런 말 없이 목검을 왼손으로 움켜쥔 우서한의 오른손 등이 사정없이 루아의 뺨을 갈랐다.

짜악!

비릿한 냄새가 입안 가득 들어찼지만 쓰러지지 않았다. 이대로 주저앉으면 다시 일어설 수 없다는 생각에 루아는 자꾸만 굽어드는 허리를 세웠다. 땀방울이 턱 끝으로 방울 맺혀 떨어진다.

"주위를 둘러보거라."

가라앉은 우서한의 목소리에 루아는 주위를 둘러보았다.

"네가 부모와 지낸 시간보다 더 많은 시간을 땀으로 물들인 곳이다."

거침없이 뿜어내던 그녀의 살기로 뼈가 부러지고 살가죽이 찢어진 흑랑들의 모습이 보였다. 그녀의 시선을 피하는 그들에게선 원망이라고는 찾아볼 수 없으니 루아는 코끝이 아렸다.

"너의 살기를 받아낸 이들은 십 년의 세월을 함께했던 네 형제들이다."

뜨거운 눈물이 차오른다. 가슴이 뻐근하고 먹먹하여 숨조차 제대로 쉴 수가 없다. 루아는 천천히 무너져 내렸다. 무릎을 꿇고 머리를 숙이니 참았던 눈물이 쏟아져 내리며 서자부 광장의 차가운 바닥을 데웠다.

6장 역풍

서궁 서자부.

가지런히 줄 맞춰 앉은 오십여 백랑이 소리 모아 참전계경을 읽고 있다. 환국의 삼대경전인 천부삼경(天符三經) 중 하나인 참전계경(參佺戒經)은 윤리와 철학을 담아 치화경(治化經)이라 불리며 심신 단련의 주 경전으로 쓰였다.

붉은 단주에 기대어 백랑들의 경전 읽는 소리를 들으며 속으로 참전계경을 되뇌어 보건만, 알 수 없는 감정은 우서한의 가슴속으로 파도처럼 일렁이며 좀처럼 가라앉지 않았다. 우서한은 조용히 서궁을 나와 선원으로 향했다.

태자비의 국장이 치러지고 열흘이 지났으니 삼왕자가 추방된 이후 열사흘이다. 내일이면 신녀 아사가 대신녀에 오르는 삼신성황제가 열릴 것이다.

'놓아야 하는 것인가.'

생각만으로도 명치끝이 뻐근하다. 우서한은 주먹을 불끈 쥐며 북궁 선원 계단에 올라섰다. 그를 맞이하는 선제신녀를 물리고 종종걸음 치는 애기신녀가 따라오지도 못할 만큼 성큼성큼 긴 복도를 걸었다.

인내심이라면 환국 내에 따를 자가 없을 정도로 침착하며 어떠한 상황에서도 담대함의 진수를 보여온 우서한이었으나 가슴으로 끓어오르는 격정은 그의 한계를 넘어서고 있었다.

"헥헥! 아사님! 헤엑!"

달려오느라 숨이 찬 애기신녀가 그의 방문을 알리기도 전에 우서한의 큰 손이 방문을 열어젖혔다.

콰당!

열린 방문으로 들어서는 우서한의 모습에 놀랄 만도 하건만 창가에 선 아사는 돌아보지도 않는다. 그러한 그녀의 모습에 우서한의 심장은 핏빛으로 더욱 거세게 요동쳤다.

"아사님, 저, 서자부 우, 우서한께서 오셨습니다."

당황하여 우물쭈물 옷깃을 입에 문 애기신녀의 목소리에 아사는 천천히 문을 향해 몸을 돌렸다. 언제나 그녀의 시선을 사로잡는 잘난 사내이나 오늘은 반갑지 않았다. 그들이 선 곳이 아사가 그에게 금지한 선원이기 때문이다.

"평안하셨습니까. 생각보다 늦으셨습니다."

말은 그렇게 하였으나 내심 아사는 긴장하고 있었다. 절대 선원으로 발을 들여서는 아니 된다는 그녀의 말을 단 한 번도 어긴 적이 없는 사내이기에 방심했던 것일까. 지계의 명왕처럼 서 있는 우서한의 가슴이 심하게 들썩이고 있었다.

"물러가 있으렴. 서자부의 수장과 긴히 나누어야 할 이야기가 있으니."

아사는 애써 미소를 지으며 애기신녀에게 손짓했다.

"어느 누구도 방해해서는 안 된다."

"예, 아사님. 차를 내올까요?"

애기신녀의 말에 이를 악다문 우서한이 지독하리만큼 낮은 저음으로 대꾸했다.

"물러가라."

겁을 먹은 듯 애기신녀가 꽁지에 불붙은 쥐처럼 달려 나가고 문이 닫혔다.

"생각보다 늦었다? 내 생각을 하기는 하나 보군."

그답지 않게 비아냥거림이 묻어나는 목소리에 아사가 한숨을 내쉬었다. 글자가 사라져 버린 '환국의 서'를 붙잡고 씨름하다 창문 앞에 선 지 얼마 되지 않아 선원으로 들어서는 우서한을 보았다.

"마치 나를 기다리기라도 한 듯하오."

비아냥거림을 넘어 서자부의 수장 우서한이 환국의 대신녀 아사를 조롱한다.

"기다린 것은 아니었으나 막상 그리 말씀하시니 기분이 썩 좋지는 않군요."

언젠가는 정리해야 할 사람. 내일 삼신성황제가 열리면 아사는 환국의 대신녀에 오른다. 삼백여 명의 신녀를 거느린 이 선원의 주인이 되는 것이다. 하늘 어머니를 섬기는 대신녀에게 사내란 있을 수 없다.

문 앞에 선 채로 그녀를 응시하는 우서한에게서 뜨거운 기운이 그녀에게 여과 없이 와 닿으니 가슴이 두근거렸다. 두려움? 아니면 설렘?

백목의 뿌리를 잘라 만든 탁자에 다가선 아사가 의자에 앉으며 손으로 반대편을 가리킨다.

"앉으시지요."

"요즘 태자전에 드나든다지?"

"예언서를 읽고 있던 참입니다."

툭! 우서한은 남아 있던 인내의 끈이 끊어지는 것을 느꼈다. 너무나 평온한 얼굴로 답을 회피하는 아사의 모습에 주먹을 움켜쥐었다. 그는 환국의 상징인 서자부의 수장이다. 하늘이 무너진다 해도 그 어떤 것 앞에서도 감정의 흔들림이 없어야 했다. 천년목처럼 단단하고 무던하여 한결같은 우서한이어야 하는 것이다.

"앞날을 내다보는 것이 너 하나뿐이라 생각하는가?"

우서한은 시위를 떠한 활처럼 한걸음에 아사의 팔을 낚아채 일으켰다. 그녀의 머리채를 움켜쥐고 벽으로 밀어붙였다. 가슴에서 불길이 인다. 점점 크고 무섭도록 타올라 이성을 연기처럼 날려 버렸다.

"나도 예언 하나 해줄까?"

우악스러운 그의 행동에 고통스러울 법도 하건만 독하디독한 아사는 신음조차 흘리지 않았다. 그것이 우서한을 더욱 자극했다. 가녀린 목으로 신음을 삼키며 바르르 떨고 있는 아사의 등으로 가슴을 맞댄 우서한이 우악스럽게 그녀의 양손을 잡아 위로 들어 올렸다.

　"나의 예언을 들어보겠어?"

　아사의 몸을 자신의 몸으로 거세게 밀어 벽에 붙였다. 그리곤 귓가에 입술을 바짝 붙여 그녀의 귓불을 입에 물었다.

　"너는 내게서 벗어날 수 없다."

　차가운 벽에 닿은 얼굴보다 귓가의 속삭임이 그녀를 아프게 한다. 늘 말이 없고 조용한 우서한에게 이러한 면이 있으리라 생각지 못했던 아사는 당황스러웠다. 그의 호흡이 더욱 거칠어지며 그녀의 등을 누르고 있는 우서한의 몸이 점점 뜨거워졌다.

　커다란 손이 신녀복을 헤치고 아사의 맨가슴을 움켜쥐었다. 그의 왼손은 거침없이 다리 사이로 파고들었다. 양손이 자유로워졌음에도 벽을 짚고 있을 뿐 아사는 그에게서도 벽으로부터도 멀어지지 못했다.

　"하아! 아악! 우서한, 그마아아안!"

　"물고기 비늘만큼이나 차가운 네 심장, 누구 것인지 가르쳐 주지, 아사."

　"하악! 우서한."

　"움직이면 다쳐."

　아사가 버둥거릴수록 이성을 놓쳐 버린 우서한의 갈망은 더욱 미쳐 날뛰었다. 미끈한 아사의 다리 사이에서 방황하며 태산처럼 우뚝 솟은 우서한의 남성이 길을 찾아 그녀의 갈라진 계곡으로 거칠게 들어섰다.

"으윽!"

고통스러운 아사의 비명에도 우서한은 손으로 그녀의 입을 막고 거침없이 자신을 밀어 넣었다.

"하악……! 앗! 아…… 아아!"

미처 준비도 없이 들어선 우서한으로 인한 고통은 상상 이상이었다. 아사는 고통을 못 이겨 그녀의 입을 막고 있는 우서한의 손에 이빨을 박았으나 숨소리만 거칠어질 뿐 그는 더욱 거세게 들이쳤다.

"하악! 학학! 으, 으……."

이 년 전 은월제의 밤, 그를 선택한 이후로 아사는 단 한 번도 후회하기를 멈춘 적이 없었다. 그럼에도 때가 되면 다시 그를 찾게 되는 것이 운명이란 것일까. 아니다. 그것은 우서한의 육체에 길들어져 버린 그녀의 습관처럼 굳어진 갈망.

"학! 아…… 악! 아사!!"

절정에 취해 몸을 떠는 그에게서 간신이 벗어난 아사는 돌아서기가 무섭게 그의 뺨을 후려갈겼다. 신녀로 추앙받는 몸인지라 단한 번도 겪어보지 못한 모멸감에 아사는 온몸을 부르르 떨며 분노를 뱉어냈다.

"당신! 당신! 이러고도 무사할 거라 생각하는 건가요?"

분에 못 이겨 시퍼렇게 날이 선 아사의 목소리가 앙칼지다. 대낮에 북궁 선원으로 쳐들어와 대신녀가 될 아사에게 치욕을 주었으니 서자부의 수장 우서한은 목숨을 잃을 것이다.

"하아! 아, 아아! 하하하하! 하! 하아! 아사. 나의 아사."

뜻하지 않게 우서한이 웃음을 터뜨려 버렸다. 거친 숨결만큼이나 폐부를 두드리는 웃음소리에 섬뜩하니 아사는 소름이 돋아 올랐다. 뭘까. 화기로 타오르던 아사의 가슴으로 알 수 없는 서늘함이 찾아든다. 뭐지, 이 감정은?

"우.서.한……."

"내가 그 정도 생각도 없이 이리 왔을까."

마치 세상에 그녀 외에는 아무것도 존재하지 않는 듯 훑어 내리는 번들거리는 눈동자에 아사는 그녀의 가슴으로 스며든 서늘함의 정체를 마주했다. 집착, 그리고 두려움!

"태자비를 잃고 미쳐 버린 태자가 유일하게 만나는 이가 선원의 아사라는데……. 늦은 밤까지 그를 찾아들어 무엇을 하는 거지?"

매섭게 치켜든 그녀의 손이 여지없이 우서한에게 잡혀 버렸다. 옴짝달싹할 수 없이 다시 그의 품에 안겨 버린 아사는 숨을 몰아쉬었다. 알 수 없는 불안감이 엄습했다.

"우서한."

"그래, 우서한. 네가 처음으로 몸을 열어주었던 그 사내."

아니다. 그 사내가 아니었다. 한없이 기다리고 대지에 뿌리박은 나무처럼 묵묵히 곁을 지키는 바보 같은 사내가 아니다.

"말해봐. 그에게도 몸을 열어준 건가? 태자비를 잃은 외로움을

이 몸뚱이로 달래주고 있었던 건가?"

 늘 다정하고 배려가 많은 그였기에 쉬이 버릴 수 있으리라 생각했던 우서한. 아사는 그의 폭주를 예상치 못한 스스로에게 화가 났다. 예를 중시하고 도의를 따르는 서자부의 수장은 이렇게 무모하고 거칠기 짝이 없는 야인 같은 사내였던가.

"뭘 했으리라 생각하는 건가요?"

 표독스러운 반문에 우서한의 눈빛이 짙어진다. 아사는 저도 모르게 뱉어버린 말이 그를 도발했음을 깨달았다. 또다시 흉포하게 변하여 일그러지는 그의 얼굴을 보며 아사는 입술을 깨물었다. 안 돼.

 순간, 아사의 머리채를 휘어잡은 우서한은 그녀를 침상으로 끌고 갔다. 바닥에 무릎을 긁히며 질질 끌려가던 아사는 이내 침상 위로 던져졌다. 숨 고를 새도 없이 아사의 옷가지가 그의 손 아래 찢겨져 조각조각 흩어져 내린다. 먹구름처럼 그의 커다란 몸이 그녀의 위로 검은 그림자를 드리웠다.

"다. 시. 말해봐."

"당신…… 죽게 될 거예요."

"신녀와 살을 섞으며 그 정도도 감수 안 했을라고."

 소리라도 질러보지 그래. 우서한의 눈이 그리 말하고 있다. 아사는 알아버렸다. 풋정이라 생각했던 바보 같은 사내가 어느새 그녀의 모든 것을 탐내고 있음을.

"설마 그 외로운 길을 나 홀로 가리라 생각하는 건 아니겠지, 아사?"

사람을 불러 구원을 청해보라 비릿하게 웃는다. 과연 그럴 수 있을까. 복도 끝에 자리를 지키는 선제신녀들이 있을 것이다. 비명을 질러 불러들이면 되겠지만, 그리되면·······.

아사는 대신녀가 될 수 없다. 우서한은 죽임을 당할 것이며 신녀를 욕보인 책임은 그의 가문인 구가에까지 미칠 것이다. 아마도 온 환국이 들썩거리겠지. 하지만 아사 또한 선원에 머무르지 못하고 환인성을 떠나야 할 것이다. 지방의 소도를 지키는 무녀로 무지한 시골 촌부들 속에서 평생 척박한 삶을 살게 될 터.

'안 돼. 그리 살 순 없어.'

성난 야수를 달랠 수 있는 방법은 하나뿐. 원하는 것을 주어야 했다. 아사는 천천히 눈을 떴다.

"나의 우서한······."

아사는 얼굴로 닿는 그의 손을 살며시 붙잡았다. 손가락을 혀로 핥다가 깊숙이 빨아들였다. 그리곤 혀로 입술을 핥으며 그를 올려다봤다.

"아사."

우서한은 조용히 그녀를 내려다보았다. 여전히 심장을 녹이는 눈동자를 반짝이며 올려다보는 아사를 보니 배꼽 아래로 뻐근하게 피가 뭉쳤다. 아이처럼 그의 손가락을 물고 빠는 그녀의 모습이 너무나도 유혹적이다.

가슴으로 천천히 올라온 작고 하얀 손이 단단한 돌기 근처를 배회했다. 가느다란 손가락이 일으키는 불꽃이 우서한의 전신으로 짜릿하게 퍼져 나간다.

"하…… 아사."

"제가…… 당신을 배신할 이유가 없지 않습니까. 스스로 선택하여 첫정을 나눈 사내인데."

아사의 손이 힘주어 밀어낸 것도 아닌데 우서한은 몸을 일으켜 그녀에게서 떨어져 나왔다. 천천히 일어선 아사가 몸을 돌려 침상으로 내려앉는가 싶더니 침상에 걸터앉은 그의 무릎에 턱을 고인다.

"아사를 여인으로 만들어준 첫 사내가."

마치 주인의 손길을 기다리는 고양이처럼 혀를 날름거리며 다리 사이에 무릎 꿇고 그의 허벅지에 볼을 비볐다. 한 번도 다정히 굴었던 적이 없는 그녀이기에 우서한은 멍하니 아사를 내려다봤다.

"우서한이 아닙니까?"

애틋하게 그의 이름을 부르며 허벅지에 입맞춤한 아사는 방금 전까지 그녀의 속을 헤집어대며 고통스럽게 했던 그 실체를 마주했다. 빽빽한 수풀 사이로 우서한의 붉은 기둥이 꼿꼿하게 솟아 있다. 검붉은빛을 띤 그것은 크고 거칠어 보였다. 그녀의 눈빛만으로도 애액을 쏟아내는 그의 기둥을 잡아 입맞춤했다.

"아아, 아, 아사."

우서한은 침상의 이불을 움켜쥐며 다리를 벌렸다. 눈을 살며시 감고 혀로 마른 입술을 적셨다. 그의 축을 움켜쥔 아사가 하얀 이빨로 잘근잘근 깨무는가 싶더니 빨간 혀를 돌리며 희롱한다. 애액으로 반짝이는 벌어진 입술 사이로 붉은 기둥을 집어넣은 채 볼이 홀쭉해지도록 빨아올리며 아사가 머리를 앞뒤로 움직였다. 아래에 남은 부분은 손으로 잡아 살짝 쥐고 흔드는 듯 다시 쓰다듬는다.

"흐읍! 으, 으으! 허억! 아앗! 학!"

어느새 우서한은 아사의 길고 부드러운 머리채를 움켜쥐고 정신없이 허리를 흔들었다. 질척이는 소리가 음란하여 자극적이다. 우서한은 뜨겁게 빨아들이는 아사의 좁은 입속으로 거침없이 자신의 일부를 밀어 넣었다. 숨이 막히는 듯 아사의 신음 소리가 들렸다.

"우욱! 욱욱욱!"

절정의 순간, 다리 사이에 박힌 아사의 머리를 본능적으로 잡아 당기니 그녀의 얼굴 위로 하얀 정액이 뿌려졌다.

"하아, 하아…… 아!"

그녀의 목구멍까지 들어찼던 우서한이 빠져나가자 아사는 거칠게 숨을 몰아쉬었다. 짐승같이 천박한 정사에는 어울리지 않은 표정으로 내려다보는 우서한의 모습에 아사는 웃음이 나올 것처럼 코끝이 간지러웠다. 흔들리는 우서한의 눈동자를 마주한 아사가 흐르는 액을 혀로 핥았다.

"아사…… 난……."

우서한이 입을 다문다. 그래, 우서한은 그런 사내였다. 죽어도 제 여인에게는 상처 줄 수 없는 사내.

'괜찮아. 괜찮다니까, 우서한.'

대답 대신 입을 벌리니 우서한이 그녀의 입술을 거칠게 빨아 당졌다. 순식간에 침상 위로 그녀를 끌어 올린 우서한의 단단한 몸이 아사의 전신을 덮는가 싶더니 이내 그의 일부가 꼿꼿이 몸을 세우며 그녀의 허벅지를 찔러댄다.

"너를…… 너를 놓을 수가 없어."

괴로움에 가득 찬 우서한을 유혹하며 다리를 벌린 아사가 그에게 닿기 위해 허리를 들어 올리니 그가 단단한 팔로 그녀의 허리를 감아쥔다.

"아사, 하늘 아래 내 것은 너 하나뿐인 것을…… 아사."

갖고 싶은 것이 그녀 하나뿐이라 고백한다. 아사의 꽃잎에 그의 정액을 흥건히 묻혀 부드럽게 문질렀다. 다정했던 정인의 모습으로 돌아온 우서한이 손가락 하나를 넣어 그녀의 안쪽 살을 문지르니 아사가 허리를 튕겨 올렸다.

"하아아, 아, 하악! 지금…… 우서한."

할딱거리는 아사의 목소리에 우서한이 그녀의 종아리를 잡아 넓게 벌렸다. 그의 정액과 애액으로 흥건하게 젖어든 그녀의 샘에서 물줄기가 흐른다. 움찔움찔 분홍빛 꽃잎으로 어김없이 자신을 꽂았다. 밀려들어 가는 느낌에 우서한이 터질 듯 아사의 엉덩이를 움켜쥐자 그녀가 신음을 토해낸다.

"더…… 더 세게……. 아아!"

아사가 엉덩이에 힘을 주며 그를 더욱 단단하게 조여든다. 우서한은 그녀의 몸에 자신을 새겨 넣듯이 거칠게 밀어붙였다. 깊다. 우서한이 몸을 빼니 아사가 활처럼 허리를 휘며 몸을 일으킨다. 숨도 쉬지 못할 만큼 저릿한 쾌락이 땀으로 범벅이 된 두 사람을 화염처럼 태우고 있다.

"더…… 세게……. 학…… 흡!"

앉은 자세로 우서한의 허벅지에 걸터앉은 아사의 몸이 그의 위에서 말을 타듯 들썩인다. 그녀가 전신을 떨며 절정으로 치닫는 것이 우서한에게로 온전하게 전달되었다. 심장이 터질 것 같다.

'놓을 수 없다.'

너는 내 것이다. 절정의 순간 뒤로 목이 꺾이며 아사의 긴 머리카락이 파도처럼 침상 위로 흐트러졌다. 매끄러운 머리카락을 움켜쥔 그녀의 절정을 느끼며 거친 신음을 토해 버렸다.

"아사."

아이처럼 우서한에게 안겨 아사는 숨을 고르며 눈을 깜박였다. 단단한 그의 가슴은 참으로 따뜻하고 강건하다. 그래서였다. 늘 후회하면서도 외로움이 사무치는 날에는 신녀의 신분을 망각하고 그를 찾아 나서던 이유다. 어떤 세파에도 지켜줄 것 같아 어린 나이에 어머니의 품을 떠난 그녀에게 안도감을 선물했던 사내다.

"알고 있었잖아요. 이렇게 계속 만날 수는 없어요."

"……."

"우리는 시작부터 이미 끝을 향해 달리고 있었던 거예요."

"너를 얻을 수 있다면…… 무슨 짓이라도 하겠어."

나지막한 저음의 목소리와 귓가를 두드리는 심장 소리에 아사는 이상한 기분이 들었다.

"막아서는 이는 누구라도 용서하지 않아."

단호한 우서한의 목소리에 아사는 생각에 잠겨 두 눈을 굴렸다.

환국 최고의 여인이 되기 위해 굳이 태자의 곁에 설 필요는 없지 않을까. 태자를 유혹하는 데 성공한다 해도, 태자는 삼사오가 대신들과 대적하여 대신녀를 비로 맞이하는 무리수를 두지는 않을 것이다. 결국 권력을 손에 쥘 수는 있으나 누구에게도 인정받지 못하는 음지의 꽃일 뿐 환부인이 될 수는 없다. 하지만 목숨을 걸고 선원으로 찾아온 이 사내라면……. 만약에 태자나 자윤이 아닌 우서한이 환인이 된다면…….

"너는 내게서 벗어날 수 없다."

우서한의 입술이 그녀의 정수리로 닿는다. 그에게서 뿜어져 나오는 강한 수컷의 향기가 너무나 좋아 아사는 어리광을 부리듯 우서한의 단단한 가슴에 얼굴을 묻었다.

"아사는…… 환국 최고의 여인이 되고 싶습니다."

어차피 태자가 아닐 바에는 우서한이라고 환인이 되지 말라는 법은 없지 않는가.

"청동검을 찾아주세요."

아사의 말에 우서한이 몸을 떼고 그녀를 내려다본다.

"청동검?"

"환국의 왕자가 세상의 끝에서 잃어버린 청동검을 찾아 환국의 마지막 단인이 된다고 예언서에 적혀 있습니다."

무슨 말을 하는 것인가. 우서한은 말없이 아사를 내려다보았다. 반짝이던 그녀의 눈동자가 점점 짙어진다.

"환인께서 삼왕자에게 찾아오라 한 그 청동검, 그 검이 갖고 싶습니다."

삼왕자의 추방령이 내려졌던 태자전에 우서한 또한 자리하고 있었다. 세상의 끝으로 사라졌다는 청동검을 찾아오라는 아사의 말이 믿어지지 않았다.

"아사는 환국 최고의 여인이 되고 싶습니다."

"대신녀는 태자비가 될 수 없어."

"서자부 수장의 아내 또한 될 수 없지요."

"날 자극하지 마."

"신녀로 있는 한은 그 누구의 아내도 될 수 없습니다."

"아사……."

"굳이 태자비가 될 필요 있습니까?"

우서한은 아사의 얼굴을 감싸고 두 눈을 마주했다.

"청동검을 가져다주세요. 당신을 환국의 제사장으로 만들어드리겠습니다."

"바보 같은 소리."

제정일치의 환국에서 제사장이란 곧 환인을 뜻한다. 환인은 어머니 마고로부터 궁희, 황보 씨, 유인 씨 이후 안파견에 이어 종손에게 이어지는 혈연관계였다.

"못 들은 걸로 하지."

서늘한 우서한의 목소리에 아사는 입술을 깨물었다. 아무리 그녀에게 목을 매는 우서한일지라도 환국을 지키는 서자부의 수장에게 반역이라니, 너무나 성급했다. 차기 운사의 자리도 마다하고 서자부에 머무르고 있는 우서한이다. 권력 자체에 관심이 없는 우서한이 그녀의 제의를 받아들일 리 없다. 다른 미끼를 내놓아야 했다.

아사는 침상에 걸터앉은 우서한의 어깨에 손을 얹었다. 그가 그녀의 손을 감싼다. 자리에서 일어난 아사는 다리를 벌려 그의 허벅지에 걸터앉았다. 희고 미끈한 다리로 그의 허리를 감아 두 발로 고리를 걸었다.

"은월제에서 우서한을 만났지만, 아사는 어떤 선물도 받을 수 없는 처지였습니다."

은월제에서 만나 꽃밤을 보내고 다음날 사냥대회에서 사내가 청혼의 선물을 사냥하여 여인의 집에 보내는 것이 환국의 예법이었다.

"너무나 속상했지요."

신녀의 신분으로 동생으로 가장하여 은월제에 참가한 아사에게는 감히 일어날 수 없는, 일어나서는 안 되는 일이었다.

"정말 속상했어요."

알몸으로 그의 허벅지 위에 앉아 몸을 흔들며 투정하는 아사의 모습이 너무나 어여뻐서 우서한은 그녀를 꼭 끌어안았다. 한 번도 그리 어여쁘게 눈 맞추며 웃어주지 않은 연인인데.

"내 말 듣고 있는 거예요?"

"듣고 있어."

무슨 말인들 들어주지 못할까. 숨어서 만날 때마다 언제 다시 만날지 모른다는 절박함으로 애틋한 정을 나누었기에, 반짝이고 예쁜 것들은 모조리 모아 선물했다. 그럼에도 아사는 단 한 번도 환하게 웃어주지 않은 차가운 정인이었다.

"신녀란 그런 거지요. 어떤 사내도 마음에 품어서는 아니 되는…….."

아사의 슬픈 표정에 우서한의 심장이 타들어간다. 감정 없이 차갑기만 한 모습보다 더욱 견디기 힘들다.

"모피와 뼈를 원하는 거라면."

아사는 두 손에 입맞춤하는 그에게서 손을 빼냈다.

"청동검이 갖고 싶습니다. 그 검이 소녀를 신녀의 신분에서 풀어줄 것입니다."

조용히 아사를 응시하는 우서한은 한숨을 내쉬었다. 지계에 있다는 청동검, 그것을 찾아 떠난다면 언제 돌아오게 될지 기약할 수 없다.

"검을 가져다주시면…….."

살아 돌아오게 될지조차 가늠할 수 없다.

"……아이를 낳아드리겠습니다."

불끈. 그의 목에 입맞춤하는 아사의 숨결에 우서한은 온몸의 혈관이 미친 듯이 요동치는 것을 느낄 수 있었다. 부서져 버릴 듯이 가녀린 허리를 감싸 안았다.

"다시 말해봐."

그의 목으로 팔을 두르며 아사가 속삭인다.

"당신을 닮은 사내아이를."

뜻한 대로 아사는 우서한의 심장을 손에 쥐었다.

"하아, 하아…… 아사는…… 우서한의 아이를 낳을 겁니다."

그녀의 가슴에 얼굴을 파묻은 우서한이 뜨거운 숨을 토해냈다.

"청.동.검. 혼인의 선물로 주지."

*

천계, 대천녀 소희의 백궁.

푸른 하늘과 몽글몽글 구름을 배경으로 주르륵 늘어선 하얀 기둥들 사이로 소희의 웃음소리가 종소리처럼 낭랑하게 울려 퍼진다.

"호호호호, 호호, 영악한 것."

소희는 참을 수 없다는 듯 수경을 내려다보며 손뼉을 쳤다. 창가에 서서 선원을 나서는 우서한의 뒷모습을 바라보는 아사가 웃고 있다.

"그래, 연심(戀心)에 빠진 사내는 여러모로 쓸모가 많지. 똑똑해, 똑똑해. 역시 나를 실망시키지 않는구나, 아사."

소희가 수경의 장식 위로 팔을 괴고 기대어 앉았다.

"추방당한 삼왕자 자윤과 서자부의 수장 우서한. 과연 누가 먼저 청동검을 찾으려나? 점점 재미있어지는걸."

요즘 환국에서 벌어지는 일들은 따분하기 짝이 없는 백궁에 활력소가 되어 소희는 하루의 대부분을 수경을 내려다보며 지내고 있었다.

"자윤이 청동검을 찾는다면 환국의 마지막 역사가 될 것이고, 우서한이 청동검을 찾아오면?"

태자보다 더 강한 기운의 봉황을 가진 자이니 분명 자윤은 7대 환인이 될 것이다. 태자가 날름 환인 자리를 내어줄 리 만무하고, 태자의 봉황은 자윤의 봉황을 이길 수 없다. 하지만 천성이 착하고 우직하니 형제의 피를 보게 된다면 자윤 또한 스스로 무너지게 될 것이다. 그러는 사이 우서한이 자윤을 제거한다면?

"후후후, 나라를 지킨 영웅이 되겠군."

그리되면 아무리 대신녀라 해도 여인 하나 들여앉히겠다는데 삼사오가 대신들이 무어라 하겠는가. 게다가 아사에게는 예언이라는 강력한 무기가 있었다. 하늘의 소리를 전하는 대신녀의 신분으로 환부인이 되는 것 또한 하늘의 뜻이라. 예언에 목을 매는 우매한 민초들은 아마도 그리 믿을 것이다.

"호호호, 영악해. 잘하면 신녀의 신분으로 환부인에 오른 첫 여인이 되겠군."

사실 소희에게 환인이나 환부인이나 누가 되든 상관없었다. 환국이 아예 망해 버렸으면 좋겠다. 어머니 마고가 언니 궁희의 자손인 환국만을 어여삐 여기는 것이 늘 못마땅했다. 물론 그 이유를 모르는 바 아니다. 소희가 낳은 백소의 후손인 지소가 금지된 과일을 먹음으로 오미의 난을 일으켜 모두 마고의 성에서 쫓겨나게 되었으나 그것이 벌써 언젯적 일인가.

궁희의 자손들은 문명이 급속도로 발달하여 옷을 만들어 입고, 갖가지 도구들을 사용하며, 씨를 뿌리고 땅을 일구어 번듯하게 하늘에 제사까지 지내고 있다. 반면에 소희의 자손들은 아직도 짐승 사냥과 물고기 잡기에 여념이 없다. 부족한 기술과 자원으로 서로를 노략질하기 바쁘니 자손을 가진 어미의 마음은 속상하기만 했다.

한숨을 내쉬며 수경을 건드리니 옅은 물살이 아사의 모습을 지우고 이내 루아의 모습이 보였다. 한층 더 차가워진 가을비를 맞으며 태자전을 향해 묵묵히 앉아 있는 루아의 모습이 하얗게 달빛을 받아 핏기 없이 창백하다.

"아직도 이러고 있군. 순진한 것이 생각보다 근성이 좋아."

루아는 지금 닷새째 곡기를 끊고 태자전 앞에 무릎을 꿇고 있었다. 저리 고집스레 앉아 있는 것이 못마땅하여 우사를 불러 비를 뿌리게 한 것이 하루 종일 저러고 비를 맞으며 앉아 있었다.

"미련하기는. 천의를 사용하면 하루아침에 그가 있는 곳으로 데려다 줄 텐데."

그나저나 천의는 어떻게 회수해 온다? 소희는 생각에 잠겼다. 어머니 마고의 모습은 수경 따위로 볼 수 있는 것이 아니었으나, 궁희나 소희가 입을 법한 천의를 루아가 누구에게 얻었는지는 쉬이 짐작할 수 있었다.

"함부로 빼앗아 올 수도 없고."

일천자를 태운 오적마의 수레가 동쪽 하늘에서 하얀 기둥 사이로 사뿐하게 미끄러지듯 멈춰 서니 수레를 따라온 해태(海駝)가 금빛 갈기를 휘날리며 탈싹 내려앉았다. 붉은 혀를 날름거리는 해태의 위협적인 모습에 소희의 애조인 소조들이 시끄럽게 지저귀고 있었으나 그녀는 수경을 내려다보느라 정신이 없었다.

"서자부 루아와 추방당한 왕자 자윤, 대신녀 아사와 서자부 수장 우서한이라……. 후후후. 점점 재미있어지는데?"

수경에 정신을 쏙 빼놓은 소희의 모습에 일천자는 방문을 알리려는 시종들을 향해 입술에 손가락을 대며 손짓했다.

"무얼 보시기에 그리 재미가 좋으십니까?"

굵직한 목소리에 고개를 든 소희가 뜬금없는 일천자의 방문에도 별 놀라는 기색 없이 가볍게 인사한다.

"아, 일천자께서 기별도 없이 어인 방문이십니까?"

필요에 의해 천지 태극의 기운이 모여 만들어진 천인들과 어머니 마고의 피와 살로 태어난 대천녀가 같을 수는 없다. 소희에게 공손히 예를 올린 일천자가 다시 수경으로 시선을 돌리는 그녀의 곁에 섰다. 용이나 해태 같은 영수들 외에는 천계나 선계, 인계와 지계를 통틀어 그 무엇에도 관심 없는 일천자였다.

'무얼 보기에 저리 정신을 쏟고 있는 건가.'

아직 소녀티를 벗지 못한 앳된 여인이 새파랗게 입술을 얼리는 가을비를 맞으며 무릎을 꿇고 앉아 있었다.

감았던 여인의 눈이 열리는 순간 일천자의 검고 짙은 눈썹이 살며시 올라갔다. 새까맣다 못해 청색을 띠는 눈동자가 너무나 맑아 세상이 그대로 투영되고 있었다. 묘하게 그의 시선을 끌어당기는 여인이다.

"누구입니까?"

"루아라는 아이입니다."

핏기 하나 없는 얼굴 위로 빗방울이 쉼 없이 흘러내리고 있다. 일천자의 손이 수경 위를 가르니 수경 안 여인의 모습이 순식간에 작아지며 환인성의 모습이 보이더니 다시 잡아당기는 듯 주위의 경관들이 커지며 루아의 모습이 보였다.

'환국인 듯한데, 동남궁 태자전인가?'

그러고 보니 여인이 입고 있는 옷은 서자부의 무복 같다. 소희의 하얗고 기다란 소맷자락이 다시 수경을 스쳐 지나니 루아의 모습이 아까보다 더욱 크게 수경을 메운다. 커다랗게 확대된 루아의 눈동자에 소희와 일천자가 선명하게 비춰졌다.

"혹 아이의 생각이 보이십니까?"

소희의 물음에 일천자가 고개 숙여 루아의 눈동자를 내려다본다. 빨려 들어갈 것 같은 눈동자. 너무나 짙어 푸른빛이 도는 심연(深淵). 그는 아무것도 읽을 수 없었다. 생각 자체가 없다면 당연하게 읽혀질 리 없으니 이 아이는 정신적으로 온전하지 못한 백치(白痴)가 틀림없다.

"백치가 아닙니까?"

"환국 서자부의 금랑이니 백치는 아니랍니다. 바보 같긴 하지만."

쉴 새 없이 생각들이 들려오는 제 언니 아사와 달리 생각을 전혀 읽을 수도, 볼 수도 없었다. 천기를 읽는 아이의 눈을 가리는 소희의 결계 때문인가 생각해 보았지만 아니다. 훨씬 전부터 그러했던 것 같다.

'생각이 보이지 않으니 어찌 행동할지 또한 알 수 없군. 예측할 수 없으니 방해하기도 쉽지 않겠어.'

백묘가 죽기 전부터 그러하였으니 언니 궁희가 수를 쓴 것 같지는 않은데.

'아이의 마음을 꺾을 것이라 장담하였는데, 어찌 행동할지 알 수가 없으니 어쩐다?'

소희는 수경 속으로 빠져 버릴 듯이 턱까지 괴고 앉아 루아를 바라보는 일천자의 모습에 혀를 찼다.

"뭐가 좀 보이십니까?"

"비를 맞고 있습니다."

뜬금없는 대답. 조용히 그의 모습을 지켜보는 소희의 두 눈이 반짝이기 시작했다.

일천자가 수경을 향해 후욱 바람을 부니 태자전을 덮었던 비구름이 물러가고 햇빛이 쏟아져 내린다.

루아는 고개를 들어 하늘을 봤다. 그녀의 마음처럼 무겁게 내려앉던 비구름이 어느새 사라져 버렸다. 포근한 임의 품처럼 따뜻한 햇살이 그녀의 시린 몸을 감싸 안는다. 열이 나는 듯 머리가 무겁고 몸이 떨려왔다.

루아와 서자부 간의 칼부림 이후 그녀는 구금되었고 금랑의 자격을 박탈당했다. 구금이 풀리기가 무섭게 태자에게 서자부에서의 제명을 요구하였으나 거부당했다.

곡기를 끊고 닷새째 태자전 앞에 무릎을 꿇고 알현을 청하고 있으나 태자전은 고요하기만 했다. 서자부로 끌려갔다가 풀려나기가 무섭게 태자전에 무릎을 꿇는 것이 반복되고 있었다.

"하아, 아아!"

핏기를 잃은 입술 사이로 하얀 김이 서렸다. 자윤이 떠난 뒤로 음식을 제대로 취하지 못한 루아의 몸은 이미 그 한계에 달해 있었다. 정표로 받은 붉은 머리띠만이 루아의 오른손에 감겨 아픈 가슴을 위로하고 있었다.

'어찌하여야 하는가.'

답을 알 수 없는 물음만이 그녀의 무거운 머릿속을 헤집고 다녔다. 그녀의 정인은 면죄부를 얻기 위하여 세상의 끝으로 떠났지만, 루아는 지금 태자전의 광장에 무릎 꿇은 채로 세상의 끝을 마주하고 있었다.

'당신을 잊으라 하십니까.'

보기 흉할 정도로 파여 버린 루아의 볼 위로 방울진 눈물이 흘러내렸다. 그를 버려야 살 수 있다는 아사의 말이 가슴을 후벼 팠다. 그리 할 수만 있다면, 그것이 가능하다면 이렇게 심장을 쪼개가며 소리 없이 울지 않을 것이다.

하늘이 원망스러웠다. 이리 쉬이 끊어질 인연이었다면 어째서 그와의 만남을 허락하였는지 뜨거운 숨을 토해내는 심장이 자꾸만 울컥거린다. 다시 먹구름이 몰려오는지 그녀의 위로 그림자가 드리워졌다.

"죽으려 작정이라도 한 게냐?"

아버지 마가의 목소리가 들려왔다. 다가서는 아버지의 기척조차 느낄 수 없을 만큼 쇠약해진 루아는 고개를 들 수 없었다.

"아…… 버지."

건강한 모습으로 씩씩하게 뛰어다니던 딸아이의 모습은 간데없고 파리해진 루아의 모습에 마가는 주먹으로 가슴을 두드렸다. 루아가 은월제에서 추방당한 삼왕자와 정을 나누었다는 이야기를 아사를 통해 들었으나 그 하룻밤의 인연이 딸아이에게 이리도 모진 시련을 남길 줄이야.

구가에서 차남의 짝으로 루아를 탐내며 끊임없이 혼담을 넣을 때 승낙했어야 했다. 우서한에게 보냈어야 했는데! 한이 담긴 숨을 토해내며 마가는 피멍이 들어버린 가슴을 더욱 세차게 두드렸다. 마가의 자랑인 금랑 루아가 한순간 사내에 미쳐 정신줄을 놓아버렸다.

"루아야, 아가……."

가을 낙엽처럼 부스러져 버릴 것 같아 차마 손도 대지 못하는 마가가 루아의 앞에 몸을 낮췄다.

"아버지가 환인을 뵈올 것이다. 네가 원하는 대로 해줄 것이니 이제 그만하여라. 응?"

마가가 루아의 볼을 타고 흐르는 눈물을 닦아주려 손을 드니 뜨거운 열기가 손끝으로 전해진다.

"아가!"

"아버…… 지, 죄송……."

아득하니 시커먼 어둠이 그녀를 덮치며 바스러지듯 루아는 무너져 내렸다.

"루아야! 루아야! 보아라! 아무도 없느냐!"

마가의 절망적인 외침에 태자전의 보초를 서던 흑랑 둘이 뛰어왔다. 서둘러 루아를 업고 서자부로 향하는 흑랑을 힘겹게 따라 달리던 마가가 소리를 질렀다.

"어디로 가는 게냐! 마가의 집으로 갈 것이다!"

화기 가득한 마가의 노염 서린 외침에 흑랑들이 서궁의 서자부가 아닌 남궁에 위치한 마가의 자택으로 뛰기 시작했다.

한참을 달리고 커다란 녹색의 대문을 지나 안채로 들어서니 달려 나오던 마가의 부인 정씨가 업혀 들어오는 루아의 모습에 비명을 지르며 주저앉았다. 정씨 부인을 부축한 마가의 장남 혁민이 소리쳤다.

"저가 어르신을 모셔오너라!"

우왕좌왕하던 시종들 중 하나가 대문을 박차고 뛰어나갔다. 마가의 자택은 벼락이라도 맞은 듯 일순간에 술렁이기 시작했다. 주저앉아 있던 정씨 부인이 혁민의 부축을 받으며 흑랑을 따라 별채로 들어섰다.

"뜨거운 물! 물 가져오너라!"

출가하기 전 기거하던 별채에 들어선 흑랑이 루아를 침상에 눕혔다.

"어째요. 몸이 불덩이예요. 아가! 아가! 눈 좀 떠보렴. 어흑! 흑흑흑!"

"단단한 아이이니 괜찮을 거요."

침상에 매달려 정신 잃은 루아에게서 손을 떼지 못하는 정씨 부인을 달래며 마가가 어깨를 토닥인다.

"밥도 제대로 못 먹고 벌써 며칠째입니까! 이러다 죽는 것이 아닙니까."

"어허, 이 사람이!"

숨도 못 쉬고 눈물 바람을 하는 정씨 부인에게 마가가 역정을 부렸다.

"혁민아, 안채로 어머니를 모시거라!"

"어머니, 고정하시지요. 저가 어르신이 오시면 상태가 금방 좋아질 겁니다."

마가의 역정에 혁민이 어머니의 손을 잡았으나 정씨 부인은 그 손을 뿌리치며 다급히 말했다.

"괜찮습니다. 괜찮습니다."

뜨거운 물을 가지고 시종이 들어섰다.

"다들 나가 계세요. 비에 젖은 옷을 갈아입혀야겠습니다."

정씨 부인이 딸아이의 오른손에 감겨진 붉은 천을 풀어내려 하였으나 정신을 잃은 상태에서도 루아는 움켜쥔 손을 열지 않았다.

"어르신! 어르신!"

밖에서 들려오는 시종의 부름에 마가를 대신하여 장남인 혁민이 자리에서 일어섰다.

"저가 어르신 모셔왔느냐!"

"저, 그게 아니오라 서자부에서 사람이 왔습니다."

난처한 목소리에 벌떡 일어선 마가가 문을 열어젖혔다. 별채의 뜰에는 서자부의 흑랑 진우를 중심으로 적랑 다섯이 줄지어 서 있었다.

"무슨 일이냐!"

날이 선 마가의 물음에 진우가 정중히 고개를 숙인다.

"서자부 흑랑 진우, 마가 어르신께 인사 올립니다. 평안하셨습니까."

"보다시피 평안하지 못하니 돌아가거라!"

"어르신, 금랑, 아니, 루아님을 모시러 왔습니다."

"무어라!!"

기암을 토하는 마가가 주먹을 부르르 떠니 혁민이 아버지를 부축하며 앞으로 나섰다.

"누이가 많이 아픕니다. 상황이 좋지 않으니 흑랑께서는 나중에 다시 오시지요."

"죄송합니다. 루아님은 서자부 사람이니 모셔오라는 우서한님의 명이 있었습니다."

"무어라! 지금 무어라 하는 것인가! 감히 구가의 차남이 버릇없이 마가에게 내 딸을 내놓으라 지껄이는 게냐!"

노기 어린 마가의 외침에도 흑랑 진우는 물러섬 없이 덤덤하게 말을 이었다.

"구가 어르신의 차남이 아니라 서자부의 수장입니다. 루아님은 서자부로 출가한 사람이니 정해진 의무 기간 내에는 죽더라도 서자부에서……."

"시끄럽다!! 죽기는 누가 죽는단 말인가! 내 집에서 당장 나가! 혁민아! 뭐 하는 거냐!"

고래고래 소리를 지르는 마가의 목줄기로 터질 듯이 핏대가 올라선다. 아버지마저 쓰러질까 그의 팔을 움켜쥔 혁민이 입을 열려는 찰나 구가의 기침 소리가 지나치게 크게 들려왔다.

"어흠! 어흠! 집안이 왜 이리 어수선한가?"

환갑의 나이에도 여전히 건장하여 풍채 좋은 구가가 긴 수염을 쓸어내리며 약상자를 든 저가와 함께 나타났다.

"구가, 저가 왔는가! 저 망할 종자들이 하는 소릴 들었는가!"

"흠흠. 나는 일단 들어갈 테니 얘기들 나누시게. 루아는 어디 있는가?"

크고 마른 탓에 걸음걸이마저 휘청거리며 저가가 약상자를 들고 계단을 오른다.

"거 성질하고는. 내 이럴 줄 알고 구가를 데려왔지. 거참, 좀 살살 허이."

"내가, 내가 금쪽같은 내 딸을 나라에 내어줬더니 아픈 애를 서자부에서 내놓으라 하지 않는가!"

서자부의 수장 우서한을 아들로 둔 구가는 대충 상황을 알고 있던 터라 난처하여 헛기침을 했다.

팽팽한 긴장감은 아랑곳없이 진우가 뒤늦게 구가를 향해 예를 갖춘다.

"평안하셨습니까. 서자부 흑랑 진우, 구가 어르신께 인사 올립니다."

"그래, 이곳에는 어인 일인가?"

"루아님은 서자부 사람이니 서자부에서 치료를 하는 것이 옳습니다."

"내 딸을 데려가려거든 마가 기둥을 뿌리째 뽑고 가야 할 게야!"

마가의 기둥이란 곧 마가와 그 대를 이을 장자 혁민.

"환국의 법도를 아시는 분이 어찌 이리 고집을 부리시는 겝니까, 어르신!"

"이보게!"

무슨 일이 있어도 루아를 데려갈 기세인 진우가 도를 넘어서자 구가가 서둘러 중재에 나섰다.

"환국의 예법에 아픈 자식 억지로 부모에게 떼어놓는 법은 없네. 서자부로 출가하였다고는 하나, 아프면 병가를 내어 사가로 보내주는 것 또한 서자부의 전례인데 어찌 이러는가!"

우서한의 풍채와 성품의 근원인 구가의 위엄 서린 목소리에 진우가 조용히 고개를 숙였으나 물러섬이 없었다.

"송구합니다. 루아님을 모셔오라는 우서한님의 명이 있었습니다."

"됐네! 젊은 친구와 입씨름하기에는 노인의 혀가 그리 부드럽지 못하니 아이를 데려가려면 마가에 앞서 구가 기둥 먼저 뽑고 가라 이르게!"

구가의 엄포에 신발도 신지 않고 계단을 내려선 마가가 친구의 손을 붙잡았다.

"고마우이."

대화는 그렇게 끝이 나버렸다. 아들에게 아비를 밟고 넘어서라 하니 냉철하기 짝이 없는 우서한으로서도 아버지인 구가가 버티고 있는 한 루아를 데려갈 방도가 없을 것이다.

"서자부 흑랑 진우, 이만 물러가겠습니다. 평안하십시오."

마가와 구가에게 고개 숙인 진우가 이내 적랑 둘을 남겨둔 채

나머지 적랑을 데리고 별채를 떠났다.

"자네도 참! 어쩌자고 일을 이리 크게 벌이는가?"

"아무리 정신줄을 놓은 자식이라 해도 자네 같으면 우서한을 그리 데려가라 하겠는가?"

"흐음. 그거야 그렇지. 참, 우리 금랑은 좀 어떠신가?"

오가 어른들 모두가 예뻐하던 루아인지라 구가의 입에서 우리 금랑 소리가 부드럽게 흐른다.

"상태가 안 좋아. 자네 여기 좀 있게."

"왜 그런가? 또 어디를 가려고?"

"내 환인을 뵈어야겠네."

마가가 별채의 문 앞을 지키고 선 두 명의 적랑을 노려보며 말을 이었다.

"곰단지 같은 자네 아들이 이리 물러설 리 없고, 다시 올지 모르니 자네가 좀 지키고 있어."

곰단지라니? 금쪽같은 내 아들더러 곰단지라니? 미처 화를 낼 틈도 없이 마가는 친구의 손을 토닥이며 신발을 꿰어 신는다.

"아니, 이보게, 마가!"

"부탁허이."

무어라 말을 할 새도 없이 마가는 부지런히 별채를 나가 버렸다.

*

"백여 명의 인원을 풀었으나 그 흔적을 찾을 수가 없습니다. 아무래도 자윤 왕자님을 따라나선 듯합니다."

사라진 막내 왕자 서윤에 대해 풍백, 우사와 함께 논의 중이던 환인 구을리가 한숨을 내쉬었다.

"함께했던 순행에서 돌아온 이들도 전부 사라졌다고 합니다. 순행을 했던 이들의 마음조차 그러한데 서윤 왕자께서는 오죽하셨겠습니까. 백호를 죽인 것도 서윤 왕자님을 구하기 위해 그리된 것이라는데, 삼왕자께서 추방을 당하셨으니 아무래도 마음의 짐이 무거우셨을 겁니다."

사라진 서윤 때문에 그의 비는 만삭의 몸으로 끼니마저 거르며 하루 종일 울고 있었다. 어디로 갔는지 아는 것이 없느냐 묻는 환부인의 물음에도 통곡만 하고 있다니 참으로 답답할 노릇이다.

"어릴 적부터 유난히 삼왕자님을 따르지 않았습니까."

"쯧쯧쯧, 그러리라 생각은 하고 있었지만, 배부른 아내를 두고 거기가 어디라고 따라나선 겐지."

태자에 의해 자윤이 추방당하고 바로 막내 왕자 서윤이 사라졌다. 뜬금없이 서자부의 금랑이 서자부 내에서 흑랑들과 대치 상황을 벌였다는 소식에 이어, 태자비의 국장 이후 태자는 호랑이 토벌령을 내려 백산의 호랑이를 그 새끼까지 씨를 말려 버렸다.

토벌 사건으로 진노한 환인은 태자에게 금족령(禁足令)을 내렸으며, 이미 마음의 병이 깊을 대로 깊어진 태자는 별다른 말 없이 태자전에 칩거(蟄居)해 버렸다.

이어 금랑의 지위를 박탈당한 마가의 차녀는 서자부의 제명을 요청하며 단식투쟁에 들어섰다니 삼왕자 자윤의 환궁 이후 불미스러운 사건이 꼬리에 꼬리를 물고 이어지고 있었다.

"은월제 뒤로 혼인 소식들로 이야기꽃이 필 때에 이게 무슨 난조인지……."

짙은 한숨만큼이나 더욱 깊이 파인 눈가의 주름이 환인 구을리가 왕자 추방 사건 이후로 깊은 잠을 들지 못했음을 나타내고 있다.

"마가 어르신 들었습니다."

밖에서 들려오는 소리에 환인 구을리가 가슴을 쓸어내린다. 또 무슨 일이 있는 건가. 도토리 떨어지는 소리에도 자는 아이 위로 지붕 무너질까 노심초사하는 것이 부모의 마음이니 자식 가진 아비의 마음이 모두가 같을 것이다.

"저녁 시간이 다 되었군. 자네들은 그만 나가보이."

"너무 심려 마시지요. 백방으로 찾고 있으니 조만간 좋은 소식이 있을 겁니다."

공손하게 예를 갖추고 물러서는 풍백과 우사에게 가볍게 고개를 끄덕이니 벌써 마가가 급하게 들어서는 모습이 보였다. 풍백과 우사에게 인사를 하고 환인 구을리 앞에 선 마가가 들썩이는 가슴을 쓸어내리며 거친 숨을 고른다.

"인사는 생략하고, 무슨 일이 있기에 마가는 그리 땀 차게 달려오셨는가?"

"루아를 서자의 도에서 풀어주십시오. 부탁드립니다."

바짝 엎드려 머리를 조아리는 마가의 모습에 환인 구을리의 마음이 쓰리다.

"내 알기로 이제 삼 년 정도밖에 남지 않았는데 굳이 서자의 도를 깨려 하는 이유가 무엇인가?"

안 그래도 요즘 금랑으로 인해 서자부가 시끄럽다 하는데 그 연유가 들려오지 않아 조만간 마가를 불러들이려 했다.

"전 환국의 관심과 기대를 받는 금랑이 요즘 왜 그러는지 아는 이가 없다는데, 도대체 무슨 일이 있는 겐가?"

"어리석은 제 여식이 무슨 인연인지 삼왕자 자윤님과 연이 닿았나 봅니다. 이미 정을 나누었으니 혼인은 올리지 않았다 하나 낭군과 같은 이가 추방을 당하였는데 어찌 바른 정신으로 서자의 도를 다하겠습니까."

어허! 환인 구을리가 저도 모르게 무릎을 내려쳤다. 자윤이 환궁하던 날, 사내에게 여인은 집과 같은 것이라 행여나 또다시 여행을 떠난다 할까 저어되어 붙잡아두려던 아비의 속내를 드러냈었다. 얼굴을 붉히던 자윤의 모습이 아직도 눈에 선한 구을리이다.

"이미 마음을 담은 집이 있습니다. 아름답고 강건하기가 환궁 못지않습니다."

금랑이었구나! 금랑을 만난 게야. 마가의 셋째 여식을 마음에 품고 있었어.

"마음에 품은 여인이 있다 들었네만."

"사리분명한 제 여식이 저리 식음을 전폐하고 누웠으니 마가 이렇게 머리 조아려 청을 드립니다. 부디 아비의 마음을 헤아려 주십시오."

"낭패로다. 금랑을 풀어주면 자윤을 따라나설 것이 아닌가. 어디로 갔는지도 모르는 삼왕자를 따라 험한 길을 가겠다니."

"이리 두어도 말라 죽기는 매한가지. 놓아주십시오. 제 임 찾아 훨훨 떠날 수 있도록 놓아주십시오. 어흑, 흑흑흑!"

결국 울음마저 터뜨려 버린 노인의 부탁을 환인 구을리는 차마 거절할 수 없었다.

"반드시 돌아온다 약조하였으니 마음 달래며 기다려 주면 아니 되겠는가?"

"흑흑흑! 언제인지 알 수 없는 길을 떠난 이를 기다리기란 가뭄에 비를 기다리는 것과 같습니다. 겨울이 오기 전에 말라 죽을 것입니다. 선처하여 주십시오."

그러나 문제가 그리 간단하지는 않다. 서자부는 태자의 관할이기에 환인이라 할지라도 아들에 대한 예우를 지켜야 했다.

"태자를 불러 논의할 것이오."

"부탁드립니다."

서자부가 태자의 직속이라는 사실을 모르는 바 아니었기에 마가는 더 이상 고집을 부릴 수 없어 눈물을 훔치며 자리에서 일어섰다.

*

같은 시각, 적운에 올라 한 달을 내리 달린 자윤은 환국과 비리국을 가르는 경계에 도달했다.
"오늘은 여기서 쉬어가는 것이 좋을 듯합니다."
순행을 함께했던 주영의 말에 자윤이 멀리 지는 해를 보며 고개를 끄덕였다. 그의 뒤를 따르는 일곱 명의 동료 사이로 눈에 띄게 지쳐 보이는 서윤의 모습이 보인다. 적운에서 내려선 자윤은 이내 고개를 돌려 버렸다.
나뭇가지를 모아 불이 피워지고 그 둘레로 저마다 익숙하게 자리를 고르고 모피를 펼쳐 잠자리를 마련했다. 말린 육포를 뜯으며 지난 순행의 이야기꽃을 피우는 동료들은 절망적인 자윤과 달리 지금의 상황에 너무나도 낙천적이었다.
가시밭길 마다 않고 따라나선 동료들의 모습에 자윤은 애써 한숨을 삼키며 여분으로 챙겨두었던 모피를 들고 조금 떨어진 곳에 자리 잡은 서윤에게로 향했다. 고작 한 달 남짓의 거리였으나 환인성에서 자란 아우에게는 지나치게 고된 길이었나 보다. 노숙이라고는 사냥을 나가 하룻밤 지새우는 것이 전부였을 왕자 서윤이 피곤과 불편함으로 뒤척인다.
다가선 자윤을 올려다본 서윤이 어물쩍 눈치를 보며 몸을 일으켰다.
"괜찮습니다. 곧 익숙해질 거예요."
자윤은 어설프게 깔려 있는 아우의 침구를 치우고 그 밑에 널린 돌들을 골라내어 자리를 다졌다. 가져온 모피를 깔고 서윤의 것을 위에 얹으니 평평하게 펼쳐진 모피가 한층 안락해 보인다.

"서윤아."

그의 뒤를 쫓은 이후 처음 입을 연 자윤의 부름에 서윤은 목이 메었다.

"예, 형님."

자윤이 추방당하던 날 서윤은 아내에게 작별을 고했다. 비밀리에 짐을 꾸렸고, 순행에서 돌아온 일곱 명 모두가 자윤의 추방령을 전해 듣고는 서슴없이 따라나섰다. 함께 순행했던 이들은 마치 자윤의 생각을 읽는 듯이 그의 이동 경로를 따라 엿새 만에 자윤을 만날 수 있었다.

불같이 화를 내는 자윤의 노여움을 피해 조용히 뒤따르다 합류한 것이 보름. 서윤의 허벅지와 손에는 물집이 잡혔고, 노숙으로 인한 피로는 나날이 쌓여만 갔다. 더군다나 마지막까지 눈물을 뿌리던 아내의 얼굴이 떠올라 자꾸만 코끝이 저려왔다.

"이제 그만하여도 된다."

자윤은 서윤의 곁에 앉아 아우의 어깨를 두들겼다. 세상의 끝인 지계로 가는 것이다. 어떻게 가야 할지, 언제 돌아오게 될지, 살아서 돌아올 수는 있을지 모든 것이 불분명한 여행길에 궁에서 곱게만 자란 아우를 데려갈 수 없어 험한 길을 골라 비리국에 들어서지 않고 그 주변을 돌고 돌아온 것이 한 달이다.

"내일 해가 뜨거든 환궁하도록 해라."

"형님……."

"저들을 보렴."

모닥불에 둘러앉아 두런두런 이야기를 나누는 일곱 명의 사내에게로 서윤의 시선이 향했다. 순행의 이야기를 하던 이들은 어느새 두고 온 가족의 이야기를 하고 있었다. 여동생이 은월제에서 낭군을 데려왔다는 둥, 누렁이가 새끼를 낳았다는 둥 얼마 시간을 보내지도 못하고 다시 떠나온 가족 이야기를 하며 저마다 환하게 웃는 모습이 모닥불에 비춰 더더욱 환하다.

"12년을 그리움 하나로 달려온 이들에게 기약 없는 이별은 너무나 가혹한 것이다."

"형님, 어찌 이리도 제 마음을 몰라주십니까."

"몰랐다면 이리 따르게 하지도 않았을 것이다. 아우야, 너의 비가 곧 아이를 낳을 터인데 아비와 함께 보내야 할 아이의 잃어버린 시간은 무엇으로 보상하려 하느냐?"

"형님……."

"너와 저들이 가야 할 길은 가족의 곁이며 그것은 내가 가야 할 길과는 너무도 다른 것이다."

조용한 자윤의 목소리에 서윤이 말없이 고개를 끄덕였다. 더 이상 쫓아가 봤자 그에게 짐만 될 뿐이라는 것을 인정해야 했다. 뜨거운 눈물이 가득 차올랐지만 고개를 들고 하늘을 바라봤다.

"내일…… 해가 뜨는 대로 환궁하겠습니다."

환국의 구왕자 서윤은 더 이상 어린아이가 아니라는 것을 형님에게 보여주어야 했다. 울지 않으려 눈을 크게 뜨고 입술을 깨물며 자윤의 손을 잡았다.

"꼭 돌아오셔야 합니다."

"그래."

"돌아오시는 날, 이 아우는 발 벗고 형님 마중할 것입니다."

"후후후. 고맙구나."

무거웠던 마음의 짐을 내려놓은 자윤은 가벼운 걸음으로 자신의 자리로 돌아와 누웠다. 해가 뜨면 서윤은 동료들과 함께 환궁할 것이다. 다시 혼자가 될 생각을 하니 인사조차 나누지 못했던 그의 정인 생각에 가슴 한편이 시렸다.

"나의 루아, 울고 있는 것은 아닌지……."

첫눈이 내리고 있다. 눈은 바닥에 닿기가 무섭게 사르륵 사라져 버렸지만 겨울의 시작을 분명하게 알리고 있었다.

이야기하기를 멈춘 동료들이 하나둘씩 제자리로 돌아가 내리는 눈을 피해 준비해 온 모피를 머리까지 뒤집어쓴다. 여기저기서 코 고는 소리가 들려온다. 자윤은 몸을 일으켜 모닥불 가까이 앉았다. 모닥불 옆으로 쌓인 나뭇가지를 한 움큼 집어 불에 던지고 손짓하니 마지막까지 불가에 있던 주영이 모피를 뒤집어쓰고 눕는다.

덥수룩한 수염으로 뒤덮인 턱을 만지며 타오르는 불꽃을 바라보는 자윤은 피곤할 만도 하건만 머리는 점점 더 맑아졌다. 이렇게 고향을 떠나게 될 줄이야. 꼬리를 무는 생각들은 자윤에게 대신녀와의 대화를 떠올리게 했다.

"환궁하신 지 얼마 되지 않으셨는데 곧 다시 떠나셔야 하니 말입니다."

"예언을 하시는 겁니까?"

"아닙니다. 그저 자유로운 영혼을 가진 자윤님의 이야기를 하고 있는 것이지요. 인간에게 미래란 얼마나 역동적으로 움직이느냐에 따라 얼마든지 바뀔 수 있는 것이니 굳이 예언이라 말하지 않으렵니다."

"어디로 떠난다는 말씀이십니까? 혹 제 운명의 상대를 찾아 떠나게 되는 겁니까?"

"글쎄요. 많은 산과 강을 넘는 자윤님의 모습이 보입니다. 강하고 아름다운 동반자와 함께이니 순행과는 사뭇 다른 여행이 될 겁니다."

후후후. 다르긴 다르지. 12년 만에 돌아온 고향에서 이리 쫓겨나다니 참으로 역동적인 삶이로군.

백호와의 싸움도, 추방령도 어차피 피할 수 없는 운명 아니었던가. 물러서지 않고 당당하게 맞설 것이다.

환인성을 떠나온 지 한 달 만에 처음으로 자윤은 웃고 있었다.

바르락, 크륵, 타다닥.

새벽녘, 낯선 소리가 자윤의 감각을 예리하게 깨우고 있었다. 천천히 눈을 뜨니 맞은편에 누워 있던 주영과 눈이 마주쳤다. 자윤보다 한참이나 이전부터 깨어 있던 듯 사그라지는 모닥불 넘어 주영이 자윤을 향해 수신호를 했다.

'야인(野人)?'

문명을 이루지 않고 사냥과 노략질에 의존하여 사는 이들을 야인이라 불렀다. 이들은 작은 무리를 지어 수시로 이동하여 국경을 넘나들며 공격적이고 흉포하기가 짐승과 다를 바 없는 족속이었다.

비리국에 인접한 국경은 일부러 돌아와서 그렇지 환국을 향해 바로 달리면 이십여 일이 조금 넘는 거리. 이상하다. 이렇게 근접하여 침범한 적은 없었는데.

"습격이닷!"

누군가의 외침에 이어 휘리릭 자윤의 머리 위로 돌도끼 하나가 날아와 박혔다. 일제히 자리에서 튀어 오른 동료들이 저마다 돌검을 빼어 들자 어둠 속에서 짐승들이 뛰어나왔다.

컹! 컹컹컹! 으르르르!

휙! 휙휙!!

사방에서 날아드는 돌도끼 소리와 함께 어둠 속에 반짝이던 두 개의 눈동자와 작지만 검고 날렵한 그림자가 속속들이 뛰어오른다. 들개다!

"이잇! 이이이이! 이히히히!"

짐승의 울음소리도 아닌 기묘한 괴성과 함께 어둠 속에서 달려 나온 야인들은 털가죽으로 몸을 두르고 곰과 늑대 등의 머리뼈를 뒤집어써 짐승인지 사람인지 분간이 서지 않았다.

휘익! 붕붕! 붕! 휘익! 휘익!

어둠 속에서 사방으로 무거운 돌도끼가 바람을 가르고 개 짖는 소리와 야인들의 괴상한 고함 소리 섞여 혼을 빼놓을 정도로 기괴하다.

붕붕 소리와 함께 날아드는 돌도끼를 피해 정신없이 상아검을 휘둘렀다. 퍽 소리와 함께 상아검이 짐승인지 사람인지 분간이 서지 않는 검은 물체에 꽂혀 버렸다. 단단하게 박혀 버린 상아검이 빠지지 않자 허리에 찼던 돌검을 뽑아 머리 위로 달려든 들개를 내리찍었다.

"깨갱! 깽깽끼이잉!

'다섯, 일곱, 열둘, 스물다섯. 수가 너무 많다.'

동료들과 뒤엉켜 싸움을 벌이고 있는 야인의 수가 스물이 넘으며 그들이 데려온 들개가 일곱 마리였다.

발아래 쓰러진 야인의 돌도끼를 손에 든 자윤이 꺼져 가는 모닥불을 찍어 퍼올리니 치솟아오른 불똥에 그의 앞을 막아선 야인이 얼굴을 부여잡고 구르기 시작한다.

"우웨엑! 억억!"

기묘한 소리를 뱉어내며 다시 달려드는 야인의 앞에 몸을 숙여 돌도끼를 둥그렇게 회전시켰다. 퍽, 소리와 함께 자윤의 돌도끼에 찍힌 야인의 다리가 피를 뿜어내며 뚝 떨어져 나갔다. 잘려진 자리를 붙잡고 나뒹구는 야인에게서 숨 가쁘게 돌아서니 날카로운 비명 소리가 들렸다.

"서윤아!"

곰의 가죽을 덮어쓴 야인이 서윤의 목을 붙잡은 것이 눈에 들어오자 자윤은 야인을 향해 달려갔다. 높이 뛰어오른 자윤이 야인의 머리를 움켜쥐고 무릎으로 등을 찍어 내리며 그의 턱을 힘껏 잡아 돌렸다. 우두둑, 뼈 부러지는 소리와 함께 야인의 목이 꺾였다. 등 쪽으로 얼굴이 돌아가 버린 야인이 입을 벌린 채 고목처럼 쓰러졌다.

"서윤아! 서윤아!"

산처럼 거대한 야인의 몸을 넘어 자윤이 서윤을 품에 안았다.

"괜찮습니다, 형님."

다행이다. 서윤을 품에 안으니 아직도 수가 많은 야인들이 자윤 일행을 둘러싼 모습이 눈에 들어왔다.

"움직이지 말고 있거라."

커다란 나무 아래쪽으로 서윤을 밀어내고 자윤은 다시 날뛰는 야인들에게로 달려갔다. 순행을 하며 환국은 물론 짐승들의 나라를 지나온 전사들이었으나 동료들은 뜻하지 않은 기습과 개떼와 같이 달려드는 야인들에게 의해 하나둘 쓰러지고 있었다.

짐승의 성향을 띠는 야인들인지라 죽기 살기로 달려든다. 자윤은 그의 다리에 도끼를 박은 야인의 목덜미를 움켜쥐고 돌도끼를 내리찍으려던 순간 야인의 눈동자와 마주쳤다.

'어린아이!'

서윤보다 서너 살은 어려 보였다. 먹을거리를 구하기 힘든 동절기에 들어섰기 때문일까. 이렇게 어린아이까지 사냥에 나설 정도로 야인들의 삶이 궁핍하여졌는지 다시 한 번 의문이 들었다.

자윤은 주먹으로 아이의 등짝을 거세게 내려쳤다. 비명을 지르며 데굴데굴 구르는 아이를 한쪽에 내려놓고는 무리 중에 가장 큰 야인에게로 달려들어 돌도끼로 등을 내리찍었다.

온몸이 땀과 피로 범벅이 되었으나 싸움은 끝이 날 기미가 보이지 않는다.

"명지! 유휘!"

쉬지 않고 도끼를 휘두르며 동료들에게 붙은 야인들을 하나씩 떼어냈으나 죽어가는 동료들의 모습에 자윤의 가슴이 조각나기 시작했다.

'어떻게, 어떻게 해서 돌아온 고향인데 이리 개죽음을 당한단 말인가!'

가슴에 도끼를 박은 채로 무너져 내리는 주영의 모습이 보였다.

"주영!!"

자윤은 숨도 쉬지 않고 달려갔다. 주영을 밟고 그의 가슴에서 돌검을 빼내는 야인의 옆구리를 나무 패듯 도끼로 찍었다.

주영이 그의 품에 안겨 피를 토했다.

"잊지 마십시오, 주군. 우리는…… 어머니 마고의…… 자손, 환국의 아들입니다."

"죽지 마라, 죽지 마! 해가 뜨면 환궁해야 할 너희들이 이리 죽으면 어찌한단 말인가!"

먼동이 터온다. 병기가 부딪치는 소리나 비명 소리는 더 이상 들려오지 않았다. 점점 잦아드는 신음 소리만 들려올 뿐, 아침 해를 맞아 길게 그림자를 드리우며 서 있는 이는 아무도 없다. 주영의 시신을 움켜쥔 자윤이 소리 높여 동료들을 불렀다.

"아황! 명지! 랑낭!"

목이 터져라 동료들의 이름을 부를 때마다 자윤의 등과 옆구리, 다리와 팔에서 울컥울컥 피가 쏟아져 나왔다.

"파사! 유휘! 도산!"

아무도 대답하지 않는다. 12년 순행을 함께한, 피를 나눈 형제보다 더 뜨거웠던 이들의 모습이 보이지 않아……

"형님!!"

"서윤아……"

하늘은 잠시의 슬픔조차 허락하지 않았다. 야인의 아이가 피 묻은 도끼를 들고 서윤을 향해 달려가고 있었다. 어리다고는 하나 짐승처럼 본능에 충실하게 살아온 야인의 아이.

자윤은 미친 듯이 서윤을 향해 달렸다. 서윤이 돌검을 치켜드는 것이 보였으나 날렵하게 돌검을 피한 아이가 돌도끼를 휘두르는 것이 보였다.

조금만! 조금만 더! 자윤이 손을 뻗었다. 승냥이의 털옷을 뒤집어쓴 아이의 목덜미를 낚아채니 아이가 그의 얼굴을 향해 팔을 휘두른다. 눈앞으로 그림자가 지나가나 싶더니 불에 덴 듯 통증이 일었다.

"으윽!!"

아이의 돌단검이 자윤의 얼굴을 내리그은 것이다. 오른쪽 눈썹 위에서 콧등을 지나 왼쪽 볼로 살이 터지며 피가 쏟아져 내렸다. 자윤은 비죽거리며 웃는 아이의 목을 꺾어버리는 대신 있는 힘껏 내던졌다.

"서윤아!"

말갛게 웃는 서윤의 모습이 선명하게 보이는 것을 보니 눈을 다치지는 않았나 보다. 핏물이 고이는 오른쪽 눈을 깜박이며 자윤은 그의 앞에 앉아 아우를 품에 안았다.

"정말 괜찮은 것이냐?"

"예. 커걱!"

두근거림. 그러나 그의 것이 아니다. 숨 쉬기가 버거워 가슴을 들썩이는 서윤이 자윤의 목으로 뜨거운 것을 왈칵 쏟아내었다. 품에 안은 아우에게서 몸을 떼고 멍하니 내려다보는 그의 손으로 뜨끈하게 묻어난 것은 서윤의 피였다.

"형님…… 얼굴…… 피가 납니다."

제 피는 못 보고 자윤의 얼굴을 가로지른 상처로 손을 뻗는 서윤의 모습에 그는 숨을 들이켰다. 자윤의 시선이 서윤의 옆구리로 향했다. 갈비뼈를 부수고 옆구리에 박힌 돌도끼는 자루만 밖으로 삐져 나와 있었다.

"저는 괜찮습니다."

서윤은 몸 안으로 박혀든 돌도끼를 인식하지 못하고 있었다. 순행, 전쟁보다 치열했던 그 이름 속에 온몸 가득 상처를 새겨야 했던 자윤은 보지 않아도 상처의 깊이를 가늠할 수 있었다.

"서윤아……."

몸을 가르고 들어선 돌도끼에 내장이 파열된 서윤은 죽을 것이다. 그가 살려주었던 야인의 아이가 아우를 죽인 것이다. 자윤이 살려주었기 때문에 서윤이 죽는다.

"형님……."

말없이 서윤을 품에 꼭 안았다. 얼굴의 상처가 심하였으나 그보다 더한 고통이 가슴을 메운다.

"헤헤헤, 참으로 열심히 싸웠습니다."

울컥울컥 피를 토하면서도 말하기를 멈추지 않았다.

"형님처럼…… 저도 누군가를 지키고 싶었습니다. 헤헤."

"그만, 서윤아."

"저는…… 형님이 참으로…… 자랑스럽습니다. 이리 거칠고 험한 세상에서 어떻게…… 순행을 하셨는지……."

서윤의 목소리가 점점 작아진다.

"형님…… 우는 겁니까?"

눈물이 쏟아져 숨을 쉴 수가 없다.

"환궁하면…… 이…… 해줄…… 겁니다. 형님…… 형……."

기운을 잃어가는 서윤을 자윤은 더욱 거세게 움켜쥐었다.

"환궁하면…… 환궁하면 말해주려무나. 아버지는 환국 제일의 전사라…… 아이에게 그리…… 말해주려무나."

잠이 드는 듯 눈을 감는 서윤의 머리가 옆으로 툭 떨어져 내렸다.

"으아아아아아!!"

죽은 서윤을 부둥켜안고 자윤의 입에서 거친 사자후가 터져 나왔다.

"으아아아아아아아아!!"

참고 인내하며 꼭꼭 가두어두었던 슬픔과 분노가 엄청난 파괴력으로 그의 식도를 태우며 솟아오른다. 활화산보다 더욱 뜨겁고 거침없이 화염을 일으키며 고통을 발산했다. 몸 안으로 미친 듯이 날뛰던 혈관들이 역류하는 듯 이마와 볼을 가로지른 상처는 피를 뿜어냈으며, 붉게 충혈된 눈에선 핏줄이 터져 피눈물이 되어 흘렀다.

'서윤이 죽었다!'

서윤의 옆구리에 박힌 돌도끼를 뽑아낸 자윤이 천천히 몸을 일으켰다. 한 걸음 한 걸음 걸을 때마다 그의 가죽 보호대 사이로 흐르는 피가 발밑에 고여 피 웅덩이를 만들었다.

'무엇이 잘못된 것인가.'

무슨 잘못을 하였기에 이리 모진 시련을 겪어야 하는가.

'서윤을 살리기 위해 백호를 죽였다.'

나약한 동정심. 자윤은 그의 앞에 신음하며 뒹굴고 있는 야인을 향해 돌도끼를 높게 쳐들었다.

'그 죽음을 애도하여 다른 호랑이를 살려주었다.'

사정없이 내려친 자윤의 돌도끼에 야인의 목이 떨어져 나가며 핏줄기가 솟아오른다.

'그날 뒤따르던 호랑이마저 죽였다면.'

마음의 짐을 덜고자 했던 이기적인 선행.

'태자비는 죽지 않았다.'

다시 한 걸음 나아간 자윤이 발목이 잘려 기절한 야인의 목을 내리찍었다.

'왜 나는 호랑이를 죽이지 못했는가.'

댕강 잘려진 야인의 목이 바닥으로 나뒹군다.

'환국의 아들은 그 천성이 선하여 자비롭다.'

야인들의 피로 칠갑을 한 자윤은 야인들의 목을 하나씩 하나씩 돌도끼로 끊어냈다.

'선한 것이 아니라 나약한 것이다.'

죽은 열두 명과 부상으로 꿈틀거리던 열일곱 명 야인은 산 채로 하나둘씩 자윤에 의해 참수되었다.

'그 나약함이 태자비를 죽이고.'

야인들의 피로 비린내가 코끝을 찌른다.

'그 나약함이 형제들을 죽음으로 불러들였으며.'

뿜어져 나온 야인의 피가 강이 되어 흐른다.

'그 나약함이 어린 아우를 죽였다.'

잘려진 머리들이 눈을 뜬 채로 굴러다니니 그 잔인함과 참혹함이 감히 형용할 수 없었다.

'나약함을 버릴 것이다.'

인간으로서의 한계를 넘어서는 분노와 고통을 억누르고 배재하며 환국의 아들임을 되새기며 끊임없이 용서하고 온정을 베풀었다. 그로 인해 더 많은 상실과 고통을 겪어야 했으나 그것이 하늘의 도리이며 자윤이 가야 하는 길이라 믿었다.

"큭, 크극! 큭, 키득키득! 하하! 하하하하!"

피 칠갑을 한 자윤의 웃음소리가 공허하게 울려 퍼졌다. 그가 잘라낸 것은 야인들의 머리만이 아니었다. 선하고 우직한 그의 천성과 인내하며 굳건하게 지켜왔던 도리마저 하나씩 끊어내고 있었다.

"모두…… 죽었구나."

부드럽고 따뜻했던 눈동자는 산산이 부서져 내린 절망 속에 그 빛을 잃고 적색으로 변해 버렸다. 그 붉은 눈동자 속으로 북풍보다 시린 원망과 잔혹한 분노가 서서히 차오른다.

"어리석은 환국의 아들 자윤의 이름을 버릴 것이다."

마지막 공포에 질려 바들바들 떨고 있는 야인의 아이 앞에 선 자윤은 돌도끼를 들어 주저 없이 아이의 머리를 내리찍었다.

퍼억!

그렇게 환국의 왕자는 이름을 버리고 암흑 속으로 무너져 내렸다.

7장
동행

"정신이 좀 드니?"

누군가 그녀의 얼굴을 정성스레 닦아내고 있었다. 부드러운 손길이 포근한 잠에서 자꾸만 루아를 깨운다.

"루아야."

언니 아사의 목소리에 들러붙은 것처럼 뻑뻑하던 루아의 눈꺼풀이 천천히 열렸다. 환한 햇살이 방 안으로 들어찬 것을 보니 낮인가 보다. 아사의 뒤로 친숙한 방 안 풍경이 펼쳐졌다. 태자전에서 마지막으로 아버지를 본 듯한데 기억이 나지 않았다.

"왜……."

말라서 붙어버린 입술이 떨어지지 않았다. 루아의 입술을 젖은 수건으로 적셔주던 아사가 미간을 찌푸린다.

"태자전에서 쓰러진 너를 아버지가 집으로 데려왔다. 보름 만에 눈 뜬 거야."

금실 자수가 놓인 백색의 비단 신녀복을 입은 아사의 말아 올린 머리 좌우로 달과 해 모양의 비녀가 꽂혀 있다. 야광주를 선물했던 대신녀의 모습과 같다.

"대신녀가 됐구나."

"그래, 죽음의 문턱에 다다른 느낌이 어떻든?"

"나쁘지 않아."

말과는 다르게 주르륵 눈물이 흘러내린다. 몸을 일으키려 하였건만 몸이 말을 듣지 않는다. 아사는 도와줄 생각이 없는 듯 루아가 버둥거리며 침상에서 미끄러져 떨어지는 것을 그저 바라만 보고 있다.

"태자전으로 가려 하니?"

여전히 오른손에 매어 있는 자윤의 정표를 움켜쥐고는 숨을 몰아쉬었다. 어질어질 바닥으로 머리가 닿으려는 순간 아사가 루아의 몸을 부축하여 일으켜 주었다.

"앉아."

침상 위에 기대어 앉으니 아사가 탁자 위에 놓여 있던 그릇을 들어 한 숟갈 뜨더니 루아의 입가에 가져다 댔다. 옅은 갈색 액체에서 고약한 냄새가 난다.

"먹어. 할머니가 아침부터 달여서 만든 거야."

애써 고개를 돌린 루아의 모습에 아사는 약 그릇을 그녀의 손에 쥐어주었다.

"선원으로 돌아가 봐야 해."

"가."

"그래. 좋은 소식을 들려주려 왔는데 들을 상태가 아니구나. 그냥 쉬려무나."

루아가 일어서는 아사의 소맷자락을 붙잡았다.

"언니……."

"먹어."

자윤이 떠난 뒤로 제대로 무언가를 먹지 못했다. 루아는 그릇을 들어 올렸다. 긴 시간 아무것도 취하지 못했던 식도가 서로 들러붙었는지 역류하는 약물을 꾸역꾸역 억지로 삼켰다.

말없이 일어선 아사가 창가로 다가가 창문을 활짝 열었다. 창밖으로 보이는 나뭇가지에는 하얀 눈이 소복이 내려앉아 있다.

"너를 서자부에서 제명해 줄 것을 태자에게 부탁했다."

아사의 말에 루아의 손에서 그릇이 떨어져 내렸다. 태자가 과연 아사의 말을 들어줄까.

"태자비가 죽은 뒤로 내게 많이 의지하고 있는데다가 대신녀로서 처음 하는 부탁이니 거절하기 어려울 거야."

자윤에게 갈 수 있다는 희망에 루아는 왈칵 눈물이 쏟아졌다. 차갑게 들어서는 겨울바람처럼 대신녀의 복장을 한 아사의 뒷모습이 낯설다.

"떠나게 되면 다시 돌아오지 마. 그게 너를 풀어주는 내 조건이야."

창밖을 보며 한참이나 말없이 서 있던 아사가 루아를 향해 천천히 돌아섰다.

"말했지만 너는 몰라도 삼왕자는 돌아오면 안 돼."

강경한 아사의 목소리에 루아는 깊게 심호흡을 했다.

"어디라도 상관없으니 청동검 따위 잊어버리고 죽은 듯이 살아."

부딪치면 안 된다. 우선은 마가에 해가 되지 않는 방법으로 환국을 벗어나야 했기에 지금 루아에게는 대신녀가 된 아사의 도움이 필요했다.

"알았어."

"절대 돌아오면 안 돼."

"응."

아사가 그리도 염려하는 환국의 마지막 운명이 자윤이라면 태자가 환인에 오른 뒤에 돌아와도 늦지 않을 것이다.

"환국을 벗어나면 야인들의 땅이다. 네가 자윤을 만날 때까지 우서한이 동행할 거야."

"그러고 싶지 않아."

"결정은 내가 해."

왜 저렇게 고집을 부리는 걸까. 혹여 내가 잠든 사이 무언가를 본 것인가. 루아는 고개를 저었다. 예언이라 하여 무조건 믿고 따를 수만은 없다. 인간의 삶이란 신들의 장난감이 아니니까.

"그는 서자부의 수장이야."

"그를 대신할 이는 많아. 게다가 우서한 정도는 따라나서야 부모님도 안심하실 테니."

"언니, 대신녀가 됐다 해서 나라 전체를 마음대로 할 수 있는 것은 아니야."

"그건 두고 봐야지."

대꾸하기를 그만둔 루아의 모습에 아사가 피식 웃음 지었다. 그래, 임을 따라가려면 그 고삐를 쥐고 있는 내게 그리 바락대서는 안 되지.

"그만 쉬렴. 긴 여행이 될 테니 몸 관리 해야지."

"언제…… 떠날 수 있는 거야?"

루아의 물음에 아사가 창문을 닫으며 웃었다.

"네 상태 봐서."

하루가 가고 또 이틀이 가는 사이 루아는 갓난아이처럼 먹고 자기를 반복했다. 그런 그녀의 곁을 정씨 부인과 백 세가 넘은 루아의 할머니가 번갈아 가며 자리를 지켰다.

그렇게 열흘, 갈라진 논에 물고를 트듯 메마른 몸으로 서서히 퍼져 나가는 혈기를 느끼며 몸을 일으킨 루아는 별채의 뜰을 반복하여 걸었다.

"루아야, 그러다 또 병난다."

고령으로 눈도 어두워진 할머니가 매일같이 손녀의 별채를 찾아 잔소리를 했지만 루아는 움직이기를 멈추지 않았다.

"쯧쯧쯧, 계집아이가 누굴 닮아 고집이 쇠심줄이야."

눈 내리는 뜰에 서서 조심스레 목검을 들었으나 아직 무겁다. 호흡법을 통해 숨을 다스리고 천천히 목검을 회전하며 잃어버린 감각들을 일깨웠다. 고갈됐던 기운이 회복되는 것을 느끼며 루아는 어머니와 할머니가 번갈아 가며 들고 오는 갖가지 약재를 복용하며 움직이기를 게을리하지 않았다.

기다린 보람이 있는지 보름째 되는 날 아사가 보낸 애기신녀를 통해 루아가 서자부에서 제명되었다는 소식을 들었다. 루아의 몸은 더욱 빠른 속도로 회복하기 시작했다.

이튿날 아침 일찍 우서한이 수련 중인 그녀를 방문했다. 서자부의 제명 소식에 들른 것이리라 생각하였는데 뜻밖에도 우서한은 붉은색의 말 한 마리를 끌고 왔다.

'적운!'

한눈에 자윤의 말을 알아본 루아는 손에 든 목검을 내려놓고 적운의 얼굴을 감쌌다. 그녀를 알아보았나 보다. 조금은 야윈 듯한 적운이 루아에게로 더욱 가까이 머리를 숙이며 커다란 눈을 깜박였다. 자윤과 함께 순행을 하며 여기저기 흉터가 있던 적운에게 털이 빠져 있는 새로운 상처가 보였다.

"목검을 든 것을 보니 살 만한가 보구나."

"어째서 적운이 이곳에 있는 건가요?"

"이름이 적운인가 보군."

"우서한님, 어찌 된 일입니까?"

"……."

"적운이 많이 야위었습니다."

"처음 왔을 때는 더했다."

"언제 돌아온 것입니까?"

우서한에게서는 답이 없다. 아는 것이 없는 것인지 무언가를 감추려 하는 것인지 냉정함을 유지하던 그의 눈동자가 혼란스러운 듯 흔들렸다.

"태자전 분위기가 좋지 않으니 떠나기 전까지는 조용히 지내."

"저와 함께 가실 것이라 들었습니다."

역시나 우서한은 이렇다 저렇다 말이 없다. 루아는 그의 의중을 알 수 없었으나 분명한 것은 자윤과 함께 있어야 할 적운이 그녀의 앞에 있다는 사실이다. 무언가를 더 묻고 싶은 루아의 바람을 잘라내며 우서한이 말했다.

"몸조리 잘하거라."

다정한 이는 아니었으나 오라비처럼 충고와 질책을 아끼지 않으며 그녀의 곁에서 훈련을 도와준 고마운 사람이다. 미안함과 고마움이 뒤섞인 알 수 없는 감정에 루아가 돌아서는 우서한을 불렀다.

"감사합니다."

우서한은 늘 그렇듯 말이 없다. 저리 말없이 가려나 물끄러미 바라보니 그가 커다란 손으로 어린 누이에게 하듯 루아의 머리를 쓰다듬었다.

"감사는 대신녀에게 하지."

돌아서 걷는 우서한을 바라보던 루아가 적운의 고삐를 잡고 돌아섰다.

마구간으로 적운을 데려가 여물을 주니 배가 부른 듯 적운이 먹지를 않는다. 먹이를 먹지 않는 것을 보니 환국에 온 지 사나흘은 넘은 듯한데.

"어디서 다쳐 온 거니?"

돌검 자국인가. 옆구리에도 비슷한 상흔이 길게 나 있다. 자윤과 함께했을 때는 없던 상처인데.

새들도 움직이지 않는 추운 겨울에 성 밖에 있는 자윤에 대한 걱정이 썰물처럼 밀려든다.

"잘 지내고 있는 거죠?"

늦은 밤, 그녀에게로 돌아온 적운의 생각에 루아는 잠을 이루지 못하고 뒤척였다. 아사에게 기별을 넣을까 생각하다가도 마음만 산란할 뿐 이래저래 어찌할 바를 모르겠다.

문득 태자전의 분위기가 좋지 않다는 말이 떠올라 루아는 침상에서 몸을 일으켰다.

'무언가 알 수 있지 않을까.'

작은 희망을 품고 조용히 별채를 나선 루아는 선원을 향해 걷던 걸음을 돌려 태자전으로 향했다.

태자전의 대문을 지키는 흑랑들을 피해 고양이처럼 날쌔게 담을 넘은 루아는 광장을 지나 침전의 기둥으로 그림자처럼 숨어들었다. 문 앞을 지키는 흑랑들의 모습에 주위를 살피는 그녀의 눈동자가 야생의 승냥이처럼 사뭇 날카롭다.

한참 동안이나 흑랑의 움직임을 살피던 루아의 시선이 조용히 열리는 대문으로 향했다.

'아사?'

신녀들도 거느리지 않은 단신의 아사가 태자전에 들어서고 있었다. 태자를 방문하기에는 늦은 시각이다. 그녀를 방문에 흑랑들은 자연스럽게 방문을 열어주고는 약속이나 한 듯이 자리를 떴다.

'이 늦은 시각에 무슨 일일까?'

문을 지켜야 할 흑랑들이 자리를 비우자 루아는 조심스레 창문 쪽으로 다가갔다. 차가운 벽에 바짝 붙어선 루아의 귀에 태자와 아사의 목소리가 들려온다.

"아사, 들라 한 것이 언제인데 어찌하여 이리 늦게 온 것이냐?"

"국장을 준비하느라 많이 바빴습니다. 또 하루 종일 술을 드신 겁니까?"

"국장이라……. 그래, 나의 아우가 죽었지. 자윤이 돌아온 뒤로는 슬픔이 끝이 없구나."

국장? 태자비의 국장은 이미 치렀는데 아사가 국장을 준비한다? 누가 죽은 거지? 루아는 창문 가까이로 더더욱 붙어 섰다. 성마른 태자의 타박에 아사의 조심스러운 목소리가 나지막이 들려온다.

"오늘도 불면하실까 싶어 약을 좀 가져왔습니다."

"잠을 잘 수가 없다. 죽은 태자비가 자꾸만 나를 보며 운다. 어찌해야 할지 알 수가 없어."

"제가 곁을 지킬 것이니 곧 잠이 드실 겁니다."

"자윤이 태자비를 죽이고 서윤을 죽이고…… 언젠가 나를 죽이러 올 거야."

태자비의 죽음으로 태자의 심기가 많이 흐려졌다 하더니 횡설수설하는 태자의 말을 알아들을 수가 없다.

"태자비의 원수를 갚기 위해 어쩔 수 없었다."

"무슨 말씀이십니까? 태자비를 살해한 호랑이는 그 새끼까지 모조리 죽었습니다."

"아니야. 자윤이 죽인 거야. 그래서…… 사람을 보냈다. 자윤을 죽이고 돌아오라 그리 일렀는데 서른 명 중에 아무도 돌아오지 않았다."

설마……. 루아는 터져 나오는 신음으로 입을 막으며 벽에 기대어 천천히 주저앉았다.

"그런데 괴물 같은 자윤의 말이 죽은 서윤을 싣고 돌아왔어. 자윤이 아니라 서윤이 죽어서 돌아왔단 말이다! 마치 보란 듯이 시뻘건 말에 서윤의 시신을 싣고! 시뻘겋게 피가 묻은 이 상아검까지!"

상아검! 숨죽여 창밖에 앉아 있는 루아의 머리께로 무언가 벽을 통해 둔탁하게 부딪쳐 떨어지는 소리가 났다.

"어쩌자고 그리 하셨습니까?"

"내게 경고하는 거야. 자신을 추방한 날 죽일 거라 그리 말하고 싶었던 거야. 태자비에게 들었다. 환국의 봉황을 가르고 새로운 봉황이 나타나는 선몽을 꾸었다지?"

"그저 꿈일 뿐입니다. 하늘의 뜻을 소녀가 어찌 전부 헤아릴 수 있겠습니까."

"아니. 어릴 적 너는 나의 병도 고쳤으며 태자비의 죽음과 대신 녀가 떠날 것까지 예언하지 않았더냐."

"쉬이…… 태자의 곁에 소녀가 있는 한 그런 일은 일어나지 않습니다."

태자전의 창 밑에 앉은 루아는 입을 가린 손을 떼지 못한 채 하늘을 올려다보았다. 말하지 않겠다 약조하였는데 어째서…….

'내가 누워 있는 동안 무슨 일이 벌어진 걸까.'

한참의 시간이 흐르고 방문이 열리는 소리와 함께 태자전을 나서는 아사의 모습이 보였다. 아사는 그녀가 들어섰던 대문을 향해 걷기 시작했고, 그 뒷모습을 바라보던 루아는 하얗게 내리는 눈을 맞으며 조용히 자리에서 일어섰다.

'서둘러야 한다.'

빠르게 태자의 방문 앞에 서서 아주 잠깐 방 안의 기운을 살피니 고른 숨소리가 들려왔다. 망설임 없이 방문을 열고 방 안으로 숨어들었다. 확인을 해야 했다. 적운이 죽은 구왕자의 시신을 싣고 돌아왔다. 돌아온 것은 적운뿐이 아니다.

'상아검…… 분명 여기 있어.'

코를 찌르는 술 냄새에 루아가 얼굴을 가리며 어둠에 익숙해진 눈으로 주위를 둘러보니 생각했던 대로 태자가 집어 던진 것은 자윤의 검이었다. 창문 아래쪽에 떨어진 상아검을 손에 쥔 루아는 서둘러 방 안을 빠져나왔다. 어느새 발목까지 쌓인 눈을 밟는 흑랑들의 발자국 소리를 피해 담을 넘었다.

사그락!

담장 위로 발을 딛다 미끄러진 루아가 반대쪽으로 내려서자 흑랑들의 외침이 들려왔다.

"누구냐!"

등 뒤로 대문이 열리는 소리에도 루아는 돌아보지 않고 내달렸다. 집을 향해 달리는 루아의 입술로 하얀 입김이 연기처럼 흩어진다.

마가의 별채로 돌아온 루아는 상아검을 침상 아래 숨기고 이불을 뒤집어쓴 채 누웠다. 차라리 듣지 않았다면 좋았을 텐데. 태자전의 대화가 루아의 머릿속을 어지러이 헤집고 다닌다.

'자윤은 어찌 된 걸까.'

검이 없어진 것을 눈치채기 전에 떠나야 하는데. 태자의 상태를 보아 바로 알아차릴 것 같지는 않지만 조급한 마음이 들었다.

다음날, 아침 일찍 눈을 뜬 루아는 서자부에서의 생활과 마찬가지로 찬물로 세안을 한 뒤 뜰에 앉아 수련을 시작했다. 양손을 하늘로 들어 가슴 위로 합장하며 호흡법으로 심신을 다스렸다. 천부경의 조화와 삼신일고의 교화, 참전계경의 치화를 가슴에 새기며 한겨울 땀방울이 맺히도록 쉬지 않고 목검을 휘두르며 허공을 갈랐다. 한참이나 단목을 놀리던 루아가 일순간 참았던 숨을 토하며 별채의 문기둥을 향해 목검을 던졌다.

휙!

바람을 가르며 날아간 목검이 문기둥에 박혔다. 기둥에 박혀 흔들리고 있는 목검을 바라보던 루아가 턱밑으로 흘러내리는 땀방울을 닦아냈다.

'무슨 일을 겪고 계신 겁니까……'

하루의 전부를 목검을 손에 쥐고 어지러운 마음을 다스려 보고

자 노력하였으나 달리는 말처럼 그녀의 생각은 불안감을 증폭시키며 끝도 없이 뻗어 나갔다.

서쪽 하늘을 붉게 물들이는 해가 점점 기울어가는 것을 보며 루아는 손에 쥔 단검을 내려놓았다. 예전 같지는 않지만 루아의 몸은 여행을 버틸 수 있을 만큼 기력을 회복했다.

마구간의 적운을 둘러보고 할머니를 방문한 루아는 이른 저녁 시간에 벌써 잠이 들어버린 할머니를 내려다봤다. 올해 백스물한 살의 할머니는 아이처럼 가랑가랑 코를 골며 손녀의 방문도 모른 채 잠이 들어 있었다. 마른 나뭇가지 같은 할머니의 손을 꼬옥 붙잡고 어두워질 때까지 앉아 있었다.

'건강하셔야 해요.'

방으로 돌아온 루아는 침상 밑에서 자윤의 검을 꺼내 들었다. 털코끼리의 상아를 갈아 만들었다는 검은 기우는 달의 모양으로 반원을 그리고 있었다.

"누구의 피일까."

새하얀 상아검에 딱딱하게 굳은 피가 루아의 손에서 부서져 내렸다. 정성스레 검을 닦아낸 루아가 정표로 받은 자윤의 머리띠를 손잡이에 감았다. 그리곤 비단천으로 정성스레 검을 싸서 끈으로 단단히 묶은 뒤 등에 멜 수 있도록 넉넉하게 여유를 두어 끈을 잘라냈다. 간단하게 싼 봇짐에는 여유 옷 한 벌, 불을 만드는 부싯돌과 검의 날을 세우는 숫돌, 그리고 육포가 전부다.

"흠흠, 루아야."

밖에서 부르는 소리에 루아가 쌌던 짐을 침상 밑으로 밀어 넣었다.

"들어오셔요, 아버지."

방으로 들어선 마가가 푹신하게 양털이 깔려진 바닥에 루아와 마주 앉았다.

"어제 우서한이 다녀갔다 하던데."

"예."

"떠나려는 것이냐?"

"새벽에 성문이 열리면 떠나려 합니다."

마주 앉은 부녀 사이로 무거운 침묵이 내려앉았다.

"엄동설한에 날이라도 풀리면…… 봄이 되어 떠나면 안 되겠느냐?"

"죄송합니다."

"할머니가 걱정이 많으시다."

마가의 한숨이 깊다. 어릴 적부터 아사와 루아를 끔찍이도 아꼈던 할머니. 신녀가 된 뒤로 외출이 자유롭지 못한 아사를 대신해 루아는 일부러 짬을 내어 할머니와 시간을 보내곤 했다. 아사와 루아를 구분하지 못하는 할머니였기에 한 번은 아사가 되어 또 한 번은 루아가 되어 할머니와 이야기를 나누었던 기억이 난다. 떠나게 되면 아마도 할머니는 다시 보지 못할지도 모른다. 고령의 할머니를 생각하니 아버지 앞에 고개 숙인 루아는 더더욱 얼굴을 들지 못했다.

"언제쯤…… 아니, 되었다."

"아버지!"

말을 잇지 못하는 마가의 품으로 루아가 뛰어들었다.

"꼭 돌아와야 한다."

부쩍 늙어버린 아비의 품에서 숨을 들이켜는 딸아이의 등을 마가가 조용히 토닥인다.

"이 추운 겨울에 내 너를 어찌 보내나. 어흐흑!"

결국 눈물을 쏟고야 마는 마가의 품에서 몸을 일으킨 루아가 둔부까지 길게 땋아 내린 머리카락을 움켜쥐었다. 환국에서 머리카락을 자르는 경우는 살인과 간음, 도둑질을 제외한 경미한 죄를 지은 자들로 이는 머리카락이 자라는 동안 그 죄를 뉘우치라는 뜻이 담겨 있다.

"부모님의 은덕으로 자라나 지울 수 없는 불효를 저질렀으니 그 죄가 너무나 무겁습니다."

소의 뼈로 만든 단검을 꺼내어 동아줄처럼 길게 땋아 내린 머리카락을 단칼에 잘라 마가의 앞에 내려놓았다.

"이리 떠나야 하는 못난 여식을 용서해 주세요."

"식을 올리지는 않았으나 제 낭군 따라가겠다는데 그게 무어 그리 큰 죄라고, 어쩌자고 고운 머리까지 잘라내며……."

"아버지께 드리는 약조입니다."

아사에게 돌아오지 않겠노라 하였으나 먼저 약조를 깬 것은 아사였다.

"건강한 몸으로 돌아오겠습니다."

일곱 살 루아가 천일화의 꿈을 주며 십 년이 넘게 언니의 비밀을 지켜주었으나, 아사는 루아와의 약조를 어기고 태자비에게 봉황의 꿈을 발설하여 태자의 마음에 불신의 씨앗을 뿌렸다. 둘 사이에 약조란 더 이상 어떠한 의미도 부여하지 못했다. 반드시 돌아올 것이다.

"머리카락이 다시 자라 온전하게 되면 예쁘게 땋아 내린 모습으로 돌아오겠습니다."

루아의 말에 마가가 그녀의 잘려진 머리카락을 움켜쥐었다. 어릴 적부터 결심한 것에 주저함이 없던 아이에게 북풍한설의 겨울이 대수던가.

"네 어머니에게는 인사 말고 그냥 가거라."

마음 여린 어머니는 아마도 몸져누울 것이 분명하다.

"그리 하겠습니다."

코뿔소 가죽으로 가슴과 허벅지까지 무장을 하고 그 위로 털옷을 덧대어 끈으로 단단히 묶은 루아의 모습을 보며 마가의 부인 정씨는 가슴을 쓸어내렸다. 이미 딸아이와의 이별을 알고 있는 듯 서재에서 마가는 밤이 늦도록 침전으로 돌아오지 않았다.

'아가······.'

눈 쌓인 안채의 뜰에 엎드려 불이 꺼진 정씨 부인의 방을 향해 절하는 딸아이의 모습을 소리 죽여 문틈으로 바라보려니 억장이 무너진다.

"건강하세요."

엎드린 채 흔들리는 루아의 어깨를 보니 울고 있다.

'아프지 말아야 한다, 아가. 건강하게, 건강하게 꼭 돌아오렴.'

근 사나흘을 잠 못 이루었던 정씨 부인은 잠든 척 이렇게 방문에 매달려 어둠 속에서 루아를 배웅해야 하는 것이 못내 한스럽다.

'루아야…… 아가야…….'

뚜벅뚜벅 동도 트지 않은 어둠 속으로 사라지는 딸아이의 마지막 뒷모습을 정씨 부인은 숨을 멈추고 가슴을 두드리며 지켜봤다. 루아의 모습이 완전히 사라지자 정씨 부인이 방문을 열고 뛰어나왔다.

소복이 쌓인 눈 위로 루아가 엎드려 있던 자리가 움푹 파여 있다. 그 앞에 주저앉은 정씨 부인이 딸아이가 앉아 있던 자리를 더듬어 차가운 눈을 끌어안으며 뜨거운 오열을 터뜨렸다.

"루아야…… 어우욱! 흑흑흑! 루아야…… 아!"

하얀 눈을 움켜쥐고 한없이 루아의 이름을 부르며 울었다. 무엇을 잘못하였기에 어머니 마고는 이런 고통을 주시는 건지, 무슨 죄를 지었기에 배 아파 낳은 피붙이를 저 험한 성 밖으로 보내야 하는지 원망과 서러움으로 가슴이 아파 숨을 쉴 수가 없었다.

"어머니! 어머니! 마고 어머니!"

아이처럼 어머니 마고를 부르며 울부짖는 정씨 부인을 따뜻하게 안아주는 이가 있으니 밤새 서재에 있을 것이라 했던 마가이다.

"그만하시구려."

"어흑! 어르신! 어찌하여 그 아이를 보내시는 겁니까! 어찌하여 잡아주지 않으십니까! 어흑, 흑흑흑!"

"부인……."

원망 어린 눈으로 올려다보는 정씨 부인을 부축하여 일으킨 마가가 빨갛게 얼어버린 부인의 발을 닦아내며 한숨을 내쉰다.

마가가 부인을 등에 업고 방으로 향했다. 기운을 잃고 말이 없는 부인을 눕히고 이불을 덮어주었다. 그 곁에 앉아 내려다보니 정씨 부인의 눈에서 맑간 눈물이 끊임없이 흘러내린다.

"아이들이 백일 되던 날을 기억하오?"

소매로 부인의 눈가를 부드러이 닦아내던 마가가 조용히 입을 뗐다.

"두 아이를 축복하시던 대신녀님의 말씀을 나는 아직도 기억한다오. 다른 이들보다 더 특별한 삶을 살게 될 거라 그리 말씀하셨지."

마가의 말에 정씨 부인은 그에게서 등을 돌리고 누웠다. 속절없이 흐르는 눈물을 그에게 보이고 싶지 않아 정씨 부인은 눈을 감았다.

'대신녀가 한 말은 그뿐이 아니었습니다.'

마가는 두 딸아이의 백일을 기억하지만 정씨 부인의 기억은 한참이나 더 거슬러 올라가고 있었다. 미처 그녀가 아이를 가진 사실을 알기도 전의 일이다. 장자인 혁민을 낳고 십오 년이 넘도록 아이가 들어서지 않았던 정씨 부인은 어느 겨울날 이상한 꿈을 꾸었다.

향기 그윽한 복숭아밭을 거닐던 그녀는 복숭아나무에서 가장 크고 아름다운 복숭아를 땄다. 손안 가득히 복숭아를 잡은 그녀의 손으로 나뭇가지를 타고 내려온 작은 구렁이 한 마리가 감겨들었다. 눈처럼 하얗고 가을 하늘보다 파란 무늬가 알록달록 예쁘게 자리한 구렁이가 복숭아를 한입에 삼켜 버렸다. 놀랄 사이도 없이 구렁이의 머리가 둘로 나뉘는가 싶더니 파란 무늬와 하얀 무늬가 갈리어 그녀의 소매 깃으로 숨어들었다. 옷깃을 여니 그녀의 가슴 아래로 작고 예쁜 청사와 백사가 한데 엉켜 태극 모양으로 똬리를 틀고 있었다.

혹여나 태몽인가 싶어 선원을 찾은 정씨 부인은 기다리고 있던 듯 두 개의 찻잔이 보이는 대신녀의 나무 탁자에 마주 앉았다.

"어머니 마고께서 아이를 주셨군요."

꿈 이야기를 하기도 전에 대신녀는 그녀의 회임 소식을 전해주었다.

"정말입니까? 하지만 첫째를 낳고 벌써 십오 년째 아이가 없었는데……."

발갛게 달아오른 정씨 부인을 바라보던 대신녀의 얼굴에 짙은 그늘이 드리워졌다.

"하나로 태어났어야 하는데 둘로 나뉘었으니 마가에 쌍둥이가 태어날 겁니다."

"아아, 꿈에 하나였던 구렁이가 백사와 청사로 나뉘었습니다."

아이가 들어섰다는 말에 마냥 기쁘기만 한 정씨 부인은 아직 부르지도 않은 배를 만지며 흐뭇하게 웃었지만 대신녀의 표정은 그리 밝지만은 않았다.

"딸아이들입니다, 서로를 꼭 끌어안아야 하는."

걱정스러운 마음에 대신녀를 바라보았으나 그녀는 무언가 다른 것을 보는 듯 앞에 앉아 있는 정씨 부인을 향한 눈동자에 초점이 없다.

"하나에서 둘로 쪼개진 아이들. 하나는 환국을 파멸로 이끌 것이며 다른 하나는 그 파멸에서 환국을 구해낼 아이. 둘 중에 어느 하나도 버릴 수 없음이라."

아직 형태도 갖추지 않은 아이들을 향한 대신녀의 슬픈 목소리에 정씨 부인은 서둘러 자리에서 일어섰다. 무언가를 더 물었다간 불길하기 짝이 없는 소리를 들을 것 같은 두려움에 더 이상 대신녀와 마주 앉아 있고 싶지 않았다.

"아이가 일곱 살이 되면 그중 하나를 데리러 가겠습니다."

아이를 데려가겠다는 대신녀의 말에 정씨 부인은 인사도 없이 선원을 뛰어나왔다.

칠 년 후, 정확하게 아이들의 일곱 살 생일이 되던 날 마가의 집에 걸음한 대신녀는 태자의 선몽을 꾼 아이가 누군지를 물었고, 쌍둥이로 태어난 두 아이 중 아사가 대신녀의 손을 잡고 선원으로 입관했다. 그리고 석 달 뒤 루아가 환국의 법에 따라 서자부에 들어간 것이 벌써 십 년 전의 일이다.

정씨 부인은 곁에 누워 가만히 그녀를 품에 안은 마가의 가슴에 얼굴을 묻었다.

"아이들의 앞날이 걱정입니다."

✽

몇 해 전에 벼락을 맞아 반으로 쪼개어졌으나, 강인한 생명력으로 서로에게 팔을 뻗듯 가지가 뒤엉킨 천년목이 눈에 쌓여 아름다운 눈꽃을 피우고 있다.

—천 년 연리지 되어 함께하리라.

날카로운 것으로 깊게 새겨진 글귀를 따라 루아의 손이 천천히 천년목을 쓸어내렸다. 쫓기듯 떠났을 자윤이 그녀를 잊지 않고 돌아오겠노라 새겨놓은 천년목을 한참이나 쓰다듬고 쓰다듬었다.
히이이잉!
"그래, 너도 그이가 그리운가 보구나."
루아는 적운의 콧등을 부드럽게 두드렸다. 봇짐과 함께 상아검을 등에 메고 적운에 올라 하루를 꼬박 달렸다. 두 눈만 내어놓은 채 털목도리로 얼굴을 겹겹이 가렸지만 겨울바람이 매섭기만 했다. 보이지 않게 우서한이 그녀를 따라 달리는 것을 알 수 있었으나 환국의 말은 적운을 쫓아올 수 없었다. 우서한이 이곳에 도착하려면 반나절은 더 걸릴 것이다.
천산 초입에 도착하여 적운에게서 내리자마자 얼굴을 가렸던 털목도리를 거두어내니 짧게 잘려 나간 머리카락이 바람에 정신없이 휘날렸다. 머리를 자르고 보니 영락없는 사내아이 같다.
신체의 일부를 베어내고 왔으니 부모에게는 더없는 충격이겠지만, 짧아진 머리카락이 그만큼 길기 전에 다시 돌아오고픈 염원이 담긴, 가족들 생각에 자꾸만 주저하게 되는 스스로에 대한 결심의 증거였다.

"여기서 기다려 줄래?"

루아는 적운의 목을 꼭 끌어안았다가 놓아주며 가슴속에 넣어 두었던 천의를 꺼내어 폈쳤다. 언제 돌아올지 알 수 없는 길을 떠나기 전에 자윤과 함께했던 천지가 보고 싶었다.

"하아! 아아!"

날 듯 천지에 오른 루아는 탄성을 터뜨렸다. 한겨울 천년목마저 눈꽃으로 뒤덮였건만 정말로 하늘의 기운이 닿는 것인지 천산의 정상은 그녀가 자윤을 처음 만난 그날과 꼭 같았다.

보라색의 천일화들이 몽글몽글 고개를 흔들며 그윽한 향을 뿜어내고, 그 사이로 천지의 물안개가 은은하게 내려앉아 있다. 천지에 비친 루아의 모습이 한없이 낯설다.

"머리카락 때문인가?"

사방으로 제각기 뻗어버린 머리카락이 너무나 짧아 묶이지도 않고 자꾸만 시야를 가리니 루아는 뼈로 만든 단검을 꺼내어 앞으로 쏟아지는 머리카락을 잡히는 대로 짧게 잘라냈다.

천지에 비추어 보니 곱게 휘어진 눈썹 위로 반짝이는 두 눈은 시원스레 드러났으나 깡똥하게 잘려 이마를 덮은 머리카락 모양새가 추수를 끝내고 모아둔 볏짚 같다.

조심스레 물에 손을 넣어 들러붙은 머리카락을 털어냈다. 여름에는 얼음장같이 느껴지던 물이 따뜻하다. 물의 기운을 느끼고 있자니 또다시 자윤 생각이다. 부끄럼 없이 알몸으로 엉켜 연리지처럼 애틋한 정을 나누고 비목어처럼 헤엄치던 그를 떠올리니 왈칵 눈물이 쏟아졌다.

'서자부의 금랑에까지 올랐던 내가 왜 이리 울보가 되었나.'

자윤 때문이다. 너무나 짧았던 만남 뒤로 너무나 길게만 느껴지는 이별에 가슴이 에어온다. 루아는 이끌리듯 물속으로 걸어 들어갔다. 자윤의 품처럼 포근하고 따뜻하다. 천의를 걸친 채로 들어서니 보호하듯 그녀의 몸으로 촘촘히 감겨든 천의로 인해 물 한 방울 스며들지 않았다.

'자윤님, 어디에 있는 건가요.'

천지의 위로 떠다니던 루아는 몸을 돌려 물속 깊이 잠수했다. 자유롭게 물속을 헤엄치는 동안 그녀의 목에 걸었던 야광주가 살짝 삐져 나왔다. 대낮이었으나 천지의 수심이 깊은지라 아래로 내려갈수록 물은 짙은 녹색에서 청록색으로 바뀌었다. 갖가지 모양의 물풀들이 루아를 반기듯 몸을 흔들었다. 햇빛이 닿지 않는 어두운 물속에서 사금처럼 반짝이는 야광주가 있으니 은은하게 비춰진 물 아래 세상이 신비롭다.

하늘하늘 흔들리는 해초들 사이로 별이 떨어진 듯 반짝 야광주와 같이 빛을 반사하는 무언가가 보였다.

'무얼까?'

빛을 따라 머리가 아플 때까지 한참이나 밑으로 내려가니 짙은 녹색의 해초들 사이로 바위틈에 낀 반짝이는 정체를 발견할 수 있었다.

'노리개?'

손을 뻗어 어렵사리 잡았지만 돌 틈에 끼어 잘 빠지지 않는다. 루아는 발을 돌에 대고 허리에 찬 단검을 돌 틈에 박아 지렛대처럼 밀어내며 움켜쥔 노리개를 있는 힘껏 잡아 뺐다. 얼마나 힘을 주었는지 뽀글뽀글 코와 입으로 숨이 흩어져 나왔다.

이내 단검이 두 동강 나면서 발로 밀어내던 바위가 흔들리며 노리개가 빠져나왔다. 루아는 쏜살같이 위로 헤엄쳐 올라왔다.

"컥! 어푸! 하아! 콜록콜록!"

물 밖으로 나온 루아는 숨을 몰아쉬며 기침을 해댔다. 숨을 참고 너무 오래 있었던 탓에 가슴이 뻐근하다.

"그거 내 거니까 돌려줘."

너무나 가깝고 또렷이 들려오는 계집아이 목소리에 루아가 얼굴의 물기를 훔치며 눈을 떴다.

"돌려줘!"

다섯 살쯤 됐을까? 하얀 옷을 입은 계집아이의 모습이 보인다. 긴 머리를 제 키만큼이나 층층이 높게 말아 올려 갖가지 장신구를 단 모습에 작은 머리통이 옆으로 기울 것 같다.

마치 다 큰 여인을 작게 줄여놓은 듯 우스꽝스러운 모양새의 계집아이가 자못 심각한 얼굴로 루아의 코앞에 서 있었다. 코앞에? 루아는 지금 물속에서 얼굴만 빠끔히 나와 있는 상태다.

"너, 물 위에 서 있는 거야?"

"뭐? 누가? 내가?"

루아의 말에 발밑을 내려다보던 계집아이가 당황한 듯 하얀 옷자락을 치켜들고 짧고 통통한 다리로 후다닥 요란스레 물방울을 튕기며 달려 나간다.

"그거 내 거니까 돌려줘!"

물 밖에 선 계집아이의 손짓에 루아가 왼손에 쥔 노리개를 쳐다봤다. 자세히 보니 노리개가 아니라 비녀이다. 머리빗처럼 세 갈래로 나뉜 윗부분에 진짜와 꼭 같은 꽃이 가득히 피어 나비가 내려앉은 모양새가 섬세하게 금과 은으로 정교하게 세공되어 있다. 솜씨가 너무나 좋아 날아갈 것 같은 나비가 앉아 있는 꽃들의 중앙에는 각각이 별처럼 반짝이는 투명한 돌들이 촘촘히 박혀 있다.

"그만 쳐다보고 돌려줘. 내 거라고."

아이의 외침에 루아는 뭍을 향해 힘차게 헤엄쳐 갔다.

물 밖으로 나오니 아이가 루아에게 당연한 듯이 작고 통통한 손을 내민다.

"네가 가질 수 있는 물건이 아니야. 돌려줘."

도대체 이 아이는 어디서 갑작스레 나타난 걸까? 남은 숨을 고르고 허리를 펴니 느긋해 보이는 루아의 모습에 약이 올랐는지 아이가 잔뜩 달아오른 얼굴로 비녀를 쥔 손을 올려다본다.

"휴우! 아이야, 나이가 많은 이를 만나면 예의를 갖추어야지."

"누가 어려? 내가?"

계집아이가 스스로를 내려다보더니 폭 한숨을 내쉬었다. 그러고는 커다란 눈으로 루아를 올려다보며 오동통한 손가락을 펴고 훈계하듯이 좌우로 까닥였다. 손가락이 너무 짧아 좌우로 움직였는지조차 모르겠다.

"잠깐만 기다려."

동행

냉큼 돌아서더니 안개 속으로 달려가 버렸다.

"이상하네. 정말 하늘과 가까운 건가? 여기만 오면 이상한 일이 일어나네."

바보같이 입을 벌린 채 하늘을 바라보던 루아의 시선이 아이가 사라진 곳으로 향했다.

언제 이렇게 안개가 자욱해졌을까. 물속으로 들어가기 전보다 훨씬 더 뿌옇게 안개가 낀 천지는 대낮임을 의심할 정도로 어둑하다.

"부러져 버렸네."

루아는 아름다운 비녀보다 그것을 빼내느라 부러져 버린 단검이 아쉬웠다. 작년 제천행사 때 씨름에서 우승하여 포상으로 받은 소의 뿔을 직접 숫돌에 갈아 만든 단검은 루아가 가장 아끼는 물건이었다.

"흠흠. 아가."

깜짝이야. 돌아서니 웬 노인이 자글자글 주름진 눈으로 루아를 올려다보고 있었다.

"아…… 아……."

루아는 말문이 막혀 입을 다물어 버렸다. 평범해 보이는 노인이었으나 주름진 얼굴보다 그녀의 머리에 시선이 갔다. 구렁이가 똬리를 틀고 있는 양 말아 올린 높임머리에 꽂인 화려한 장신구들이 고령의 노파에게 어울리지도 않을뿐더러, 가느다란 목이 지탱하기에 상당히 버거워 보였다. 어디서 많이 본 것 같은데.

"나이가 많은 이를 만나면 예의를 갖추어야지?"

"아……. 마가의 차녀 루아, 환국 서자부……."

순진하긴 하나 루아는 바보가 아니니 불과 일다경도 되기 전에 그녀가 했던 말을 잊을 리 없다. 저 소똥 같은 머리 모양에 하얀 옷? 귀신인가?

"너 정체가 뭐니?"

"에헤! 고얀! 어디서 어른한테."

"아까 그 꼬마 맞잖아."

"시끄럽고. 내 비녀나 내놔!"

무엇으로 변하든 간에 멋스러운 높임머리를 포기할 수 없었던 것이 문제였나 보다. 월천녀 항아가 폭 소리 나게 한숨을 내쉬었다. 대부분의 천인들이 그러하듯이 인계에 내려와 본 적 없는 항아는 몸을 바꾸는 것 자체가 익숙하지 않다.

"비녀가 탐이 나서 그러는 거니?"

"환국의 딸은 남의 것을 탐내지 않아."

노파의 모습을 한 계집아이에게 계속 버릇없이 굴 수도 없는 노릇. 루아는 노파를 향해 정중하게 말했다.

"돌려드리기 전에 묻고 싶은 것이 있습니다."

욕심이 나는 것도 아닌 것 같은데 왜 냉큼 안 주고 저리 손에 쥐고 있누. 루아의 의중을 알 수 없어 마음을 읽어보자 하였으나 하얀 빛만 보인다.

'이상하군. 왜 아이의 생각이 보이지 않는 거지?'

탁한 인계라 그런지 여러 가지로 불편하군. 항아의 것이긴 하나 잃어버린 것은 그녀의 잘못이었고, 비녀를 다시 찾아낸 것은 루아

동행 *291*

이다. 무언가를 빼앗는다는 것은 월천녀 항아에게 상상할 수도 없는 일. 오라비 일천자가 해를 만드는 천계의 장인에게 일러 특별히 항아를 위해 만들어준 비녀이다. 비녀를 포기해야 하나. 아우, 포기할 수 없어. 제일 아끼는 거라고.

"뭐가 알고 싶은데?"

"예전에 이곳에서 비슷한 할머니를 만난 적이 있는데 혹시 천녀가 아닌가 해서."

루아의 말에 항아는 화들짝 놀라며 한 걸음 물러섰다. 너무 높게 올린 머리가 버드나무처럼 흔들리니 항아가 쓰러질 듯 기울어 버린 머리채를 손으로 받쳐 들었다.

"그럴 리가. 이 구질구질한 인계에 천녀가 뭐 하러 내려오겠어?"

인계에 내려오는 것은 크게 문제될 것이 아니나, 천인인지라 말 한마디에도 인계의 크고 작은 변동에 영향을 미치니 천계의 작은 티끌 하나라도 사람으로 알게 해서는 안 되는 것이다.

"말도 안 되는 소리 그만하고."

항아는 당황하여 주위를 둘러보았다. 하늘을 올려다보니 그녀가 쳐놓은 결계에 이상 없는 듯 해를 가린 안개가 자욱했다. 아무도 못 들었겠지?

"내 비녀나 돌려줘."

노파의 말에 루아는 선뜻 비녀를 쥐어주었다. 냉큼 비녀를 품 안에 넣은 노파의 표정이 눈에 띄게 밝아졌다. 그리 중한 것을 어쩌다 잃어버렸나.

"자, 이제 원하는 것을 말해봐."

지난번 루아와 자운의 꽃밤을 구경하다 천궁의 천부단 수경에 떨어뜨린 비녀가 천지의 물속 깊이 가라앉아 있었나 보다. 아끼는 비녀인 만큼 항아의 기운이 가득 배어 그 기운이 느껴지자마자 앞뒤 생각 없이 인계로 뛰어내렸다. 아차하고 보니 천지의 물 위에, 그것도 루아의 앞이었던 것이다.

"원하는 것이라뇨?"

"신세를 졌으니 갚아야지."

"제 물건이 아닌 것을 주인에게 돌려주는 것은 당연한 법도이니 사례는 당치 않습니다."

"그것은 인계의 법도지 천…… 읍!"

다급하게 양손으로 입을 막으니 우아한 항아의 올림머리가 다시 흔들린다. 기운을 머리끝으로 끌어 올리니 그녀의 자존심만큼이나 높디높은 머리채가 꼿꼿하게 일어섰다. 항아가 신경질적으로 한숨을 내쉬었다. 생각을 해야 해, 생각을.

"소중한 것을 찾아주었으니 답례를 해야지."

"그리 하지 않으셔도 됩니다."

"금괴를 줄까? 아니면 옥구슬?"

인계라고는 수경을 통해서만 볼 뿐 한 번도 내려와 본 적이 없는데다 생각 없이 말을 뱉으니 실수의 연속이다. 벌써 일정하던 인계의 흐름이 흐트러지는 것이 느껴졌다. 이러고 더 있다가는 사단이 나겠다 싶어 마음이 조급해졌다.

"빨리 말해."

자꾸만 다그치는 항아를 바라보던 루아가 몸에 걸치고 있는 옷을 벗어 노파의 앞에 내려놓았다.

"그럼 이것을 주인에게 돌려주실 수 있습니까?"

"뭐, 뭐라고?"

"바람처럼 빠르고 크기가 자유로 변하며 상처를 치유하는 영험한 힘을 가진 물건입니다. 주인이 애타게 찾고 있을지 모르니 부탁드립니다."

공손하게 엎으려 절하며 머리 숙이는 루아의 모습에 항아가 기암을 토했다. 이 아이, 미친 것 아닌가. 도대체 저걸 어디서 얻었기에 천의인 줄도 모르고 걸치고 다녔단 말인가. 만져 보지 않아도 항아의 것보다 훨씬 좋은 것임을 알 수 있었다. 대천녀들이나 입을 법한 최고의 천의를 누구에게 가져다주란 말인가.

"보아라. 내가 비녀를 찾아온 것처럼 그리 영험한 물건의 주인이 찾고자 하였다면 벌써 찾았을 것이다. 잃어버린 것이 아니라 어떠한 것에 대한 대가가 분명할 터, 돌려주지 않아도 될 듯하구나."

자윤도 그리 말했다.

"천계에 사는 이들은 인계의 사람보다 예에 더 밝다고 하는데, 노파를 힘들게 업어다 준 대가로 준 것이 아니겠소."

답답함으로 미쳐 버릴 지경의 항아가 루아의 오른손에 들린 부러져 버린 단검을 내려다봤다. 옳거니!

"단검이 부러졌구나. 새로운 것이 필요하겠는걸."

"괜찮습니다."

엎드린 채 하는 대답이 똑 부러진다. 아이고, 이렇게 순진하고 고집스레 법도 따지는 아이가 어떻게 처음 본 자윤과 그리 뜨거운 꽃밤을 보냈을꼬.

소매에서 단도를 꺼내어 엎드려 있는 루아의 머리맡에 던지고는 루아가 고개를 들기 전에 서둘러 풀어놓았던 안개를 불러 구름을 만들고, 그 위로 뛰어올랐다. 항아를 태운 구름은 그녀의 마음을 아는지 쏜살같이 하늘로 오르기 시작했다.

'아차! 월령도 쓰는 법을 안 가르쳐 줬네.'

잠시 멈춰서 내려다보니 하늘을 올려다보는 루아의 모습이 콩알만큼 작게 보였다. 항아는 루아를 향해 조용히 속삭였다.

"아이 이름은 월령이다."

이름을 말해주었으니 알아서 쓰겠지. 다시 하늘로 오르기 시작한 구름은 눈 깜짝할 사이에 인계에서 벗어나 푸른 구름 사이로 무지개 강이 흐르는 선계에 다다랐다. 선계에 접어든 것만으로도 항아의 우아한 올림머리가 더 이상 신경 쓰이지 않을 만큼 가볍다.

하늘하늘한 날개옷을 입은 선녀 무리가 항아를 발견했는지 긴 소매를 겹쳐 합을 취하며 허리 숙여 예를 올렸다. 그네들 사이로 예닐곱 명의 아기 선녀들이 옷자락을 움켜쥐고 뛰어오는 모습이 보였다.

"항아님! 항아님! 옥토끼도 같이 왔어요!"

동행

까르륵 웃음을 터뜨리며 달려오는 아기선녀들의 모습에 항아가 허리에 찬 주머니에 손을 넣어 한 움큼 별을 집어 구름 아래로 뿌려주었다. 머리 위로 쏟아지는 별을 잡으려 폴짝거리며 좋아하는 아기선녀들의 모습에 항아는 문득 루아가 내밀던 천의를 떠올렸다.

 한참이나 옛적에 선계의 선녀들이 멱 감으러 인계에 내려갔다 그중 하나가 바보 같은 나무꾼에게 날개옷을 빼앗기고 애를 셋이나 낳을 때까지 인계에 묶여 있었던 적이 있다. 그 뒤로 인계의 나무꾼이란 족속은 선녀들의 공공의 적이 되었고, 선녀들이 인계에 내려가지 않은 지가 삼천 년도 더 되었다.

 '날개옷도 아니고 천의를 누가 주었을까?'

 오색구름으로 가득 찬 천계에 다다른 항아는 그녀의 월궁으로 향하며 가슴을 쓸어내렸다. 항아의 비녀를 손에 쥔 루아와의 짧은 만남으로 그녀는 천 년이나 늙어버린 듯 지쳐 버렸다.

 "다시는 내려가지 말아야지."

 천년목이 보일 즈음 멈춰 선 루아가 천의를 벗어 털옷 안에 입은 가죽 보호대 안에 접어 넣었다.

 '이런 물건을 가지고 있어도 될까?'

 한 줌으로 접혀 버린 천의가 아직도 마냥 신기하기만 하다. 그녀의 허리에는 좀 전의 이상한 만남으로 얻은 월령도가 자리하고 있다. 짧은 머리카락은 어느새 말라 나팔꽃처럼 사방으로 뻗쳐 있다.

루아를 기다리고 있을 적운을 우서한이 그냥 지나쳤을 리 없다. 분명 우서한이 천년목 아래 그녀를 기다리고 있으리라. 더욱 소복하게 내려앉은 눈꽃을 보며 터벅터벅 산길을 걸어 내려오니 적운의 모습은 보이지 않고 우서한이 아닌 낯선 이가 천년목 앞에 서 있었다.

"천 년 연리지라……. 자알 어울리는 이름이로다."

"누구십니까?"

루아가 기척을 내며 조심스레 다가서니 놀라는 기색도 없이 돌아선 사내가 물끄러미 그녀를 내려다보았다.

"머리를 잘랐군."

"아…… 네."

루아가 저도 모르게 짧은 머리카락을 쓰다듬었다. 사내가 그녀를 알고 있나 잠시 착각을 하였던 루아가 얼굴을 붉혔다. 야인도 아닌데 이렇게 짧은 머리라니 누구나 다 머리가 왜 그러하냐 당연하게 물을 일이 아니던가.

환국 사람답지 않게 짧은 머리의 루아보다 사내의 모습이 더 낯설다. 사내의 피부색은 해라고는 구경 못한 듯 너무나 희고 코는 산처럼 높았으며, 머리카락은 금가루를 뿌려놓은 듯 밝은 해님 색이다. 게다가 숱이 많고 선명한 눈썹 아래 눈은 깊고 눈동자는 파랬다.

"다 보았나?"

사내의 말에 루아가 두 눈을 깜박였다. 순간 한 걸음 물러선 루아가 얼굴을 뜨는 해처럼 새빨갛게 붉히며 가슴에 손을 얹었다.

"죄송합니다. 초면에 무례를 저질렀습니다."

서자부에서 제명되었다 하여 예의마저 없어져 버렸나. 루아는 그녀답지 않게 낯선 사내를 넋을 잃고 쳐다본 것이 무안하여 고개를 숙여 버렸다.

"괜찮아. 잘난 외모 탓에 모두들 그리 한참이나 넋을 잃고 보곤 하지. 하하하!"

"니예?"

당황하여 이상한 소리가 튀어나오자 루아가 손으로 입을 막았다. 독특한 외모만큼이나 사내는 이상한 성향을 가진 듯 마치 루아가 그에게 반하여 넋을 잃은 양 스스로 흡족한 표정이다.

"마고의 축복을. 해일(海一)이라 불러도 된다."

"환국 마가의 차녀 루아라 합니다. 평안하셨습니까."

인사법부터가 서로 너무나 다른 두 사람. 환국에서는 처음 만난 이라 하더라도 뿌리와 신분을 밝히고 상대방의 평안을 물으며 헤어질 때에도 서로의 평안을 기원한다.

"이곳 분이 아니신 듯합니다. 어떻게 이곳까지 오셨습니까?"

그러지 않으려 해도 난생처음 보는 파란 눈과 풍성한 금색의 머리카락이 신기하여 자꾸만 해일의 얼굴로 시선이 간다.

"하하하, 얼굴에 구멍 나겠다. 제천행사의 수밀이 사신단으로 입성하였다가 이리됐지."

아! 사신단. 서자부의 업무 중 일부로 사신단 일행을 맞이했던 루아였으나 이렇게 가까이 소리를 나누기는 처음이었다.

"수밀이 족은 백소 씨의 후손으로 검은 머리 민족인데 해일님은 그리 보이지 않습니다. 그리고 사신단은 모두 돌아가지 않았습니까?"

"하하, 집 나간 누렁이를 찾아 세상을 떠돌다 사신단에 합류한 것뿐, 굳이 연관 지어 생각할 필요는 없고."

너무나 간략하고 단출한 해일의 말투에도 루아는 인사법처럼 문화의 차이려니 생각하고 별 뜻 없이 고개를 끄덕였다.

"아무리 찾아도 없는 것을 보니 아마도 이 동네는 안 온 것 같아 나름 고민하던 중이지."

누렁이라……. 개인지 소인지 분간이 가지 않으나 이름으로 보아 사람은 아닌 듯하다. 하지만 천지가 눈으로 뒤덮였는데 죽지 않고 살아 있으려나. 꼬치꼬치 묻는 것 또한 초면에 실례인지라 루아는 더 이상 묻지 못했다.

히이잉! 타닥! 타닥!

반갑게도 적운이 눈을 헤치고 풀뿌리라도 캐어 먹었는지 콧등에 하얀 눈을 묻히고 나타났다. 콧등의 눈을 털어내고 고삐를 움켜쥔 루아는 잠시 망설였다. 우서한이 도착할 시간이 지났으나 그의 모습은 보이지 않았다. 더 기다렸다 가야 하나 망설이던 루아가 적운의 고삐를 잡았다. 천천히 가다 보면 만날 수 있겠지.

"갈 길이 멀어 저는 이만 가보아야 할 듯합니다."

"이리 나를 버리고 가려는 건가?"

순간 루아는 주위를 둘러보았다. 하얗게 눈이 쌓인 천년목 아래 루아와 해일 단둘뿐이다. 그래도 그렇지, 버리고 가려 하느냐 사내가 여인에게 묻다니. 정말 문화의 차이는 천산만큼이나 높은가

보다.

"해일님은 어디로 가시려 합니까?"

"누렁이 찾아야지."

"누렁이가 무엇인지 여쭈어도 되겠습니까?"

"새끼 때부터 키워 정이 듬뿍 들어 이렇게 내 속을 썩이는 누렁이는 과연 무엇일까. 한번 맞혀봐."

이런! 루아는 해일이라는 자와는 무언가 진솔한 대화가 성립되지 않는다는 것을 깨달았다.

털털하게 웃어대는 해일과 마주 웃을 수가 없다. 자윤에 대한 걱정과 근심으로 그녀의 마음에는 무겁고 어두운 먹구름만 가득하다.

"어디로 가는 길인데?"

"저는 비리국과 인접한 국경으로 가는 길입니다."

"그렇군. 내 누렁이도 그리로 간 것 같아."

어찌해야 하나 적운의 고삐를 잡고 망설이는데 비극적인 표정으로 가슴을 쓸어내리던 해일이 루아에게 손짓한다.

"내가 먼저 타고 너는 앞으로 타면 되겠다. 자, 우선 날 잘 잡아. 귀하게 살아온 탓에 네 발 달린 것은 타보지 않았거든."

적운에 오르려는 해일의 모습에 어처구니가 없어 루아는 망연하게 그를 올려다보았다. 루아는 지금 자윤의 마지막 자취를 쫓아 비리국과 맞닿은 국경으로 가야 했다.

"정말 비리국으로 가려 합니까?"

"나의 누렁이가 그곳에 있을 것 같은 예감이 강하게 든다."

망설이던 루아는 요란스레 허우적거리는 그의 등을 받쳐 쌀자루 싣듯 말에 태웠다. 적운에 올라앉은 해일이 말에 오르느라 허우적거리던 자신의 모습은 잊은 듯 루아에게 손을 내민다. 내민 손을 마다하고 가뿐하게 적운에 오른 루아는 대꾸 없이 북서쪽을 향해 고삐를 당겼다.

"고지식하고 진중하면 삶의 재미가 없지."

뭐라 하는 건지. 말을 섞으면 섞을수록 이상한 사람이라는 생각이 들어 입을 다무니 해일의 손이 제 허리 두르듯 루아의 허리를 감싸 안는다.

"뭐 하시는 겁니까!"

"너는 고삐를 잡고 있지만 나는 말꼬리를 잡을 수도 없고, 떨어져 죽기는 싫으니 너라도 잡아야지."

"말에서 떨어진다 해서 죽지는 않습니다."

"그렇지. 그렇다고 병신이 되기엔 장가도 못 간 내 인생이 너무나 서글프지."

그렇다고 혼인도 안 한 처자의 허리를 이리 잡는단 말입니까. 냅다 소리치고 싶었으나 참았다. 한 마디하면 열 마디하는 해일의 성향을 깨달은 것이다.

"뭐 하시는 겁니까?"

"잡고 보니 네 허리가 너무 가늘어, 무언가 든든하게 의지할 만한 것이 없나 찾는 중이야."

"말에서 떨어지면 어찌 되는지 정말 궁금하신가 봅니다."

루아의 엄포에 슬금슬금 그녀의 가슴 위로 올라오던 해일의 손이 다시 제자리를 찾았다.

 천에 싸여 루아의 등을 가로질러 매달려 있는 자윤의 검과 봇짐이 해일과 그녀의 사이에 틈을 두고 있었으나 온 신경이 그에게로 쏠린다.

 이번에는 그녀의 허리에 묶어놓은 끈을 손가락으로 꼬아대고 있으니 도대체가 예의라고는 털끝만큼도 없는 해일이다.

 "뭐 하시는 겁니까?"

 그를 적운에 태우고 채 십 리(里)도 가기 전에 벌써 같은 질문이 세 번째다.

 "만나도 어찌 이리 쇠뿔같이 무뚝뚝한 동행을 만났는지. 심심해서 그런다."

 "해일님 이야기나 해보시지요. 누렁이 찾아 여기저기 다니셨다니 보고 들으신 것 또한 상당할 듯합니다."

 해일은 말하기를 즐겨하는 듯하다. 짐짝보다 더 골치 아픈 해일을 뒤에 싣고 타박타박 길을 걷다 보니 국경으로 가는 길이 더 멀어지는 것 같다.

 "어디에 뿌리를 두고 계신지 궁금하기도 합니다."

 "뿌리? 루아가 그리 사정을 하니 몇 가지 일러주지."

 "사정은 하지 않았습니다."

 "사정하면 말해주지."

 "되었습니다."

 "포기가 빠르군."

 "그만하시지요."

입을 다물자니 뻐끔거리는 물고기가 뱃속에 들어찬 것처럼 무언가가 부글부글 끓어오른다.

"동방의 예국이라 칭송받는 환국도 다 되었구나."

"예의는 충분히 지킨 듯합니다."

"꼬박꼬박 말대꾸로구나."

"해일님."

"벌써 내게 마음이 동한 게냐? 이리 은근하게 이름을 부르다니. 하하하!"

참새만큼이나 가벼워 보이는 해일이란 사람이 항상 진중하여 농이라고는 모르는 루아를 감염시키고 있었다.

"여인에게 머리카락은 생명과도 같다더니 잘라내고 보니 영 인물이 없구나."

못생겼다는 소리를 한 번도 들어본 적 없는 루아다. 머리카락을 예쁘게 말아 올리고 다닌 것도 아닌데 촘촘히 땋아 내려 등 뒤로 달랑거리던 동아줄 하나 없어졌다고 그 얼굴이 어디 갈까.

"예전 모습을 보신 적 있는 듯 말씀하십니다?"

"비밀이다."

한숨이 터져 나온다. 관두자, 관둬. 말을 섞어야 득 되는 것 하나 없는 사내이니. 루아는 굳게 다짐하며 적운을 잡은 고삐를 조금 더 풀어 옆구리를 찼다.

"애꿎은 말에게 화풀이구나."

끄응. 자꾸만 약을 올리는 해일을 무시하는 것도 생각보다 쉽지 않다. 그의 말장난에 해가 저물어가니 속도를 올릴 뿐이라 말하고 싶었으나 꾹 참으며 털목도리로 얼굴을 가려 버렸다.

춥지도 않은지 해일은 날씨가 좋다며 끊임없이 주절거린다. 자윤에 대한 걱정으로 근심이 가득했던 루아의 얼굴은 해일의 주절거림 속에 어느새 편안한 빛을 띠고 있다.

얼마 달리지 않아 뒤에서 따라와야 할 우서한의 모습이 앞에서 보였다.

히이이잉!

세찬 겨울바람에 얼굴도 가리지 않은 우서한이 말에서 내려 멈춰 선 루아에게로 걸어왔다. 얼굴엔 붉은 기가 가득하다.

"이런, 아무래도 말에서 떨어질 것 같아."

왜 그런 생각을 할까. 그 답은 해일이 아닌 우서한이 주었다. 루아에게로 성큼성큼 걸어온 우서한이 해일의 멱살을 잡아 바닥으로 내동댕이쳤다. 눈 위에 얼굴을 묻고 널브러져 있는 해일을 향해 우서한이 고함을 쳤다.

"네놈은 도대체 누구냐?"

"우서한님, 도대체 무슨 일입니까?"

"무슨 일인지는 저 희멀건 놈에게 물어야 할 게다."

화가 많이 난 듯 우서한을 뒤로하고 루아가 해일에게로 달려가 그를 일으켜 세웠다. 폭신한 눈 위인지라 그리 타격이 가지 않았을 텐데도 해일의 입에서는 엄살이 쏟아져 나온다.

"아이고, 허리야! 어이구, 저 곰단지 같은 놈이 사람을 잡는구나!"

"뭐라?"

저 입심에 경을 치겠다 싶어 루아가 다가서는 우서한의 앞을 막아서며 해일에게 말했다.

"그 입 다무시는 것이 좋겠습니다."

"흥!"

계집아이처럼 팩 토라진 해일이 먼 산으로 고개를 돌려 버렸다.

"우서한님, 왜 이리 화가 나셨습니까?"

"그게…… 관두자."

가슴을 들썩이던 우서한이 화기를 가라앉히며 휙 돌아섰다. 늘 침착하던 우서한이기에 이리도 노한 모습에 어떻게 해야 할지 난감한 루아였다. 가만이나 있어주면 고마울 것을 우서한의 노기가 가라앉기도 전에 해일이 망할 혀를 놀렸다.

"나는 분명 붉은 말이 서쪽으로 갔다 했지 여인을 태우고 갔다고는 안 했지!"

"이놈이 정말!"

눈 깜짝할 사이에 루아를 밀어내고 해일의 멱살을 잡은 우서한이 대롱대롱 매달린 해일에게 이를 간다.

"한겨울에 사람을 태우지 않고 눈밭을 뛰어다니는 말도 있다더냐! 네놈이 감히 서자부의 수장을 우롱하는 게냐!"

"아이쿠! 이 곰단지가 사람 잡네."

우서한보다 작은 덩치는 아니었으나 우락부락한 그에 비하면 선이 고운 해일은 마치 곰에게 붙잡힌 여우와 같은 모습이었다.

"그만하시지요. 목이 부러지겠습니다."

우서한이 우악스레 흔들어대는 통에 해일의 목이 획획 돌아가며 그의 금빛 머리카락이 해초처럼 출렁였다. 우서한의 팔을 잡으며 루아가 만류했다.

"서자부의 수장께서 어찌 이런 무뢰배에게 평정심을 잃으십니까."

루아의 말에 우서한이 해일을 집어 던져 버렸다. 휘리릭 몸을 틀어 한 바퀴 돌아내린 해일은 눈덩이에 얼굴을 처박는 대신 한 마리의 학처럼 유유하게 눈 위에 착지했다. 역시나 목에 무리가 갔는지 눈 위에 선 해일의 목이 왼쪽으로 삐딱하게 기울어 있다. 그의 가벼운 입담만 아니었다면 해일이 서자부의 사람들과 마찬가지로 무예를 연마한 사람이 아닌지 의심했을 것이다.

"조금 더 가면 인가가 있으니 오늘은 그곳에서 묵지."

돌아선 우서한의 모습에 루아가 안도의 숨을 내쉬며 해일에게 손짓했으나 그는 우서한의 눈치를 보며 다가서지 못했다. 우서한의 목소리가 들려온다.

"저자는 두고 가는 것이 좋겠다. 불필요한 동행은 짐만 될 뿐이야."

우서한은 말에 올라 앞서 가기 시작했다. 해일을 바라보던 루아가 적운에 올라 고삐를 뒤로 당겼다.

"빨리 와요. 말도 없이 여기서부터 걸어갈래요?"

해일의 앞에 멈춰 손을 내미니 잠시의 망설임도 없이 해일이 그녀의 손을 잡는다. 잡아당기지도 않았는데 해일은 루아의 손을 당기는 기색도 없이 가뿐하게 몸을 올려 그녀의 뒤에 올라탔다.

'어라?'

처음 적운에 오를 때 그의 엉덩이까지 받쳐 가며 고생했던 생각에 루아가 고개를 갸우뚱했다. 키만 컸지 단단하게 근육이 잡힌 몸이 아닌지라 버들가지 같은 느낌의 해일이 그녀의 작은 등에 머리를 기댔다.

"목은 괜찮으십니까?"

"아파서 좀 기대야겠다."

"그리 웅크리고 제 등에 기대는 것이 더 안 좋을 듯한데요."

"이러고 있으면 좋아진다."

고집을 피우니 그의 머리가 조금이라도 편할 수 있도록 루아는 허리를 더욱 반듯하게 곧추세웠다.

"후후후."

"왜 웃으십니까?"

"아파서 그런다."

아파서 웃는다. 하나부터 열까지 말도 안 되는 소리만 늘어놓는 이 사내 때문에 루아가 피식 웃어버렸다.

"웃을 줄도 아는구나."

자윤이 추방당한 뒤로 웃은 적이 있던가. 잠시 밝아졌던 그녀의 표정이 다시 어두워졌다. 그에 아랑곳없이 해일은 다시 주절주절 떠들기 시작했다. 타박타박 걸으며 이야기를 듣다 보니 루아가 천지에 있는 사이 천년목에 당도한 우서한이 해일에게 여인을 태운 붉은 말을 보았느냐 물었나 보다.

"나는 분명하게 말했다, 붉은 말이 서쪽으로 부지런히 뛰어가더라고."

동행 *307*

"제가 타고 가더란 말은 안 했단 말씀이네요."

"역시 똑똑해."

해일의 말장난에 우직한 우서한은 그녀가 천지에 있는 사이 한참이나 앞서 달려갔을 것이다.

"게다가 털옷을 뒤집어쓰고 있는 네가 어디로 봐서 여인이란 말이냐."

"되었습니다."

"됐다는 말을 아주 애용하는군."

루아는 대답 대신 오른쪽 어깨를 튕겨 올려 해일의 머리를 떨어뜨려 냈다.

"한쪽으로만 기대니까 어깨 아프지?"

넉살스럽게 왼쪽 어깨가 다시 묵직하게 내려앉았다.

세 사람은 날이 어두워져서야 스무 채 남짓한 움집이 모여 있는 마을에 도착했다. 움집은 지면을 파서 만든 구덩이의 중앙에 간단하게 기둥을 세우고 서까래를 원추형으로 세운 다음, 그 위에 잔나뭇가지나 풀 등으로 지붕을 덮고 아래쪽에 진흙을 발랐다. 환인성 내의 건물들이 돌을 깎고 나무로 기둥을 세워 선원과 궁을 세운 것에 비하면 상당히 뒤처지는 모습이었으나 어디를 가든 문명의 차이는 존재한다.

이미 다녀갔던 곳인지 우서한을 따라 들어선 움집은 제법 크기가 있었다. 주인 내외의 움집 바닥 중앙에 둥글게 파인 곳에 모닥불이 염소젖을 따뜻하게 데우고 있었다.

"아들 내외가 처가로 겨울을 나러 가서 작은 움집이 비어 있습니다."

주인집에서 간단한 식사를 마친 루아의 일행은 작은 움집으로 안내되었다. 루아는 서둘러 불을 피웠다. 불이 주위로 번지는 것을 막기 위해 둘러진 냇돌이 열을 받으려면 시간이 걸릴 것이다.

문가에 서서 우서한의 눈치를 보던 해일이 잠자리를 펴는 루아의 곁으로 은근슬쩍 다가서더니 드러누워 버렸다.

"곰단지 옆에 있다가는 밤사이 숨이 끊어질지도 몰라. 날 지켜 줄 사람은 너밖에 없다구."

절박한 표정으로 그녀의 손을 꼬옥 잡은 해일의 모습이 너무나도 우스꽝스러워 루아의 입에서 다시 웃음이 새어 나온다.

"설마 정말 그런 일이 일어날 거라 생각하는 것은 아니겠지요?"

"그거야 아침에 눈 떠봐야 아는 일이고."

루아는 대꾸도 없이 그에게서 조금 떨어진 곳에 다시 털 모피를 깔았다. 해일에게 하나 나누어 주고 나니 조금 추울까 생각이 들지만, 불가의 냇돌 중에 작은 것 하나를 집어 안고 자면 따뜻할 것이다.

"우리 누렁이는 어느 하늘 아래 있으려나."

우서한에게 두들겨 맞을까 소곤거리는 해일의 모습에 한숨이 나왔다. 예를 중시하는 환국의 법도에 따라 살아온 우서한도 여장도 없이 길 위에 서 있던 해일을 내치기 어려운 것이다. 사내답지 못하게 출랑이는 해일이 영 못마땅한 우서한이 말없이 일어나 움집을 나가 버렸다.

둘 사이에 끼어 있자니 애꿎은 루아만 피곤하다. 우서한이 돌아왔을 때에 루아가 해일과 정답게 이야기를 나누고 있다는 오해를 주지 않기 위해 숫돌을 꺼내 들었다.

'칼이나 갈아야겠다.'

루아는 소똥머리 노파에게서 받은 단도를 꺼내 들었다.

자리에 누워 있던 해일이 심심했는지 그녀의 곁에 다가와 앉았다. 밖에 나가 단단하게 눈을 뭉쳐 가지고 들어와 숫돌에 물기를 적시고 단도의 날을 밖으로 하여 쭈욱 밀었는데,

핑!

마치 미끄러지듯 단도가 멀찌감치 튕겨 나갔다.

'어라?'

아무 생각 없이 다시 단도를 가져와 숫돌에 밀어내니 다시 튕겨 나간다. 날아가 버린 단도를 바닥에서 주워 멀뚱하니 바라보고 있자니 그런 루아의 모습에 해일이 웃음을 터뜨렸다.

"걔가 숫돌에 갈리는 게 싫은가 보다."

"에?"

잠에서 덜 깬 아이처럼 눈꼬리를 내리고 어이없다는 듯 입을 벌린 루아가 해일을 향해 단도를 까닥였다.

"이것은 단도라 불리는 물건입니다. 사람이 아니지요."

"이름을 알아야 써먹을 텐데. 귀도(鬼刀)를 준 이가 이름도 가르쳐 주지 않더냐?"

이름이라……. 불현듯 루아는 소똥머리 노파가 사라진 하늘에서 울리던 소리를 기억해 냈다.

'그러고 보니 월령이라…….'

순간 그녀의 손에서 단도가 마치 살아 있는 양 바르르 몸을 떤다. 소스라치게 놀란 루아가 저도 모르게 벽을 향해 있는 힘을 다해 단검을 집어 던졌다.

퍽!

작은 단검 떨어지는 소리가 지나치게 크다. 고개를 드니 웬 아이 하나가 그녀를 노려보고 섰다. 루아의 허리만 한 크기로 눈동자는 제비꽃 색이며 머리카락은 달빛을 잘라놓은 듯 은빛으로 반짝인다. 대여섯 살쯤 되었을까.

'요, 요괴인가?'

푸르스름한 기운을 피워 올리는 것이 기괴하다. 주위를 두리번거리며 루아가 두 눈을 깜박였다. 해일과 모닥불, 그리고 움집의 문이 보인다. 도대체 어디서 나타난 거지?

"해일님?"

물 위에 서 있는 계집아이를 본 것보다 더 놀랄 수밖에. 이곳은 천지와 달리 사방이 닫혀 있는 공간이다.

"혹시 저 아이가 보이십니까?"

"응."

응이 아니라 무슨 말 좀 해보라고. 또다시 낯선 소리가 공기를 울린다.

"왜 부른 건데?"

히익! 루아가 해일의 어깨를 흔들었다.

"들으셨습니까?"

"싸구려 돌검도 아닌데 숫돌에 가는 무식한 짓은 사양이야."
해일의 대답이 아니라 아이에게서 자꾸만 소리가 났다.
"거봐. 내가 싫어할 거라 했잖아."
"어, 어어."
입을 다물지 못하는 루아를 지나 해일이 불을 피해 벽에 선 아이에게로 다가섰다.
"흠. 루아가 좋은 도를 얻었군. 꼬마, 난 해일이라고 한다."
"좋은 눈을 가지셨네요. 이름은 밝힐 수 없지만 반가워요."
귀신과도 알콩달콩 이야기를 나누는 해일의 모습에 루아는 그만 주저앉아 버렸다.
"소리로 움직이는 귀도이니 아이의 이름은 입 밖으로 내지 않는 것이 좋아."
"무슨 소리예요?"
"흠. 말 그대로야. 네 명령에 따라 널 보호하고 너를 위해 싸워 줄 거야. 굳이 입 밖으로 명령을 내릴 필요도 없고. 또 아이의 이름이 누설되면 주인이 바뀌게 될 테니 곁에 오래 두고 싶으면 아이의 이름은 가슴에 묻어두라고."
짧지도 길지도 않은 해일의 말 같지 않은 설명에 루아가 그녀답지 않게 콧방귀를 뀌었다.
"참 많은 것을 알고 계시네요."
"세상을 떠돌다 보면 싫어도 많은 것을 알게 되지. 한 번 불러 봐, 네가 주인이니까."
루아는 여전힌 적대적인 눈빛으로 그녀를 바라보는 아이에게 단도를 가리키며 말했다.

"만약에, 만약에 네가 그 단도라면…… 다시 저 속으로 돌아가 주면 안 될까?"

"싫은데?"

팽 코를 풀듯이 내던진 아이의 말에 루아의 어깨가 밑으로 내려앉는다. 큭큭거리는 해일의 웃음소리가 들려왔다.

"말 안 듣는데요?"

"밖으로 하지 말고 속으로 해봐, 이름 부르면서."

'월령, 다시 단도 속으로 돌아가 줄래?'

'싫다고. 얼마 만에 풀려난 건데 다시 칼로 돌아가래.'

해일의 말처럼 진짜 단도 속에서 아이가 나온 것이 맞긴 맞는 듯한데, 아이가 바닥에 떨어진 단도를 냅다 발로 걷어찼다. 본체를 저리 함부로 다루어도 되는 것일까. 루아가 땅을 꺼뜨릴 만큼 길고 늘어지는 한숨을 내쉬었다.

"단도에서 나온 것이 맞나 봐요."

"새 주인이 마음에 안 드는 눈친데?"

웅크리고 누워 또렷한 눈으로 아직도 루아를 노려보는 아이를 쳐다보며 해일이 웃었다.

"이름을 불러도 말을 안 듣네요."

"그럴 리가. 귀도는 이름을 아는 주인의 명을 거역할 수 없는 걸."

"확실한 거예요?"

해일이 대답 대신 어깨를 으쓱한다.

'월령?'

'그만 불러. 귀찮아 죽겠어.'

퉁명스러운 대답에 루아가 숨을 들이켰다. 도대체 누가 주인인지 모르겠다. 해일에 이어 버릇없는 꼬마까지, 기묘한 동행이 시작되었다.

8장
흔적

 온통 눈으로 덮여 버린 산하를 바라보는 루아의 눈에 슬픔이 가득하다. 환국과 비리국의 국경은 그 경계 또한 분명치 않아 너무나 넓고 광활했다. 이곳 어디엔가 자윤의 흔적이 분명 남아 있을 터인데 세상의 모든 것을 덮어버린 하얀 눈이 원망스러웠다.
 "아무래도 네가 알고 싶어 하는 것들은 눈에 묻혀 내년 봄에나 모습을 드러내겠구나."
 우서한이 고삐를 당겨 멈췄던 걸음을 옮겼으나 루아는 차마 발걸음을 뗄 수가 없었다. 이곳 어딘가에 분명 그녀가 알지 못하는 자윤의 흔적이 남아 있을 터였다.
 "귀도에게 찾아보라 하지 그래?"

해일의 말에 루아가 망설였다. 그 사고뭉치를 다시 불러내야 하나?

처음 월령이 모습을 드러낸 이튿날 아이는 사라지고 루아의 머리맡에 단도만이 곱게 놓여 있었다. 지난밤이 꿈이라 생각되지도 않을뿐더러 푸른색 요기를 뿜는 도인지라 지니고픈 마음도 없었다. 그리 하지 않는 것이 좋을 것이라는 해일의 말에도 고개를 저으며 강에 던져 버렸다. 발로 차며 함부로 굴리는 본체이니 월령에게 큰 영향이야 미치겠는가. 운이 좋으면 그 기운을 다스릴 수 있는 다른 주인을 만나겠거니 생각하였는데.

얼마 달리지도 않아 물귀신처럼 물을 뚝뚝 떨어뜨리며 나타난 월령이 적운의 앞으로 뛰어들어 루아와 해일은 바닥으로 곤두박질쳤다. 서슬 퍼렇게 노려보며 있는 대로 성이 난 월령이 살기를 뿌려대기 시작했다. 단도의 모습으로 분하여 쉭쉭 내리꽂히는 월령을 쳐내느라 루아와 우서한이 정신없이 돌검을 휘둘렀으나 앙심은 품은 월령은 그녀를 공격하기를 멈추지 않았다.

귀도는 주인을 해할 수 없다며 뒷짐 지고 있던 해일까지 허우적거리며 단도를 피하기 바빴다. 화가 난 월령과 싸우느라 예비로 가져왔던 돌검까지 두 개나 부서져 버렸다.

루아와 우서한, 그리고 해일까지 허공을 날아다니는 단도를 피해 반나절이 넘게 눈밭을 미친 소처럼 뛰어다녔다. 그렇게 세 사람의 정신을 쏙 빼놓은 월령은 분이 풀렸는지 고소하다는 표정으로 그녀의 발치에 단도를 던져 주고는 사라져 버렸다.

"도대체 이게 다 무슨 일인가!"

요괴를 불러들인 것이냐 묻는 우서한에게 루아는 자초지종을 설명하였으나 그는 설레설레 고개를 저었다.
"골치 아픈 것들만 모여드는구나."
웬일로 조용히 서 있는 해일을 노려본 우서한이 휙 돌아서 말에 올랐다.
'역시 아무거나 받는 게 아니었어.'
제멋대로 구는 월령이 소풍머리 노파에게도 골칫덩어리인지라 그녀에게 던져 주고 간 것이 분명했다. 그렇게 루아에게 월령은 버리고 싶은 짐이 되어버렸다.
'불러내도 되려나.'
솔직한 마음에 난동을 부렸던 그때를 생각하면 영원히 모습을 나타내지 않았으면 하는 바람이었다. 하지만 막상 목적지에 도착하여 수북이 쌓인 눈으로 인해 자윤의 행적을 찾을 수가 없으니 돌아서기가 아쉬워 루아의 발걸음이 떨어지지 않는다. 분명 여기 어디선가 피비린내 나는 싸움이 벌어졌을 터인데. 루아는 이미 그들을 두고 앞서 걷기 시작한 우서한의 뒷모습을 바라보았다.
"불러보라니까. 그 아이라면 찾아낼 수 있을 거야."
해일의 재촉에 루아는 허리춤에서 단도를 꺼내어 마음속으로 월령을 불러보았다.
'화 풀렸으면 그만 나와봐. 도움이 필요해, 월령.'
한참을 기다려도 대답이 없다. 루아는 포기하지 않고 다시 월령의 이름을 불렀다. 부르르 몸이라도 떨어줄 만하거늘 대꾸조차 없

흔적 *317*

다. 기분이 상했지만 루아는 애써 아무렇지도 않은 듯 해일에게 말했다.
"바쁜가 봅니다."
"참으로 삐뚤어진 물건이로세. 쯧쯧쯧."
안타까운 듯 해일조차 혀를 찬다. 삐뚤어진 물건, 월령에게 딱 맞는 수식어다. 주인을 보호하고 충직한 부하가 될 거란 해일의 설명과 달리 우서한의 말처럼 그저 등딱지에 요괴 한 마리를 붙이고 다니는 것 같다.
아는 것이 많은 해일이었으나 경험해 본바, 그의 지식은 사실과는 상당히 거리가 멀었다. 신뢰가 무너지는 줄도 모르고 해일이 어깨를 으슥하며 고개를 돌린다.
"아무리 둘러봐도 하얀 눈뿐이니 우선 오늘 밤을 지낼 곳을 찾아봐야겠군."
눈 위에서 밤을 보낼 수는 없는지라 루아는 고개를 끄덕이며 적운의 목을 부드럽게 두들겼다. 루아와 달리 미련 없이 자리를 뜬 우서한은 이미 한참이나 앞서 가고 있었다. 겹겹이 쌓인 눈이 이미 무릎까지 오른 상태인지라 달려갈 수가 없어 터벅터벅 걷기 시작했다.
얼마나 걸었을까. 멀리 산 위로 작고 검은 물체가 달리는 모습이 보였다. 그 뒤로 하얀 눈덩이가 쏜살같이 따르고 있었는데 앞서 가던 우서한이 검은 물체를 향해 달려가고 있었다.
"뭘까?"
"아는 체하지 않는 것이 좋겠어. 모름지기 남의 일에…… 이봐!"

해일의 말은 듣는 둥 마는 둥 루아는 벌써 빠르게 눈 위를 내달리는 검은 물체를 향해 적운의 속도를 높이고 있었다. 도움이 필요한 이에게 주저 없이 손을 내미는 것은 환국의 딸로 자란 루아에겐 물이 위에서 아래로 흐르는 것보다 더 당연한 도리였다.

"모른 척하고 가자니까 오지랖하고는!"

"사람 같은데……."

솔개의 눈처럼 검은 물체에 매섭게 꽂혀 버린 루아의 시선에 그녀의 또래로 보이는 소년과 그 뒤를 쫓는 하얀 눈덩이의 정체가 여실하게 드러난다.

"곰이닷!"

"아닌 것 같은데?"

소년의 뒤를 쫓는 것이 보기 드물게 커다란 흰곰이란 사실을 알아차린 루아가 적운을 향해 소리쳤다.

"운아! 달렷! 빨리!"

우서한이 그녀에 앞서 소년에게로 달려가고 있으나 커다란 흰곰은 이미 소년을 덮치려 긴 팔을 하늘 높이 치켜든 상황이다. 점점 더 가까이 보니 흰곰의 크기가 루아의 두 배에 달하는 듯하다. 푸른 깃을 단 우서한의 활이 흰곰에게로 연이어 날아가는 모습이 보였다.

"아악! 안 돼!"

소년의 비명이 날카롭게 설원에 울려 퍼졌다. 가볍게 화살을 후려친 곰은 방향을 틀어 우서한에게로 달려들었다.

다급하게 말에서 뛰어내린 루아가 등에 메었던 상아검을 빼어 들며 흰곰에게로 달려갔다.
 "안 돼요!"
 앞길을 막아서는 소년을 거칠게 밀어내고 우서한을 돕기 위해 달려가는데 겁에 질린 소년의 비명 소리가 루아의 등 뒤로 터져 나온다.
 "안 돼! 죽이지 마! 예티! 가!"
 이빨을 드러내며 그를 덮치려던 곰이 소년의 외침에 돌연 돌아서서 산으로 내달린다.
 루아는 쓰러진 우서한에게로 달려가 그를 부축하여 일으켰다. 가죽 보호대 위로 둘러진 털옷이 흰곰의 예리한 손톱에 찢겨 너덜너덜했으나 다행히도 다친 것 같지는 않았다.
 "하아! 하아! 괜찮으십니까?"
 숨이 턱까지 차오른 루아의 물음에 우서한은 아무 일도 없었다는 듯 눈을 털며 자리에서 일어섰다. 돌검을 집어 든 우서한이 옅은 숨을 뱉어냈다.
 "부러졌군."
 뒤늦게 달려온 소년이 루아를 밀쳐 내고는 일어서는 우서한에게 달려들어 발길질을 하기 시작했다.
 "당신, 뭐야? 도대체 뭐 하는 짓이야!"
 정신없이 주먹을 날리는 소년의 목덜미를 움켜쥔 우서한의 얼굴이 일그러졌다.
 "꼬마야, 살려주었으면 감사하다 말을 해야지."

"놔! 놓지 못해? 누가 누구를 살려줬다는 거야? 당신, 내가 아니었으면 벌써 예티한테 죽었을 거라고! 내가 당신을 살려준 거야! 놔! 놓으라고!"

화가 잔뜩 나서 버둥거리는 소년의 모습에 루아는 눈을 털고 일어서며 고개를 갸우뚱 기울였다. 긴 머리를 하나로 내린 소년은 검은 머리에 검은 눈동자를 하고 있다. 승냥이의 가죽으로 옷을 만들어 입은 듯한데 그 수공 기술이 투박하다.

"우서한님, 내려주셔야 할 것 같습니다."

분을 이기지 못해 씩씩거리며 어깨를 들썩이는 소년을 금방이라도 후려칠 기세의 우서한을 말리는 사이 해일이 그들의 곁으로 다가섰다.

"그러게 남의 일에 참견하지 말라니까."

"해일님!"

서슬 퍼런 우서한의 시선에 루아가 서둘러 해일의 입을 막는다.

"우리는 네가 곰에게 습격당하는 줄 알고······."

"저렇게 희고 아름다운 곰도 있답니까."

곰을 이야기하는 소년의 목소리가 봄날의 미풍처럼 부드럽다. 성난 눈초리마저 무지개처럼 아래로 휘어지니 아무래도 루아의 일행이 착각을 했나 보다.

"나는 환국 사람 루아야. 여기는 환국 서자부 수장 우서한님이고······."

"환국에서 오셨어요?"

마음이 조금 누그러들었는지 루아와 키 높이가 같은 소년이 두 눈을 반짝인다.

"아까운 활만 낭비했군. 그만 가지."

퉁명스레 돌아선 우서한이 세워두었던 말을 향해 걷기 시작했으나 루아는 그의 뒤를 따르는 대신 소년과 시선을 마주했다.

"여기는 비리국과 환국의 경계인 듯한데……."

"경계로 가려면 백오십 리 정도 더 가셔야 해요."

뭐시라? 경계가 여기가 아니었단 말인가. 루아의 얼굴이 화르르 달아올랐다. 민망하다. 상갓집에서 밤새 곡을 하고 누가 죽었느냐 다음날 묻는다더니 애먼 땅을 쳐다보며 청승을 떨었구나.

"정말 환국 사람이에요?"

"응."

"우아! 환국 사람은 아직 한 번도 못 봤는데. 환국 사람들은 환인성 안에 살고 있다면서요. 나무만큼이나 높고 큰 집들이 많다고 들었어요."

환국 땅에서 환국 사람을 보지 못했다니. 루아가 소년을 바라보며 어색하게 미소 지었다.

"저는 비리국 소하마을에 사는 녹이(騄耳)예요. 올해 열일곱 됐어요."

"너와 동갑이구나, 루아."

굳이 하지 않아도 될 말을 해일이 큰 소리로 말하니 녹이의 눈이 더욱 커진다. 그녀보다 어려 보인 탓에 아이 대하듯 하대한 것이 부끄러워 루아의 얼굴이 귀까지 붉어진다. 그에 상관없이 덥석 루아의 손을 잡고 흔드는 녹이가 환하게 웃었다.

"진짜? 우아! 반가워라!"

"한겨울에 여행을 하는 것 같지는 않고, 옷차림도 추워 보이는데 여기서 뭐 하는 거야?"

"환국에도 눈이 많이 왔다고 해서 놀러 왔어."

"여기서 국경까지만 해도 하루가 더 걸린다며. 놀러 왔다고?"

"응, 예티를 타고 오면 금방이야. 나는 환인성 가까이 가보고 싶은데, 사람들이 예티를 보면 놀라니까."

예티라……. 설마 아까의 그 커다란 흰곰을 말하는 것인가 싶어 루아가 하얀 곰이 사라진 곳을 가리켰다.

"혹시 아까 그 하얀?"

"응, 비리국 설인(雪人)이야. 어머니와 할머니가 소도(蘇塗)를 지키는 신녀였는데, 예티도 삼신 마고의 소도를 지키는 영수야."

환인성을 벗어나니 세상이 온통 신천지다. 생전 보지 못한 귀도를 얻고 들어보지도 못한 설인을 만나다니, 앞으로의 여행길에 얼마나 많은 것을 알게 될지. 믿기지는 않지만 녹이를 태우고 왔다는 예티가 가버렸으니 집까지 데려다 주어야 하는 건가? 루아가 고민하는 사이 우서한은 벌써 말에 올라 멀찌감치 가버리고 적운에 오른 해일이 그녀가 오기를 기다리고 있었다.

"설인을 쫓아버렸으니 나랑 가자. 집에 데려다 줄게."

"아니야. 예티를 부르면 돼."

"부르면 오니?"

"그럼. 우린 친군걸."

흔적 323

그가 부르면 예티가 나타날 것이라 장담하는 녹이를 보니 사라져 버린 월령이 떠올라 부러워지는 루아였다. 고집 세고 제멋대로인 월령 대신 설인이나 하나 달라고 할걸.

"우르! 우르! 예티이! 우르르르! 예에티이이!"

녹이가 양손을 입에 대고 예티가 사라진 쪽으로 혀를 굴리며 불러대기 시작했다. 설마 하는 마음으로 예티가 사라진 쪽을 바라보던 루아의 눈동자가 점점 커졌다.

"정말이네."

"뭐가?"

"너의 곰이 오고 있어."

"예티라니까. 곰은 죄다 겨울잠 자러 가고 없지."

눈사태가 난 듯 눈뭉치가 구른다 생각했는데, 커다란 예티가 그들을 향해 달려오고 있었다. 설원의 눈이 쟁반 위의 물방울처럼 진동하며 땅이 울린다.

이윽고 코앞에 멈춰 선 예티의 모습에 루아는 벌어진 입을 다물 수가 없었다. 하얀 털에 동글동글 뭉쳐진 눈을 가득 달고 있는 예티는 가까이서 보니 곰과 다르게 생겼다. 십 척 높이의 예티는 길고 부드러운 털로 뒤덮여 있었으며, 단단하게 발달된 팔이 바닥에 닿을 정도로 길고 다리는 짧았다. 예티가 긴 팔로 제 새끼 감싸듯 녹이를 잡아당겨 품에 안았다. 흘러내리는 털 사이로 보이는 두 눈은 큼직한 것이 강아지의 것처럼 순하고 부드러워 보인다.

"예티, 인사해. 환국 사람 루아야."

예티가 으르렁거리듯 크고 기다란 송곳니를 그녀의 얼굴 가까이 들이대자 그 위협적인 모습에 루아가 뒤로 물러서며 상아검에 손을 올렸다.

"괜찮아. 좋아서 그래."

좋아서 위협적으로 송곳니를 드러낸단 말인가.

"예티는 자기 이빨이 예쁘다고 생각해서 기분이 좋으면 이빨 보여주는 거야. 자랑하려고. 큭."

예티라 불리는 거대한 설인은 정말로 기분이 좋은지 짧아 보이는 목을 길게 늘이며 턱을 쭈욱 빼고 이빨이 더욱 잘 보이게 고개까지 흔들어댔다. 마치 루아가 이빨을 잘 보고 있는지 확인이라도 하는 양 순하게 두 눈을 내리깔고 깜박이는 예티를 보니 어이없게도 웃음이 나왔다.

"이빨이…… 잘생기긴 했네."

어물쩍 이빨을 칭찬하니 루아의 말을 알아들었는가 보다. 기분이 좋은 양 예티가 입을 더더욱 크게 벌렸다. 이제 목구멍까지 보여 한입에 루아를 삼키는 것은 아닌지 슬슬 걱정이 되었다.

"그만해, 예티. 사람들은 이빨 보여주는 거 별로 안 좋아한다고."

예티의 품에 폭 싸인 녹이를 보니 단출하기 짝이 없던 옷차림이 이해가 되었다. 따뜻해 보인다.

"너도 예티 타고 같이 갈래? 어디로 가는지 데려다 줄게."

"난 일행이 있어서."

루아가 뒤를 돌아보니 우서한은 이미 사라지고 없고, 해일은 말에 올라 지루한 듯 먼 산을 바라보고 있었다.

"말은 한 마리인데 둘이 타고 가려고?"

녹이의 말에 루아는 잠시 생각에 잠겼다. 첫 대면에서의 감정이 남았는지 해일을 소 닭 보듯 하는 우서한과 눈치 없이 자꾸만 그의 신경을 긁어대는 해일, 둘 사이에서 살얼음판을 걷던 루아다. 잠시라도 둘만 있으면 조금은 친해지지 않을까.

"어차피 여기서 가장 가까운 인가는 우리 집뿐이야. 결국 다 우리 집에서 만나게 될걸?"

"집이 어딘데?"

"여기서 이백 리 정도?"

이 백리라면 상당히 먼 거리다. 봄가을에 백 리를 말을 타고 갈 경우 하루가 걸린다. 무릎까지 눈이 쌓인 거리이니 부지런히 가봐야 칠십여 리? 우서한과 해일이 녹이의 집에 도착하려면 사흘 정도 걸릴 것이다.

"그럼 녹이의 집은 국경에서 백오십 리 정도 더 가야 하는 거네?"

"응. 네 일행은 헤매지 않고 찾아올 수 있을 거야. 난 마을에서 한참 떨어져 소도 옆에서 살고 있으니까. 높게 솟은 솟대들이 멀리서도 잘 보여. 금방 찾아."

사람들은 가을에 은하수를 따라 천계로 날아갔던 기러기가 봄이 되면 인계로 돌아온다 생각하여 마고의 신당에 솟대를 세우고 그 위에 나무를 깎아 만든 기러기 조각을 얹어놓았다.

"그럼 신세 좀 질까?"

적운도 해일과 루아 두 사람을 태우고 오는 것보다 해일 하나만을 태우고 오는 것이 덜 힘들 것이다. 루아는 다람쥐처럼 익숙하게 예티의 팔을 밟고 등으로 기어 올라가는 녹이를 따라 조심스레 하얗고 긴 털을 움켜쥐었으나 주르륵 미끄러져 내렸다. 예티의 털은 생각보다 매끄러웠다. 다시 시도하려는데 녹이가 예티를 불렀다. 왜 그런가 싶어 고개를 드는 순간 루아의 몸은 공중부양 중이었다.

"으아아아아아…… 아아아…… 아!"

예티가 팔을 들어 짐짝처럼 던져 올리니 붕 소리와 함께 등 위로 털썩 떨어져 내린 루아의 얼굴이 털 속에 처박혔다.

"자알했어, 예티!"

누구와는 다르게 참으로 말도 잘 듣는 영수로다.

"따뜻하지? 큭."

몸 전체를 가릴 만큼 기다란 털 속에 거위 털만큼이나 보드라운 털이 포근하게 루아의 몸을 감쌌다. 예티의 털은 상상 이상으로 따뜻했다. 털 사이로 몸을 묻으니 예티의 뜨거운 체온이 고스란히 느껴진다.

"자, 이렇게 허리를 묶어야 해. 예티가 달리기 시작하면 눈도 못 뜰 만큼 엄청 빠르거든."

녹이가 엎드려 있는 루아의 등 쪽으로 예티의 기다란 털을 잡아 단단히 묶더니 자신의 몸도 같은 방법으로 묶었다. 커다란 예티의 등에 엎드려 고개를 드니 끝도 없이 펼쳐진 설원이 한눈에 들어온다.

"예티! 집에 가자!"

울렁. 세상이 흔들린다 싶더니만 등에 루아와 녹이를 태운 예티가 달리기 시작했다. 루아의 내장이 몸 밖으로 튀어나올 듯 정신없이 흔들리기 시작한다.

"루아!!"

순식간에 멀어지는 해일의 외침에 루아가 웃음을 터뜨렸다. 루아의 웃음소리에 신이 난 녹이가 예티를 부를 때처럼 입안으로 혀를 굴리며 소리 질렀다.

"우르! 우르우르! 예티! 더 빨리!"

너무나 빨리 바람처럼 달리는 예티로 인해 차가운 바람이 숨도 쉬지 못할 만큼 루아의 얼굴을 때렸다. 천의를 입고 움직일 때에는 정지된 공간 속에서 순간적으로 이동하는 느낌이라 꿈인지 생인지가 구분이 가지 않았다. 그러나 지금은 흩날리는 눈과 바닥을 딛는 예티의 움직임이 고스란히 피부로 닿아 너무나 생생하다.

"우아앗! 굉장하다!"

짧은 감탄사 한마디밖에 못하고 예티의 털에 얼굴을 박아야 했지만 루아는 난생처음 타보는 설인의 등에서 하늘을 나는 새들의 기분을 맛볼 수 있었다.

"저기가 소도야."

녹이가 산다는 소도는 그의 말처럼 지나는 이의 시선을 끌기에 충분했다. 원형에서 위로 올라갈수록 뾰족하게 쌓아 올린 크고 작은 돌탑들과 녹이가 말한 것처럼 기러기 모양을 깎아 올린 솟대가 하늘 높이 솟아 있었다.

두 사람을 내려놓은 예티는 무시무시한 이빨을 다시 한 번 자랑하고는 산속으로 사라져 버렸다. 녹이의 움집은 생각보다 컸다. 안으로 들어서니 정말 집을 나온 지 얼마 되지 않는 것처럼 중앙에 모닥불이 피워져 있었다. 불 가까이 다가앉은 녹이가 그녀에게 모락모락 김이 피어오르는 그릇을 내밀었다.

"그런데 여기 혼자 사는 거야?"

"응. 어머니는 올봄에 돌아가셨어."

혼자 살기에는 조금 커 보이는 움집을 둘러보니 나무로 조각한 듯 크고 작은 여신상들이 솜씨 좋게 다듬어져 있었다. 유난히 손을 많이 탄 듯 반들거리는 여인의 조각상을 손에 든 루아가 녹이에게 물었다.

"네가 만든 거야?"

"응, 마고 어머니야."

"솜씨가 좋네. 근데…… 가슴이 너무 크지 않은가?"

지나치게 가슴이 크고 배가 볼록 나온 조각상. 녹이의 얼굴이 시뻘겋게 물들었다.

"우리 누나도 그만 했던 것 같은데."

"누나도 있어?"

"으응. 삼 년 전에 시집갔어."

보통의 신녀들은 특별한 경우가 아니면 대를 물려 소도를 지키는데 소도를 떠나 시집을 가다니.

"시집간 뒤에 누나 본 적 있어?"

흔적

"작년에 몰래 보러 갔다 왔어. 신녀인 줄도 모르니까. 그냥 몰래."
"같이 살면 안 되는 건가?"
"누나가 없으니까 나라도 소도를 지켜야지."
어물쩍 말꼬리를 늘이던 녹이는 더 이상 이야기하고 싶지 않은지 입을 다물어 버렸다.
루아의 손이 조각상의 커다란 가슴과 그 아래 볼록하게 솟은 배를 쓰다듬었다. 조각상의 형상이 아이를 가진 여인의 것과 같다. 아마도 녹이의 누이는 아이를 갖게 되어 소도를 떠났나 보다. 그런 누이를 조각하며 홀로 그리워했을 녹이의 모습이 떠오르니 루아의 가슴속으로 애잔함이 스며들었다.
"예쁘다. 정말 어머니 마고 같아."
조각상을 다시 내려놓고 보니 사냥꾼의 집처럼 토끼와 여우, 고라니 등 동물 가죽이 꽤 많이 쌓여 있었다.
"사람들이 어머니에게 제물을 많이 바치나 보다."
루아의 시선을 따라 잘 다듬어놓은 짐승들의 털을 쳐다보던 녹이가 시큰둥하니 불 가까이 얹어놓은 구황(救荒)을 뒤집었다. 환국인들이 즐겨 먹는 칡뿌리와 비슷한 것이 달궈진 돌 위에서 단단한 껍질을 시커멓게 태우고 있었다.
"사람들은 삼신 마고를 잊어버렸는걸. 가죽들은 올해 내내 잡은 동물들을 손질해 놓은 거야. 마을로 가서 곡식하고 바꾸기도 하고."
"아……."

"예전에는 우리 할머니도 신녀라고 불렸는데 언제부턴가 사람들이 무녀라고 부르며 천대하기 시작했어. 자, 먹어."

그에게서 새까만 구황을 받아 든 루아가 손에 들고 가만히 쳐다보니 녹이가 웃는다.

"먹어도 돼. 안 죽어."

껍질을 까서 한입 먹어보았지만 까끌까끌해서 목구멍으로 삼키기가 참으로 고역스럽다. 환인성 밖에 사는 환국인들도 드물게 흉년이 들면 굶주림에서 벗어나기 위해 곡식 대신에 먹을 수 있는 야생 식물을 채집하지만 이 정도로 거친 식물은 먹지 않는다.

루아가 등에 멘 봇짐에서 남아 있던 마지막 육포를 꺼내어 내밀자 녹이는 별생각 없이 날름 받아 입에 넣고 열심히 씹었다.

"맛있네."

"응. 사슴고기."

"그렇구나. 나도 이렇게 말려 먹어야겠다."

또래라 그러한지 말이 잘 통했다. 루아가 내내 육포 만드는 법을 가르쳐 주다 보니 어느새 밤이 되었다.

'우서한과 해일은 어쩌고 있으려나.'

전국에 퍼져 있는 각 소도로 서자부원과 산행을 많이 다니는 우서한이니 해일을 잘 챙겨 추위를 피하고 있으리라.

"루아야, 자니?"

"아니."

"일찍 자. 내일은 멋진 걸 보여줄게."

일찍 자라고 하면서도 녹이는 어린아이처럼 계속 루아의 이름을 불렀다. 환국에서라면 보통 어버이가 되었을 법한 나이의 녹이는 동갑인 루아보다 서너 살은 어려 보였다. 또래와의 교류 없이 홀로 살아가다 보니 순박하여 남녀의 정을 알지 못하는 것이리라.

 누군가와 이야기를 나눈 것이 한참이나 오래된 것처럼 보이는 아이, 누이가 떠난 소도를 홀로 지키는 녹이는 외로워 보였다.

 "그래도 누이가 행복했으면 좋겠어. 아이도 많이 낳고 배불리 먹으며 오래오래 살았으면, 그리되었으면 좋겠어."

 녹이의 말에 루아는 가슴이 뭉클해졌다. 가족이라는 것이 그러한 것이다. 아무리 할퀴고 상처를 주어도 피투성이로 껴안아야 하는, 마음 아파 울면서도 행복을 바랄 수밖에 없는 천륜이라는 이름의 사슬이다.

 '녹이 같은 동생이 있다면 저리 홀로 두지 않을 텐데.'

 정말 그럴까? 그녀 또한 정인 때문에 가족을 두고 고향을 떠나오지 않았는가. 그녀의 가족도 녹이처럼 그리운 눈을 갖게 되리란 생각에 루아는 가슴 깊이 들이켰던 숨을 천천히 내뱉었다. 녹이의 누이에게도 어린 동생을 두고 돌아서야 할 만큼 애절한 임이었을까. 후회하고 있지는 않을까. 어느새 물음은 루아에게로 향하고 있었다.

 낮이면 해를 등지고 밤이면 북극성을 길잡이 삼아 걸었던 삼십여 일 동안 가장 따뜻하고 편한 휴식 속에 루아는 처음으로 늦잠을 잤다.

"일어나. 보여줄 게 있어."

그녀를 흔들어 깨우는 녹이의 반짝이는 두 눈에 더 이상 모피 속으로 숨어들 수 없어 졸린 눈을 비비며 자리에서 일어났다. 밖으로 나와 차가운 눈에 얼굴을 문지르고 허리를 편 루아는 어느새 얼굴을 들이민 예티가 또다시 이빨을 드러낸 모습에 어색하게 웃어주었다.

예티가 데려다 준 곳은 야트막한 언덕으로 둘러싸인 숲이었다. 앞으로는 얼어버린 강이 시원하게 펼쳐지고 뒤로는 눈을 한가득 달고 있는 침엽수들이 빽빽하게 들어차 있다.

"멋있지?"

석 자(尺) 너비의 커다란 돌 일곱 개가 나란히 놓인 돌무지 위에 커다랗고 투박한 거석이 지붕처럼 얹혀 있었다. 그 뒤로 붉은 해가 떠오르는 광경이 지금껏 보아온 해돋이와 달리 웅장하게 느껴졌다.

"우아아……!"

루아는 벌어진 입을 다물지 못한 채 눈 쌓인 돌의 주변을 맴돌았다.

"이거…… 설마…….."

"응, 돌무덤. 굉장히 크지?"

그러고 보니 일곱 개의 굄돌[支石]이 뚜껑 구실을 하는 넓은 덮개돌[蓋石]을 받치고 있는 모습이 위세 좋은 족장의 묘 같다.

"어머니 묘?"

흔 적 333

"아니. 어머니가 돌아가셨을 때는 예티를 만나기 전이라 이렇게 큰 무덤은 못 만들었어."

"그럼 누구 거야?"

"글쎄, 누구 건지 모르겠어. 전에는 없었던 묘거든. 생긴 지 얼마 안 됐어."

예티의 몸에 기어오르는 것이 습관이 된 양 녹이가 돌무덤 위로 훌쩍 올라가 버렸다.

누군가의 묘가 분명한데 저렇게 올라가면 어쩐담. 일곱 개의 굄돌을 아무리 둘러봐도 아무것도 쓰여 있지 않다. 그림 문자를 사용하는 환국과 달리 환국 밖에서는 아직 문자의 사용이 활발하지 않은 탓이다.

"루아 올라와 봐. 굉장해."

위에 앉아 해돋이를 보는 녹이가 손을 내밀었으나 루아가 고개를 저었다.

"내려와. 다른 사람 무덤에 그렇게 올라가면 어떡해. 빨리 내려와."

예를 중시하는 환국의 사람이 타인의 무덤에 올라간다는 것은 있을 수 없는 일이라 녹이를 타이르는 사이 루아의 발이 땅에서 떨어졌다. 루아가 버둥거리며 소리쳤다.

"예티! 안 돼! 그러면 안 된다구!"

어찌나 충직한 동물인지 루아를 들어 올린 예티가 그녀를 녹이의 옆에 얌전하게 내려놓았다.

"큭. 앉아."

심정 상하여 팔짱을 끼고 노려보니 녹이가 옷자락으로 돌 위의 눈을 스윽스윽 밀어낸다. 눈을 치우고 앉으라 두들기는 돌 위에 무언가 새겨져 있었다.
 '뭐지?'
 녹이를 밀어내니 그가 앉았던 자리에도 글자가 보였다.
 "랑낭?"
 환국의 그림 문자! 루아는 손이 빨갛게 얼어붙는 줄 모르고 돌 위의 눈을 치우기 시작했다. 녹이가 앉아 있던 중앙에서부터 위로 올라가니 하나둘씩 이름이 드러나기 시작했다.
 "아황, 명지, 파사, 유휘……."
 낯선 이름들을 읽어 내리며 아래로 눈을 쓸어냈다.
 "도산…… 주영…… 여기 이곳 비리국의 경계에."
 가슴이 터질 듯 두근거린다. 몇 날 며칠을 돌을 부딪쳐 하나하나 글자를 새겼을 누군가의 핏방울이 돌 위로 선명하게 얼룩져 있었다.

 ―추방당한 환국의 왕자 자윤, 그의 형제들과 잠들다.

 눈 속에서 전신을 드러낸 글자들을 채 읽기도 전에 루아는 주저앉아 버렸다.
 "루아? 왜 그래? 이거 글자야?"
 고개를 든 루아의 눈으로 눈물이 뚝 떨어져 내렸다.
 "……죽었어."

흔적 335

"뭐?"

"내가 찾던 이가…… 자윤님이 죽었어."

무어라 말도 할 수 없이 눈물만 솟구쳐 흘렀다.

'태자가 사람을 보냈다 하더니 그가 죽었구나! 태자의 사람이 자윤을 살해했어!!'

미어지듯 통증과 함께 숨을 쉴 수 없어 루아가 가슴을 두들긴다. 믿을 수가 없다. 이렇게 허망한 죽음을 루아는 받아들일 수가 없었다.

번뜩 정신이 든 루아가 돌에서 뛰어내려 일곱 개의 돌기둥 아래를 정신없이 파헤치기 시작했다.

"루아! 뭐 하는 거야! 루아!"

"믿을 수 없어. 이렇게 죽을 사람이 아니야."

말리는 녹이를 사납게 밀쳐 내고 루아는 얼어붙은 땅을 파헤치기 시작했다. 꽁꽁 얼어버린 겨울 땅이 파일 리 없고, 루아의 손에 상처를 만든다.

"하지 마, 루아!"

"내 눈으로 봐야겠어. 그 사람을 봐야겠어."

"루아, 그러지 마!"

미친 여인처럼 바닥을 긁어내는 손톱이 부러지고 손가락에서 피가 터져 나왔다.

"루아!"

녹이가 고함을 치며 그녀를 덮쳐 내리누르니 루아의 얼굴이 그대로 눈 위에 파묻혀 버렸다. 아무리 버둥거려도 팔다리가 꼼짝을 않는다.

"무덤을 파헤치지 않아도 무덤을 만든 사람한테 물어보면 되잖아. 누가 묻혀 있는지. 응, 루아?"

녹이가 무언가 자꾸 말하고 있지만 루아에게는 아무 소리도 들리지 않는다. 온몸의 힘이 빠져나가고 눈물이 마를 때까지 루아는 온 힘을 다해 내리누르는 녹이의 몸 아래 깔려 있었다.

"네가 본 것이 환국의 글자라면 무덤을 만든 사람도 환국 사람일 거야."

이대로 정신을 놓을 수 있다면 얼마나 좋을까. 눈을 감으니 온몸을 얼리는 차가운 눈의 감촉에 정신이 더욱 또렷해진다.

'그가…… 죽었다.'

예티에 실려 녹이의 집으로 돌아오는 길, 루아는 눈을 뜨고 있으나 아무것도 보이지 않고 귀가 있어도 아무것도 들리지 않았다. 어떻게 움집 안으로 들어왔는지 생각나지 않는다. 그저 멍하니 루아는 천장을 보며 누워 있었다. 한시도 몸에서 떼어놓지 않았던 자윤의 상아검을 가슴에 품고 쓰다듬었다.

'그가 죽었다면 내가 모를 리 없어.'

처음 그를 만나기 전에도, 또 천지에서 자윤을 처음 만났을 때도 루아는 이미 그를 보았다. 자윤이 호랑이를 사냥할 때에도 하늘은 천기를 읽는 그녀에게 다가올 앞날의 한 자락을 내주었다. 저주받은 선몽은 자윤에게 무슨 일이 있을 때마다 그의 환영을 또렷이 보여주었다.

지금은 떨어져 있어도 그의 이름이 새겨진 붉은 머리띠처럼 보이지 않는 운명의 붉은 실에 서로 연결되어 있다 굳게 믿었기에 루아는 그의 죽음을 더더욱 받아들일 수 없었다. 그럼에도 지금의 이 시간이 너무나 고통스럽다. 고통······. 루아는 마음속으로 대신녀를 불렀다. 부름에 응답하듯 떠나간 대신녀의 목소리가 들려오는 듯하다.

"잊지 마세요. 이 모든 고통이 지나고 보면 그 또한 결국 찰나의 순간과 같음을."

축대가 무너졌던 그날 대신녀는 분명 그리 말했다.

"눈에 보이는 것이 전부는 아니랍니다. 마음을 따라 걷다 보면 그 길의 끝에 원하는 것을 얻게 될 겁니다."

멍하니 천장을 보며 밤을 새운 루아는 자리에서 일어나 밖으로 나왔다. 녹이가 감아놓은 천을 풀어내니 손톱이 세 개나 부러졌다. 루아는 단단해 보이는 나뭇가지 하나를 손에 들었다.
"모든 시작은 하나로 시작되고 이루어진 것은 없는 것과 같아 시작처럼 하나라. 돌고 도는 인계의 삼태극은 무궁무진하여 마르지 않는다."
루아는 천부경을 읊조리며 나뭇가지를 목검 삼아 차가운 새벽 공기를 갈랐다.
'눈에 보이는 것이 전부는 아니다!'

천천히 마음을 다스리며 호흡을 가다듬고 앞으로 한 걸음, 뒤로 두 걸음, 좌우로 반원을 돌며 나뭇가지를 휘둘렀다.

알고 계셨습니까. 제게 이런 모진 시련이 닥치리라 이미 알고 계셨던 겁니까. 그래서 그리 말씀하셨던 겁니까.

'마음을 따라 걷다 보면 그 길의 끝에 원하는 것을 얻게 될 것이다.'

단 한 번도 어긋남이 없던 대신녀이다. 그녀는 어디까지 본 것일까. 멈춰 선 루아가 하늘을 올려다보았다. 구름 한 점 없는 겨울의 새벽하늘에 눈이 시리다.

"잊지 않겠습니다. 이 모든 고통이 지나고 보면 그 또한 결국 찰나의 순간과 같음을."

다시 나뭇가지를 뻗어 사선으로 내리그으며 하늘을 갈랐다. 쉬지 않고 손목을 꺾어 팔을 뻗어 내리는 그녀의 손에서 부드러운 곡선을 그리며 나뭇가지가 춤을 춘다.

차가운 겨울바람에 흥건히 젖을 만큼 몸을 놀린 후 돌아선 루아는 문가에 선 녹이를 발견했다.

"괜찮은 거야?"

"응."

"그래, 들어가자."

안으로 들어선 루아는 녹이가 내미는 그릇을 받아 들었다. 눈을 녹여 끓인 것 같은데 노란 꽃잎들이 보인다. 아침 수련이 거했던 탓에 목이 말랐던 루아는 묻지도 않고 꽃잎까지 모조리 삼켜 버렸다. 쓴맛이 강해 인상을 찌푸리니 녹이가 웃는다.

흔 적

"원추리야."

"원추리?"

"응. 훤초(萱草)라고도 해. 근심 없애주는 약."

서자부에서 여러 가지 약초의 효능을 공부했지만 근심을 없애주는 풀이 있다는 소리는 들어보지 못했다. 녹이의 바람처럼 정말 이 약이 루아의 슬픔을 없애주었으면 좋겠다.

"고마워."

"예티 타고 사냥 가지 않을래?"

난생처음 동무를 얻은 아이처럼 녹이는 그녀와 무언가를 하고 싶은 모양이지만 루아는 고개를 저었다.

"그래. 그럼 나 다녀올게."

"해도 뜨지 않았는데 어디로 가려고?"

"기다려. 해가 높게 뜨기 전에 돌아올게. 더 빨리 올 수도 있고. 점심에는 고기 먹자."

누군가가 집에서 기다려 준다는 것이 한없이 기쁜 양 달려가는 녹이를 루아가 불러 세웠다.

"저기, 일행이 돌아오면……."

"내일 저녁이나 되어야 올걸? 왜?"

"돌무덤 이야기는 하지 말아줘."

자윤의 무덤을 발견한 것을 우서한이 안다면 여행은 여기서 끝이 날 것이다. 아직 그의 죽음을 인정할 수 없는 루아였기에 여행도 계속되어야 했다.

녹이가 씩 웃으며 알았노라 고개를 끄덕인다.

"오늘은 예티랑 같이 안 가?"

"응, 불러도 안 오네. 걱정하지 마. 호랑이도 피해 가는 예티니까 별일 없을 거야."

월령이 나타나지 않아 기분이 상한 것을 애써 감추려 했던 루아와 달리 언제나 부르면 달려오는 예티가 나타나지 않아도 녹이는 섭섭해하지 않는다. 외양은 루아보다 어려 보이는 녹이였으나 그는 자신의 희생으로 누이의 행복을 기원하고 믿음으로 친구를 배려하는 속 깊은 소년이었다.

'저 아이, 배려란 것을 하고 있구나.'

등에 작은 활을 메고 아직은 어둑어둑한 눈길을 달려가는 녹이의 모습에 루아의 입가로 옅은 미소가 피어올랐다.

'누가 다녀간 것일까……'

떠나기 전 마지막으로 돌무덤을 찾은 자윤은 간밤에 내린 눈에도 높낮이의 차이를 두고 있는 돌기둥 아래를 살폈다. 야생의 동물들은 언 땅을 파헤치는 무모한 짓은 하지 않는다. 일곱 개의 굄돌 아래 누워 있을 형제들의 무덤이 훼손되지 않은 것을 확인한 자윤이 넓은 덮개돌 위로 뛰어올랐다.

—여기 이곳 비리국의 경계에 추방당한 환국의 왕자 자윤, 그의 형제들과 잠들다.

넓은 덮개돌 위에도 누군가 다녀간 흔적이 있었다. 돌을 부딪쳐 새겨 넣은 환국의 그림 글자 또한 누군가의 따뜻한 손길을 받은 듯 글자가 있던 자리만 눈이 쌓인 높이가 다르다.

"누굴까······."

털썩 주저앉은 자윤은 멀리 뜨는 해를 바라보았다. 돌무덤에 앉아 죽은 형제들의 이름을 되뇌던 자윤의 목소리가 고통으로 젖어 들었다.

"루아······."

습격이 있던 밤, 살아서 이곳을 벗어나지 못하리라 판단한 자윤은 적운의 등에 아우와 그의 상아검을 실어 보냈다. 부러진 곳은 없었으나 돌도끼와 돌검에 깊이 파인 상처들로 이미 많은 피가 빠져나간 상태였기에 아무도 없는 눈 덮인 설원에서 그에게 남은 것은 죽음뿐이었다. 형제 같은 이들의 시신을 강이 보이는 곳으로 옮겼으나 무덤을 위한 돌 하나 쌓기도 전에 쓰러져 버렸다.

'루아······.'

마지막 남은 애틋함으로 심장은 여전히 멈추기를 거부한 채 작은 새처럼 파닥인다. 날이 어두워지는 것인지 의식을 잃어가는 것인지 분간이 가지 않았다.

껍데기밖에 남지 않은 육신 위로 소복하게 쌓이기 시작한 눈 속에서 서서히 다가서는 죽음의 그림자를 밀어내고 낯선 방문객이 찾아들었다. 어둠 속에 움직이는 커다란 물체가 형제들의 시신을 차례로 건드린다.

끄으으웅, 끄릉, 쿵쿵.

자윤의 몸이 헝겊 인형처럼 들척여졌다. 개도 아닌 것이 곰도 아닌 것이 자꾸만 건드리는 것이 신경 쓰여 눈을 감을 수가 없다.

"가.버.려."

말이 끝나기도 전에 자윤은 몸이 붕 떠오르는 것을 느끼며 의식을 잃었다.

따뜻했다가 서늘하니 축축한 느낌에 눈을 뜬 자윤은 비리국 설인의 품에 안겨 있었다. 순행을 하며 전해 들었을 뿐 한 번도 마주치지 않았던 예티가 죽어가는 자윤을 둥지로 데려온 것이다.

고개조차 가누지 못하는 자윤의 상처를 쉬지 않고 핥아대는 커다란 예티는 그를 품에 안고 놓지 않았다. 얼마 있지 않아 예티가 암컷이라는 사실을 알았다. 숨 막히게 입안으로 밀어 넣는 예티의 젖꼭지를 밀어낼 기운조차 없었다. 꾸역꾸역 입안으로 흘러드는 비릿한 것을 삼켜가며 짐승의 새끼처럼 예티의 품에서 상처가 나을 때까지 이십여 일을 알몸으로 보냈다.

상처가 나아갈 즈음에야 자윤은 예티가 그의 명줄을 이었음을 인정할 수 있었다. 상처는 나았으나 붉게 변해 버린 눈동자는 제 색을 찾지 못했다. 예티의 털을 얽어서 옷을 만들어 입고 자윤이 가장 먼저 한 것은 형제들의 무덤을 만드는 일이었다. 크고 작은 돌덩이들을 나르는 것이 우스웠던지 예티가 제 덩치만큼이나 커다란 돌을 들어다 주었다.

그렇게 볕이 잘 드는 강가에 무덤을 만들어 자신의 이름도 형제들과 함께 묻어버렸다. 예티의 몸에 실려 어딘지도 모를 깊은 산속 동굴로 돌아온 자윤은 무리 생활을 하는 그들 사이에 섞여 지냈다. 시도 때도 없이 날카로운 이빨을 드러내는 예티들은 보기와 다르게 순하여 그로서는 씹지도 못할 채식을 하는지라 자윤은 따로 사냥을 해야 했다.

무리 의식이 강한 예티들이 육중한 체구는 생각도 않고 친근감을 표하는 통에 자윤은 뼈가 부러지지 않도록 재빨리 도망치는 법을 배워야 했으며, 그들과 엉켜 지내는 사이 어느새 그들을 밀어낼 만큼 체력이 증강되어 갔다.

'루아……'

상처가 나아가면서 루아에 대한 그리움 또한 더욱 강해졌다. 햇살에 반사되어 반짝이는 호수를 바라보던 자윤이 자리에서 일어섰다.

"떠나야 할 때가 되었구나."

녹이의 예상에 맞춰 지는 해를 등지고 긴 그림자를 늘어뜨린 돌탑들 사이로 우서한과 해일이 들어섰다. 그녀를 향해 양팔을 벌리고 달려오는 해일의 모습에 루아가 손을 흔들었다.

"루우우우아아아아!"

덥석 루아를 안아 들고 온몸을 흔들어대는 해일에게서 벗어나니 그의 뒤로 우서한이 보였다. 볼이 움푹 파인 것이 몰라볼 정도로 핼쑥해진 우서한은 사흘 동안 잠 못 잔 사람처럼 눈이 퀭했다. 루아의 시선이 다시 해일에게로 향했다. 눈을 맞추며 화사하게 웃는 해일의 모습은 우서한과 달리 아주 평안해 보인다.

"잘 오셨어요. 들어오세요."

우서한과의 다툼은 벌써 잊어버린 듯 녹이가 우서한과 해일의 팔짱을 끼며 잡아당겼다. 멋쩍게 움집으로 들어선 우서한과 춥다 춥다 노래 부르며 호들갑을 떨던 해일의 입이 떡하니 벌어진다.

"우리는 눈 위에 내팽개치고 아주 호강을 하셨구먼!"

따뜻한 모닥불 위로 데워진 산양 젖을 그릇에 나누어 주고는 냇돌 위에 올려놓은 고기를 익히느라 부지런히 뒤집는 녹이의 손이 분주하다.

"불 옆에 앉으세요."

엄청나게 기분이 상한 표를 내는 해일과 달리 우서한은 우직하게 앉아 녹이에게 감사를 표했다.

"그리 편히 지낸 것만 같지는 않구나."

피곤한 듯 눈 밑으로 그림자를 드리운 우서한의 시선에 루아가 천을 감아 놓았던 손을 슬그머니 뒤로 감추었다.

"밤은 어디서 묵으셨습니까?"

"동굴."

우서한의 짧은 대답은 늘 그렇듯 아무런 기색도 읽을 수가 없다. 그에 비해 산양 젖을 마신 해일은 더더욱 기운이 돋았는지 특유의 말투로 너스레를 떨기 시작했다.

"얼어서 숨도 쉬지 못할 정도였다고. 오죽했으면 내가 저 곰단지를 안고 잤겠어."
"그만하지."
 가느다란 체형이기는 하나 크기가 우서한 못지않은 해일과 서로 안고 잤다니 터지는 웃음을 참지 못해 녹이가 먼저 하얀 젖을 코로 쏟아낸다. 게다가 밤사이 정분이라도 난 듯 절대 말을 섞는 법이 없던 우서한이 해일을 보며 그만하라니 아무래도 두 사람만 남겨놓은 것은 잘한 일인 듯싶었다.
 "말 안 듣는 귀도 꼬마는 여전히 안 나타나?"
 해일의 물음에 루아가 조용히 고개를 저었다.
 "숫돌에 갈아보지 그래? 싫어하는 것 같던데."
 "굳이 그럴 필요가 있을까요?"
 "내일은 일찍 떠나야 하니 다들 잠자리에 드는 것이 좋겠군."
 우서한의 말 한마디에 저녁 식사는 순식간에 끝이 나버렸다. 손님 맞을 준비를 하느라 피곤했던지 녹이가 먼저 잠자리에 들었다. 해일 또한 투덜거리기를 멈추지 않더니 이내 모닥불 가장 가까운 자리에 모피를 깔고 누웠다. 조용히 잠든 이들을 바라보던 루아의 시선이 우서한에게로 향했다.
 "우서한님."
 "내일 일찍 떠날 것이니 자리에 들거라."
 곤하여 보이는 우서한의 모습에 망설이던 루아가 조심스레 입을 뗐다.
 "적운이 돌아왔을 때의 상황을 알고 싶습니다."
 루아의 물음에도 모닥불을 바라보는 우서한의 시선은 흔들림이 없었다. 말해주지 않을 것 같다. 자는 이들을 생각하여 루아가 더욱 목소리를 낮췄다.

"태자께서 자윤 왕자를 살해하라 사람을 보낸 것을 알고 계십니까?"

우서한이 불을 향해 잔가지를 던져 넣는다.

"왕자를 죽이라 보낸 서른 명 중에 하나도 돌아오지 않았습니다."

"……."

"돌아온 것은 구왕자의 시신을 싣고 온 적운뿐이 아니었습니다."

자리에서 일어선 루아가 한쪽으로 잘 놓아두었던 상아검을 들고 와 천을 벗겨내고 검을 우서한의 앞에 내려놓았다. 루아는 우서한의 눈동자가 미세하게 흔들리는 것을 놓치지 않았다.

"왜 너의 손에 있는 것이냐?"

우서한이 자윤의 검을 알아보았다. 또한 그의 물음을 통해 루아는 그 검이 태자의 손에 있었다는 사실 또한 우서한이 알고 있다는 것을 눈치챘다.

"태자께서 자윤 왕자님에게 보낸 사람들, 누굽니까?"

서자부는 태자의 직속 기관이다. 그중 흑랑대는 뛰어난 무예를 갖춘 상급 무인들로 태자의 손과 발이 되어 움직이는 친위대와 같다. 만약 자윤에게 보내진 살수가 흑랑대라면 그가 살아 있을 가능성은 희박해진다.

"흑랑대를 생각하는 것이라면 틀렸다."

기나긴 침묵을 깨고 우서한이 입을 열었다.

"내가 수장으로 있는 한 봉황의 명이라 하여도 서자부를 살육의 도구로 이용할 수는 없다."

"왕자님…… 살아 계신 겁니까?"

"……."

"우서한님……."

"호랑이 토벌령 이후 사냥꾼들은 토벌이 끝나도 돌아가지 않았다. 포악한 맹수를 잡는 이들인지라 행여 무뢰배 짓을 할까 저어되어 청랑에게 지켜보게 하였다."

덤덤한 목소리로 느릿하게 말을 이어가는 우서한을 바라보는 루아의 가슴으로 검은 먹구름이 밀려들었다.

"이미 계획이 되어 있었는지는 알 수 없으나 같은 날 같은 시에 사냥꾼들이 무리 지어 성문을 나갔다는 보고를 받았다."

그 사냥꾼 무리가 어디로 향하였는지 루아는 짐작할 수 있었다.

"살아 돌아온 이들이 없다 들었습니다."

"있다."

우서한이 사냥꾼들을 미행하라 일렀던 청랑이 살아 돌아온 것이다. 사실을 아는 이는 아무도 없다며 우서한의 목소리가 더욱 가라앉았다.

"그들이 멈춰 선 곳에 추방당한 왕자의 일행이 있었다고 했다."

"모두…… 죽은 것입니까?"

아황, 명지, 파사, 유휘, 랑낭, 도산, 주영, 그리고 추방당한 왕자. 루아는 돌무덤에 새겨져 있던 이름들을 하나하나 되뇌었다.

"야차(夜叉)를 보았다고 했다."

지계 명왕의 장수로 잔인하기로 소문난 귀장(鬼將)을 보았다니 무슨 말일까. 우서한은 청랑이 온전한 정신으로 돌아온 것이 아닌지라 횡설수설하는 그가 무엇을 보았는지는 알 수 없다 했다.

"구왕자를 싣고 돌아온 말이 적갈마인 것으로 볼 때 마지막까지 살아 있던 이는 삼왕자인 듯한데."

"청랑이 보았다고 합니까? 어디로, 그는 어디로 갔는지, 혹 어디로 갔는지도 보았다 합니까?"

"추방당한 왕자보다는 구왕자의 안위가 우선인지라 청랑은 서윤 왕자를 실은 적운을 쫓아 환궁했다."

"그럼……."

"청랑은 발 빠른 적갈마보다 이틀이나 늦게 돌아왔고, 서윤 왕자의 죽음조차 알지 못했다."

"어째서 말해주지 않으신 겁니까?"

원망 어린 물음에 우서한이 자리를 털고 일어섰다.

"돌아온 청랑 또한 자살했기 때문이다."

"왜……."

"얼마나 참혹한 광경이었기에 그리 정신줄을 놓았는지 알 수 없으나 더 이상 알고자 하지 않았다."

자리에 누웠으나 우서한은 잠들 수 없었다. 훈훈한 온기가 감도는 따뜻한 잠자리였으나 깊게 들이마신 숨을 내쉬는 우서한의 가슴으로 묵직한 근심이 들어찼다.

루아가 하얀 짐승의 등에 타고 그들을 앞질러 간 사흘 동안 우서한은 한숨도 자지 못했다. 밤마다 꿈속으로 찾아드는 아사를 품에 안느라 기력이 쇠했다. 한숨을 내쉬며 돌아누우니 아사와 꼭 닮은 루아의 등이 보였다.

정인의 검을 품에 안고 울음을 참느라 어깨를 들썩이는 아이.

'견디어야 한다. 지금의 시련 또한 언젠가는 네게 단단한 버팀목이 되어줄 테니.'

처음 서자부에 들어왔을 때에도 유난히 눈길을 끌던 아이였다. 당시 흑랑이었던 우서한은 어린 누이를 대하듯 그만의 방식으로 어여삐 여겼다.

백랑일 때부터 루아는 황소처럼 고집스럽고 곰처럼 우직했다. 계집아이에게는 어울리지 않은 성정이나 행동 또한 그러했으니 고집스럽고 우직하다는 말은 그만의 표현은 아니리라. 목검을 쥐어주고 훈련용 나무 기둥을 치라 하면 손의 물집이 터지는 것에도 아랑곳없이 부러진 목검을 바꾸어가며 나무가 쓰러질 때까지 내려쳤다.

그러한 루아였기에 우서한은 다른 이들보다 더욱 모질고 혹독하게 훈련시켰다. 루아는 묵묵히 그의 훈련을 견디어내며 백랑에서 청랑으로, 다시 적랑에서 흑랑까지 빠르게 등급을 올려 마침내 그의 뒤를 이어 여인으로서는 처음으로 금랑이 되었다.

구가의 차남이었던 우서한은 아버지가 지속적으로 마가에 혼담을 넣고 있다는 사실을 알고 있었지만 루아를 대하는 그의 마음은 그다지 변화가 없었다.

누이 같은 아내를 얻는 것도 나쁘지 않으리라 생각하였는데 하늘이 그를 위해 다른 인연을 준비한 것을 깨닫는 데는 그리 오래 걸리지 않았다.

운명은 은월제의 밤에 찾아왔다. 환인성 전체가 흥분으로 술렁이는 가운데 이른 저녁부터 찾아든 아버지의 닦달에 우서한은 서자부의 옷을 벗고 백색의 환복으로 갈아입었다. 축제에 참여하는 사내아이들처럼 머리에 하얀색 무궁화까지 달았다.

"훤칠하니 자알도 생겼다."

무뚝뚝하여 평상시에는 말 한마디도 아껴 하는 아버지 구가가 흐뭇한 기분을 감추지 못하고 빨래터의 아낙네처럼 웃기를 멈추지 않았다. 그도 그럴 것이, 서자부의 수장인 우서한의 나이가 벌써 스물하나.

마가의 차녀를 며느리로 들이기로 작정한 구가는 포기하지 않고 계속하여 혼담을 넣고 있었지만 우서한은 혼인에 대해 그다지 관심이 없었다. 그보다 세 살 많은 구가의 장남이 대를 이을 아들을 줄줄이 셋이나 낳았으니 손을 이어야 한다는 자식의 도리에서는 어느 정도 자유로운 우서한이었다.

하얀 달빛 아래 천부단을 둘러싸고 짝짓기 축제에 가슴 설레며 너나 할 것 없이 손을 잡은 선남선녀들이 환무를 춘다. 사내아이들은 흰색 무궁화를, 계집아이들은 붉은색의 무궁화를 머리에 꽂고 있었다. 그 모습이 반푼이 같아 보인다는 생각에 우서한은 아버지가 직접 꽂아준 무궁화를 빼내어 휙 뒤로 던져 버렸다.

"야생마도 아니고 집단 교미라니."

천부단 광장을 둘러싸며 심어진 커다란 버드나무 아래 기대서서 은월제를 지켜보는 우서한의 눈동자는 늘 그렇듯이 아무런 감정도 담겨 있지 않았다.

"이렇게 예쁜 꽃을 머리에 단 야생마는 본 적이 없습니다."

조용한 목소리에 돌아서니 그가 버린 하얀색 무궁화를 손에 든 여인의 모습이 보였다.

열다섯이 되어 은월제의 참가가 허락된 마가의 차녀도 예쁜 환복을 입고 나타날 것이라던 아버지 구가의 말처럼 그녀가 버드나무 아래 서 있었다. 머리에 붉은 무궁화를 꽂았지만 옷차림은 서자부의 무복이다. 모두가 똑같은 서자부 복장, 이마에 금랑의 띠를 매지는 않았다 하여 루아를 몰라볼 우서한이 아니었다.

"축제에는 안 어울리는 복장이구나."

돌아선 우서한의 시선이 다시 천부단으로 향했다.

"어울리지 않기는 당신도 마찬가지입니다."

쿵! 우서한은 심장이 내려앉는 듯한 이상한 기분이 들었다. 천천히 돌아선 우서한의 시선이 다섯 걸음 정도 떨어져 축제를 구경하는 그녀에게로 향했다.

"당신?"

웃음이 나온다. 곡주라도 마신 건가. 루아가 그를 부르는 호칭은 언제나 우서한님이었는데 당신이라……

"그럼 무어라 불러드릴까요?"

장난스레 대꾸하는 그녀를 보자니 기분이 묘하다. 이 아이, 이런 눈빛을 가졌던가.

"혹 제가 누군지 아십니까?"

"서자부 복장을 하고 있으니 서자부 사람이겠지."

두 눈을 반짝이며 올려다보는 루아의 모습은 우서한이 알고 있던 금랑이 아니었다.

"그저 무리 지어 춤추는 꽃들을 구경 나왔을 뿐, 소녀는 누구에게도 속할 수 없는 처지랍니다."

덤덤한 목소리. 팔 년을 함께 보낸 우서한을 알아보지 못한다. 그녀는 루아가 아니었다.

"마음에 드는 여인을 고르셨나요?"

"지금 막 찾은 것 같군."

루아와 같은 얼굴로 다른 표정을 짓는다. 손을 뻗어 하얀 무궁화를 그의 머리에 꽂아주며 속삭였다.

"하룻밤 꿈이라도 괜찮을까요?"

우서한이 그녀의 손을 잡아당겼다. 고개를 숙여 이마를 마주 대니 흑요석 같은 눈동자가 더욱 반짝였다. 정말 나를 모르는 것인가.

"내가 누군지 아는가?"

"글쎄요. 모두가 같은 옷을 입고 같은 꽃을 머리에 꽂고 있으니 알 수가 없지요. 하얀색 무궁화를 꽂은 것을 보니 여인은 아니네요."

꽃밤이었다. 땀 냄새 풍기는 서자부의 계집아이들과는 달리 향기 가득한 여인의 품에서 우서한은 천계를 보았다. 뜨거운 용암처럼 끊임없이 그녀에게 자신을 쏟아부으며 그의 심장을 터뜨리는

흔적

절정의 쾌락을 본 것이다.

아침 햇살에 눈을 떴을 때 첫정을 주었던 연인은 사라졌으나 그녀의 흔적을 찾는 것은 어렵지 않았다. 마가에 어릴 적 출가한 차녀가 루아 하나가 아니라는 것. 아사의 존재를 하룻밤 꿈으로 놓아줄 수가 없어 우서한은 한 번도 걸음 않던 북궁의 선원으로 향했다.

"하필이면 서자부의 수장이라니……."

기대하지 않았던 첫마디였으나 우서한은 상관없었다. 쌍둥이라는 점을 이용하여 동생의 옷으로 바꿔 입고, 겁 없이 선원을 벗어나 신녀의 신분으로 사내와 정을 통한 아사의 대담함조차 사랑스러웠다.

"다시 한 번 선원으로 걸음을 한다면 목을 매어 배웅할 것입니다."

너무나 냉정하고 잔인한 말이었으나 우서한은 말없이 돌아섰다. 은월제의 밤에 그를 선택한 것은 우서한이 아니라 아사였다. 이대로 끊어질 인연이라 믿지 않았기에 뜨거운 그 밤이 꿈이 아니었기에 우서한은 묵묵히 기다렸다.

신녀라는 것이 서자부의 루아와는 달리 평생을 어머니 마고에게 바쳐야 하는 삶이기에 그녀와의 인연이 쉽지 않으리라 생각했다. 기다림 속에 옛 기록들을 뒤졌으나 아무리 찾아보아도 신녀의 신분에서 벗어났던 이는 없었다.

'이대로 끝인가……'

그리움에 지쳐 메마른 심장이 조각조각 떨어져 내리던 봄날의 밤, 모질게 돌아섰던 연인은 꿈처럼 그를 찾아와 짙은 향기를 남기고 사라졌다. 은밀한 만남은 그렇게 애닳는 기다림 속에 끊어질 듯 끊어질 듯 이 년이 지속되었다. 기다림은 짙어지고 갈망은 더욱 끓어올랐으나 삼신성황제를 앞둔 아사는 붙잡을 수 없을 만큼 멀어져 버렸다.

태자전의 문을 지키는 흑랑으로부터 아사가 동남궁 태자전에 드나든다는 소식을 전해 들은 우서한은 폭풍처럼 선원으로 들이닥쳤다. 발버둥 치는 아사에게 지울 수 없는 치욕을 안겨주었다. 목숨조차 아까울 것 없이 내어줄 정인이었건만, 그의 심장을 뚫고 뿌리내린 아사의 존재는 어리석은 질투와 탐욕의 열매를 맺어버렸다.

신녀이기에 어느 누구도 근접할 수 없으리라 위안을 삼았었다. 아사에게 사내는 우서한 하나뿐이라, 평생을 그림자처럼 묵묵히 지켜주고자 하였다. 그런 그녀의 곁에 태자의 존재조차 인정할 수 없었던 치기 어린 소유욕 앞에 결국 우서한의 순정은 무릎 꿇고 말았다.

'너를 완전하게 소유하고 말겠어.'

이제 그에게 남은 것은 사내로서 온전하게 한 여인을 소유하고자 하는 욕망뿐이었다. 그녀를 얻기 위해 지계라도 마다하지 않을 것이다.

"아사……."

아무리 반복해도 무던해지지 않는 것이 있다면 이별일 것이다.

녹이의 두 눈에 아쉬움이 가득했다.

"더 있다가 가면 안 돼?"

고개를 저으며 루아는 짐을 꾸리기 시작했다. 짐이랄 것도 별로 없었지만 등에 따로 메고 다니던 상아검도 봇짐에 함께 넣었다. 밤새 잠을 이루지 못한 것은 루아만이 아니었나. 떠날 차비를 하는 우서한의 눈이 붉게 충혈되어 있다. 그들과는 달리 아주 푸근한 밤을 보낸 듯 해일만이 늘어지게 기지개를 켠다.

"하아아아! 온통 눈 천지야."

"……."

"길도 안 보인다고. 며칠 더 있다가 가지."

"해일님은 더 계시다 오시지요."

"큭. 매정하구나."

루아가 눈을 흘기니 콧방귀를 뀌며 해일이 우서한의 곁을 지나 밖으로 나가 버렸다. 잠시 잠깐 멈춰 선 듯 보였던 그에게 무슨 소리를 들었는지 우서한은 해일이 사라진 곳을 노려보고 있었다.

루아는 말없이 다가앉은 녹이에게 무슨 말을 하여야 할지 고민스러웠다.

"돌아가는 길에 다시 들를게."

"정말?"

"응, 비리국 친구는 네가 처음이니까."

봇짐을 등에 메고 일어나니 녹이가 문 앞에 선 우서한을 힐끔 쳐다보더니 그녀의 귓가에 속삭인다.

"돌무덤 다시 안 보고 가?"

생각만으로도 가슴이 따끔거린다.

"이제 어디로 가려고?"

어디로 가야 하는 걸까. 지난밤을 하얗게 새웠지만 아무런 답도 얻지 못했다.

"확실한 건 아무것도 없어."

지금 그녀가 알 수 있는 것은 단 하나, 그녀의 여행은 아직 끝나지 않았다.

"내가 찾기를 포기할 때 그 사람은 죽는 거야."

이곳에 머물며 언 땅이 녹을 때를 기다려 무덤을 열어볼 수도 있지만 루아는 그러지 않을 것이다. 살아 있다면 언젠가는 만날 것이요, 죽었다면 세상을 떠도는 사이 스스로 인정하게 될 것이다.

'슬픔 따위로 주저앉지 않아.'

언 땅 위로 고개를 내미는 새싹처럼 그녀의 가슴에도 희망이란 작은 싹이 움트고 있었다.

"녹이야."

"응?"

"봄이 되면 내 대신에 꽃을 따다 줄래?"

고개를 끄덕이며 문밖으로 따라나서는 녹이에게 루아가 손을 내밀었다.

"평안하기를, 나의 친구 녹이."

기껏 나흘을 함께 보냈을 뿐인데 눈물이 그렁그렁한 녹이가 루아의 손을 힘껏 잡는다.

흔적 357

"평안하기를, 환국의 루아."

기다리고 있던 해일과 함께 적운에 오른 루아는 힘차게 달리기 시작했다.

앞서 달리던 우서한을 한 번에 제쳐 버린 루아가 환하게 웃으며 뒤따라 속력을 올리는 우서한에게 손을 흔들었다. 끝없이 펼쳐진 설원을 달리는 그들의 뒤로 작은 메아리가 울려 퍼진다.

우르우르! 우르르르!

하얗게 부서져 내리는 햇살 아래 언덕 위로 예티와 그의 어깨에 올라탄 녹이의 모습이 보였다. 녹이의 배웅에 답례라도 하듯 루아가 고삐를 당기니 앞발을 하늘 높이 치켜올린 적운이 큰 소리로 운다.

히이이잉!

"으아아아! 뭐 하는 거야, 이 망아지!"

그녀의 허리를 움켜쥐며 비명을 질러대는 해일은 안중에도 없이 루아가 녹이의 그것처럼 크게 소리쳤다.

"히야! 우르우르, 운아! 달려! 우르르르!"

눈보라를 만들며 힘차게 설원 위를 달리는 루아의 가슴으로 차가운 북풍을 몰아낼 만큼 뜨겁게 타오르는 희망이 솟아나고 있었다.

더 이상 자윤의 흔적을 따라 움직이지는 않을 것이다. 죽은 것이 아니라면 그는 잃어버린 청동검을 찾아갈 것이다.

'살아 있다면 반드시 만난다.'

이제 루아의 새로운 목표는 또 다른 흔적이 아닌 청동검이 되었다. 세상의 끝이라 불리는 지계가 어디에 있는지 알 수 없으니 가는 길 또한 여러 갈래가 될 것이다. 하지만 그 길의 끝에는 청동검이 아닌 자윤이 있다.

"우르우르, 운아! 우르르르, 달렷!!"

마지막이라 하여 두려워하거나 노여워 말기를. 끝이 있어 시작도 있으니 끝은 끝이 아니라 새로운 시작이어라.

9장
시간을
넘어

 낮에는 쉬지 않고 달리고 밤에는 인가나 굴속, 혹은 눈구덩이 속에 몸을 묻어가며 300리의 설원을 달린 루아 일행은 양운국에 접어들었다. 오는 사이 야인들의 공격을 받기도 하고 도적 떼를 만나기도 했지만 루아의 일행은 무사히 서쪽을 향해 여행을 하고 있었다. 그사이 루아는 몇 날 며칠이 지났는지 헤아리는 것을 그만두었다. 어차피 그녀가 가진 것이라곤 시간뿐이었다.

 길기만 했던 겨울이 한걸음 물러서는 것이 느껴졌다. 더 이상 얼굴을 꽁꽁 싸매고 달리지 않아도 될 만큼 서쪽으로 향할수록 바람이 연해졌다. 무릎까지 파묻히던 눈도 이제는 발목까지 내려앉았다.

 산에 불을 놓아 밭을 만들어 일구는 화전(火田) 마을에 도착한 루아의 일행은 마침 장이 열려 길목마다 들어찬 사람들을 바라보며 말에서 내려섰다.

예닐곱 명의 꼬마 아이들이 낯선 이방인들에게 호기심을 보이며 루아의 일행을 둘러쌌다. 힐끔거리며 그들에게 길을 내는 어른들보다 아이들의 호기심은 참으로 솔직하다.

"우아! 빨간 말이다!"

"엄청 커. 어디서 왔을까?"

적운의 주위로 모여든 아이들의 목소리가 마치 짹짹거리는 참새 같다. 아이 중 용기 있는 하나가 적운의 다리로 손을 뻗었다.

히이이잉!

귀찮은 파리 쫓듯 적운이 꼬리를 흔드니 아이들이 까르륵거리며 와르르 물러선다.

"머리에 금가루를 뒤집어썼어."

"눈도 파래."

아이들 중에도 해일과 같은 허풍쟁이가 있는지 짐짓 목소리가 그럴듯하다.

"저건 도깨비라고 하는 거야."

"이것들이!"

해일이 무어라 변명을 하기도 전에 아이들이 두 손을 들고 소리를 질러대며 뛰어가 버렸다.

"쯧쯧. 도깨비를 한 번도 보지 못했나 보군. 망둥이 같은 것들. 감히 누구와 비교를 하는 거야?"

자존심이 상한 듯 해일이 금빛으로 반짝이는 머리카락을 신경질적으로 쓸어 넘기자 루아는 웃음이 터져 나왔다.
"해일님의 대화 상대로 수준이 딱입니다. 후후후."
"아이와 같은 동심을 가지긴 했지."
'어련하실까.'
화전을 일구는 이들이라 하나 지금은 겨울이었다. 사냥꾼처럼 온통 털가죽으로 몸을 둘러맨 양운국 사람들의 장에는 곡물보다 겨울을 나는 구황식물과 갖가지 짐승의 가죽과 털을 파는 이들이 더 많았다.
송사리 떼처럼 파라락 도망갔다가 또다시 몰려드는 아이들이 신경에 쓰였던지 우서한이 멈춰 섰다.
"여기서 잠시 헤어지는 것이 좋겠군. 나는 묵을 곳을 알아볼 터이니 너는 먹을거리와 여행에 소용될 만한 것들을 구해오너라."
우서한이 복대에서 옥돌 하나를 꺼내어 루아에게 건넸다. 손톱만 한 원형 크기의 옥돌은 중앙에 동그랗게 구멍이 나 있고 수직으로 홈이 파여 반으로 부러뜨릴 수 있도록 수공되어 있었다. 환국에서도 특별한 경우가 아니면 대부분의 물건이 물물교환으로 이루어지기 때문에 금과 은처럼 드물게 사용되는 귀한 것이다. 여장을 꾸리며 여분의 옷 한 벌에 검과 육포만 달랑 챙겨온 루아와 달리 역시나 우서한은 준비성이 좋았다.
"그리 크지 않은 마을이니 서로 길이 엇갈려 찾을 일은 없을 듯싶구나. 기왕이면 저 물건은 떼어놓고 오너라."
그의 시선을 따라가니 어린애처럼 쪼그리고 앉은 해일이 좌판에 늘어진 죽은 토끼와 대화를 나누고 있었다.

손안에 옥돌을 받아 든 루아가 적운의 고삐를 잡고 걷기 시작하니 어느새 그녀의 곁으로 어깨를 나란히 한 해일이 사람들 속으로 사라져 간 우서한을 가리키며 묻는다.

"어디 가는 거지?"

"묵을 곳을 알아보러 갔어요."

"고지식하기는. 이 정도 마을에 설마 우리 누울 자리 하나 없으려고."

"후후후. 죽은 토끼와는 이야기 잘 나눴어요?"

"죽어서도 처자식 걱정하고 있더군."

"말도 안 돼."

오랜만에 붐비는 사람들 속에서 기분이 좋아진 루아가 눈을 흘기니 해일이 어물쩍 헛기침을 한다.

"죽은 토끼도 처자식 걱정하는데 우리 누렁이는 어디서 날 찾고 있으려나. 흠흠."

휘적휘적 앞서 걷기 시작한 해일도 이내 사람들에게 묻혀 사라졌다. 아이들도 푸른 눈의 도깨비를 쫓아 달려가 버렸다. 우서한의 말처럼 그리 규모가 크지 않은 마을일뿐더러 이방인인 그들은 어디서나 눈에 띄어 찾기 쉽다. 굳이 찾지 않아도 해일은 쓸데없는 너스레를 떨며 그녀의 앞에 다시 나타날 것이 분명하다.

장을 둘러보던 루아는 환국의 기술만 못하지만 제법 날이 선 돌검 다섯 개와 활과 화살 스무 개에 옥돌 반쪽을 부러뜨려 주었다. 육포 한 다발에 다시 돌검 하나와 바꾸고 질 좋은 개털로 만든 커다란 담요와 돌검 하나를 또 바꿨다.

"해일님이 좋아하려나."

밤길에 인가를 찾지 못하면 종종 눈을 파서 그 속에 들어가 자야 했다. 물이 스미지 않는 짐승의 털가죽이 필수였으나 몸만 달랑 따라나선 해일에게 커다란 개털 담요가 도움이 될 것이다. 신기한 것은 검이라고는 한 번도 들어보지 않은 양 보기에는 한없이 약해 보이는 해일이건만 이상하게도 고된 여행길에 지치는 기색이 없었다.

"살려주세요!"

갑작스레 들려온 어린아이의 비명 소리에 돌아선 루아가 사람들이 몰려선 곳으로 뛰어갔다. 사람들을 헤치고 앞으로 나가니 어린 소년 하나가 그보다 더 어린 여자아이를 품에 안은 채 한 사내에게 두들겨 맞고 있었다.

"천하에 빌어먹을 놈들! 누구는 땅 파서 장사하는 줄 알아! 크면 사람도 잡을 놈들이네!"

주인의 걸쭉한 입심에 주위를 둘러싼 이들 중 어느 하나 말리고 나서는 이가 없다. 사내아이의 품에 안긴 계집아이는 제 몸을 감싸 안은 오라비가 두들겨 맞는 중에도 손에 든 무언가를 입이 미어지게 뜯어 먹고 있었다.

"그만하시지요. 배가 고파 그러한 것 같은데, 제가 대신 값을 치러 드리겠습니다."

앞으로 나선 루아의 말에 키 작고 뚱뚱한 사내가 고개를 갸웃거리며 그녀의 앞에 섰다.

"그리 하려오?"

"무엇으로 드릴까요?"

루아가 그녀가 가진 것을 내보이자 토끼고기를 파는 좌판의 주인은 대뜸 돌검을 집어 들었다. 고작 토끼고기에 비하면 터무니없는 거래였으나 루아는 토 달지 않고 고개를 끄덕였다.

"너무하네, 너무해. 욕심은."

"뭣들 해! 저리들 가! 구경은…… 퉤!"

술렁이는 구경꾼들로 민망하였던지 사내가 나무 꼬챙이에 꽂인 토끼고기 몇 개를 더 집어 루아에게 떠안기다시피 쥐어주고는 서둘러 돌아섰다.

고기를 받아 든 루아가 엎드려 있는 두 아이에게 다가서자 사내아이가 흠칫 놀라 계집아이를 더더욱 억세게 품어 안았다. 다 먹었는지 손가락을 쪽쪽 빨던 계집아이만 커다란 눈으로 루아를 올려다보는 것이 밉지가 않다.

'너는 어디 가나 굶지는 않겠구나. 후후후.'

눈을 맞추고 손에 든 고기 꼬치를 흔드니 계집아이가 버둥거리며 손을 뻗었다. 덩달아 누이를 품고 웅크렸던 사내아이가 거북이처럼 목을 들며 몸에 묻은 눈을 털고 일어섰다.

"부모님은 어디 계시니?"

"돌아가시고 할머니와 살아요. 타로!"

루아의 손에 든 고기 꼬치로 손을 뻗는 계집아이를 사내아이가 잡아당겼다. 그보다 머리통 하나는 작아 보이는 계집아이의 고집도 여간이 아니다.

"안 돼, 타로! 안 된다고!"

자꾸만 루아의 손에 있는 토끼고기로 손을 뻗는 계집아이를 나무란다. 타로라 불리는 계집아이의 눈은 고기를 든 루아의 손에서 떨어질 줄을 모른다.

"훔치려고 그런 것 아녜요."

"배가 고파서 그랬겠지."

"토끼고기랑 돌검은 손해 보는 거래예요."

사내아이의 영특한 대답에 루아가 방끗 웃으며 두 아이의 손에 고기를 쥐어주었다.

"이름이 뭐니?"

"전 마유, 제 동생은 타로예요."

양손에 고기를 움켜쥔 타로는 고기에 몰입한 듯 열심히 먹기 바쁘다.

"그래, 마유. 내가 온 곳에선 남의 물건을 훔치면 손을 자른단다. 네 손보다 돌검이 비싼 건가?"

"돌검은 제가 원해서 값을 치르신 게 아니니까 손목은 드릴 수 없어요."

단호한 마유의 말에 루아가 웃음을 터뜨렸다. 지금도 그러하지만 크게 되면 정말 단단한 사내가 되리라. 순식간에 고기를 다 먹어버린 타로가 마유를 올려다봤다.

"오라버니."

철없이 그의 고기를 바라보는 누이를 보며 마유는 인상 한 번 찌푸리지 않고 타로의 양손에 그의 몫인 고기를 쥐어주었다. 볼을 빵빵하게 불리며 입안 가득 고기를 씹으면서도 타로는 하나 남은 마유의 고기를 쳐다본다.

"이건 안 돼. 할머니 드려야 해."

할머니라는 말에 루아는 고향에 있는 할머니를 떠올렸다. 마음이 짠하여 반쪽의 옥돌도 굶주린 오누이 손에 쥐어주었다. 오누이에게 손을 흔들어주고 걷다가 문득 돌아보니 마유가 타로의 손을 잡고 아직도 그녀를 바라보고 있다. 루아가 돌아선 것을 보았는지 마유가 다시 손을 흔든다.

이번에는 내내 아는 척 않던 타로까지 깡충깡충 뛰어올라 그녀를 향해 손을 흔드는 것이 보였다. 오라비의 고기까지 다 먹고 나니 배가 불러 뒤늦은 인사를 하고 싶었나 보다. 웃음이 나왔다.

'평온하기를.'

오가는 사람들 때문에 보이지 않을까 루아는 손을 높게 치켜들고 흔들어주었다. 우서한처럼 옥돌을 잔뜩 들고 왔어도 얼마 있지 않아 모두 이런저런 식으로 누군가에게 주었을 것 같다.

"필요한 것은 모두 장만했으니 설마 우서한이 남은 옥돌 내놓으라 하지는 않겠지."

그렇게 장을 보며 걷다 보니 오가는 사람들 한편으로 아이를 품에 안은 채 쪼그리고 앉아 있는 여인의 모습이 보였다. 마치 여인이 그곳에 존재하지 않는 양 오가는 이들 중 어느 누구 하나 쳐다보거나 멈춰 서는 이가 없다.

그냥 지나치기에는 한겨울 승냥이 털조차 두르지 못한 여인의 맨발이 눈이 쌓인 바닥 위로 잔뜩 오그라들어 너무나 추워 보였다. 루아는 적운의 등에 실었던 개틸 담요를 손에 들고 그녀의 앞으로 다가섰다.
 "무엇이 알고 싶으십니까?"
 잠든 아이를 품에 안은 여인이 왼손에 쥐고 있던 가죽 주머니를 흔드니 달그락거리는 소리가 들렸다. 여인은 눈을 뜨고 있으나 눈동자는 흐릿하여 초점이 없다. 여인은 맹인이었다.
 "이방인이여, 궁금한 것을 말해보세요."
 눈도 보이지 않는데 그녀가 타국 사람인 것은 어찌 알았을까. 루아는 그녀가 점괘를 보는 여인이라는 것을 알아차렸다. 저 가죽 안에 든 것은 아마도 복골(卜骨)일 것이다. 복골은 점을 치는 데 쓰이는 도구로 환국에서도 거북의 껍데기나 짐승의 어깨뼈에 표식을 새겨 점괘를 보는 것이 흔한 일이었다.
 "글쎄요."
 딱히 점괘를 보고자 그녀의 앞에 멈춰 선 것은 아니었다. 단지 헐벗은 여인이 아이를 안고 있는 것을 보았기에 여분으로 장만한 개털 모피를 어떻게 전해줄까 생각했을 뿐이다.
 "추워 보입니다."
 무어라 딱히 전할 말이 없어 루아는 조심스레 개털 담요를 여인에게 내밀었다.
 "점괘를 보지 않으시면 아무것도 받을 수가 없습니다."
 냉소적인 대답에 루아는 당황했다.
 "음…… 그럼 점을 보아주시겠어요?"
 여인이 금세 부드러운 미소를 지으며 맨손으로 바닥의 눈을 쓸어내는가 싶더니 가죽 주머니를 내려놓고 그 안으로 손을 집어넣었다가 바닥으로 뼛조각들을 던졌다. 신기하게도 뼛조각들은 눈이 치워진 작은 바닥 면으로 정확하게 떨어져 내렸다.

"이미 여행은 시작되었고……."

여윈 손가락으로 뼛조각들을 하나하나 뒤집으며 더듬더듬 바깥쪽에서부터 하나씩 나열하기 시작했다.

"해를 등지고, 서쪽으로, 죽음의 땅을 건너, 세상 끝에서, 어둠의 문, 검을 움켜쥔 붉은 새가 보이는데……. 무어라 말해줘야 할지 알 수가 없네요."

여인이 뱉어내는 단어들에 루아의 두 눈이 점점 커졌다. 세상 끝으로 청동검을 찾아 떠난 자윤의 이야기를 하고 있다. 역시 살아 있구나! 루아가 떨리는 목소리로 물었다.

"서쪽에 죽음의 땅이라는 곳이 있나요?"

"물이 없어 생명이 자라지 않는 땅이 있다고 들었어요. 우루국을 지나서요."

"그…… 래요."

"이상하네. 점괘가 연결이 되지 않는 것들이라 읽을 수가 없어요. 다시 봐드리면 안 될까요?"

"아니요."

알 수 없는 문양들이 새겨진 뼛조각들을 직접 읽을 수는 없지만, 루아는 그 단어들의 의미를 알 수 있었다. 그녀가 서쪽으로 죽음의 땅을 건너 세상 끝에서 어둠의 문을 지나 청동검을 가진 붉은 새 자윤을 만날 것이라 말해주는 듯했다. 더 이상 다른 것을 알고 싶지도 않다.

"다시 봐드릴게요."

"아니에요. 알고 싶었던 것을 모두 알려주셨어요."

루아는 애써 맞이한 손님을 놓치는 것이 안타까운 듯 뼛조각들을 다시 거두어들이는 여인의 손을 붙잡았다.

"감사합니다."

답례로 개털로 된 담요를 내밀었지만 여인이 갑작스레 기침을 해대며 동물의 냄새가 난다 손사래를 쳤다. 루아는 난감해졌다. 돌검을 주어야 하나?

"무엇을 드려야 할까요. 돌검을 드릴 테니 필요한 것과 바꾸어 쓰시겠습니까."

어찌해야 하나. 점괘를 보았으니 답례를 해야 하는데 여인이 원하는 것을 알 수가 없다.

"콜록콜록! 제가 몸이 약한데…… 짐승의 털은 두를 수 없으니 혹 손님께서 오신 곳에서는 짐승의 털이 아닌 것으로 만든 따뜻한 옷가지가 없는지요."

기침을 해대는 여인을 보니 정말 안색이 좋지 않다. 그도 그럴 것이, 이 추위에 짐승의 털을 걸치지 않고 어떻게 겨울을 나겠는가.

'내 옷이라도 벗어주어야 하나.'

루아가 그녀의 옷을 들추어보니 가죽 보호대 안에 고이 접어놓았던 천의가 눈에 들어왔다.

'이것을 내어주어도 될까…….'

짐 속에도 여분의 옷이 있지만 짐승의 털을 엮어 만든 겨울용

옷이기에 분명 여인은 그것도 마다할 것이다. 환국에서도 짐승의 털을 걸치면 기침을 해대며 몸에 반점이 생겨 가려워하는 이들을 드물게 본 적이 있었다.

"으애애애앵! 으앵!"

여인의 기침 소리에 품 안의 아이가 깼는지 울기 시작하니 루아의 마음은 더욱 복잡해졌다.

"콜록콜록! 그만두셔요. 제가 받아야 소용없는 것들이니 복채는 되었습니다."

기침이 심하여 입에 피까지 고이는 모습을 보니 루아는 더 이상 망설일 수 없었다. 일어서는 여인의 손을 붙잡았다.

"괜찮습니다. 굳이 답례하지 않으셔도 되어요. 콜록!"

"아닙니다. 제게 동물의 털로 만들지 않은 옷이 있습니다."

"콜록! 그래요?"

루아는 가슴 보호대 아래로 손을 넣었다. 매끄러운 천의의 감촉이 느껴졌다. 앞이 보이지 않는 여인이니 반짝이는 천의를 받아도 이상타 생각 않을 것이다.

"제 것이 아닌지라 아주 드릴 수는 없지만 잠시 맡아주시렵니까?"

"무슨 말씀이신지……."

루아가 한 줌밖에 되지 않는 천의를 여인의 손에 쥐어주었다.

"이렇게 작아도 아이까지 한꺼번에 두를 정도로 커진답니다. 이 옷이라면 따뜻하게 겨울을 날 수 있을 거예요. 몸도 좋아지실 거구요. 다른 이들이 보면 탐을 낼 것이라 큰 화를 불러들일 수도 있으니 입으시더라도 위에 다른 것을 걸치셔야 할 겁니다."

"그리 하지요."

"한 가지 더 있습니다."

"말씀해 보세요."

"아까 이야기한 것처럼 제 것이 아닙니다. 혹여 주인이 나타나면 돌려주실 수 있는지요?"

루아의 말이 이해가 되지 않는 듯 여인이 고개를 갸우뚱한다.

"우연히 어떤 노파를 만나 잠시 맡아둔 옷인지라 언제 다시 돌려드려야 할지 알 수 없습니다."

"후후후, 알겠습니다. 주인이 나타나면 반드시 돌려드리지요."

여인에게 다짐을 받은 루아는 돌아서서 적운의 고삐를 잡고 걷기 시작했다. 특별한 능력을 가진 옷이니 가여운 여인에게 큰 도움이 될 것이다.

'천산 할머니, 죄송해요.'

행여 노파가 나타나 옷을 내놓으라 할지 모를 일이었지만, 저 옷의 주인 정도라면 스스로 찾아갈 수 있으리라. 홀가분한 마음으로 루아는 장터를 빠져나갔다.

루아가 사라진 쪽으로 서 있던 여인의 주위로 울렁울렁 공간이 일그러지듯 물방울처럼 투명한 장막이 서서히 모습을 드러냈다. 장막 안으로 밝은 빛이 들어차기 시작하더니 이내 사람의 형상으로 변하기 시작했다. 밝은 빛이 위에서 아래로 물처럼 흐르며 이내 금발을 내려뜨린 해일의 모습이 드러났다.

오가는 사람들은 맹인여인과 해일이 그곳에 존재하지 않는 듯 스쳐 지나가고 있었다. 둥근 형태의 투명한 막 안에는 왁자한 시장의 소리마저 끊겨 버렸다.

빛의 결계 안에 서 있는 해일에게서 좌판에 쪼그리고 앉아 죽은 토끼에게까지 너스레를 떨던 허풍쟁이의 면모는 사라지고 없다. 차분하게 가라앉은 푸른 눈동자와 굳게 다문 입술, 전신을 감싸는 기운조차 너무나 묵직하여 누구도 쉬이 말을 건넬 수 없을 만큼 진중하다.

"어린아이 당과 뺏기보다 쉽군."

손을 들어 올리니 여인은 아이를 품에 안은 그 모습 그대로 발에서부터 한 줌의 흙이 되어 바닥으로 떨어져 내렸다. 흙먼지 속에 둥실 떠오른 천의가 더욱 작아져 나비처럼 살랑이며 해일의 손 위로 내려앉았다. 해일이 손을 높이 들어 올리자 천 조각이 바람에 날리는 종잇장처럼 하늘 높이 떠오른다.

"값을 치르었노라 주인에게 이르거라."

어디서 날아들었는지 소조 한 마리가 유유히 하강하며 작은 천 조각을 입에 물고 하늘 높이 힘차게 날갯짓했다.

두 개의 산 아래 있는 마을인지라 안 그래도 짧기만 한 겨울해가 한층 더 빨리 산 뒤로 숨어버렸다.

"운아, 아무래도 장 구경이 너무 길었나 보다."

장터를 벗어나니 사람들도 눈에 띄게 줄고 발목 높이의 눈도 무릎까지 올라왔다. 옹기종기 모여 있는 움집들의 불빛을 향해 길을 걷던 루아는 맹인여인이 했던 말들을 되새겼다.

"물이 없어 생명이 자라지 않는 땅이라……. 그곳은 눈도 안 오나 보지?"

광대한 12연방을 가진 환국인지라 지리에 대해서도 체계적인 교육을 받은 루아였으나 물이 없는 땅이란 상상이 어려웠다. 물이 없으니 생명이 자라지 않을 테고, 그래서 죽음의 땅이라 불리는지도. 세상 끝이 지계를 뜻하는 것이니 죽음의 땅으로 가는 것이 옳긴 옳은데.

"반대 방향으로 온 것이 아니라니 다행이지, 뭐."

그녀의 말에 대답이라도 하듯 멈춰 선 적운이 발을 구르며 고개를 치켜들었다.

"그래. 근데 자윤님도 죽음의 땅으로 향하고 있는지 모르겠다."

고삐를 당겨도 적운은 꼼짝없이 서서 발만 구른다.

"운아, 가야지."

이상하다 생각할 틈도 없이 낯선 사내들이 루아를 에워쌌다. 기척을 알아차린 적운이 그녀에게 무언가를 알리려 했건만 자윤의 생각에 빠져 있던 루아는 그 행동의 의미를 너무 늦게야 알아차렸다.

"가진 것 전부 내놔."

진부한 대사. 도적질에 무엇이 그리 당당한지 얼굴조차 가리지 않은 사내들을 바라보았다. 모두 일곱이다.

"뭐야! 전부 내놓으라니까!"

'애써 장을 본 것이 아깝기는 하지만, 피를 보는 것보단 나으리라.'

루아는 적운에게 실려 있는 짐을 들어 눈 쌓인 바닥 위에 풀어 놓았다.

"돌검 세 개, 활 하나, 화살 스무 개, 양고기 육포 한 다발, 그리고……."

안장 뒤로 끼워져 있던 개털 담요도 가져와 내려놓았다.

"최상급 개털 담요 하나."

장사치처럼 일목요연하게 나열하여 개수까지 불러주니 도적들이 술렁인다. 참으로 친절한 이방인이다.

"저건 뭐야?"

우두머리로 보이는 도적의 손짓에 고개를 돌리니 장본 것 외에 그녀의 봇짐을 가리키고 있다. 끄응. 루아가 다시 그녀의 봇짐을 들고 와 풀었다.

"겨울용 여자 옷 한 벌, 무뎌서 쓸모없는 단도 하나."

"거기 천에 싸인 거, 길쭉한 건 뭐야?"

도적이 가리키는 것은 자윤의 상아검이었다. 싸움을 피하고자 가진 것 전부를 내어주려 했으나 만약 검을 갖고자 한다면 그녀는 싸워야 했다.

"버티는 걸 보니 저 안에 든 거야."

"옥돌이 잔뜩 들어 있는 거 아냐?"

'옥돌이 문제였구나.'

이런 산골 마을에서 보기 드문 옥돌로 물건 값을 치렀으니 꿀단지에 파리 꼬이듯 무뢰배들의 귀에 들어갔을 것이다. 그에 더해 사람들이 잔뜩 모인 곳에서 토끼고기에 돌검으로 값을 치르고 마유와 타로를 구해주었으니 얼마나 순해빠진 여행객으로 보았을까.

'아이들은 괜찮은지 모르겠네.'

도적들을 마주하고 있는 이 상황에도 루아는 반쪽짜리 옥돌을 손에 쥐어준 아이들이 무사히 할머니의 집으로 돌아갔을지 걱정이 되었다.

"옥돌을 가진 아이들을 보았습니까?"

"쥐새끼 같은 것들이 어찌나 빠른지 잡지 못했으니까 걱정할 필요 없어. 그까짓 반쪽짜리 옥돌이야, 뭐. 너는 동그란 것들을 더 많이 가지고 있겠지? 빨리 열어봐! 그거 옥돌이지?"

"찾으시는 것이 옥돌이라면 이건 옥돌이 아닙니다."

루아는 상아검을 감싼 천을 벗기지 않은 채로 손잡이를 잡고 좌우로 살며시 돌렸다.

"그냥 훈련용 목검일 뿐입니다."

"그렇다면 왜 보여주지 않지? 열어봐!"

보여주면 달라고 할 테니까 그렇지. 대부분이 돌칼이나 돌도끼를 사용하고 있었기에 동물의 뼈를 갈아 만든 골각기는 옥돌만큼이나 귀한 것이었다. 루아가 검을 품에 안고 한 걸음 뒤로 물러섰다.

"소중한 사람한테 받은 것이라 드릴 수 없습니다. 다른 물건은 전부 가져도 좋으니 그만 놓아주시지요."

자윤의 검에 피를 묻히고 싶지 않다. 그런 그녀의 마음도 모른 채 도적들은 한 걸음 가까이 다가왔다.

"전부 가져갈 거야, 물론 네 말도."

"말은 가져가 봤자 너무 눈에 띄는 붉은색인지라 제 일행이 금방 추격하게 될 겁니다."

일행이라 해봤자 우서한과 해일이 전부지만 도적들은 술렁이기 시작했다.

"분명 옥돌을 가지고 있다니까."

아무래도 포기가 안 되는지 상아검을 품에 안은 루아를 향해 도적들이 돌검과 도끼들을 치켜들었다. 적운도 상아검도 내어줄 수 없는 루아가 몸을 낮추며 도적들이 눈치채지 못하게 검을 묶어두었던 천의 끈을 살며시 잡아당겼다.

삽시간에 팽팽해진 긴장감을 뚫고 고양이처럼 나른하고 가느다란 목소리가 들려왔다.

"나참, 가지가지 한다, 정말."

아주 오랫동안 존재조차 잊었던 월령이 바닥에 펼쳐진 단도 위로 연기처럼 피어올랐다. 춥지도 않은지 가죽옷으로 엉덩이와 가슴만 간신히 가린 모습으로 도적과 루아 사이를 여유롭게 거닐며 긴 잠에서 깨어난 듯 기지개를 켰다. 그런데 팔다리가 길어진 것이 뭐랄까, 조금 더 자란 것 같은 느낌이 든다. 도적들 앞에 선 월령이 살포시 눈을 감고 냄새라도 맡는 것처럼 느릿하게 좌우로 고개를 기울인다.

"그냥 전부 죽여 버리면 될 것을 무슨 이야기를 그리 콩닥거리고 하고 있을까."

속삭이듯 가녀린 목소리에 도적들이 주위를 두리번거린다.

"도대체 어디서 나타난 거지?"

"신기하게 생겼어. 요괴인가?"

"뭐든 간에 예쁜데?"

처음 숫돌에 갈려 했을 때 나타난 월령은 대여섯 살로 보였는데 지금은 열 살 정도로 자라 있었다. 동그랗던 턱은 뾰족해졌으며 눈은 더욱 깊어 짙은 보랏빛을 띠고 오똑한 코와 그 아래 붉은 입술이 도톰하다. 은빛으로 찰랑이는 머리카락도 길어졌다. 가슴과 엉덩이는 밋밋했지만 분명 지난번 보았던 성별을 알 수 없던 꼬마 아이의 모습은 아니다.

'어떻게 된 거지?'

'뭐가?'

'이상해졌어.'

'남 말 하시네. 넌 처음부터 이상했어.'

얼빠진 도적들과 같이 월령을 바라보는 루아를 향해 그녀가 입을 동그랗게 모은다. 뭐라고?

'멍.청.이.'

뒤늦게 알아차린 루아가 미간을 찌푸렸다. 퉁명스럽고 싹퉁머리 없는 것은 여전하다. 팔다리 길어진 만큼 마음씀씀이도 넉넉해졌으면 얼마나 좋아.

"저것도 같이 잡앗!"

돌검과 도끼를 든 도적들이 구경을 끝내고 움직이기 시작했다. 툴툴거릴 여유가 없었다. 루아가 상아검을 빼 들고 달려들려는 찰나 적운이 신경질적으로 뒷발을 들었다.

"히이잉!"

"주인보다 낫네."

적운의 뒷발질에 억 소리도 못 낸 도적 하나가 나가떨어졌다. 연이어 월영이 빠르게 뛰어오르며 여우처럼 공중에서 회전하여 도는가 싶더니 단도의 모습으로 바뀌어 버렸다.

"으아! 아아악!"

전에 루아의 일행에게 그러했던 것처럼 월령이 도적들 사이를 날아다니며 공격하기 시작했다.

"저리 갓!"

단도에서 뿜어져 나오는 불빛에 놀란 도적들이 우왕좌왕하는 사이 월령이 그들 사이를 미친 듯이 휘젓고 다녔다.

"도깨비불이야!"

시퍼런 불빛이 정신없이 헤집고 다니며 몸에 상처를 내니 혼비백산한 도적들이 눈밭을 기어 하나둘씩 도망치기 시작했다.

도적들이 사라지고도 루아는 한참이나 그 자리에 서 있었다. 부르지도 않았는데 어떻게 나타났을까. 월령은 아직도 다섯 자 높이로 공중에 떠 있었다.

"뭐 해? 단도 안 챙겨?"

말없이 짐을 꾸리던 루아가 월령의 본체인 단도를 손에 들었다.

"그렇게 멋대로 다니는데 이게 굳이 필요해?"

"글쎄. 어디론가 돌아갈 곳은 필요하지 않겠어? 비록 혼령이라도 말이야."

"너 혼령이었니?"

"설마."

조금은 자란 듯한 외모만큼 이제는 대화라는 것이 가능해진 월령이었다.

"나는 네 주인이 널 나한테 왜…… 그러니까……."

물건이 아니니 왜 줬는지 모르겠다 말을 할 수가 없어 짐을 정리하여 적운의 등에 올리고 걷기 시작했다.

"왜 나를 너한테 주었는지 모르겠지?"

"왜 그랬을까?"

"그러게. 나를 네게 준 것 보면 대단히 신세를 졌나 보지, 뭐."

'그래, 비녀를 찾아줬지.'

아차. 월령을 만난 뒤로는 속말도 무섭다. 귀신같이 알아듣는 월령의 예쁜 얼굴이 구겨지기 시작했다.

"뭐야! 비녀? 고작 비녀? 월지국(月漬國) 최고의 전사를 고작 비녀 따위랑 바꿨단 말이야?"

"월지국? 월령, 월지국 사람이었어?"

"월지국을 알아?"

화르르. 월령의 주위를 감쌌던 푸른 불꽃이 순식간에 사그라진다.

"월지국에 가봤어?"

루아가 고개를 저었다. 월지국은 구다국의 북쪽으로 5백 리에 위치해 있었는데, 개마국의 서북으로 약 3백 리 떨어진 곳이다. 12환국에 속하지 않아 야인의 나라로 분류되고 있으나 생각보다 평온한 족속으로 알고 있다.

"하늘에서 떨어진 줄 알았더니 아니었구나."

월령은 아무런 말이 없다. 루아는 문득 궁금해졌다. 환국 밖의 세상은 서자부에서 배운 것보다 신기하고 이상한 일들로 가득했지만, 특별한 능력을 지닌 천의와는 달리 살아 움직이는 월령의 존재는 또 다른 의미였다.

"월령은 전에 뭘 했어?"

"단도가 되기 전에?"

"응."

"하도 오래전의 일이라……."

"월지국에 살았다며?"

월영이 고개를 들어 휘영청 떠 있는 달을 본다. 심통 사납기만 하던 그녀가 오늘따라 슬퍼 보였다.

"월지국 사람이었던 것은 기억이 나는데…… 그 외의 것들은 너무나 희미해. 너무 오랫동안 단도 속에 잠들어 있었거든."

떠나온 고향의 가족을 생각하기는 루아도 마찬가지였다. 루아도 이리 그리운데 기억조차 나지 않을 만큼 오랜 시간을 단도 속에서 지냈다니 새삼 월령이 불쌍해지는 루아였다.

말없이 길을 걸으며 루아는 그녀를 월지국에 데려다 주어야겠다고 생각했다. 여행을 무사히 끝나게 되면 월령도 원하지 않는 루아의 곁에 굳이 머무를 필요가 없지 않은가.

"여행이 끝나면…… 고향에 데려다 줄게."

보아하니 자유로이 몸을 바꿀 수는 있어도 본체인 단도에서 멀리 떨어질 수는 없는 듯했다. 어쩌다가 단도 속에 갇혔을까. 월령에 대한 안쓰러움이 한겨울 눈처럼 루아의 가슴으로 소복소복 쌓여간다.

'꼭 데려다 줄게.'

혼자만의 생각에 빠져 문득 월령이 따라오지 않는 것을 알아차린 루아가 돌아섰다. 좋은 건지 싫은 건지, 아니면 화가 난 건지 알 수 없는 표정으로 월령이 루아를 쳐다보고 서 있다.

"월령?"

또 무슨 말을 하려고 저렇게 쳐다보나.

"왜 그러는데?"

"아니야, 아무것도."

둘은 다시 길을 걷기 시작했다. 얼마 지나지 않아 크고 작은 움집들이 늘어선 작은 길로 접어드니 우서한의 말의 눈에 뜨였다.

옹기종기 모여 있는 사십여 채의 움막들 중앙으로 가장 크고 높게 지어진 움집은 족장의 집이었다. 원형으로 작은 움막이 다섯 개나 되는 것을 보니 화전마을 족장의 권위가 느껴진다. 루아와 월령은 다섯 개의 움막 중에 중간 크기의 움막으로 안내되었다. 문으로 사용하는 두꺼운 천을 올리고 들어선 루아가 혹시나 하여 둘러보니 역시나 불가에 앉아 불장난 중인 해일의 모습이 보였다.

"왔어? 어라? 꼬마, 오랜만인데?"

월령이 불가에 앉은 해일에게 손을 흔들어주고는 불에서 멀리 떨어져 구석에 앉았다.

우서한은 족장으로 보이는 노인과 이야기를 나누는 중이었다.

인사를 해야 하나 말아야 하나 루아가 망설이는 사이 노인과 눈이 마주쳤다. 헛기침을 하며 노인이 길고 하얀 수염을 쓸어내린다. 아버지 생각에 웃음이 나왔다. 멋쩍어하는 헛기침은 세상 모든 어르신들 습관인가 보다.

"평안하십니까? 환국 마가의 차녀 루아입니다."

"이런, 사내아이인 줄 알았는데."

저도 모르게 루아의 손이 사방으로 뻗어 있는 머리카락을 매만졌다.

"화전마을 큰 어른 무룬이라 하오."

"묵게 해주셔서 감사합니다, 어르신."

"허허허, 환국 사람이라 예의가 반듯하오. 피곤할 터이니 그만 쉬시구려."

인상 좋은 족장 무룬을 배웅하려 루아의 곁을 지나던 우서한이 월령을 힐긋 쳐다봤다.

"혹 떼고 오라 보냈더니 하나 더 달고 왔구나."

"죄송합니다."

달리 무슨 말을 하겠는가. 지난번의 난투극으로 돌검을 모두 부러뜨려 달랑 활만 들고 여기까지 와야 했던 우서한이 월령을 반길 리 없었다.

월령을 제외한 세 사람이 불가에 모여 앉아 주인집에서 내어준 음식들로 오랜만에 즐거운 저녁 식사를 마쳤다.

"해일님, 혹시 서쪽으로 우루국을 지나 죽음의 땅이라고 들어보셨습니까?"

남은 음식들을 정리하던 루아의 물음에 해일이 고개를 갸웃거린다.

"죽음의 땅?"

"물이 없어 생명이 자라지 않는 땅이라 하여 그리 부른다는데."

"사해(死海:이스라엘과 요르단 사이에 있는 호수)를 이야기하는 거구나."

"사해요?"

"북서쪽 땅 끝에 너무 짜서 물고기가 살지 않는 소금호수가 있는데 그 주변이 모두 죽음의 땅이라 불리지. 혹은 사막이라고도 하고."

"아……."

"먼지처럼 부서지는 모래가 끝도 없이 펼쳐져 있어 죽음의 땅이란 말이 꼭 들어맞는 곳이야. 물이 전혀 없지는 않은데, 땅 면적에 비하면 거의 없다고 할 수 있지."

늘 그렇듯 파장을 알리며 우서한이 자리에서 제일 먼저 일어섰다.

"내일은 일찍 떠나야 하니 다들 잠자리에 드는 것이 좋겠군."

동시에 물고기처럼 입을 뻥긋거리며 해일이 우서한의 말을 따라 하니 웃음을 참느라 루아의 얼굴이 벌겋게 달아오른다. 어쩜 저리 토씨 하나 틀리지 않게 매일 같은 말을 할 수 있을까.

고된 여행길, 앞을 보면 묵묵히 걷는 우서한이 보인다. 어느새 그의 등을 보며 걷는 것이 익숙해졌다. 여행길의 맏형이 되어버린 우서한이다. 역시 환국의 자부심, 서자부의 수장이다.

'어디를 가나 수장의 기질은 숨길 수가 없구나.'

'사내답고 좋네.'

루아의 속말에 월령이 대꾸한다. 누군가와 이렇게 비밀리에 이야기를 나눈다는 것이 참으로 오랜만이다. 문득 환국에 있을 언니 아사가 떠올랐다.

'잘 지내고 있으려나.'

'아마도.'

고향 이야기를 나눈 뒤로는 그녀에게 한층 부드러워진 월령이었다. 누구 이야기를 하는지 알고나 대답하는 건지, 월령은 잠자리를 마련하는 우서한에게로 향해 있다.

'누가 아마도 잘 지내고 있다는 건데?'

장난스런 물음에 월령이 그녀답게 대답 대신 콧방귀를 뀐다. 둘 사이로 어깨동무를 하며 해일이 끼어든다.

"무슨 이야기하는 거야?"

"꿈자리가 사나운가 봐."

월령의 시선을 따라 우서한을 바라보던 해일이 웃는다.

"좋은 꿈 꾸는 걸 거야."

고개 숙인 해일의 머리카락이 루아의 어깨로 사르륵 물결치듯 쏟아져 내렸다. 루아는 해일의 머리카락을 살며시 만져 보았다. 생각보다 더 매끈하며 가루가 되어 스러질 것처럼 가늘고 부드럽다.

'부드럽다.'

'조심하는 게 좋아.'

'뭘 조심하라는 거야, 월령?'
 묻는 사이 루아에게로 고개를 돌린 해일의 파란 눈동자와 그녀의 검은 눈동자가 마주쳤다.
 "무슨 생각을 하지?"
 뜨끔. 루아가 손에 쥐고 있던 해일의 머리카락을 놓아버렸다.
 "그만 자야겠어요."
 자리에서 일어서니 등 뒤로 해일의 시선이 그녀를 좇는 것이 느껴진다. 우서한에게서 조금 떨어진 곳에 자리를 폈다. 모닥불을 등지고 벽을 향해 돌아누우니 멀찍이 떨어진 곳에 자리를 지키고 있는 월령의 모습이 보인다. 불에서 너무 멀어 추울 것 같은데.
 '안 추워?'
 '보시다시피.'
 월령의 몸은 바닥에서 한 뼘 정도 떠 있다. 그러고 보니 음식도 취하지 않고 추위도 안 타는 것이 불가에는 얼씬도 않는다. 역시 요괴인 걸까?
 '사람도 아닌데.'
 아무렇지도 않게 이야기하는 월령에게 또다시 미안한 마음이 들었다. 루아가 한숨을 폭 내쉬었다. 그녀가 사람이 아니라는 것에 언제쯤이면 익숙해질까 생각하며 루아는 잠이 들었다.
 타들어가는 모닥불을 바라보던 해일이 자리에서 일어났다. 휙 둘러보니 가장 왼쪽에 우서한이 자고 있고 루아와 그녀의 오른쪽 끝으로 푸른 기운이 떠 있다.
 오늘은 루아가 먼저 잠든 탓에 굳이 짐승의 가죽 따위를 바닥에

까느라 수선 부리지 않아도 되겠다. 그럼에도 해일의 손에는 루아가 그를 위해 구해다 준 개털 담요가 들려 있었다. 최고급 개털이라며 자랑스레 내밀던 루아의 모습이 떠올라 피식 웃음이 나왔다.

'개털 피(皮)라니……'

개란 동물은 사방분거 시절 인간 역사의 첫걸음부터 함께한 이들인지라 사람에게는 더없이 소중하고 친근한 동물이었다. 호랑이나 곰처럼 신성하고 소나 말처럼 귀애하는 동물이었으니 개털 담요라 하여 웃지 말고 좋게 생각해야겠으나 자꾸만 웃음이 나오는 해일이었다.

손을 뻗어 중앙의 모닥불을 기점으로 반원의 결계를 치고 잠든 이들을 내려다보던 해일은 우서한과 루아 사이에 자리를 잡고 누웠다.

잠이 들어 일정하게 움직이는 작은 등을 바라보던 해일의 손에서 연한 주홍빛이 흘러나왔다. 그녀의 몸을 감싸고 살며시 떠오른 주홍빛이 잠든 루아를 그의 쪽으로 조금 더 가까이 마주 보게 돌려 눕혀놓고는 사그라졌다.

'참으로 신기하지. 슬퍼도 기뻐도 항상 변함이 없구나, 너란 아이는.'

파란 눈동자가 짙어진다. 아무리 가까이 다가가도 그녀의 마음을 읽을 수 없다. 루아의 작은 몸에서 어렴풋이 느껴지는 것은 짙게 가라앉은 슬픔과 가뭄에 비를 기다리는 초목 같은 그리움.

해일이 손을 뻗어 루아의 작은 콧날 위로 흘러내린 그녀의 머리카락을 귀 뒤로 넘겨주었다.

'그리도 너의 애를 태우는 이가 누구더냐?'

그의 손길이 간지러웠던지 작은 콧등에 주름이 잡힌다. 그 모습이 너무나 귀여워 해일의 손가락이 콧등으로 미끄러진다.

"음흉하긴."

잠든 루아의 뒤로 반짝이는 보라색 눈동자가 깜박였다.

"우서한에게 한 것처럼 그녀에게도 정인과 불타는 밤을 선사하지 그래? 좋은 꿈이라며?"

해일의 짙푸른 눈동자 속으로 파르르 불꽃이 일었다.

"후후후, 그나마 남아 있는 영혼도 가루처럼 부서지고 싶은가?"

말귀를 알아들은 양 보라색 눈동자가 조용히 사라져 버렸다. 해일의 작은 손짓 하나에 모닥불이 꺼져 버렸다. 방 안은 순식간에 어둠으로 휩싸였지만 단단하게 방 안에 둘러진 결계는 따뜻하고 안락한 밤을 보낼 수 있도록 그들을 지켜줄 것이다. 여행이 시작된 이후 늘 그랬듯이.

눈을 뜨자마자 출발하여 반나절을 꼬박 걸었다. 눈이 많지 않은 탓에 루아의 일행은 빠른 속도로 이동할 수 있었다. 산 하나를 넘고 어둑어둑해질 무렵 또 다른 마을이 나타났다.

날이 어두워졌는데도 불빛 하나 없다. 이상한 마을이다. 기이한 느낌은 마을로 들어서면서 더욱 선명해졌다. 화전마을보다 작은 규모의 마을이었지만 삼십여 채의 움집은 모두 비어 있었다.

"다들 어디 갔지?"

'아무도 없어.'

일행에 앞서 파란 불빛으로 변하여 마을 여기저기 둘러보고 돌아온 월령이 고개를 젓는다.

'기분 나쁜 마을이야. 그냥 지나쳐 가는 게 좋겠어.'

그러고야 싶지만 루아에게는 그냥 지나쳐 갈 수 없는 이유가 있었다.

오늘 새벽 답답한 공기 탓에 문을 열고 나온 루아는 밖에서 서성이는 여인을 만났다. 한 서른 살쯤 되었을까. 여인은 족장의 둘째 부인으로 울란이라 자신을 소개했다. 으아! 족장은 루아의 할머니보다 더 나이가 많아 보이는데 이렇게 어린 부인이라니.

죽은 형을 대신하여 형수를 책임지거나 아들을 낳지 못해 후처를 들이는 일은 환국에서도 종종 있는 일이다. 그러나 환인에게도 환부인 하나요, 루아의 아버지 또한 어머니와 금슬이 좋은 탓에 어머니라고는 정씨 부인 하나뿐인 그녀는 누군가의 둘째 부인을 마주한다는 것이 어색하기 그지없었다.

"추운 날씨에 왜 여기 서 계십니까?"

정중한 물음에도 울란은 한참이나 망설이며 어렵사리 입을 뗐다.

"남편이 건넌 마을을 피해 가라 하지 않던가요?"

족장인 무룬과 이야기를 나눈 것은 루아가 아닌지라 들은 바 없다 대답하니 울란이 눈물을 글썽이며 그녀의 손을 잡았다. 소스라치게 얼음장 같은 손, 대체 여기에 얼마나 서 있었던 걸까.

"딸아이가 그 마을로 시집을 갔는데 삼 년째 연락이 되지 않아요. 제 오빠들이 찾아갔었는데 아무도 없더래요. 주위에 사람들도 모르겠다 하고."

"울지 마세요. 사람들을 더 보내 찾아보죠."

"그 뒤로도 그 마을에 다니러 간 사람들이 그러는데 마을 사람들이 없어지기 시작한 지 오래라고. 결국에는 마을이 텅 비어버렸어요. 몇몇은 우리 마을로 이주하고."

"사람들이 갑자기 전부 사라졌다는 말인가요?"

"갑자기는 아니고 하나둘씩, 가끔은 사라졌던 사람이 다시 나타나 짝이나 형제들을 데려간다는 소문이 있었어요. 올 초에 그 마을에 갔던 우리 마을 사람도 돌아오지 않았어요. 그래서 귀신 붙은 마을이라고 이제는 아무도 가지 않아요. 무룬이 금지시켰어요."

삼 년이 지났건만 울란은 딸 찾기를 포기하고 있지 않았다. 커다란 움집을 힐끔거리며 눈치를 보는 것이 그녀가 이곳에 온 것을 족장은 모르나 보다.

"가시는 길에 마을에 들러 알아봐 줄 수 있으신가요? 부탁드립니다. 살아는 있는지, 아프지 않은지만. 흑흑."

부탁을 하고자 추운 서리 맞으며 긴 밤을 움막 앞에 서성였을 울란을 생각하니 루아의 마음이 시리다.

"바람이 찹니다. 돌아가세요. 따님이 살았다던 마을에 꼭 들러보겠습니다."

고맙다, 고맙다, 연신 허리를 숙이는 울란을 돌려보내고 루아는 다시 안으로 들어왔다. 자리에 누우니 월령이 보라색 눈동자를 깜박인다.

'멍청이.'

'그래, 얼른 자.'

그렇게 팩 하니 돌아누웠던 월령이 지금 루아의 앞을 가로막고 있다.

'내 말 듣는 거야?'

'응.'

'그냥 지나가자고. 여기 이상해. 지나치게 양기도 많고. 봐. 주위에 눈이 없어, 이 마을만.'

그러고 보니 움집에는 불빛 하나 없건만 마을을 둘러싸고 둥글게 눈이 녹아 있다. 이상한 기미를 눈치챘는지 멈춰 선 우서한도 주위를 둘러보고 있었다.

"흠흠, 누렁이 냄새가 나는데······."

뒤따라오던 해일이 물색없이 코를 킁킁거린다.

"가만히 좀 있어봐요."

"난 저쪽을 둘러보고 오지."

루아의 만류에도 해일은 집 나간 누렁이 냄새가 난다고 킁킁거리며 움집들 사이로 걸어가 버렸다.

'어휴, 못 말려.'

못마땅하게 해일이 사라진 곳을 노려보고 있자니 우서한이 가까운 움막으로 들어서는 것이 보인다. 그를 따라 루아도 안으로 들어섰다.

"족장이 피해 가라던 마을이다."

역시나. 어제 그녀와 인사를 나누기 전에 족장은 우서한과 딸아이가 사라진 마을에 대한 이야기를 하고 있었던 듯하다.
"이유는 말해 주지 않던가요?"
루아의 물음에 우서한이 고개를 젓는다. 이미 꺼진 지 오래된 모닥불 앞에 몸을 낮추곤 시커멓게 타다 만 나뭇가지를 만져 코에 가져다 댔다.
그렇게 서너 채의 움막을 둘러본 우서한이 결정을 내린 듯 루아에게로 돌아섰다.
"묵지 않고 그냥 지나는 것이 좋겠다."
"하지만……."
"통과한다."
루아의 말을 잘라내며 우서한이 말에 올랐다. 잽싸게 적운에 몸을 실은 루아가 우서한의 앞을 가로막았다.
"잠시만 기다려 주세요. 해일님이 보이지 않습니다."
그녀의 말에 우서한이 인상을 찌푸렸다. 비리국 소년의 집을 떠날 때 그의 곁을 스쳐 가던 해일의 웃음기 없는 눈동자가 떠오른다.

"간밤의 꿈은 만족스럽던가."

아사의 꿈은 동굴에서부터 시작되었다. 보고픈 이였기에 밤이면 찾아드는 춘몽이 싫은 것은 아니었다. 루아와 헤어지자마자 장사치같이 가볍게 굴던 가면을 벗어버린 해일은 위협적이리만큼 강한 기운을 뿜어냈다.

"얼어서 숨도 쉬지 못할 정도였다고. 오죽했으면 내가 저 곰단지 안고 잤겠어!"

거.짓.말. 어렵사리 찾아들었던 동굴은 여름날처럼 후끈거렸고, 그것이 해일 때문이 아닐까 의심이 들었다. 굶주림을 느끼지 않았으며 추위도 타지 않는다. 루아의 주위를 맴도는 보라색 눈동자의 소녀보다 더 기괴한 사내다.

"찾아보도록 하지."

정 많고 착한 루아가 그 없이 길을 떠날 리 없다는 것을 알기에 말은 그리 하였으나 이번 기회에 그를 떨어뜨려 내야겠다는 생각이 지배적이다.

"우서한님!"

멀지 않은 곳에서 그를 부르는 루아의 목소리에 우서한이 달려갔다. 모퉁이를 돌아서니 사냥꾼처럼 몸을 낮추고 앉아 있는 루아의 모습이 보인다.

"무슨 일이지?"

"발자국이 여기서 끊겼어요."

루아가 우서한을 올려다보며 자리에서 일어섰다. 누렁이 냄새가 난다며 움막을 끼고 모퉁이를 돌아서는 모습을 분명히 보았는데 잠시 잠깐 우서한과 이야기를 나누는 사이 해일이 소리 없이 사라졌다. 그리 긴 시간도 아니건만 어디로 사라진 것일까.

"앞으로 나가보았지만 아무 흔적이 없습니다."

"이상하군. 아무 소리도 못 들었는데."

마침 주변을 둘러보라 부탁했던 월령이 돌아왔다.
"안 보이는데?"
"정말?"
루아의 말에도 월령은 시큰둥하기만 하다. 월령의 능력이라면 주변 십 리까지 돌아보았을 터인데 보이지 않는다니. 우서한은 아직도 발자국을 내려다보고 있었다.
"저 아이처럼 날아갔다면 발자국이 없을 수도 있지."
"우서한님, 저희가 찾는 것은 새가 아니라 사람입니다."
"저 아이도 새는 아니지만 사람이라 할 수는 없지."
우서한의 시선이 월령에게로 향했지만 그녀는 별생각 없는지 먼 산만 쳐다보고 있다.
"그런 능력이 있다면 굳이 제게 빈대 붙어 다니지도 않죠."
"아무래도 오늘은 여기서 묵어가야겠군. 때가 되면 돌아오겠지."
"저는 좀 더 찾아보겠습니다."
발자국이 뚝 끊겨 버린 것이 못내 신경 쓰여 루아는 이대로 기다리고만 있을 수 없었다. 다행히도 우서한은 그녀를 말리지 않았다. 그도 그럴 것이, 우서한이 말린다 해도 기어이 해일을 찾아 나설 그녀였다.
적운에 오른 루아는 빈집 사이를 돌며 해일의 이름을 불러보았지만 아무런 기척이 없다.
"꼭 찾아야 해?"
"응."
"왜?"

"걱정되니까."

"왜 걱정이 되는데?"

해일을 찾아다니는 것이 싫었던지 월령이 귀찮게 질문을 해댄다.

"친구니까."

"친구?"

"같이 여행을 하는 친구. 함께 여기까지 왔는데 갑자기 사라져 버렸으니 찾는 건 당연한 거잖아."

해일의 발자국이 끊긴 곳을 기점으로 마을을 몇 바퀴나 돌았지만 그의 흔적은 어디에서도 찾을 수 없었다. 남은 것은 시커멓게 솟아오른 산뿐인데, 이 밤에 산에 올라가는 바보 같은 짓을 했을까. 그랬을 것 같기도 하다, 해일이니까. 정말 무슨 일이 있는 건 아닌지 걱정이 점점 커진다.

"언제까지 찾을 건데?"

"찾을 때까지."

루아의 말에 월령이 한숨을 내쉰다.

"한숨도 쉬어?"

"너 아니면 내가 한숨 쉴 이유가 뭐가 있겠어."

"뭐가?"

"몰라. 멍청이."

이러다가 루아의 이름이 멍청이로 바뀌어 버리겠다. 그래도 이렇게 함께 나서준 것이 고마워 루아는 입을 꼭 다물었다. 갑작스럽게 발자국도 없이 사라지다니 혹 사라진 사람들과 연관이 있는 것은 아닐까?

"진짜 날 샐 때까지 찾을 거야?"

"날이 새도 못 찾으면 계속 찾을 거야."

멈춰 선 루아가 하늘을 올려다보았다.

"혹시 커다란 새가 물어간 건 아닐까?"

"상당히 창의적인 생각이긴 한데, 아냐."

어떻게 저렇게 딱 잘라 말하지? 루아가 월령에게로 시선을 돌렸다.

"너, 뭔가 본 거지?"

월령은 대답이 없다. 루아에게 쌀쌀맞고 퉁명스럽게 굴어도 거짓말은 하지 않는 월령이었다.

"해일님이 어디 있는지 아는구나?"

"때가 되면 어련히 돌아올까."

난처한 듯 월령이 팩 고개를 돌렸다. 루아가 월령의 팔을 붙잡았다. 순간 빛으로 변해 모래처럼 손에서 빠져나간 월령이 코앞에 동동 떠 있다.

"가지 않는 게 좋아."

"어디 있는데?"

"에이, 귀찮아!"

"월령아!"

루아가 그녀의 이름을 부르자 더 높이 떠오른 월령이 화가 난 듯 주위를 두리번거린다.

"자꾸 그렇게 이름 불러대지 말랬잖아. 속으로 불러, 속으로! 속으로 해도 다 알아듣는데!"

"해일이 어디 있는지 가르쳐 줘."

"안 돼. 그가 화낼 거야."

"해일이 화내는 것 봤어?"

"됐어. 몰라. 안 돼."

말하는 것을 보니 월령은 해일이 있는 곳을 아나보다. 난처한 듯 월령이 휘리릭 날아가는 것이 보였다. 도망가는 것이다. 루아가 파란 불꽃을 향해 소리쳤다.

"월령! 월령! 월령!!"

끊임없이 이름을 불러대니 월령이 순식간에 그녀의 앞에 나타나 루아의 입을 막는다.

"미쳤나 봐."

월령이 당황하고 있다. 순간 루아는 해일의 말을 떠올렸다. 정말 다른 이가 그녀의 이름을 알게 되면 주인이 바뀌게 되는 걸까? 의심이 들었다.

"안 가르쳐 주면 다음에 만나는 사람한테 네 이름 말해 버릴 거야."

루아가 월령의 코앞에 단도를 꺼내 두 눈에 힘을 팍 주고는 단호하게 말했다.

"이걸로 땅 파고 노는 아이를 만날지, 짐승 내장 꺼내는 데 사용할 사냥꾼을 만나게 될지, 아니면 불 지피는 부지깽이로 쓸지……."

"불? 부지깽이?"

월령의 보라색 눈동자가 떨리고 있다. 불이란 소리에 기겁을 한 듯한데, 생각해 보니 불 근처에는 얼씬도 하지 않던 월령이다.

'불을 무서워하나?'

"아냐! 나 불 안 무서워해!"

바르르 전신을 떨며 화를 내는 것을 보니 불이 무서운가 보다. 차마 불을 질러 버리겠다고 협박은 할 수 없고, 망설이는 루아를 보며 월령이 조심스레 다시 말했다.

"곧 돌아올 거야. 그러니까 돌아가자."

"끝까지 가르쳐 주지 않겠다 이거지?"

루아는 숨도 쉬지 않고 월령의 이름을 줄기차게 불러대기 시작했다. 효과는 금방이었다.

"알았어! 알았다고! 그만해, 멍청이!"

루아가 그녀의 입을 막은 월령의 손을 떼어내며 앞장서라 고개를 까닥였다. 도깨비불처럼 휘리릭 날아가는 월령을 쫓아 눈길을 달리기 시작했다.

"천천히 가!"

"못 쫓아오면 말고!"

달리다 보니 그녀의 뒤에서 말발굽 소리가 들렸다. 돌아보니 루아의 뒤를 따라 달리는 우서한의 모습이 보였다.

"무슨 일이세요?"

"해일을 찾기 전에는 돌아오지 않을 것 같아 나와 봤더니, 지금 어딜 가는 거지?"

"저기요."

루아가 월령을 가리키자 우서한이 미간을 찌푸린다. 아마도 둘이 실랑이를 벌이는 것은 보지 못했나 보다.
"해일님이 있는 곳을 알고 있는 것 같아요."
루아는 적운의 고삐를 풀어 다시 달리기 시작했다. 어딘지도 모르고 월령의 불빛에 의존하여 달리다 보니 어느새 숲으로 들어섰는지 키 큰 나무들이 즐비하다. 나무 사이로 없어졌다 다시 나타나기를 반복하며 쏜살같이 날아가던 월령의 움직임이 느려지는가 싶더니 멈춰 섰다.
'여기야.'
월령이 멈춰 선 곳은 시커멓게 입을 벌리고 있는 동굴 앞이었다. 마치 산에 구멍이라도 난 듯 크고 어둡다.
'안 들어가는 게 좋을 것 같은데.'
"들어가지 않을 거라면 여기까지 오지도 않았어."
"그럼 우서한이라도 오면…… 왔네."
말에서 내려선 우서한이 루아에게로 다가서니 말리기를 포기한 듯 월령은 사라져 버렸다. 아마도 루아의 허리춤에 있는 단도 속으로 숨어버린 것이리라.
우서한이 그녀의 곁을 지나 동굴 입구로 들어섰다.
"너무 어둡군."
루아는 주변의 잔가지들을 주워 부지런히 천으로 묶어 부싯돌을 두드렸다. 한참이나 공을 들여 횃불을 만들었지만 동굴로 두어 걸음 들어가기가 무섭게 바람도 없는데 휙 꺼져 버렸다. 바닥은 생각지도 못하게 축축했으며 익숙하지 않은 묘한 냄새가 코끝을 찌른다.

더듬더듬 벽을 짚어가며 걸어가려니 맹인과 다를 바 없던 루아는 결국 돌부리에 걸려 넘어지고 말았다.

"으왓!"

넘어지면서 목걸이가 튀어나왔는지 그녀의 가슴께로 야광주가 주위를 훤하게 비췄다. 주저앉아 무릎을 문지르고 있으려니 우서한이 그녀를 불렀다.

"괜찮아요."

"그건 뭐지?"

"아! 전대 대신녀님께 받은 거예요. 야광주."

세상을 전부 밝힐 만큼 환하지는 않지만 은은하게 퍼져 나가는 야광주의 빛은 동굴 내부를 밝히기에 충분했다. 우서한의 손을 잡고 일어선 루아가 동굴을 훑어보니 입이 절로 벌어졌다.

"우아…… 아!"

상당히 높은 동굴의 천장 좌우로 루아의 키만 한 크기의 뾰족한 돌들이 이빨처럼 늘어서 있다. 끈적끈적하게 느껴졌던 바닥은 동굴의 벽과는 달리 달걀의 흰자처럼 축축한 점액질 같은 것이 야광주가 미치지 못하는 어둠 속으로 연결되어 있다.

크크크그궁.

우서한과 함께 걷다 보니 동굴이 진동을 하기 시작했다. 멈춰선 루아가 몸을 낮추고 동굴의 벽으로 손을 댔다. 분명한 진동이 느껴진다.

"동굴이 무너지려나 봐요."

"나가야겠다."

천천히 일어선 루아가 앞으로 걸음을 떼려는데 우서한이 그녀의 팔목을 낚아챘다.

"돌아가야 해."

"아직 해일님을 찾지 못했어요."

고맙게도 동굴이 다시 잠잠해졌다. 루아는 우서한의 손을 뿌리치고 앞을 향해 달리기 시작했다. 이대로 돌아갈 생각이 없던 루아는 죽을힘을 다해 앞으로 내달렸다.

얼마나 달렸을까, 타는 냄새가 진동하며 그녀의 앞으로 벼랑이 나타났다. 뒤에서 우서한이 부르는 소리가 들렸으나 달려온 속도를 이기지 못한 루아는 그대로 떨어져 내렸다.

'이러다 죽겠다.'

죽음의 공포보다는 발이 닿지 않는다는 두려움에 루아는 온 힘을 다해 허우적거리며 무언가 손에 닿기를 기도했다. 미끄덩거리며 무언가 잡히기는 했지만 너무나 미끄러워서 다시 놓쳐 버렸다.

"루아아아!!!"

그녀를 부르는 우서한의 목소리가 가까이 들리는 것을 보니 그도 뛰어내렸나 보다.

철퍼덕!

루아가 떨어져 내린 곳에는 바닥을 덮고 있던 끈적끈적한 이물질이 가득 고여 있었다. 연이어 우서한이 떨어져 내렸다. 야광주의 빛을 보고 다가온 우서한이 끈적거리는 바닥에 들러붙어 있는 루아를 일으켜 세웠다.

"어찌 이리 무모하게 구느냐!"

무어라 답해야 할지 몰라 입을 다무니 긴 한숨과 함께 우서한이 앞서 걷기 시작했다. 한참을 걷고 또 걸어도 아무것도 보이지 않는다. 단지 높다란 천장이 아치형으로 조금 낮아지고 붉은빛을 띠고 있다.

"이 동굴 어디까지 연결되어 있는 걸까요?"

"지금까지의 거리만 봐도 미리 알았다면 들어서지 않았을 것이다."

너무나 확실한 대답에 루아가 한숨을 내쉬었다. 끝도 없이 걷다 보니 정말 해일이 이곳에 있는지도 의심스럽다. 동굴이 다시 요동을 치기 시작했다.

크크크궁! 크르르! 쿵! 쿵!

아까와는 달리 거세게 뒤흔들리는 것이 금세라도 무너져 내릴 것 같다.

"뛰어요!"

본능적으로 외치며 루아와 우서한은 달리기 시작했다. 얼마 달리지도 않아 바닥이 들고 일어서는가 싶더니 두 사람은 높게 치솟아오른 바닥으로 인해 공중으로 몸이 떠오르며 미끄러져 내렸다. 마치 기름 위로 넘어진 것처럼 빠른 속도로 미끄러지고 있었다.

"망할!"

우서한이 욕설을 뱉으며 루아의 손을 잡았다. 속도가 조금 늦춰지는 듯하여 올려다보니 벽에 돌검을 박아 넣은 우서한의 모습이 보인다.

안도의 한숨을 내쉬기도 전에 돌검이 부러졌는지 두 사람은 다시 미끄러지기 시작했다. 정신없이 허우적거리는 루아의 손이 벽에 닿으니 불에 덴 듯 뜨겁다.

"앗, 뜨거!"

"조심해!"

루아가 벽에 상아검을 박아 넣으려 했으나 미끄러지는 속도가 너무 빨라 벽을 뚫지 못하고 긁어내리는 상아검에서 불꽃이 튀었다.

이대로 죽나 보다 생각하는 찰나, 갑작스레 환한 빛이 그들의 눈을 가렸다.

"으아아아악!"

요란스레 비명을 질러대며 루아는 떨어져 내렸다.

눈을 뜨니 온 세상이 붉은빛이다. 뿌옇게 앞을 가리는 것은 안개도 아니고 붉은빛의 매캐한 연기였다.

"콜록! 콜록! 괜찮으세요?"

"빌어먹을!"

원치 않던 모험에 한계에 달했는지 우서한이 욕지기를 하며 일어선다. 그의 손에는 동강난 돌검이 보였다.

"도대체 여기가 어디야?"

돌아서 올려다보니 그들이 떨어져 내린 곳조차 보이지 않는다. 주위를 둘러보아도 붉은빛뿐 아무것도 보이지 않았다.

'월령, 도움이 필요해.'

'난 여기서 나갈 수 없어.'

시간을 넘어

월령은 한사코 나오기를 거부했다.

'앞으로 가봐. 사람들이 있는 것 같아.'

'여기가 어딘지 알아?'

'몰라. 그러니까 내가 들어가지 말랬잖아.'

원망 어린 목소리에 루아는 더 이상 묻지 않고 걷기 시작했다.

"루아, 어디 가는 거야?"

"뒤로 갈 수 없으니 앞으로 가야죠."

가진 거라곤 고집하고 체력뿐이니 가진 걸 이용할 수밖에.

얼마 가지 않아 안개가 걷히며 끝이 보이지 않는 붉은 땅이 나타났다. 그리고 월령이 말하던 사람들이 보였다. 루아는 손에 쥔 상아검을 힘주어 움켜잡았다. 붉은 땅을 빼곡히 메우고 있는 사람들은 차마 사람이라 말 할 수 없을 만큼 흉하게 말라 있었다.

미친 사람처럼 머리를 풀어헤치고 낡은 옷 사이로 보이는 마른 몸은 뼈에 거죽이 들러붙어 척추와 갈빗대가 그대로 드러나 있다. 마치 죽은 이들 같다. 이백여 명이 넘는 사람들이 남녀 구별 없이 큰 원형을 만들어 일률적으로 느릿하게 걷고 있었다.

"이봐요."

조심스레 손을 뻗으니 나이를 분별할 수 없는 사내가 루아를 향해 고개를 돌렸다. 그녀를 향하고 있으나 초점이 흐리다.

"이봐요, 당신 여기서 왜 이러고 있는 건가요?"

"죽여주세요. 너무나 고통스럽습니다."

사내는 죽여달라는 말만 반복했다. 우서한을 돌아보니 그는 무리 중에서 어린아이를 잡아당기고 있었다.

루아는 우서한에게로 달려갔다.
"살려주세요. 언제까지 이렇게 걸어야 해요."
좀 전의 사내보다는 선명한 눈동자에 눈물이 고인다.
"잡아당겨도 움직임에서 이탈하지를 않아."
"결계 같은 것이 둘러싸고 있는 것 아닐까요?"
"글쎄……."
아이의 눈물은 금세 연기처럼 흩어져 버렸다. 마치 끓는 물이 하늘로 사라지는 것처럼.
루아가 힘을 보태보았지만 이상하게도 아이는 천 근 무게로 꿈쩍도 하지 않았다. 포기한 듯 손을 뗀 우서한이 아이의 곁에서 따라 걸었다.
"너 여기 어떻게 들어왔니?"
우서한의 물음에 훌쩍거리면서도 아이는 걷기를 멈추지 않았다.
"몰라요. 자고 있었는데 아버지가 어머니가 데리러 왔다면서…… 흑흑."
"아버지는? 아버지는 어디 있어?"
물어보았지만 아이는 고개를 저었다. 부르는 소리에 돌아서니 한 사내가 루아를 바라보고 있다.
"왜 이렇게 걷고 있어요? 어떻게 된 일이죠?"
"동굴이 우리를 삼켰어요. 요괴예요, 사람들의 기운을 빨아 먹는."
"요괴?"

크르르! 쿵!

또다시 천지가 울리며 이번에는 돌조각이 아닌 불똥이 떨어져 내렸다. 비처럼 쏟아져 내리는 불똥이 몸에 닿아도 뜨겁다는 느낌뿐 어디 한 군데 불이 붙는 곳이 없다.

크릉! 크르르르르, 크륵!

꿀렁꿀렁, 마치 파도가 치듯 땅이 출렁인다. 애써 몸을 지탱하며 하늘을 올려다본 루아의 눈에 두 개의 태양이 보였다. 두 개의 태양 사이로 하늘을 가르듯 길게 날개를 편 새 한 마리가 보였다.

'해일님?'

눈부시게 하얀 옷을 걸친 해일이 긴 소매를 펄럭이며 붉은 해를 향해 활을 겨누고 있다. 해일의 화살이 붉은 해를 향해 날아가며 점점 커지더니 천년목만큼이나 굵은 화살로 변해 붉은 해의 중앙으로 꽂혀들었다.

끼이이르르륵!

귀가 찢어질 듯한 날카로운 소리에 온 천지가 뒤바뀌며 하늘이 땅이 되고 땅이 하늘이 되어 아무리 잡아당겨도 꼼작 않던 사람들이 후드득 가을 낙엽처럼 떨어져 내렸다. 루아와 우서한 또한 사람들에게 섞여 공깃돌처럼 구르기 시작했다.

"으악! 으아악! 살려주세요! 아아아악!"

사람들의 비명 소리에 고막이 터질 것 같다.

"우서한님!"

루아는 멀지 않은 곳에서 우서한의 모습을 발견했지만 아무리 다가가려 해도 잡을 수가 없었다. 이리저리 부딪쳐 오는 사람들에게 치여 루아의 입에서 비명이 터졌다.

"루아?"

"해일님!"

유성처럼 떨어져 내린 해일이 루아의 허리를 붙잡으며 활을 잡은 오른손을 바깥으로 내저으니 기다란 그의 소매가 바람을 가른다. 그렇게 붉은 세상은 멈춰 버렸다. 사람들의 비명 소리가 사라지고 모두가 별처럼 공중에 떠 있었다.

"어떻게 된 거예요?"

"빨리 나가. 여기 있으면 저들처럼 될 테니까."

"같이 가요, 해일님!"

"먼저 가. 난 누렁이가 삼킨 해부터 처리해야 하니까."

돌아선 해일이 시위도 화살도 없는 활을 잡고 보이지도 않는 시위를 당기듯 손을 끌어내니 그의 손끝으로부터 없던 화살이 생겨나며 팽팽하게 당겨진 시위가 모습을 드러냈다.

"도대체…… 여기가 어디예요?"

"어서 가! 화살이 길을 알려줄 거야."

화살을 쏘아 올린 해일의 소매가 펄럭이며 빛이 화살의 꼬리를 따라간다. 빛은 이내 흐르는 강물처럼 한 방향으로 길게 늘어져 흐르기 시작했다.

"빨리 가!"

해일은 다시 하늘로 날아올랐다. 그의 화살이 꽂힌 해는 떨어져 내려 바닥을 태우고 있었다. 바닥에서 발이 떨어졌을 때는 겁이 났지만, 지금은 불구덩이가 된 바닥으로 떨어져 내릴까 봐 겁이 났다.

"우서한님!"

밖으로 빠져나가는 길은 났지만 사람들을 버리고 갈 수는 없었다. 가뭄에 콩잎처럼 버쩍 마른 사람들은 기운을 잃은 채로 시체처럼 둥둥 떠 있다. 루아는 헤엄치듯 몸을 움직여 우서한에게로 다가갔다.

"정신 차려요, 우서한님!"

무언가에 부딪쳤는지 정신을 잃은 우서한을 흔들어 깨웠다.

"루아…… 여기……."

"시간이 없어요. 사람들을 데리고 나가야 해요."

팔다리를 버둥거리며 하나둘씩 잡아당겨 빛이 있는 쪽으로 밀어내니 끌려가듯이 사람들이 하나둘씩 빛 속으로 떠내려가기 시작했다.

"고마워요."

작은 속삭임이 들려온다. 루아는 쉬지 않고 온 힘을 쏟아부으며 길게 늘어진 빛 속으로 사람들을 잡아 던졌다. 땀이 비 오듯 쏟아지고 붉은 땅의 열기도 점점 거세어졌다.

해일이 또 하나의 해를 떨어뜨렸다. 두 개의 해가 바닥으로 떨어져 내리니 치고 올라오는 열기에 숨이 막힐 것 같다. 뜨겁지도 않은지 바닥으로 내려선 해일이 커다란 막을 형성하여 불길을 잡고 있었다.

'이러다 타 죽겠어.'

끝도 없이 떠다니던 사람들을 잡아 빛의 강으로 밀어내는 일은 쉽지 않았다.

'수가 너무 많다.'

포기할 수 없다. 지옥 같은 이곳에서 루아는 그들의 유일한 희망이었다. 포기하는 순간 이 사람들은 죽는 것이다. 루아는 포기하지 않고 사람들을 잡아당기고 밀면서 쉬지 않고 움직였다.

"어머니 마고여, 이들을 살피소서."

루아는 기도하는 심정으로 어린 소녀의 손을 잡아 있는 힘을 다해 빛의 강으로 밀어냈다. 빛을 향해 그녀에게서 멀어져 가는 소녀가 환하게 웃는다. 알에서 갓 깨어난 참새처럼 바짝 마른 소녀가 월령처럼 입을 달싹인다. 고.마.워.요.

빛으로 들어선 사람들이 주변으로 손을 뻗어 서로가 서로의 팔과 다리를 붙잡으며 사슬처럼 연결되어 함께 데려가고 있었다. 우서한을 바라보니 힘에 부치는지 얼굴이 벌겋게 달아올라 있었다.

'이 사람들을 다 데려갈 수 있을까.'

점점 기운이 빠져 가고 있었다. 순간 그녀의 몸이 강한 파도에 휩쓸리듯 빛이 있는 쪽으로 빠르게 밀려갔다.

"루아! 바보같이!"

어디서 들려오는지 모를 해일의 화난 목소리에 루아가 주위를 두리번거렸다. 아래를 내려다보니 해일이 눈부시게 하얀 소매를 펄럭이며 허공을 가르고 바람을 일으켜 사람들을 빛이 있는 쪽으로 한 번에 쓸어버렸다.

"빨리 나가!"

허리 아래로 타오르던 불길이 해일이 잠시 잠깐 사람들을 밀어내는 사이 천장으로 치솟아올라 그를 삼켜 버렸다.
"해일님!!"
"바보 루아, 죽지 않으니까 걱정하지 말고 빨리 나가!"
한참을 내려다보니 정말 그의 손 위에 춤추듯 붉은 기운들이 몰려들며 붉은 구슬 속으로 소용돌이친다.
마지막에 해일이 바람을 일으켜 한꺼번에 밀어낸 탓에 모두가 빛에 의지하여 빠른 속도로 붉은 땅을 벗어나고 있었다.
'다행이다.'
하지만 전부가 아니었다. 저 멀리 벽을 내려치고 있는 사내가 보였다. 루아는 잠시 망설였다. 이제 그녀의 기운도 다해서 다시 돌아올 수 있을지 장담할 수가 없다.
"그래도 가지 않으면 계속 후회할 거야."
루아는 빛 속에서 벗어나 사내를 향해 힘차게 팔을 저었다. 개구리처럼 허우적거리기를 얼마나 했는지 사내에게 도착한 루아는 숨이 턱에 차올랐다.
"어서 가야 해요."
사내의 어깨를 잡자 돌아선 사내의 앞으로 여인 하나가 더 보인다. 사내는 벽에 박혀 버린 여인을 꺼내려 하다 포기한 듯 여인의 손을 꼭 붙잡고 있었다. 아내를 두고 갈 수 없다 고집을 부렸다.
"제발…… 날 그냥 둬요."
"가야 해요. 이대로 있으면 죽는다고요."
"아내가 겁이 많아 혼자 있는 걸 싫어해요."
여인은 허리 아래로 벽에 박혀 있는 형상이다. 어쩌다 이렇게 됐는지 알 수 없으나 아무리 당겨보아도 여인은 비명을 질러댈 뿐 그녀의 몸은 빠져나오기는커녕 오히려 점점 더 빨려 들어가고 있다.

"허리가 끊어질 것 같아요. 너무 아파요."

상아검으로 벽을 아무리 두들겨 보아도 작은 흠집 하나 생기지 않는다. 난감했다. 사내라도 살려야겠다는 생각에 다시 그의 팔을 잡아당겼지만, 손만 대도 부서질 듯 마른 사내가 옹골차게 버틴다. 뜻밖에도 사내의 손을 밀어낸 것은 그의 아내였다.

"수타이, 가요. 그냥 가. 두고 가도 괜찮아."

"괜찮아. 울리아가 없으면 수타이는 어차피 죽을 텐데, 뭘. 곁에 있어줄게."

이제는 가슴까지 묻혀 버린 울리아가 울기 시작했다.

"그를 데려가 줘요. 우리 아버지는 화전마을 족장. 당신에게 답례를 할 거예요."

족장의 딸! 찬 서리 맞으며 살아 있는지, 아프지 않은지만 확인해 달라던 화전마을 울란의 딸이었다. 루아는 더욱 서둘러 벽을 짚어보았다. 도대체 무슨 벽이기에 사람이 통째로 먹혀 들어가는 것일까. 여전히 뜨거운 기운으로 가득하였으나 벽은 살아 있는 동물의 몸처럼 꿈틀거리고 있었다.

'도대체 무슨 구멍이지?'

울고 있는 울리아의 등 쪽을 더듬다 보니 벽과 맞닿은 부분이 미끈거렸다. 울리아를 삼킨 벽의 일부가 부드럽다. 자꾸만 그녀를 먹어 들어가는 벽은 빼는 것과 달리 반대로 밀려들어 가기는 어렵지 않은 듯 삼킨 부분을 만지는 루아의 손도 울리아와 함께 쑤욱 미끄러져 들어갔다. 루아가 수타이의 어깨를 두들겼다.
"잘 들어요. 안으로 들어가서 울리아를 밖으로 밀어내 줄 테니까 지체하지 말고 떠나야 해요."
이미 많은 사람들을 데리고 빠져나간 빛의 강은 그 끝을 보이고 있었다. 바싹 말라 힘없는 두 사람이 루아 없이 자력으로 사람들을 따라갈 수 있을까.
"꺼내줘요. 반드시 밖으로 데리고 나갈게요."
바싹 말라 뼈대가 다 드러났지만 아내를 책임지겠다는 수타이의 눈빛만은 살아서 반짝이고 있었다.
'어머니 마고의 축복이 함께하길……'
그에게 고개를 끄덕여 보인 루아는 상아검을 움켜쥐고 울리아의 머리 위로 올라가 그녀의 몸을 밧줄 삼아 조심스레 벽으로 손을 뻗었다.
'들어간다.'
말 그대로 움찔거리던 벽은 루아마저 쑥 빨아들였다. 울리아의 몸 위로 자신의 몸을 겹쳐 손쉽게 안으로 들어갈 수 있었다.
안은 축축하고 더웠지만 루아의 몸이 들어가자 틈이 생겨 울리아의 몸을 밟아 밖으로 밀어낼 수 있었다. 울리아의 허리와 엉덩이를 사정없이 밟아 밀어내며 애벌레처럼 꿈틀거렸다. 울리아를 밀어내는 반동으로 루아의 몸이 앞으로 빨려 들어갔다.
울리아의 발이 루아의 발바닥에 닿는 순간 상아검을 세로로 세워 지탱하며 마지막 힘을 다해 그녀를 밀어냈다. 울리아의 몸이 완전하게 빠져나간 것을 느끼는 순간 루아는 상아검을 움켜쥔 채 앞으로 쭉 밀려들어 가기 시작했다.

마치 뱀의 몸속에 들어와 있는 것처럼 루아의 몸은 계속해서 벽과 벽 사이에 끼어 앞으로 꾸물꾸물 쉬지 않고 밀려들어 갔다. 그녀의 얼굴로 알 수 없는 끈적거림이 들러붙었고, 상아검을 쥔 손은 허리 아래 붙은 채로 쉴 새 없이 꾸역꾸역 앞으로 밀려갔다.

그녀를 빨아 당기던 움직임이 멈췄다. 갑자기 벽들이 루아의 몸을 부숴 버릴 듯 조여들기 시작한다.

"으, 으으으, 으으……."

가위에 눌린 듯 신음조차 나오지 않는다. 얇은 장막처럼 들러붙은 이물질에 숨이 막혀왔다. 오른팔을 들어 올리자니 상아검의 길이 때문에 검을 버리지 않고는 들어 올릴 수가 없었다. 그렇다고 자윤의 검을 버릴 수는 없다.

왼손으로 얼굴에 묻는 투명한 점액질을 걷어내며 루아는 몸통을 돌리며 용을 썼다. 다행히 왼손으로 허리춤에 찼던 단도를 간신히 빼 들어 벽으로 내리꽂았다.

끼이이이이.

좁은 통로 안으로 고막이 찢어질 듯 날카로운 소리가 울려 퍼졌다. 날카로운 상아검도 박히지 않는 벽에 무디기 짝이 없는 월령도가 박혀든 것이다. 손안의 월령도가 부르르 몸을 떨기 시작했지만, 루아는 아무것도 생각할 수 없었다.

단지 여기서 벗어나야 한다는 본능에 루아는 짐승처럼 앞으로 기어가기 시작했다.

시간을 넘어

끼이이이이이!!

월령도를 박았다 빼기를 반복하며 쉬지 않고 앞으로 나아갔다. 팔이 뻐근하고 무릎과 허리가 끊어질 듯 아파왔지만 루아는 앞으로 가기를 멈추지 않았다.

'멈춰 버리면 여기서 죽는다.'

루아는 필사적이었다. 얼굴로 엉겨 붙어 막을 형성하는 이물질들을 떼어내며 앞으로, 앞으로 기어갔다. 숨도 못 쉴 정도로 조여들던 벽들이 갑작스레 침이라도 뱉듯이 루아를 밀어냈다. 몸이 자유로워지는 것을 느끼며 벌어진 입으로 자글자글한 흙이 쏟아져 들어왔다.

"푸아! 하아! 하악! 학학!"

거친 숨과 함께 입안 가득 들어찬 흙을 뱉어내며 오른손엔 상아검과 왼손엔 월령도를 든 팔을 미친 듯이 허우적거렸다. 바닥을 딛고 일어선 루아가 눈을 떴을 때 그녀의 앞에는 모래 천지의 세상이 펼쳐져 있었다.

"하아! 하아! 하아아아!"

미끈거리던 이물질 때문에 루아의 전신으로 깨알같이 반짝이는 모래들이 머리에서 발끝까지 허물처럼 들러붙어 있었다. 루아는 얼굴과 몸에 묻는 모래를 털어냈다.

'아직 벗어난 것이 아니었나?'

밖은 분명 겨울인데 지금 루아가 서 있는 곳은 눈이라고는 찾아볼 수 없다. 공허한 공간 속에 존재하는 것은 쳐다볼 수 없을 만큼 밝은 태양과 모래뿐이다.

'여기는…… 어디일까.'

뒤로 돌아선 루아는 천천히 숨을 들이켰다. 풀 한 포기, 나무 한 그루 없다. 물기라고는 찾아볼 수 없이 바싹 마른 흙먼지가 뿌옇게 연기처럼 피어올랐다.

'물이 없어. 생명이 자라지 않는 땅…….'

한 걸음 앞으로 나선 루아는 그녀의 발아래 미끄러져 내리는 흙을 움켜쥐었다. 부드러운 모래가 그녀의 손에서 빠져나와 공기보다 가볍게 흩어져 내렸다.

'죽음의 땅!'

고개를 든 루아는 앞으로 뛰어나갔다. 이곳 어디엔가 그의 정인이 있다. 그녀의 가슴에서 깊은 그리움이 터져 나왔다.

"자아아아아아유우우운니임!!"

태양을 향해 활시위를 당겼던 붉은 눈동자가 흔들린다.

끼이이이이이~

타는 듯 이글거리는 태양을 등지고 날던 사막수리 우는 소리가 고요한 사막에 메아리처럼 울려 퍼졌다. 낙타에서 내려선 사내가 멀리 모래바람을 일으키는 사막으로 시선을 던졌다.

'무언가를 들은 듯한데…….'

공허한 두 눈에는 바람에 흔들리며 형태를 바꾸고 있는 모래 언덕만이 보일 뿐이다. 검은 피부의 거인이 그의 곁으로 다가섰다.

"주인님, 해가 뜨겁습니다. 그만 오아로 돌아가시지요."

조심스러운 거인의 목소리에 고개를 든 사내의 얼굴을 감쌌던 붉은 천이 코끝으로 스르륵 흘러내렸다. 오른쪽 눈썹 위에서 콧등을 지나 왼쪽 볼로 길게 그어진 흉터가 선명하게 드러났다. 사내가 어깨 위로 내려앉은 천을 들어 얼굴을 가리니 온몸을 휘감은 천보다 더욱 붉은 눈동자가 고요한 사막으로 향했다.
 '루아…….'

2권에서 계속…